Minha Culpa

MERCEDES RON

Culpa mía
Copyright © 2017 by Mercedes Ron
Copyright © by 2017 by Penguin Random House Editorial, S. A. U.
© 2024 by Universo dos Livros

Todos os direitos reservados e protegidos pela Lei 9.610 de 19/02/1998. Nenhuma parte deste livro, sem autorização prévia por escrito da editora, poderá ser reproduzida ou transmitida sejam quais forem os meios empregados: eletrônicos, mecânicos, fotográficos, gravação ou quaisquer outros.

Diretor editorial
Luis Matos

Gerente editorial
Marcia Batista

Produção editorial
Letícia Nakamura
Raquel F. Abranches

Tradução
Wallacy Silva

Preparação
Ricardo Franzin

Revisão
Rafael Bisoffi
Marina Constantino

Arte
Renato Klisman

Diagramação
Nadine Christine

Dados Internacionais de Catalogação na Publicação (CIP)
Angélica Ilacqua CRB-8/7057

R675m
    Ron, Mercedes
        Minha culpa / Mercedes Ron ; tradução de Wallacy Silva. -- São Paulo : Universo dos Livros, 2024.
        400 p. (Série Culpados ; vol 1)

    ISBN 978-65-5609-676-6
    Título original: *Culpa mía*

      1. Ficção argentina 2. Literatura erótica I. Título II. Silva, Wallacy III. Série

24-1372   CDD AR863

Universo dos Livros Editora Ltda.
Avenida Ordem e Progresso, 157 — 8º andar — Conj. 803
CEP 01141-030 — Barra Funda — São Paulo/SP
Telefone: (11) 3392-3336
www.universodoslivros.com.br
e-mail: editor@universodoslivros.com.br

Minha Culpa

MERCEDES RON

São Paulo
2025

Grupo Editorial
UNIVERSO DOS LIVROS

Para minha mãe.
Obrigada por ser minha amiga, minha confidente,
tudo de que eu sempre precisei e muito mais.
Obrigada por fazer com que eu
me apaixonasse pelos livros.

PRÓLOGO

— Me deixa em paz! — disse ela, se esquivando para sair pela porta. Agarrei os seus braços imediatamente e a obriguei a olhar para mim.

— Você pode me explicar o que está acontecendo? — perguntei, furioso.

Ela olhou para mim, e enxerguei naqueles olhos algo obscuro e profundo que ela tentava esconder. No entanto, sorriu sem alegria.

— Esse é o seu mundo, Nicholas — falou com calma. — Estou simplesmente vivendo a sua vida, aproveitando a companhia dos seus amigos e achando que não tenho problemas. É assim que você vive, e é assim que você acha que eu tenho que viver também — ela terminou e deu um passo para trás, afastando-se de mim.

Eu não acreditava no que estava ouvindo.

— Você perdeu completamente o controle — ralhei, baixando o tom de voz.

Não gostava do que meus olhos viam. Eu achava que estava apaixonado por aquela garota, mas ela parecia estar se transformando em outra pessoa. Mas, pensando bem... o que ela estava fazendo, a maneira como estava fazendo aquilo... era o que eu tinha feito, a mesma coisa que eu fazia antes de conhecê-la. Eu a tinha colocado nessas situações: era tudo minha culpa. Era minha culpa que ela estivesse se autodestruindo.

De certa maneira, tínhamos invertido os papéis. Ela apareceu e me tirou do buraco em que eu estava enfiado, mas, ao fazer isso, acabou trocando de lugar comigo.

1

NOAH

Enquanto abria e fechava a janela do carro novo da minha mãe, não conseguia parar de pensar no ano infernal que teria pela frente. Ainda me perguntava como tínhamos acabado assim, indo embora de nossa própria casa para atravessar o país até a Califórnia. Três meses haviam se passado desde que eu recebera aquela péssima notícia, que mudaria completamente a minha vida, que me fazia querer chorar todas as noites, que me fazia implorar e esbravejar como se ainda tivesse onze anos de idade, não dezessete.

Mas o que eu poderia fazer? Não era maior de idade. Ainda faltavam onze meses, três semanas e dois dias para eu completar dezoito anos e poder ir à faculdade. Queria ir para bem longe dessa mãe que só pensava em si mesma, para longe daqueles desconhecidos com quem eu iria morar. Porque, de agora em diante, eu teria que dividir a minha vida com duas pessoas completamente desconhecidas. E, para piorar, eram dois caras.

— Dá para parar de fazer isso? Está me deixando nervosa — minha mãe pediu, enquanto colocava a chave na ignição e dava partida no carro.

— Fico nervosa com várias coisas que você faz e tenho que aguentar — respondi, malcriada. O suspiro profundo que veio em resposta se tornara algo tão rotineiro que nem me surpreendeu.

Mas como é que ela podia me obrigar a isso? Será que os meus sentimentos não lhe importavam? "Claro que sim", ela tinha respondido enquanto nos afastávamos da minha querida cidade. Já fazia seis anos que meus pais tinham se separado. E não aconteceu de maneira convencional, muito menos agradável. Foi um divórcio traumático, mas eu tinha, enfim, conseguido superar tudo... ou pelo menos continuava tentando fazer isso.

Era muito difícil me adaptar às mudanças, tinha pavor de estar com estranhos. Não sou tímida, mas sou muito reservada com minha vida particular, e essa história de ter que dividir todas as horas do dia com duas pessoas que eu mal conhecia me deixava ansiosa, com vontade de sair do carro e vomitar.

— Ainda não consigo entender por que você não me deixa ficar — falei, tentando convencê-la pela enésima vez. — Não sou criança, sei me cuidar muito bem... Além do mais, vou para a faculdade no ano que vem, e, no fim das contas, vou morar sozinha... É a mesma coisa — argumentei para ver se ela pensava direito, sabendo que eu estava coberta de razão.

— Não vou perder o seu último ano de escola, e quero aproveitar a companhia da minha filha antes que você vá estudar fora. Noah, já falei um milhão de vezes: quero que você faça parte dessa nova família, você é minha filha... Meu Deus! Sério mesmo que você acha que vou deixá-la morar em outro país sem nenhum adulto e tão longe de mim? — ela respondeu sem tirar os olhos da estrada e fazendo gestos com a mão direita.

Minha mãe não entendia o quanto tudo isso era difícil para mim. Ela estava começando uma vida nova com um marido novo, que teoricamente gostava dela. Mas e eu?

— Você não entende, mãe. Você não parou para pensar que também é o meu último ano de escola? Que vou abandonar minhas amigas, meu namorado, meu trabalho, meu time? Minha vida inteira, mãe! — gritei, com esforço para segurar as lágrimas. Era óbvio que aquela situação era demais para mim. Eu nunca, repito, *nunca* chorava na frente de ninguém. Chorar é para os fracos, para quem não consegue controlar o que está sentindo. Ou, no meu caso, para quem chorou tanto durante a vida que decidiu não derramar mais nenhuma lágrima.

Aqueles pensamentos me fizeram lembrar do começo de toda aquela loucura. Estava muito arrependida de não ter acompanhado a minha mãe naquele cruzeiro pelas ilhas Fiji. Porque foi lá, em uma embarcação no meio do Pacífico Sul, que ela tinha conhecido o incrível e enigmático William Leister.

Se eu pudesse voltar no tempo, não hesitaria nem por um instante em dizer sim para minha mãe quando ela apareceu, em meados de abril, com duas passagens para viajarmos nas férias. Tinha sido um presente da melhor amiga dela, Alicia. A coitada havia sofrido um acidente de carro e quebrara a perda direita, um braço e duas costelas. Obviamente, não ia conseguir ir com o marido para as tais ilhas, por isso, deu a viagem de presente para minha mãe. Mas vejamos... Meados de abril? Naquela época, eu tinha provas finais e estava muito envolvida nos jogos de vôlei. Meu time estava em primeiro lugar, quando sempre esteve em segundo, desde que me entendia por gente. Era uma das maiores alegrias da minha vida. Bem, agora, ao ver as consequências daquela viagem, eu devolveria o troféu, sairia do time e não teria me importado de reprovar nas aulas de literatura e espanhol. Faria de tudo para evitar que esse casamento acontecesse.

Casamento em alto-mar! Minha mãe estava completamente doida! Além disso, ela se casou sem me falar nada. Só descobri quando ela voltou, e ainda por cima me contou na maior tranquilidade, como se casar com um milionário no meio do oceano fosse a coisa mais normal do mundo... A situação era surreal, e ela ainda queria se mudar para uma mansão na Califórnia, nos Estados Unidos. Não era nem no meu país! Eu nasci no Canadá, apesar de minha mãe ser do Texas e meu pai do Colorado, e gostava muito de onde vivia. Era tudo o que eu conhecia...

— Noah, você sabe que eu quero o melhor para você — minha mãe falou, trazendo-me de volta à realidade. — Você sabe de tudo por que eu passei, tudo por que nós passamos, e finalmente encontrei um bom homem, que gosta de mim e que me respeita... Fazia muito tempo que eu não me sentia assim tão feliz... Eu preciso disso, e sei que você também vai gostar. Além disso, você pode ter um futuro que não passava nem perto das nossas expectativas. Você poderá ir para a faculdade que quiser, Noah.

— É que eu não quero ir para uma faculdade dessas, mãe, muito menos que um desconhecido pague tudo para mim — rebati, sentindo calafrios ao pensar que, dentro de um mês, começaria a estudar em uma escola de filhinhos de papai, cheia de gente rica.

— Não é um desconhecido, é o meu marido. É melhor ir se acostumando — ela adicionou, em um tom mais afiado.

— Nunca vou me acostumar — respondi, tirando os olhos do rosto dela e passando a encarar a estrada.

Minha mãe suspirou de novo e eu torci para a conversa ter acabado. Não queria mais continuar falando.

— Eu sei que você vai ficar com saudade do Dan e dos seus amigos, Noah, mas veja pelo lado bom: você vai ter um irmão! — exclamou animada.

Virei de novo para ela com os olhos cansados.

— Por favor, não me venha com essa propaganda enganosa.

— Mas você vai adorar, o Nick é um amor — ela afirmou, sorrindo para a estrada. — Um rapaz maduro e responsável, que com certeza está morrendo de vontade de apresentá-la a todos os amigos dele e levá-la para conhecer a cidade. Sempre que nos encontramos, ele estava no quarto dele estudando ou lendo um livro. Talvez vocês tenham até o mesmo gosto literário.

— Ah, claro... Ele deve amar Jane Austen — respondi, revirando os olhos. — Quanto anos ele tem mesmo? — Eu já sabia. Fazia meses que a minha mãe não parava de falar dele e do Will. Eu, por outro lado, achava muito irônico que meu "irmão" não tivesse feito o mínimo esforço para me conhecer. Eu ia morar com uma família nova e nem sequer conhecia as pessoas. Era inacreditável.

— Ele é um pouco mais velho, mas você é mais madura do que as meninas da sua idade. Vai gostar dele.

E agora ela queria puxar o meu saco... "Madura." Acho que essa palavra não me definia muito bem. Além do mais, duvidava de que um rapaz de quase vinte e dois anos quisesse me mostrar a cidade ou me apresentar aos amigos dele. Coisas que eu nem queria mesmo, de qualquer maneira.

— Chegamos — minha mãe anunciou em seguida.

Meu olhar se voltou para as altas palmeiras e para as ruas que separavam as mansões monumentais. Cada umas das casas ocupava pelo menos meia quadra, algumas em estilo inglês, outras em vitoriano... Mas havia muitas casas modernas, com paredes de vidro e jardins imensos. Comecei a ficar assustada ao perceber que, à medida que avançávamos pela rua, as casas iam ficando cada vez maiores.

Finalmente chegamos a umas portas imensas de três metros de altura. Como se fosse a coisa mais normal do mundo, minha mãe tirou um dispositivo do porta-luvas, apertou um botão e as portas começaram a se abrir. O carro avançou um pouquinho mais e descemos uma ladeira flanqueada por jardins e pinheiros altos exalando um perfume agradável de verão e mar.

— A casa não é tão alta como as outras da região, por isso, temos a melhor vista da praia — ela comentou com um grande sorriso. Virei para ela e a observei, como se não a reconhecesse. Será que não tinha notado tudo aquilo ao nosso redor? Será que ela não achava tudo grande demais para a gente?

Não tive tempo de formular as perguntas em voz alta porque finalmente chegamos à casa. Só consegui me expressar com duas palavras:

— Meu Deus!

A casa era toda branca, com telhado alto cor de areia. Parecia ter pelo menos três andares, mas era difícil dizer, já que havia tantas sacadas, tantas janelas, tanto de tudo... Diante de nós, havia um alpendre impressionante com as luzes acessas, já que havia passado das sete da noite, o que dava ao edifício um aspecto de encantado. O sol se punha e o céu estava tingido de muitas cores, que contrastavam com o branco imaculado do lugar.

Minha mãe desligou o motor depois de dar uma volta no chafariz e estacionar na frente das escadas que nos levariam para a porta principal. A primeira impressão que tive ao descer foi de ter chegado ao hotel mais luxuoso de toda a Califórnia. Mas não era um hotel. Era uma casa... Supostamente um lar... Ou pelo menos era isso que a minha mãe queria me mostrar.

Enquanto eu me preparava para sair do carro, William Leister apareceu à porta. Atrás dele estavam três homens vestidos como se fossem pinguins.

O novo marido da minha mãe não estava vestido como nas poucas vezes que eu tivera a honra de estar no mesmo lugar que ele. Em vez de um terno ou colete caro de marca, ele usava bermuda branca e camisa polo azul-clara. Calçava chinelos de praia nos pés e tinha o cabelo escuro despenteado, não lambido para trás. Tive de admitir que entendia o que a minha mãe tinha visto nele: era muito atraente. Também era muito mais alto do que a minha mãe e parecia se cuidar muito bem. Tinha um rosto harmonioso, ainda que fosse possível notar sinais da idade, como rugas e marcas de expressão. Em meio a seus cabelos pretos brilhavam alguns fios brancos, que davam a ele um ar interessante e maduro.

Minha mãe se apressou para abraçá-lo, como se fosse uma jovenzinha. Eu fiz tudo no meu tempo. Desci do carro e andei até o porta-malas para pegar as minhas coisas.

Mãos enluvadas apareceram do nada e dei um pulo para trás, assustada.

— Eu pego suas coisas, senhorita — disse um dos homens vestidos de pinguim.

— Pode deixar comigo, obrigada — respondi, sentindo-me realmente incomodada.

O homem olhou para mim como se eu fosse maluca.

— Deixe o Martin ajudá-la, Noah — ouvi William Leister atrás de mim.

Soltei a minha mala a contragosto.

— Estou muito feliz por vê-la, Noah — continuou o marido da minha mãe, sorrindo para mim afetuosamente. Ao lado dele, minha mãe não parava de gesticular para que eu me comportasse, sorrisse ou dissesse algo.

— Não posso dizer o mesmo — respondi, oferecendo a mão para que ele a apertasse. Sabia que estava sendo extremamente mal-educada, mas naquele momento me pareceu justo dizer a verdade. Queria deixar bem clara qual era a minha opinião em relação às mudanças em nossas vidas.

William não pareceu ofender-se. Apertou a minha mão por mais tempo que o necessário, e fiquei desconfortável.

— Sei que é uma mudança muito radical, Noah, mas quero que você se sinta em casa, que aproveite tudo o que eu posso oferecer e que, principalmente, possa me aceitar como parte da sua família… em algum momento — adicionou com segurança ao ver meu semblante de incredulidade. Minha mãe, ao lado dele, me fulminava com seus olhos azuis.

Consegui apenas concordar com a cabeça e me afastar, para que ele soltasse a minha mão. Não achava essas demonstrações de afeto agradáveis, muito menos com desconhecidos. Minha mãe tinha se casado, que bom para ela, mas aquele homem nunca seria nada para mim. Nem pai, nem padrasto, nem nada parecido. Eu já tinha pai, e um pai era mais que o suficiente.

— Que tal lhe mostrarmos a casa? — ele propôs com um sorriso enorme, alheio à minha frieza e mau humor.

— Vamos, Noah — minha mãe me animou, entrelaçando o braço no meu. Dessa maneira, não me restou alternativa, senão caminhar ao lado dela.

Todas as luzes da casa estavam acesas, por isso não perdi nenhum detalhe daquela mansão grande demais até para uma família de vinte pessoas, quanto mais para uma com quatro. O pé-direito era muito alto, e havia vigas de madeira e amplas janelas que se abriam para o lado de fora. Uma escada enorme no meio de uma sala imensa se bifurcava para os dois lados do andar superior. Minha mãe e o marido dela me arrastaram pela mansão inteira e me mostraram a sala gigante e a grande cozinha que se destacava por uma ilha exuberante, o que imaginei que minha mãe fosse adorar. Havia de tudo naquela casa: academia, piscina climatizada, salões para festas e uma grande biblioteca, o lugar que mais me deixou impressionada.

— Sua mãe diz que você gosta muito de ler e escrever — William comentou, enquanto eu sonhava acordada.

— Como milhares de pessoas — respondi afiada. Estava incomodada por ele se dirigir a mim de maneira tão amável. Queria que ele nem falasse comigo, simples assim.

— Noah — minha mãe me recriminou, cravando os olhos nos meus. Sabia que eu a estava fazendo passar vergonha, mas ela que aguentasse. Eu já sabia que teria um ano péssimo e não podia fazer nada a respeito disso.

William parecia alheio às nossas trocas de olhares e não perdeu o sorriso em nenhum momento.

Suspirei, frustrada e incomodada. Aquilo era demais: diferente, extravagante... Não sabia se eu seria capaz de me acostumar a viver em um lugar daqueles.

De repente, senti que tinha de ficar sozinha, precisava de um tempo para assimilar tudo...

— Estou cansada. Posso ir para o quarto que será o meu? — perguntei com um tom de voz menos duro.

— Claro. O seu quarto e o quarto do Nicholas ficam na ala direita do segundo andar. Você pode convidar quem quiser para visitá-la, o Nick não se importa. Além do mais, de agora em diante, vocês dividem a sala de jogos.

"A sala de jogos? Sério?". Abri um sorriso amarelo, tentando não pensar que, dali em diante, teria que conviver também com o filho do William. Sabia apenas o que a minha mãe tinha contado sobre ele: tinha vinte e um anos, estudava na Universidade da Califórnia e era um filhinho de papai insuportável. Bom, essa última característica era por minha conta, mas com certeza seria verdade.

À medida que subíamos as escadas, não conseguia deixar de pensar que, dali em diante, teria que conviver com dois homens desconhecidos. Fazia seis anos desde a última vez que morara com um homem — meu pai. Estava acostumada a um lar só de garotas, só nós duas. Minha vida nunca foi um mar de rosas, principalmente nos primeiros onze anos. Os problemas com o meu pai marcaram a minha vida, assim como a da minha mãe.

Depois que ele foi embora, eu e minha mãe seguimos em frente e pouco a pouco construímos uma convivência de duas pessoas normais e próximas. Conforme eu crescia, minha mãe foi se tornando uma das minhas melhores amigas. Ela me dava a liberdade que eu queria, justamente porque ela confiava em mim e eu confiava nela... Pelo menos até ela decidir jogar tudo pelos ares.

— Esse é o seu quarto — minha mãe indicou, parando diante de uma porta de madeira escura.

Percebi que ela e William estavam com certa expectativa...

— Posso entrar? — perguntei ironicamente, ao notar que eles não se afastavam da frente da porta.

— Esse quarto é o meu presente especial para você, Noah — minha mãe anunciou com olhos brilhantes e ansiosos.

Olhei para ela com cuidado. Quando ela saiu da frente, abri a porta lentamente, com medo do que poderia encontrar.

O primeiro elemento que meus sentidos captaram foi o cheiro delicioso de margaridas e mar. Meus olhos se fixaram primeiro na parede que ficava de frente para a porta, que era totalmente de vidro. A vista era tão espetacular que fiquei sem palavras pela primeira vez. Parecia que dava para ver o oceano inteiro dali. A casa devia ficar no alto de alguma serra, porque, de onde eu estava, só via o mar e o impressionante pôr do sol que acontecia naquele instante. Era alucinante.

— Meu Deus! — repeti o que parecia ser a minha nova expressão favorita. Meus olhos continuaram percorrendo o quarto. Era enorme! Na parede esquerda havia uma cama com dossel e um montão de almofadas brancas, em um jogo de cores com as paredes pintadas de um agradável tom azul-claro. Os móveis (dentre os quais se destacavam uma mesa com um computador Mac gigante, um sofá lindo, uma penteadeira com espelho e uma estante imensa com todos os meus livros) eram todos azuis e brancos. Essas cores, junto com a vista sensacional diante dos meus olhos, eram o que eu tinha visto de mais maravilhoso em toda a minha vida.

Fiquei assustada. Tudo aquilo era para mim?

— Gostou? — minha mãe perguntou às minhas costas.

— É incrível... obrigada — respondi me sentindo agradecida, mas ao mesmo tempo incomodada. Não queria que me comprassem assim. Eu nem precisava de tudo aquilo.

— Trabalhei com uma decoradora profissional por quase duas semanas... queria que tivesse tudo o que você sempre quis, mas que eu não podia dar — ela contou, emocionada. Olhei para ela por alguns instantes e percebi que seria impossível reclamar... Um quarto daqueles era o sonho de qualquer adolescente. E de qualquer mãe.

Fui para perto dela e a abracei. Já fazia pelo menos três meses que não tínhamos nenhum tipo de contato físico, e sabia que aquilo era importante para a minha mãe.

— Obrigada, Noah — ela cochichou para que só eu pudesse ouvir. — Prometo fazer todo o possível para que nós duas sejamos felizes.

— Vou ficar bem, mãe — respondi, sabendo que a nossa felicidade não dependia dela.

Minha mãe me soltou, enxugou as lágrimas que escorriam pelas bochechas e foi para perto do novo marido.

— Vamos deixar que você se instale tranquilamente — William comentou de maneira amável.

Concordei com a cabeça, sem lhe agradecer por absolutamente nada. Nada naquele quarto tinha a ver com esforço para ele. Era só dinheiro.

Fechei a porta e percebi que não havia tranca. O chão era de madeira e estava decorado com um tapete branco tão grosso que poderia até servir de cama. O banheiro era enorme, do tamanho do meu antigo quarto, e tinha ducha de hidromassagem, banheira e duas pias individuais. Fui até a janela e dei uma olhada no lado de fora. Lá embaixo ficavam o jardim dos fundos da casa, a imensa piscina e os canteiros com flores e palmeiras.

Saí do banheiro e só então me dei conta da passagem na parede bem em frente ao banheiro. Ai, meu Deus…

Atravessei o quarto e entrei no que achava ser o sonho de qualquer mulher adulta, adolescente ou menina: um *closet*. E não um *closet* vazio, mas cheio de roupas novinhas. Soltei o ar que estava segurando e comecei a passar os dedos nas peças incríveis. Todas ainda estavam com as etiquetas, e só precisei ver o preço de uma para me dar conta de como eram caras. Minha mãe tinha ficado louca. Ou quem quer que a tivesse convencido a gastar todo aquele dinheiro.

Não conseguia me livrar da incômoda sensação de que nada era real, de que logo acordaria no meu antigo quarto, com minhas roupas de sempre e minha cama de solteiro. E o pior de tudo é que eu queria acordar, desejava aquilo com todas as minhas forças, porque aquela não era a minha vida, não era o que eu queria… o que eu mais queria era voltar para casa. Senti o meu estômago embrulhar e uma angústia tão grande que me permiti cair ao chão. Apoiei a cabeça nos joelhos e respirei fundo até que fosse embora a vontade de chorar.

Como se tivesse lido meus pensamentos, minha amiga Beth me mandou uma mensagem bem naquele momento.

> Chegou bem? Já tô com saudades.

Sorri para a tela e mandei uma foto minha dentro do *closet*. Imediatamente chegaram cinco emojis de boca aberta.

> Te odeio! Você sabia?

Dei risada e escrevi uma mensagem.

> Se dependesse de mim, dava tudo de presente pra você. Daria tudo para estar com vocês aí, na casa do Dan, vendo um filme ou simplesmente passando um tempo no sofá imundo do seu quarto.

> Aproveita, se anima! Agora você é rica!

Eu não era rica. O William era rico.

Deixei o celular no chão e abri as minhas malas. Fui logo pegando um short e uma camiseta bem simples. Não queria mudar o meu jeito nem começar a vestir roupas de marca.

Entrei no banho para me livrar de toda a sujeira e do incômodo da longa viagem. Senti-me grata por não ser uma dessas garotas que precisam fazer de tudo para ficar com o cabelo apresentável. Por sorte eu tinha herdado o cabelo ondulado da minha mãe, e foi assim que ele ficou quando terminei de secá-lo. Vesti as roupas que eu tinha escolhido e decidi dar uma volta pela casa, quem sabe ir atrás de algum lanche.

Era estranho caminhar por lá assim, sozinha... Eu me sentia uma intrusa. Ia demorar para me acostumar a morar naquele lugar, mas principalmente para me habituar com todos os luxos e exageros. Na antiga casa, era só eu falar um pouco mais alto que conseguia conversar com a minha mãe de qualquer cômodo. Naquele lugar, isso seria impossível.

Fui para a cozinha, rezando para não me perder. Estava morrendo de fome, precisava comer alguma besteira urgentemente.

Infelizmente, quando entrei, não me vi sozinha.

Havia alguém vasculhando a geladeira, e só dava para ver o topo da cabeça da pessoa. Alguém de cabelo escuro. No exato momento em que eu ia falar alguma coisa, um latido ensurdecedor me fez gritar de maneira exagerada, parecendo uma criança.

Virei-me assustada justo quando a cabeça na geladeira emergia atrás da porta para ver quem estava fazendo tanto escândalo.

Mas não fora a pessoa que me assustara: ao lado da ilha da cozinha estava um cachorro preto, lindo, mas com olhos de quem queria me devorar aos pouquinhos. Se não me engano, era um labrador, mas não tenho certeza. Meus olhos se desviaram do cachorro para o rapaz ao seu lado.

Observei com curiosidade e ao mesmo tempo com surpresa aquele que certamente era o filho do William, Nicholas Leister. A primeira coisa que veio à minha cabeça quando olhei para ele foi uma exclamação: "Que olhos lindos!". Eram de um azul-celeste tão claro quanto as paredes do meu quarto e contrastavam de maneira impressionante com a tonalidade escura de seus cabelos, que estavam despenteados e úmidos de suor. Parecia que tinha acabado de se exercitar, porque estava usando calça esportiva e camiseta regata. Meu Deus, ele era muito bonito, isso eu tinha que admitir, mas não deixei que esse pensamento me fizesse esquecer de quem estava na minha frente: meu novo pseudoirmão, a pessoa com quem eu teria que conviver por um ano. Algo que eu tinha a impressão de que seria uma tortura... E o cachorro continuava grunhindo como se pudesse ler meus pensamentos.

— Você é o Nicholas, não é? — perguntei, tentando controlar o medo que eu sentia do animal endemoniado, que não parava de rosnar. Fiquei surpreendida e irritada pelo modo como dirigiu o olhar para o animal e sorriu.

— Eu mesmo — respondeu, fixando os olhos em mim novamente. — Você deve ser a filha da nova esposa do meu pai — comentou, e não acreditei em como ele pôde dizer aquilo de maneira tão fria.

Percebi que ele estava revirando os olhos.

— E o seu nome é...? — perguntou, e não pude evitar arregalar os olhos com espanto e incredulidade.

Ele não sabia o meu nome? Nossos pais tinham se casado, minha mãe e eu estávamos nos mudando para lá, e ele nem sequer sabia como eu me chamava?

2

NICK

— Noah — ela respondeu, secamente. — Meu nome é Noah.

Achei engraçada a maneira como ela me fulminou com o olhar. Minha nova irmã postiça pareceu ofendida porque não me importava nem um pouco com qual era o seu nome ou o da mãe dela, apesar de ter que admitir que me lembrava do nome da mãe. Era impossível esquecer! Nos três meses anteriores, ela tinha passado mais tempo nesta casa do que eu mesmo, então, sim, Raffaella Morgan havia entrado na minha vida e trouxera companhia.

— Não é um nome masculino? — perguntei, sabendo que isso a deixaria mais brava. —Sem querer ofender, claro — adicionei, ao perceber que os seus olhos cor de mel se arregalaram com surpresa.

— Também é feminino — ela respondeu um segundo depois. Observei como os seus olhos passavam de mim para o Thor, meu cachorro, e não pude evitar dar mais um sorriso. — Imagino que no seu vocabulário limitado não exista a palavra "unissex" — ela complementou, dessa vez sem olhar para mim. Thor não parava de rosnar e mostrar os dentes. Não era culpa dela. O cachorro fora treinado para desconfiar de desconhecidos. Bastava um comando meu para que voltasse a ser o cachorro carinhoso de sempre, mas estava divertido ver a cara de medo da minha nova irmãzinha.

— Não precisa se preocupar, tenho um vocabulário muito extenso — rebati, fechando a geladeira e a encarando de verdade. — Inclusive, há uma palavra que o meu cachorro adora. Começa com A, depois vem um *ta* e termina com *car*.

O medo tomou conta do rosto dela e tive que segurar uma gargalhada. Era alta, devia ter entre um e sessenta e oito e um e setenta, aproximadamente. Também era magra e muito bonita, precisava admitir. Mas tinha cara de criança, o que fazia qualquer pensamento libidinoso desaparecer. Se não me engano, ela não tinha nem sequer terminado a escola, o que se refletia claramente no short, na camiseta branca e no All Star preto que ela estava usando. Só faltava um rabo de cavalo para completar o pacote da típica adolescente que acampa na fila para comprar o álbum novo de algum cantor que faça as meninas de quinze anos suspirarem. No entanto, o que mais me chamou a atenção foi o cabelo, que tinha uma cor muito diferente, entre loiro e ruivo.

— Que gracinha! — ela exclamou ironicamente, mas completamente assustada. — Mande ele sair daqui, parece que ele vai me matar a qualquer momento — pediu, dando passos para trás. No mesmo instante em que ela falou, Thor deu um passo à frente.

"Bom menino", pensei. Talvez minha nova irmã fake precisasse mesmo aprender uma lição, ter uma recepção especial que deixasse bem claro de quem era a casa e o quanto ela era uma visita indesejada.

— Thor, vai! — ordenei com autoridade. Noah olhou primeiro para ele, depois para mim, e deu mais alguns passos para trás, até se chocar com a parede da cozinha.

Thor avançou na direção dela aos poucos, mostrando os dentes caninos e rosnando. Dava bastante medo, mas eu sabia que ele não faria nada... Pelo menos, não se eu não mandasse.

— O que você está fazendo? — ela questionou, olhando nos meus olhos. — Não tem graça nenhuma.

Tinha, sim, muita graça.

— Meu cachorro costuma se dar bem com todo mundo. É estranho que ele queira tanto atacá-la... — comentei, me divertindo e observando como ela tentava controlar o próprio medo.

— E você vai fazer alguma coisa? — ela perguntou com os dentes cerrados e os olhos cravejados em mim.

"Fazer alguma coisa? Que tal mandá-la de volta para o lugar de onde nunca deveria ter saído?"

— Você está aqui há uns... Há quanto tempo? Cinco minutos? E já está dando ordens? — eu disse, enquanto me aproximava da torneira da cozinha e me servia de um copo d'água. Meu cachorro, enquanto isso, rosnava. — Acho melhor deixá-lo aqui um pouquinho para que ele se acostume com você.

— Você bateu a cabeça quantas vezes quando era criança, idiota? Tira esse cachorro de cima de mim!

Virei para ela um pouco surpreso com tamanha insolência. Ela tinha acabado de me xingar?

Acho que até o meu cachorro percebeu, porque deu mais um passo na direção dela, deixando-a quase sem espaço para se mover. Então, antes que eu pudesse reagir, Noah se virou assustada e pegou a primeira coisa que viu pela frente no balcão: uma frigideira. Antes que ela pudesse bater no pobre animal, fui em sua direção, puxei o Thor pela coleira e, ao mesmo tempo, com a outra mão, detive o movimento do braço da garota.

—Que droga você está fazendo? — gritei, pegando a frigideira e a colocando de volta no balcão. Meu cachorro se retorceu furioso e Noah se encolheu contra o meu tórax, dando um gritinho abafado.

Fiquei surpreso que tenha se aproximado de mim para que eu a protegesse, já que era eu quem a estava ameaçando.

— Thor, sentado!

Meu cachorro relaxou no mesmo instante, sentou-se e começou a abanar o rabo com felicidade.

Baixei o olhar para Noah, que agarrava minha camiseta com as duas mãos. Sorri diante da situação, até ela perceber o que estava fazendo. Ergueu as mãos e me afastou com um empurrão.

— Por acaso você é idiota?

— Primeiro, que essa seja a última vez que você ameaça o meu cachorro. Segundo — ameacei, cravando meus olhos nos dela, e uma parte do meu cérebro prestou atenção nas sardas em seu nariz e nas bochechas —, é melhor parar de me ofender, senão teremos realmente um problema.

Ela olhou para mim de maneira esquisita. Seus olhos se fixaram em mim e depois baixaram para o meu tórax. Parecia que era incapaz de continuar olhando para mim.

Dei um passo para trás. Minha respiração estava acelerada e eu não sabia por quê. Eu já tinha chegado ao limite da convivência com ela, e só nos conhecíamos havia uns cinco minutos.

— Parece que vamos nos dar bem, irmãzinha — eu disse, lhe dando as costas, pegando meu sanduíche do balcão e indo para a porta.

— Não me chame assim, não sou sua irmã nem nada parecido — rebateu. Falou com tanto ódio e sinceridade que me virei para encará-la de novo. Estava com os olhos brilhando em razão do que acabara de dizer, e pude notar que ela nutria o mesmo desgosto que eu pelo fato de nossos pais terem se casado.

— Nisso nós concordamos... irmãzinha — repeti, virando os olhos e notando que suas pequenas mãos estavam se fechando.

Naquele momento ouvi um barulho às minhas costas. Virei-me e dei de cara com meu pai... e sua esposa.

— Então, vocês já se conheceram — meu pai comentou, entrando na cozinha com um sorriso de orelha a orelha. Fazia muito tempo eu não o via sorrindo daquela maneira e no fundo eu estava feliz por ele, por vê-lo reconstruindo a própria vida. Mesmo que no caminho ele tenha deixado algo para trás: eu.

Raffaella estava perto da porta e sorriu com carinho para mim, o que acabei respondendo com um tipo de careta, a expressão mais próxima de um sorriso que ela conseguiria arrancar de mim. Eu não tinha nada contra ela e não tinha nenhuma relação admirável ou afetuosa com meu pai, mas estava perfeitamente de acordo com a criação daquela muralha que nos separava do mundo exterior. O que aconteceu com a minha mãe marcou profundamente as nossas vidas, mas principalmente a minha, que era filho dela e tive que vê-la indo embora sem olhar para trás.

Desde então, passei a desconfiar das mulheres. Não queria saber delas, a não ser para transar ou me divertir um pouco nas festas. Não precisava de mais nada.

— Noah, você viu o Thor? — Raffaella perguntou para a filha, que continuava perto do balcão sem conseguir esconder o mau humor.

Então, Noah fez algo que me deixou desconcertado: deu um passo adiante, se agachou e começou a chamar o cachorro.

— Thor, vem cá, vem cá... — ela o chamou de maneira carinhosa e amigável. Tinha que admitir: era corajosa. Agorinha mesmo estava tremendo de medo por causa daquele cão.

Fiquei surpreso por ela não ter ido correndo dedurar a situação para a mãe dela.

Meu cachorro foi em sua direção, abanando o rabo energicamente. Virou a cabeça para mim, depois de volta para ela, e com certeza achou que algo estava errado por causa da cara de sério que fiz.

Com o rabo entre as pernas, ele se aproximou de mim e sentou-se ao meu lado. Minha pseudoirmã ficou completamente sem palavras.

— Bom garoto — eu o parabenizei com um enorme sorriso.

Noah se levantou com tudo, lançou para mim um olhar fulminante com seus olhos marcados por cílios grossos e se virou para a mãe.

— Vou para a cama — anunciou com contundência.

Eu pensei em fazer a mesma coisa, ou melhor, completamente o contrário, já que eu ia a uma festa na praia naquela noite.

— Vou sair hoje, não precisam me esperar — informei, sentindo uma estranheza por usar o plural.

Quando eu estava prestes a sair da cozinha, meu pai nos parou: a mim e minha irmãzinha.

— Hoje vamos sair para jantar, nós quatro — afirmou, olhando principalmente para mim.

"Só pode ser brincadeira!"

— Desculpa, pai, mas combinei de...

— Estou muito cansada por causa da viagem e...

— É o nosso primeiro jantar em família e quero que os dois estejam presentes — meu pai sentenciou, interrompendo-nos. A meu lado, Noah deixou escapar todo o ar que estava segurando.

— Não podemos ir amanhã? — ela rebateu.

— Desculpe-me, querida, mas amanhã teremos uma festa da empresa — meu pai respondeu.

Foi tão estranha a maneira como ele se dirigiu a ela... Ela era praticamente uma estranha! Eu já estava na faculdade, cuidava da minha própria vida... Em outras palavras, eu já era um adulto, mas Noah? Cuidar de uma adolescente deve ser o pesadelo de qualquer casal em lua de mel.

— Noah, vamos jantar juntos e ponto-final. Não se fala mais disso — Raffaella se intrometeu na conversa, cravando os olhos claros na filha.

Decidi que seria melhor ceder daquela vez. Depois de jantar com eles, eu iria para a casa da Anna, minha amiga... *especial* para irmos à festa mais tarde.

Noah resmungou algo incompreensível, passou entre os dois e seguiu para as escadas.

— Preciso de meia hora para tomar um banho — pedi aos dois, apontando para minha roupa suada.

Meu pai concordou, satisfeito; a mulher dele sorriu para mim e percebi que naquela noite eu tinha sido o filho adulto e responsável. Ou pelo menos havia passado essa impressão.

3

NOAH

Mas que grande IDIOTA!

Enquanto eu subia as escadas pisando o mais forte que podia, não saíam da minha cabeça aqueles últimos dez minutos que tinha passado com o idiota do meu novo irmão postiço. Como era possível ser tão estúpido, convencido e psicopata ao mesmo tempo e em níveis tão altos? Meu Deus! Não dava para aguentar, ele era insuportável. Eu já tinha o pé atrás com ele pelo simples fato de ser o filho do novo marido da minha mãe, mas o que acontecera elevou o meu ranço a níveis estratosféricos.

Era esse o rapaz perfeito e adorável de quem a minha mãe tanto falava?

Odiei o jeito como ele falou comigo, a maneira como ficou me olhando. Como se fosse melhor do que eu pelo simples fato de ter dinheiro. Ele me mediu de cima a baixo e depois riu... Ficou rindo de mim bem na minha cara.

Entrei no meu quarto batendo a porta, mas a casa era tão enorme que ninguém ouviria o barulho. Já era noite lá fora, e uma luz tênue estava entrando pela janela. Com a escuridão, o mar parecia tingido de preto e não dava para perceber direito onde ele terminava e o céu começava.

Nervosa, acendi logo a luz.

Fui direto para a minha cama, joguei-me nela e fiquei observando as vigas do teto. Ainda seria obrigada a jantar com eles. Será que a minha mãe não percebia que a coisa que eu menos queria era estar rodeada de pessoas? Precisava ficar sozinha, descansar, digerir todas as mudanças que estavam acontecendo na minha vida, aceitá-las e aprender a viver com elas, mesmo que, no fundo, eu soubesse que não iria me adaptar.

Peguei meu celular e fiquei na dúvida entre ligar ou não para o meu namorado, Dan. Não queria que ele ficasse preocupado ao ouvir a amargura na minha voz... Estava há apenas uma hora na Califórnia e já sentia saudades.

Depois de uns dez minutos, minha mãe entrou no quarto. Primeiro, ela tentou me chamar, mas, ao ver que eu não respondia, entrou sem titubear.

— Noah, em quinze minutos vamos todos nos reunir lá embaixo — ela disse, olhando para mim com paciência.

— Você fala como se eu fosse demorar uma hora e meia pra descer essas escadas — respondi, afundada na cama. Minha mãe tinha soltado sua franja loira e a penteara de maneira muito elegante. Não estávamos nem há duas horas nessa casa e a sua aparência já estava diferente.

— Vim avisá-la porque você precisa se arrumar e se vestir para o jantar — ela respondeu, ignorando o meu tom.

Olhei para ela sem entender, depois baixei meu olhar para as roupas que eu estava usando.

— O que há de errado com as minhas roupas? — perguntei na defensiva.

— Você está com roupa de ficar em casa, Noah, e o nosso jantar vai ser chique. Não estava pensando em ir assim, né? De short e camiseta? — ela questionou, impaciente.

Levantei-me e bati de frente com ela. Minha paciência tinha acabado.

— Vamos ver se entende, mãe: eu não quero jantar com você e com o seu marido, não me interessa conhecer o demônio malcriado do filho dele e não estou com um pingo de vontade de me arrumar — desabafei, tentando controlar a vontade de pegar o carro e dirigir de volta para a minha cidade.

— Já chega de se comportar como se tivesse cinco anos. Vá se arrumar para jantar comigo e com a sua nova família — ela retrucou em tom duro. No entanto, ao notar minha expressão, baixou a voz e adicionou: — Não vai ser assim todos os dias, só esta noite. Por favor, faça isso por mim.

Respirei fundo várias vezes, engoli todas as coisas que queria gritar na cara dela e concordei com a cabeça.

— Só esta noite.

Enquanto minha mãe saía, entrei no *closet*. Com raiva de tudo e todos, comecei a procurar uma roupa que me agradasse e que parecesse confortável. Também queria demonstrar o quanto eu podia ser adulta. Ainda estava com o semblante de incredulidade e galhofa de Nicholas gravado na minha mente, o momento em que me mediu inteira com aqueles olhos claros e arrogantes. Ele olhou para mim como se eu fosse uma criança pronta para ser assustada, e ele pareceu se divertir quando me ameaçou com aquele maldito cachorro.

Minha mala estava aberta no chão do *closet*. Ajoelhei-me na frente dela e comecei a fuçar as minhas roupas. Minha mãe certamente esperava que eu descesse com alguma das roupas que ela havia comprado, mas isso nem passava pela minha cabeça. Se eu cedesse em relação a isso, abriria um precedente. Aceitar as roupas seria o equivalente a aceitar essa nova vida, seria como perder a minha dignidade.

Com a cabeça explodindo de raiva, escolhi meu vestido preto dos Ramones. Quem poderia dizer que ele não era elegante? Olhei ao redor em busca de algo para calçar. Não era muito fã de sapatos de salto, porém, se eu descesse usando meus tênis All Star, minha mãe com certeza perderia a paciência e me obrigaria a trocar. No fim, escolhi umas sandálias que tinham um saltinho pequeno, algo que eu poderia aceitar.

Aproximei-me do espelho gigante que havia em uma das paredes e me observei com calma. Minha amiga Beth com certeza aprovaria, e, se não me engano, Dan sempre tinha achado esse vestido muito sexy...

Sem pensar mais, soltei os cabelos e os penteei. Também apliquei um pouco de manteiga de cacau nos lábios. Satisfeita com o resultado, peguei uma bolsa pequena e fui para a porta.

Justo quando a abri, dei de cara com Nicholas, que parou um momento para me observar. Thor, o demônio, estava ao lado dele, e não pude evitar um passo para trás.

Meu novo irmão fake sorriu por algum motivo inexplicável e voltou a medir meu corpo e meu rosto. Ao fazer isso, seus olhos brilharam, revelando algum tipo de emoção obscura e indecifrável. Olhos que ficaram tempo demais no meu vestido.

— Não ensinam as pessoas a se vestir na Imbecilândia? — ele disse com sarcasmo.

Sorri de maneira angelical.

— Ensinam, sim. O professor era um babaca igual a você, acho que por isso não prestei muita atenção.

Ele não esperava por essa resposta, e eu não esperava que um sorriso se desenhasse naqueles lábios sensuais. Olhei para ele por um momento e voltei a me assustar com sua altura e aparência forte. Estava usando calça social e camisa, sem gravata e com os dois primeiros botões abertos. Aqueles olhos celestes pareciam querer me atravessar, mas não me intimidei.

Desviei o olhar para o cachorro, que agora, em vez de olhar para mim com cara de assassino, abanava o rabo de felicidade, esperando sentado e nos olhando com interesse.

— Seu cachorro está diferente… Vai pedir para ele me atacar agora ou vai esperar a gente voltar do jantar? — Cravei meus olhos nele, sorrindo com falsa amabilidade.

— Não sei, sardenta… Depende de como você se comportar — ele respondeu, virando as costas e caminhando para as escadas.

Fiquei quieta por alguns segundos, tentando controlar minhas emoções. Sardenta! Tinha me chamado de sardenta! Esse sujeito estava atrás de problemas… problemas de verdade!

Fui atrás dele, convencida de que não valia a pena ficar brava com os seus comentários ou os seus olhares, muito menos com a sua presença. Ele era apenas mais uma das pessoas de que eu não ia gostar naquela cidade, então era melhor ir me acostumando.

Quando cheguei ao térreo, não pude deixar de me surpreender de novo com aquela casa magnífica. De alguma maneira, ela transmitia um ar antigo, mas ao mesmo tempo sofisticado e moderno. Enquanto esperava minha mãe descer, ignorando a pessoa que me fazia companhia, passei os olhos pelo impressionante lustre de cristal pendurado no teto com vigas. Era feito de milhares de pedacinhos de vidro, que caíam como gotinhas de chuva congeladas. Dava a sensação de que queriam chegar ao chão, mas tinham de ficar penduradas no ar por um tempo indefinido.

Por um instante, meu olhar se cruzou com o dele, porém, em vez de me obrigar a desviá-lo, decidi mantê-lo até que ele decidisse parar de olhar para mim. Não queria que ele achasse que me intimidava. Não queria que ele pensasse poder fazer o que quisesse comigo.

Mas seus olhos não deixaram de me olhar. Pelo contrário, eles me observavam fixamente e com uma determinação incrível. Quando pensei que não ia aguentar mais, minha mãe apareceu com o William.

— Bom, todo mundo pronto — ele disse, olhando para a gente com um enorme sorriso. Retribuí o olhar sem um pingo de alegria. — Já reservei a mesa no clube, espero que estejam com fome — adicionou, andando até a porta, de braços dados com a minha mãe.

Ela arregalou os olhos ao reparar no meu vestido.

— Que roupa é essa? — sussurrou no meu ouvido.

Eu fingi não ter escutado e segui para a saída.

Do lado de fora, o ar estava cálido e revigorante, e dava para ouvir o som distante das ondas se chocando contra a costa.

— Você vem conosco no carro, Nick? — William perguntou para o filho.

Ele já tinha dado as costas para a gente e seguia na direção de um 4x4 impressionante. Um veículo preto e muito grande que brilhava, parecendo ter acabado de sair da concessionária. Foi impossível não revirar os olhos... Muito típico!

— Vou no meu — ele respondeu ao chegar à porta. — Combinei de encontrar o Miles depois do jantar. Vamos terminar o relatório do caso Refford.

— Tudo bem — o pai assentiu. Para mim, no entanto, estavam falando grego. — Quer ir com ele, Noah? — ele adicionou um pouco depois, se dirigindo a mim. — Assim, vão se conhecendo melhor — William disse isso contente, olhando para mim como se tivesse acabado de ter a melhor ideia do universo.

Meus olhos se dirigiram de novo para Nick, que olhou para mim levantando as sobrancelhas, à espera da minha resposta. Ele parecia se divertir com aquela situação.

— Não gosto de pegar carona com quem eu não sei como dirige — respondi ao meu novo padrasto, desejando que minhas palavras tocassem naquele ponto sensível dos rapazes quando têm sua habilidade de motorista colocada em dúvida. Dei as costas ao 4x4 e entrei na Mercedes preta do Will.

Nem sequer olhei em sua direção quando minha mãe e o seu marido entraram no carro, e aproveitei a solidão do banco traseiro enquanto percorríamos as ruas em direção ao clube de ricaços.

Eu queria, com todas as minhas forças, que aquela noite acabasse o mais rápido possível. Queria acabar logo com aquela farsa de família feliz que minha mãe e o marido tentavam criar, voltando assim para o meu quarto a fim de tentar descansar.

Uns quinze minutos depois, chegamos a uma região afastada, rodeada de campos muito bem cuidados. A noite caíra, mas um grande caminho iluminado dava as boas-vindas ao Clube Náutico Mary Read. Antes que nos deixassem passar, um segurança saiu de uma cabine elegante e se aproximou para verificar os ocupantes do carro. Uma expressão evidente de familiaridade apareceu em seu rosto quando ele viu quem estava dirigindo.

— Senhor Leister, boa noite, senhor, senhora... — ele adicionou ao ver a minha mãe.

Meu novo padrasto o cumprimentou e entramos no clube.

— Noah, seu cartão de sócia chega na semana que vem, mas você pode usar o meu sobrenome e eles a deixarão entrar. Ou então o da Ella — ele disse, virando-se para a minha mãe.

Senti uma pontada no coração ao ouvi-lo usar aquele apelido... Era daquele jeito que meu pai se referia à minha mãe, e tinha certeza de que ela não gostava nada daquele nome... Eram muitas lembranças ruins, mas, claro, ela não iria compartilhá-las com seu novo e incrível marido.

Minha mãe era muito boa em se esquecer das coisas dolorosas e difíceis. Quanto a mim, eu as guardava todas, bem lá no fundo, até que explodia e colocava tudo para fora.

Chegamos à entrada do luxuoso estabelecimento e paramos o carro bem na frente. Um funcionário se aproximou para abrir a porta para mim e para minha mãe, aceitou a gorjeta oferecida pelo William e levou o carro sabe-se lá para onde.

O restaurante era incrível, completamente de vidro. De onde eu estava, podia ver algumas mesas e os incríveis aquários cheios de caranguejos, peixes e lulas, todos prontos para serem sacrificados e servidos como jantar. Antes de nos atenderem, senti como se houvesse alguém atrás de mim. Tive calafrios ao perceber uma respiração na minha orelha. Ao me virar, avistei Nicholas perto das minhas costas. Embora eu estivesse de salto, ele ainda ficava meia cabeça mais alto do que eu. Ele apenas baixou o olhar para mim.

— Há uma reserva em nome de William Leister — informou William para a garçonete que dava as boas-vindas aos novos clientes. O rosto dela se alterou por alguma razão inexplicável e ela se apressou a nos deixar entrar no estabelecimento lotado, mas ao mesmo tempo tranquilo e aconchegante.

Nossa mesa ficava em um dos melhores lugares, iluminada calidamente com velas, como todo o restaurante. A parede de vidro oferecia uma vista panorâmica impressionante do mar e fiquei me perguntando se isso de paredes transparentes era mesmo tão comum na Califórnia.

Sinceramente, estava completamente alucinada.

Ao nos sentarmos, William e minha mãe imediatamente começaram a conversar extasiados, sorrindo um para o outro com cara de bobos. Enquanto isso, não pude deixar de notar o olhar de assombro e incredulidade da garçonete em direção ao Nick.

Ele parecia não ter percebido, já que continuou girando um saleiro entre os dedos. Por um instante, meus olhos se fixaram naquelas mãos tão bem cuidadas, tão bronzeadas e tão grandes. Meu olhar foi subindo pelo seu braço até chegar ao rosto, e depois aos olhos, que me observavam com interesse. Prendi a respiração.

— O que vão pedir? — minha mãe perguntou, fazendo com que desviássemos a atenção rapidamente para ela.

Deixei que escolhessem para mim, principalmente porque não conhecia quase nenhum prato do menu. Enquanto esperávamos pela comida e eu remexia distraidamente meu chá gelado com um canudinho, William tentou incluir tanto o filho quanto a mim na conversa que mantinha com a minha mãe.

— Comentei mais cedo com a Noah sobre os esportes que se podem praticar aqui no clube, Nick — Will comentou, fazendo o filho desviar o olhar que estava fixo na ponta do salão. — Nicholas joga basquete e é um ótimo surfista, Noah — destacou, ignorando a cara de tédio de Nick e virando-se para mim.

"Surfista." Revirei os olhos de novo. Para meu azar, Nicholas me observava. Com os olhos em mim, ele se inclinou sobre a mesa, apoiando os antebraços sobre ela, e fui objeto de uma intensa análise.

— Você faz alguma coisa para se divertir, Noah? — soltou, fazendo o possível para manter um tom amigável, embora eu soubesse que, no fundo, ele tinha se incomodado com a minha expressão. — Você acha que o surfe é um esporte estúpido?

Antes que minha mãe respondesse, e percebi que ela se preparava para isso, rapidamente me inclinei como ele.

— Foi você quem disse isso, não eu — respondi, sorrindo com inocência.

Eu gostava dos esportes em equipe, com estratégia, que exigiam um bom capitão, consistência e trabalho duro. Tinha encontrado tudo isso no vôlei e tinha certeza de que o surfe não chegava nem perto.

Antes da réplica que ele com certeza já estava preparando, a garçonete chegou e ele reparou nela de novo, como se já a conhecesse.

Minha mãe e William começaram a falar com animação quando um casal de amigos parou para cumprimentá-los.

A garçonete, uma mulher jovem de cabelo castanho-escuro, usando um avental preto, começou a colocar os pratos sobre a mesa e acabou batendo sem querer no ombro do Nicholas.

— Perdão, Nick — ela se desculpou. Depois, sobressaltada, virou-se para mim com uma cara de quem tinha cometido um erro brutal.

Nicholas também olhou para mim de imediato e entendi que alguma coisa estranha estava acontecendo entre aqueles dois.

Aproveitando que nossos pais estavam distraídos, inclinei-me para tirar a dúvida.

— Vocês se conhecem? — perguntei, enquanto ele enchia de água com gás sua taça de cristal.

— Quem? — ele respondeu, se fazendo de sonso.

— A garçonete — respondi, observando o seu rosto com interesse. Não transmitia nada: permaneceu sério e relaxado. Percebi que Nicholas Leister era uma pessoa que sabia esconder muito bem os próprios pensamentos.

— Sim, ela já me atendeu mais de uma vez — afirmou, dirigindo os olhos para mim. Ele me observou, quase me desafiando a desmenti-lo. "Olha só, o Nick é um mentiroso." Por que será que não me surpreendi?

— Sim, tenho certeza de que ela já o atendeu muitas vezes — declarei.

— O que está insinuando, irmãzinha? — ele disse, e acabei sorrindo quando me chamou daquele jeito.

— Que todas as pessoas ricas como você são iguais. Acham que, por causa do dinheiro, são os reis do mundo. Essa garota não tirou os olhos de você desde que a gente chegou. É óbvio que ela o conhece — eu disse, olhando para ele, irritada por algum motivo inexplicável. — E você não teve nem sequer a dignidade de retribuir o olhar. É asqueroso.

Ele olhou para mim fixamente antes de responder.

— É uma teoria muito interessante e dá para perceber que você não gosta muito das "pessoas ricas", como você diz... Mas, claro, você e sua mãe estão morando na mesma casa que a gente e se aproveitando de todas as comodidades que o dinheiro pode oferecer. Se somos assim tão desprezíveis, o que é que você está fazendo aqui? — ele perguntou, medindo-me com desprezo.

Olhei para ele, tentando controlar as minhas emoções. Aquele sujeito sabia o que dizer para me tirar do sério.

— Para mim, você e a sua mãe são ainda piores do que a garçonete — ele continuou, se inclinando sobre a mesa para poder se dirigir exclusivamente a mim. — Vocês fingem ser algo que não são em troca de dinheiro, são duas interesseiras...

Aquilo foi demais para mim. Fiquei cega de raiva.

Peguei o copo que estava na minha frente e joguei todo o conteúdo na cara dele.

Mas, infelizmente, o copo estava vazio.

4

NICK

A expressão na cara dela ao perceber que o copo estava vazio foi impagável, e acabou com qualquer vestígio de tédio ou irritação que eu estava sentindo desde que tínhamos saído para jantar.

Aquela garota era realmente imprevisível. Era surpreendente a facilidade com que ela saía do sério e eu gostava de saber como a afetava apenas com algumas simples palavras.

Aquelas bochechas salpicadas de sardas se tingiram de vermelho quando ela percebeu que tinha feito papel de boba. Seus olhos saíram do copo e pousaram em mim; depois, verificaram os dois lados do salão, como se para garantir que ninguém tivesse visto o quanto ela fora idiota.

Deixando de lado o aspecto cômico da situação — que era muito cômica —, eu não podia permitir que ela se comportasse daquela maneira comigo. E se o copo estivesse cheio? Não podia deixar que uma pestinha de dezessete anos pensasse que podia jogar um copo de água na minha cara... Aquela garota estúpida ia se ver comigo. Ela ia descobrir com quem estava tendo a sorte de conviver. Então, entenderia muito bem o tamanho do problema em que se meteria se tentasse brincar comigo de novo.

Eu me inclinei sobre a mesa com o melhor dos meus sorrisos. Os olhos dela se arregalaram e me observaram com cuidado, e me deleitei ao identificar um pouco de medo escondido detrás daqueles cílios longos.

— Nunca mais faça isso — adverti com calma.

Ela olhou para mim por uns instantes e, depois, como se nada tivesse acontecido, se virou para a mãe.

A noite prosseguiu sem nenhum outro incidente. Noah não dirigiu mais a palavra a mim, nem sequer um olhar, o que, ao mesmo tempo, me incomodou e agradou. Enquanto ela respondia às perguntas do meu pai e conversava sem muito entusiasmo com a mãe, aproveitei para observá-la.

Era uma garota simples, mas eu pressentia que me causaria mais problemas. Achei engraçadas as suas expressões ao provar os mariscos servidos. Ela mal encostara na comida que tinham trazido, o que me fez pensar no quanto ela parecia magra enfiada naquele vestido preto. Fiquei impressionado quando a vi saindo do quarto dela, e minha mente repassou cuidadosamente aquelas longas pernas, a cintura fina e os seios. Ela era muito bonita, considerando que era tudo natural, o oposto da maioria das garotas da Califórnia.

Tinha que admitir que ela era mais bonita do que achei logo que nos conhecemos, e esses pensamentos impróprios acabaram mexendo com o meu humor. Eu não podia me distrair com algo assim, ainda mais porque íamos morar sob o mesmo teto.

Meu olhar se dirigiu ao rosto dela outra vez. Ela não estava usando maquiagem. Era tão estranho... Todas as garotas que eu conhecia passavam pelo menos uma hora em seus quartos se dedicando à maquiagem, incluindo garotas dez vezes mais bonitas do que a Noah, e lá estava ela, sem nenhum receio de ir a um restaurante de luxo sem passar nem um batom. Não que ela precisasse: tinha a sorte de ter uma pele bonita e limpa, quase sem imperfeições. Sem falar nas sardas, que davam a ela um ar de menina e me faziam lembrar que ela não havia nem terminado a escola. Então, sem que eu percebesse, Noah se virou para mim, irritada, flagrando-me enquanto eu a observava minuciosamente.

— Quer uma foto? — ela perguntou, com aquele senso de humor ácido.

— Se for sem roupa, claro — respondi, aproveitando o leve rubor que brotou nas bochechas dela. Seus olhos brilharam de irritação e ela se virou de novo para nossos pais, que nem se davam conta das pequenas disputas que aconteciam a meio metro de onde estavam.

Quando levei o copo de suco aos lábios, meus olhos notaram que a garçonete me observava de trás do balcão. Olhei de soslaio por um momento para meu pai e depois me levantei, pedindo licença para ir ao banheiro. Noah voltou a olhar para mim com interesse, mas mal prestei atenção. Eu tinha algo importante para resolver.

Caminhei decididamente até o balcão e me sentei em um banco na frente de Claudia, uma garçonete com quem eu transava de vez em quando, prima de um rapaz com quem eu tinha uma relação um pouco complicada, mas vantajosa.

Claudia me observou com um sorriso tenso, então se apoiou no balcão e me ofereceu uma visão bastante limitada de seus seios, já que o uniforme que era obrigada a usar não mostrava muita coisa.

— Então, já encontrou outra garota para se divertir — ela disse, referindo-se a Noah.

Achei graça.

— É a minha irmã fake — expliquei, verificando a hora no meu relógio de pulso. Tinha que me encontrar com a Anna em uns quarenta minutos. Voltei a olhar para a morena que estava na minha frente e me observava com assombro. — Não sei por que você se importa — eu disse, levantando-me. — Diga ao Ronnie que estou esperando por ele hoje no cais, na festa do Kyle.

Claudia ficou com a mandíbula tensa, brava por receber tão pouca atenção. Não entendia por que as garotas esperavam por uma relação séria com alguém como eu. Eu avisava a todas elas que não queria nenhum tipo de compromisso. Não ficava claro o suficiente quando elas viam que eu dormia com quem me desse na telha? Por que elas achavam que poderiam me mudar?

Eu tinha deixado de me encontrar com a Claudia justamente por isso, e ela ainda não havia me perdoado.

— Você vai à festa? — ela perguntou com uma faísca de esperança no olhar.

— Claro — respondi. — Vou com a Anna… Ah, e tem uma coisa — continuei, antes de voltar para a mesa, ignorando a irritação dela: — Tente fingir melhor que não me conhece. Minha pseudoirmã já percebeu que a gente transou e não quero que meu pai também fique sabendo.

Claudia apertou os lábios com força e me deu as costas sem falar mais nada.

Voltei à mesa justo quando estavam servindo a sobremesa. Depois de uns dez minutos, nos quais a conversa era dominada por meu pai e sua nova mulher, achei que já tinha cumprido o papel de filho aquele dia.

— Desculpem-me, mas eu preciso ir — falei olhando para meu pai, que me observou com a testa franzida por um momento.

— Para a casa do Miles? — ele perguntou. Assenti, evitando olhar para o relógio. — Como é que vai o caso?

Fiz um esforço para não bufar de impaciência e menti o melhor que pude.

— O pai dele nos deixou cuidar de toda a papelada. Imagino que levará uns anos para que a gente consiga um caso de verdade só para nós... — respondi, percebendo de repente que a Noah me observava interessada.

— O que você está estudando? — ela perguntou. Ao me virar para ela, vi que parecia desconcertada. Estava surpresa.

— Direito — respondi, vendo o assombro em seu semblante. — Surpresa? — indaguei, pressionando-a e me divertindo com a situação.

Ela mudou de postura e olhou para mim com soberba.

— Sim, com certeza — admitiu sem rodeios. — Achava que, para cursar Direito, a pessoa precisava ter alguma coisa na cabeça.

— Noah! — a mãe dela gritou.

Aquela pirralha estava começando a mexer comigo. Antes que eu pudesse falar alguma coisa, meu pai se adiantou.

— Parece que vocês dois não começaram com o pé direito — ele sentenciou, me fulminando com o olhar.

Tive que me segurar para não me levantar e sair sem dar explicações. Já estava farto do teatrinho da família feliz e precisava ir embora. E parar de fingir que me interessava por toda aquela merda.

— Desculpem, mas preciso ir — declarei, levantando-me e deixando o guardanapo sobre a mesa. Não queria perder a cabeça na frente do meu pai. Então, Noah se levantou também, mas de uma maneira nada elegante, e jogou o guardanapo dela na mesa com irritação.

— Se ele vai embora, eu também vou — ela disse, cravando os olhos desafiadores na mãe, que começou a olhar para os dois lados com vergonha e irritação.

— Sente-se agora mesmo — ela ordenou com os dentes cerrados.

Eu não queria perder mais tempo com essas idiotices. Precisava ir embora.

— Eu a levo embora — disse, para a surpresa de todos, inclusive Noah.

Os olhos dela me observaram com incredulidade e receio, como se eu estivesse escondendo minhas verdadeiras intenções. Mas eu só não via a hora de ela sumir da minha frente. Se ao levá-la embora eu pudesse me livrar dela e do meu pai, era isso que eu ia fazer.

— Não vou com você a lugar nenhum — ela soltou, orgulhosa, saboreando cada palavra.

Antes que alguém pudesse dizer alguma coisa, peguei a minha jaqueta e, enquanto a vestia, falei para todos:

— Não tenho tempo para essas besteiras de adolescente. Vejo vocês amanhã.

— Nicholas, espere — meu pai ordenou, obrigando-me a me virar novamente. — Noah, vá com ele e descanse. Nós dois vamos um pouco mais tarde.

Olhei fixamente para a minha nova irmã, que parecia indecisa entre estar no mesmo espaço que eu ou permanecer mais tempo naquela mesa.

Ela olhou ao redor por um momento, suspirou e por fim me fulminou com o olhar.

— Tudo bem, vou com você.

5

NOAH

A última coisa que eu queria naquele momento era dever um favor para aquele malcriado, mas estava ainda menos empolgada com a ideia de ficar sozinha com a minha mãe e o marido dela, testemunhando os olhares abobados dela e a abundância de dinheiro e influência dele.

Nicholas se virou, dando as costas para mim, e se dirigiu para a saída. Eu me despedi da minha mãe sem muito entusiasmo e me apressei a segui-lo. Consegui alcançá-lo na entrada do restaurante e fiquei esperando, de braços cruzados, que trouxessem o carro.

Não me surpreendeu quando ele tirou um maço de cigarros do bolso da jaqueta e começou a fumar. Olhei para ele enquanto colocava o cigarro na boca e, segundos depois, soltava a fumaça com lentidão e fluidez.

Eu nunca tinha fumado, nem quando tinha virado moda entre minhas amigas, que fumavam nos banheiros da escola. Não entendia a graça de inalar uma fumaça cancerígena que não apenas deixava um cheiro horroroso nas roupas e nos cabelos, mas também prejudicava todos os órgãos do corpo.

Como se lesse meus pensamentos, Nicholas se virou para mim e, com um sorriso sarcástico, me ofereceu o maço.

— Quer um, irmãzinha? — perguntou, voltando o cigarro para os lábios e tragando-o profundamente.

— Não fumo… E, se eu fosse você, também não fumaria. Vai acabar matando o seu único neurônio — falei, dando um passo à frente e me posicionando de maneira a não olhar para o seu rosto.

Senti a sua presença atrás de mim, mas não me mexi. Acabei me assustando quando ele soltou a fumaça bem perto do meu pescoço.

— Cuidado com o que fala… Senão posso deixá-la largada aqui para voltar a pé — ele advertiu, no exato momento em que o carro chegou.

Ignorei a sua presença o quanto pude enquanto caminhava para o carro. O 4x4 era alto o bastante para que ele visse absolutamente tudo se eu não subisse com cuidado. E, enquanto entrava no carro, me arrependi de ter calçado aquelas malditas sandálias... A frustração, a irritação e a tristeza só foram se agravando conforme o jantar se desenrolava, e as cinco discussões (no mínimo) que mantive com aquele imbecil tinham aflorado o pior do pior que havia em mim. Pus rapidamente o cinto de segurança, enquanto Nicholas arrancava com o carro, colocava a mão sobre o encosto de cabeça do meu banco e se virava para dar ré e pegar o caminho da saída. Não me surpreendeu ele não usar a pequena rotatória no fim do caminho, que estava ali justamente para evitar a infração que ele estava cometendo.

Acabei emitindo um som de insatisfação quando chegamos à via principal. Já fora do clube, meu pseudoirmão chegou a passar de cento e vinte por hora, ignorando deliberadamente as placas indicativas de que a velocidade máxima por ali era oitenta.

Nicholas olhou para mim.

— E agora, qual é o problema? — me perguntou com um tom cansado, como se não me aguentasse mais. "Bem-vindo ao clube."

— Não quero morrer nesta estrada por causa de um inútil que não sabe nem ler uma placa de trânsito, esse é o problema — respondi, elevando a voz. Eu já estava no meu limite; um pouco mais e eu ia acabar gritando com ele como se estivesse possuída. Sabia que o meu temperamento não era fácil. Uma das coisas que eu mais odiava em mim mesma era minha falta de autocontrole quando ficava irritada, porque tinha a tendência de gritar e insultar.

— Que merda há com você? — ele perguntou irritado, olhando para a estrada. — Não parou de reclamar desde o momento infeliz em que nos conhecemos, e a verdade é que pouco me importa quais são os seus problemas. Você está na minha casa, na minha cidade e no meu carro, então é melhor calar a boca até a gente chegar — completou, elevando o tom de voz como eu tinha feito.

Um calor intenso me percorreu quando ouvi essa ordem saindo da boca dele. Ninguém mandava em mim, muito menos ele.

— Quem você acha que é para me mandar calar a boca? — gritei, fora de mim. Então, Nicholas girou o volante de repente e freou tão bruscamente que, se eu não estivesse com o cinto de segurança, teria sido atirada para fora do carro.

Enquanto me recuperava do susto, olhei para trás assombrada e vi que dois carros desviaram com rapidez para a direita, evitando uma colisão com a gente. As buzinas e os xingamentos que vieram depois me deixaram momentaneamente aturdida e perdida, mas depois reagi.

—Mas o que foi isso?! — eu berrei, surpresa e aterrorizada, com medo de que nos atingissem.

Nicholas olhou para mim com firmeza, muito sério e, para meu espanto, completamente impassível.

— Desça do carro — disse, simplesmente.

Abri tanto a boca de surpresa que a imagem deve ter sido cômica.

— Você não pode estar falando sério... — respondi com um olhar incrédulo. Ele me devolveu o olhar e continuou mudo.

— Não vou repetir — ele advertiu, no mesmo tom tranquilo e completamente perturbador de antes.

Aquilo já estava passando dos limites.

— Então você vai ter que me tirar daqui, porque não pretendo me mexer nem um centímetro — rebati, olhando para ele com a mesma frieza que ele estava demonstrando.

Nisso, ele tirou a chave da ignição, desceu do carro e deixou a porta dele aberta. Meus olhos se arregalaram ao perceber que ele estava contornando a parte da frente do carro e se dirigia à minha porta.

Pelo jeito, ele realmente perdia o controle quando estava bravo e, naquele momento, parecia mais irritado do que nunca. Meu coração disparou enlouquecido quando senti aquela sensação tão conhecida e aterradora dentro de mim: medo.

Ele abriu a minha porta com tudo e repetiu a mesma frase.

— Desça do carro.

Minha cabeça estava a mil por hora. Eu estava mentalmente cansada e ele não podia me largar ali, no meio de uma estrada rodeada de árvores e completamente no escuro.

— Não vou descer — respondi, brava comigo mesma ao perceber que minha voz saíra trêmula. Um medo irracional crescia na boca do meu estômago. Meus olhos percorreram rapidamente a escuridão ao redor do carro e percebi que, se aquele idiota me largasse ali, eu estaria em maus lençóis.

Então, ele voltou a me surpreender, de novo negativamente. Enfiou-se no carro, soltou o meu cinto de segurança e me arrancou do meu lugar. Foi tudo tão rápido que não consegui nem protestar. Eu não estava acreditando naquilo.

— Você não tem cérebro? — gritei enquanto ele começava a se afastar de mim, em direção ao assento do motorista.

— Vamos ver se você entende de uma vez... — ele disse por cima dos ombros, com um semblante frio como uma estátua de gelo. — Não vou deixar que fale comigo desse jeito. Tenho meus próprios problemas e não preciso das suas merdas. Chame um táxi ou ligue para a sua mãe. Eu vou embora.

Ao dizer isso, ele entrou no carro e deu a partida. Senti minhas mãos começarem a tremer.

— Nicholas, você não pode me deixar aqui! — berrei ao mesmo tempo que o carro começava a se mover, cantando pneu ao deixar o local onde ficou meio segundo parado. — Nicholas!

Depois daquele grito, veio um silêncio profundo que fez meu coração bater enlouquecido.

Ainda não era tarde da noite, mas não havia lua. Tentei controlar meu medo e minha vontade irracional de matar aquele filho da mãe que me largara no meio do nada no meu primeiro dia naquela cidade. Eu me apeguei à esperança de que ele voltaria para me buscar, mas os minutos foram passando e eu ficava cada vez mais e mais preocupada. Tirei o celular do bolso e percebi que estava sem bateria: o maldito estava desligado. Que desgraça. A única coisa que eu podia fazer, uma opção tão horrível e perigosa quanto continuar ali de pé, era pedir carona na estrada até que uma pessoa civilizada e adulta tivesse pena de mim e me levasse para casa. Depois ia me vingar com gosto do idiota do meu irmão fake. Aquele babaca não sabia com quem estava se metendo.

Vi um carro se aproximando na estrada. Vinha da direção do Clube Náutico e rezei para que fosse a Mercedes do Will. Eu me aproximei o máximo possível, com uma margem de segurança para não ser atropelada, e levantei a mão com o polegar erguido, como tinha visto nos filmes. Sabia que em boa parte das vezes a garota que pedia carona acabava assassinada e jogada na beira da estrada, mas fui obrigada a deixar esses pequenos detalhes de lado.

O primeiro carro passou sem ligar para mim, do segundo gritaram um monte de insultos, do terceiro vieram todas as grosserias que eu poderia imaginar e do quarto... O quarto parou no acostamento a um metro de onde eu estava.

Com um sentimento repentino de desconfiança, eu me aproximei, insegura, para ver quem era o indivíduo maluco, mas muito conveniente, que tinha decidido ajudar uma garota que podia ser, sem nenhum problema, facilmente confundida com uma prostituta.

Senti certo alívio quando desceu do carro um garoto mais ou menos da minha idade. Graças às luzes traseiras do automóvel, consegui discernir os cabelos castanhos, a altura e os trejeitos, naquele instante muito úteis, de menino rico e de família boa.

— Você está bem? — perguntou ao se aproximar.

Quando paramos na frente um do outro, fizemos a mesma coisa: seus olhos mediram o meu vestido de cima a baixo, os meus percorreram a calça jeans cara, a camisa polo de marca e o seu olhar amável e preocupado.

— Sim... Obrigada por parar — eu disse, repentinamente aliviada. — Um imbecil me largou aqui... — contei, sentindo-me envergonhada e idiota por ter permitido que algo assim acontecesse.

O rapaz arregalou os olhos com surpresa ao ouvir a minha fala.

— Te largou? Aqui? — indagou, incrédulo. — No meio do nada, às onze da noite?

"Por acaso eu estaria bem se tivesse sido largada no meio de um parque no meio do dia?", perguntei ironicamente para mim mesma, com um ódio repentino por qualquer ser vivo do sexo masculino. Mas aquele rapaz parecia querer me ajudar. Eu não podia parecer tão áspera.

— Você poderia me dar uma carona até a minha casa? — perguntei, evitando responder à pergunta. — Como você deve imaginar, não vejo a hora de esta noite acabar.

Ele olhou fixamente para mim e um sorriso brotou em seu rosto. Não era um garoto feio, até que era bastante bonito, com cara de pessoa boa que ajuda qualquer um em necessidade. Ou era isso, ou minha cabeça estava tentando me vender uma realidade paralela na qual o mundo era todo cor-de-rosa, com homens que tratam as mulheres com o respeito merecido em vez de deixá-las largadas na estrada, de salto, no meio da noite.

— E se formos a uma festa muito legal que vai rolar em uma mansão na praia? Assim você vai poder me agradecer pela coincidência maravilhosa de nos conhecermos nesta noite — propôs, com um tom divertido.

Não sei se estava nervosa, com raiva acumulada ou com vontade de matar alguém, mas acabei soltando uma profunda gargalhada.

— Desculpa, mas... não vejo a hora de chegar em casa para este dia acabar... É sério, já tive o suficiente dessa cidade por uma noite — respondi, tentando não parecer perturbada por causa da gargalhada.

— Tudo bem, mas você pode pelo menos me dizer o seu nome, né? — ele disse, se divertindo com uma situação que não tinha graça nenhuma. Porém, como disse antes, aquele rapaz era a minha salvação, então era melhor eu ser simpática para não acabar dormindo com os esquilos.

— Meu nome é Noah, Noah Morgan — apresentei-me, oferecendo a mão, que ele apertou imediatamente.

— Eu sou o Zack — falou com um sorriso radiante. — Vamos? — continuou, apontando para o seu Porsche preto e reluzente.

— Obrigada, Zack — eu disse, de coração.

Sentei-me no banco do passageiro, surpresa por ele me acompanhar até a porta e me ajudar a entrar, como nos filmes de que falei... Foi estranho. Estranho e reconfortante. Aparentemente, contra todas as estatísticas, ainda existiam cavalheiros. Mesmo que a extinção estivesse próxima, uma vez que também existiam sujeitos como Nicholas Leister.

Quando ele se acomodou no banco do motorista, percebi de antemão que não era como o Nicholas. Não sabia por quê, mas o Zack parecia ser uma pessoa boa, um rapaz educado e sensato, o típico genro dos sonhos de qualquer mãe. Coloquei o cinto de segurança e suspirei profundamente aliviada ao ver que, no fim das contas, as coisas não tinham terminado da pior maneira possível.

— Para onde? — perguntou, dando a partida no mesmo lugar onde o Nicholas tinha desaparecido com seu carro há mais de uma hora.

— Você sabe onde fica a casa de William Leister? — perguntei, supondo que naquele bairro todos os ricaços deviam se conhecer.

Minha companhia arregalou os olhos de surpresa.

— Sim, claro... Mas por que deseja ir para lá? — questionou, assombrado.

— Eu moro lá — respondi, sentindo uma punhalada no peito. Embora aquelas palavras machucassem a minha alma, eram a mais pura verdade.

Zack riu, incrédulo.

— Você mora na casa do Nicholas Leister? — indagou, e não pude evitar contrair a mandíbula com força ao ouvir aquele nome.

— É ainda pior. Sou a irmã postiça dele — afirmei, sentindo nojo de admitir qualquer grau de parentesco com aquele babaca.

Os olhos de Zack se abriram com surpresa e se desviaram da estrada para me olhar fixamente por alguns segundos. Pelo visto ele não era tão bom motorista quanto eu tinha imaginado.

— Não pode ser verdade... Sério mesmo? — ele perguntou de novo, olhando de volta para a estrada.

Soltei um suspiro profundo.

— É sério... — afirmei. — Foi ele quem me largou no meio da estrada — admiti, sentindo-me completamente humilhada.

Zack soltou uma risada um pouco ácida.

— Tenho pena de você — continuou, e me senti ainda pior. — Nicholas Leister não é flor que se cheire — contou, reduzindo a marcha e diminuindo a velocidade conforme nos aproximávamos da zona residencial.

— Você o conhece? — perguntei, tentando reunir na minha cabeça as figuras do cavaleiro andante e daquele delinquente.

Zack voltou a rir.

— Infelizmente, sim — respondeu. — O pai dele salvou a pele do meu em um problema meio feio envolvendo impostos há mais ou menos um ano. É um bom advogado. E o maldito do filho dele sempre esfrega essa história na minha cara. Estudávamos juntos e posso garantir que não existe pessoa mais egoísta e babaca nesse mundo do que esse idiota.

Caramba! Pelo visto eu não era a única sócia do clube dos que odiavam Nicholas Leister. Até me senti melhor ao saber disso.

— Queria ter algo de bom para dizer sobre ele, mas esse cara faz merda com todas as pessoas que conhece. É melhor ficar longe dele — aconselhou, me olhando de soslaio.

Revirei os olhos.

— Algo muito fácil, agora que moramos debaixo do mesmo teto — comentei, sentindo-me pior a cada segundo que passava.

— Ele vai estar na festa. Então, se quiser ir, você pode dar o troco nele — ele disse, fazendo piada, mas aquela informação era completamente inesperada.

— Ele vai à festa? — perguntei, sentindo o fogo da vingança percorrer todo o meu corpo.

Zack olhou para mim de um jeito diferente.

— Você não está pensando em... — começou a perguntar, olhando para mim com surpresa e apreensão.

— Você vai me levar a essa festa — afirmei com a maior segurança do universo. — E vou dar o troco nele.

Vinte minutos depois, estávamos perto da praia, na frente de uma casa imensa. Porém, não era o seu tamanho o que mais impressionava, mas a quantidade de pessoas amontoadas ao seu redor, nas escadas da entrada e por praticamente todos os lados.

Dava para ouvir a música a quilômetros, tão alta que senti o meu cérebro retumbando na minha cabeça.

— Tem certeza de que quer fazer isso? — perguntou meu novo melhor amigo, Zack. Desde que lhe contara o meu plano, ele tentava me convencer a voltar atrás. Aparentemente, meu incrível irmão postiço, além de um grande imbecil, também era um dos caras que mais se metia em brigas. — Noah, você não sabe com quem está se metendo. Você viu que ele não se importou nem um pouco em largá-la no meio do nada... Por que acha que ele vai se interessar pelo que você tem a dizer?

Olhei para ele com uma das mãos prestes a abrir a porta do carro.

— Acredite em mim. Hoje, terá sido a última vez que ele fez algo parecido comigo.

Ao dizer isso, saímos do carro e seguimos pelo caminho de entrada daquela casa enorme. Parecia que eu estava em uma festa daqueles filmes como *Quebrando Regras* ou *Velozes e Furiosos*. Era uma loucura. Havia barris de cerveja espalhados por todo o jardim da frente, rodeados por um monte de gente gritando e animada para beber mais e mais. As garotas usavam biquínis ou simplesmente só as roupas íntimas.

— Todas as festas que você frequenta são assim? — perguntei com cara de nojo ao ver um casal se pegando em uma das paredes da frente da casa, sem se importar com o mundo de gente que os observava. Era repugnante.

— Nem todas — respondeu, dando risada da minha cara de horror. — Essa aqui é mista — ele continuou, me deixando confusa.

Espera um pouco... Mista? Do que ele estava falando?

— Está dizendo isso porque há garotos e garotas na mesma festa? — perguntei, voltando ao passado na minha cabeça, quando eu tinha doze anos e a minha mãe organizou a minha primeira festa com garotos. Se me lembrava bem, tinha sido um desastre total: os garotos me jogaram na piscina com as minhas amigas, e eu e quase todas as outras formamos o

Clube Antimeninos das Melhores Amigas para Sempre. Ridículo, eu sei, mas é que eu tinha doze anos, não dezessete.

Zack soltou uma risada alta e pegou na minha mão para entrarmos. Seus dedos eram cálidos e me senti um pouco menos inquieta com tudo que acontecia ao redor. Aquela festa intimidava qualquer pessoa, ainda mais uma garota sem dinheiro como eu.

— Estou falando de uma festa que qualquer um pode curtir — pontuou, enquanto abríamos caminho pela porta abarrotada e entrávamos na casa. A música tinha um ritmo rápido e repetitivo que machucava os tímpanos e fazia daquele evento uma experiência dolorosa.

— Como assim? — perguntei enquanto o empurrava para um cômodo em que a música não estava tão alta e nos matava aos poucos, não subitamente. Ali, pelo menos, conseguia falar sem destruir as minhas cordas vocais.

— Qualquer pessoa pode entrar, desde que compre o ingresso — explicou, enquanto cumprimentava os rapazes que apareciam. Não gostei muito de ver que os amigos dele eram daquele mesmo tipinho de todos os outros. — Com o dinheiro arrecadado, os organizadores compram todas as bebidas e — desviou o olhar para mim por um momento —, você sabe, todo o necessário para uma boa festa — concluiu, sorrindo de maneira divertida.

"Drogas." Que maravilha. E ele estava achando graça naquilo. Que merda!

Onde é que eu fui me meter?

Olhei ao redor, para os casais que estavam jogados no sofá e os que estavam de pé, dançando ao ritmo da música, e me dei conta de que o lugar estava cheio de pessoas ricas, com roupas caras, mas também de pessoas que podiam ter saído do pior bairro da região. O resultado, sem dúvida, era uma mistura explosiva.

— Acho que isso não foi uma boa ideia — confessei ao meu acompanhante, que já havia se sentado em um dos sofás e tinha uma garrafa de cerveja na mão.

— Vem cá, Noah — falou, me puxando pelo braço e me fazendo cair no colo dele. — Vamos aproveitar a noite… É melhor não perder seu tempo com aquele maldito — recomendou. Fiquei tensa quando os dedos dele acariciaram os meus cabelos e depois os meus ombros.

Levantei-me o mais rápido que pude.

— Estou aqui por um motivo — falei, olhando para ele com cara de desaprovação. Tinha me enganado em relação ao Zack, estava claro. — Obrigada por ter me trazido.

Em seguida, me virei para sair de perto dele. Não sabia muito bem o que fazer agora que estava naquele lugar e tinha dado as costas para o único cara que não estava bêbado a ponto de correr o risco de bater o carro em uma árvore se eu pedisse para me levar para casa. No entanto, continuava imaginando a cara de perdido do Nicholas quando me visse ali. Ou talvez o Zack tenha mentido e na verdade fosse apenas um bêbado doido que queria me levar para o pior lugar da História... Apesar dessa possibilidade, não queria ir embora sem atingir o meu objetivo.

Fui para a cozinha, onde havia menos gente, com a intenção de conseguir um copo de água bem gelada. Não sabia nem se ia bebê-lo ou se jogaria a água na cabeça para conseguir acordar daquele pesadelo. Aquele dia parecia não ter fim.

Quando dobrei o pequeno corredor e entrei na cozinha, parei imediatamente.

Lá estava ele. Sem camisa, de calça jeans e rodeado de garotas e quatro amigos musculosos, mas não tão altos quanto ele.

Observei-o por alguns instantes.

Era o mesmo filhinho de papai com quem eu tinha jantado em um restaurante de luxo três horas antes?

Fiquei surpresa por vê-lo daquela maneira. Parecia recém-saído de um filme de mafiosos. Estavam bebendo enquanto se enfrentavam naquela brincadeira de jogar uma bola de pingue-pongue nos copos de plástico. Meu querido pseudoirmão estava ganhando, não errava nunca. A única parte boa era que ele não estava tão bêbado como os outros, que, ao errarem, deveriam tomar uma dose de tequila.

Nicholas errou a última bolinha de propósito. Foi tão óbvio que não entendi como os outros não perceberam, mas todos aplaudiram, morrendo de rir. Ele pegou uma dose e a virou em menos de um segundo.

Enquanto um dos amigos dele jogava, Nicholas se aproximou de uma garota morena muito bonita que estava sentada no balcão de mármore preto. Ela estava usando um short que revelava suas longas pernas bronzeadas pelo sol; na parte de cima, vestia um biquíni azul-celeste.

De repente, senti-me arrumada e vestida demais para uma festa como aquela.

Nicholas colocou a mão na nuca da garota, empurrou-a para trás e beijou a sua boca da maneira mais asquerosa que alguém possa imaginar, principalmente porque havia gente em volta.

Aquela era a minha oportunidade. Eu o pegaria de surpresa e satisfaria minha vontade insaciável de arrancar a cabeça daquele idiota.

Ele não tinha se preocupado nem em saber se eu estava bem... Se eu continuasse largada na estrada, ele não ia mover nem um dedo. Fiquei com raiva por deixar que ele me tratasse daquela maneira, e mais ainda por estar naquele lugar cheio de doidos por culpa dele. Não hesitei e me aproximei, invadindo a cozinha com passos firmes. Puxei-o pelo braço para que ele se virasse e... para minha surpresa, em vez do tapa que eu estava planejando, acertei um soco em sua mandíbula que certamente deixaria a minha mão dolorida. Ele mereceu, sem dúvida, e como mereceu. Ficou desconcertado por um instante, sem entender o que tinha acontecido, quem eu era e por que ele tinha apanhado. Mas isso durou apenas alguns segundos, e a expressão que surgiu em seu rosto e sua linguagem corporal me deixaram imóvel.

As pessoas no cômodo se amontoaram ao nosso redor e um silêncio sepulcral tomou conta do ambiente. Todos prestavam atenção em nós dois.

— Que merda você está fazendo aqui? — perguntou, com tanto assombro e raiva que eu temi pela minha vida.

Caramba! Se um olhar pudesse matar, eu já estaria morta, sepultada e enterrada.

— Surpreso por eu ter chegado aqui a pé? — perguntei, tentando não me intimidar com a sua postura, sua altura e seus músculos aterradores. — Você é um merda, sabia?

Nicholas soltou uma risada seca e controlada.

— Você não sabe onde está se metendo, Noah — resmungou, dando um passo em minha direção e ficando tão perto que eu pude sentir o calor que irradiava do seu corpo. — Em casa, nós somos irmãos fake — prosseguiu, falando tão baixo que só eu conseguia escutá-lo —, mas, fora de lá, eu sou dono de tudo, e não vou admitir nenhuma das suas idiotices.

Cravei meus olhos nele e mantive o olhar. Não ia deixar que notasse como as palavras e o comportamento dele me aterrorizavam. Já tinha enfrentado muita violência nesta vida, e eu não ia suportar mais.

— Vá à merda — rebati, dando meia-volta com a intenção de ir embora imediatamente. A mão dele me pegou pelo braço e me puxou, impedindo que eu continuasse andando. — Me solta — ordenei, virando a cabeça para ele entender que eu estava falando sério.

Ele sorriu e olhou para todos que estavam ao redor. Depois, voltou a fixar os olhos nos meus.

— Com quem você veio? — perguntou, olhando só para mim. Engoli em seco, sem nenhuma intenção de responder.

— Quem trouxe você? — gritou, me fazendo dar um pulo. Foi a gota d'água.

— Me solta, filho da… — comecei a gritar, mas não serviu de nada: ele me segurava com tanta força que estava me machucando.

Então, uma das pessoas da festa falou.

— Eu sei quem foi — anunciou um sujeito gorducho cuja pele não tinha lugar para mais tatuagens. — Zack Rogers chegou com ela.

— Traga-o para cá — simplesmente ordenou.

Meu irmão fake estava se comportando como um típico delinquente e comecei a ficar com medo de verdade. De repente, me arrependi profundamente de ter batido nele. Não que ele não merecesse, mas parecia que eu tinha agredido o diabo em pessoa.

Dois minutos depois, Zack apareceu na cozinha e abriram caminho para que ele entrasse no círculo formado ao nosso redor. Ele olhou para mim como se eu o tivesse traído ou algo parecido.

Qual era o problema daquelas pessoas?

— Foi você quem a trouxe para cá? — meu irmão postiço perguntou com calma.

Zack titubeou por uns instantes, mas finalmente assentiu com a cabeça. Manteve o olhar em Nicholas, mas deu para notar que estava com medo.

Então, Nicholas deu um soco na barriga do Zack, tão rápido que mal consegui acompanhar, fazendo o rapaz se encurvar de tanta dor.

Dei um grito horrorizada, temendo por ele e sentindo aquela dor no peito que sempre aparecia quando eu presenciava algum tipo de violência. Senti um aperto no peito e tive que me controlar para não sair correndo.

— Nunca mais faça isso — Nicholas advertiu, calma e pausadamente.

Depois se virou para mim, me pegou pelo braço e começou a me levar para a saída.

Eu estava sem forças para resistir. Chegamos à porta e ele parou. Pegou o celular do bolso, resmungou com os dentes cerrados e disse algo para quem quer que ele tivesse ligado.

— Espere aqui — ordenou, sério, e foi para um lugar afastado do barulho das pessoas e da música. De onde ele estava, um pouco depois das escadas da entrada da casa, conseguia me ver perfeitamente, então era melhor eu ficar ali quietinha.

— Você está bem? — perguntou um rapaz que estava por lá.

— Na verdade, não — respondi, me sentindo realmente mal. Eu me apoiei na janela sem poder evitar certas lembranças que estavam bem enterradas no fundo da minha cabeça, mas ressurgiam para me atormentar justo naquele instante. — Acho que estou enjoada.

— Aqui, beba alguma coisa — o rapaz falou, oferecendo um copo.

Peguei o copo sem nem olhar o que tinha dentro. Minha garganta estava tão seca que qualquer coisa cairia bem. Depois de beber todo o conteúdo do copo, abri os olhos. Vi o Nicholas subindo as escadas furiosamente.

— Que merda você está fazendo? — gritou, arrancando o copo da minha mão.

Eu ia responder, mas Nicholas nem estava olhando para mim. Virou-se furioso para o rapaz que tinha me dado a bebida e o pegou pelo colarinho, quase o erguendo do chão.

— O que você deu para ela? — perguntou, sacudindo o rapaz com força. Eu olhei para o copo, assustada e horrorizada.

"Merda!"

6

NICK

"**M**erda!" — O que você deu pra ela? — perguntei para o imbecil que eu segurava pelo colarinho.

O idiota estava olhando para mim completamente aterrorizado.

— Responde! — berrei, amaldiçoando o dia em que tinha conhecido a minha irmã postiça e também o inútil do Zack Rogers, por tê-la trazido para uma festa como aquela.

— Que merda, cara! — ele disse, com os olhos arregalados. — Burundanga — admitiu quando o pressionei contra a parede.

Merda... Era uma droga que uns babacas usavam quando queriam abusar de alguma garota. Não tem cor nem cheiro, por isso era tão fácil de colocar na bebida de alguém sem a pessoa perceber.

O simples fato de pensar no que poderia ter acontecido me tirou do sério e não consegui me controlar. Que tipo de idiota era capaz de fazer uma coisa dessas com uma mulher? Eu ia bater naquele babaca até deixá-lo irreconhecível. Eu ia terminar aquela noite com as minhas mãos detonadas.

Dei tantos socos nele que perdi a conta.

— Nicholas, chega! — uma voz gritou às minhas costas. Minha mão parou antes de ficar estampada novamente na cara daquele filho da puta.

— Se trouxer de novo essa merda para uma das minhas festas, a surra de hoje vai parecer um carinho em comparação com o que vou fazer com você. — Eu me aproximei para garantir que ele escutasse cada uma das minhas palavras. — Ouviu?

O babaca saiu de perto de mim cambaleando e sangrando.

Virei e dei de cara com uma Noah completamente aterrorizada. Alguma coisa aconteceu dentro de mim quando a vi com aquela expressão.

Desgraça, por mais que eu não a suportasse e tenha tido vontade de matá-la, ninguém merecia ser drogado sem consentimento. A expressão de terror no rosto dela demonstrava que, naquela noite, Noah tinha ultrapassado o próprio limite.

Eu me aproximei dela, observando-a com cuidado e procurando amenizar um pouco minha raiva. Quando cheguei perto o suficiente, ela recuou alguns passos e ficou olhando para mim boquiaberta, assustada e trêmula.

— Porra, Noah! Não vou machucá-la! — eu disse, me sentindo um delinquente, embora não tivesse feito absolutamente nada para ela.

Quando a larguei na estrada, imaginei que ela simplesmente ligaria para a mãe e iria para casa com nossos pais. Não passou pela minha cabeça que ela entraria no carro do primeiro imbecil que passasse, muito menos que viria a uma festa tão pouco apropriada para uma garota como ela.

— O que foi que eu tomei? — perguntou, engolindo em seco e olhando para mim como se eu fosse o próprio diabo.

Respirei fundo e olhei para o teto enquanto tentava pensar com clareza. Meu pai tinha acabado de me ligar para perguntar onde diabos estava Noah. A mãe dela estava preocupada, e eu respondi que retornaria o quanto antes, que a Noah tinha ido comigo para a casa do Erik e que naquele momento estava vendo um filme com a irmã dele.

Tinha sido uma mentira completamente improvisada, mas meu pai não podia saber o que tinha acontecido naquela noite, muito menos onde eu estivera. Eu já tinha me safado de muitas situações difíceis para que agora ele percebesse que tudo continuava exatamente igual. Eu consegui manter a minha vida privada nas sombras a muito custo... Não queria que alguém como a Noah me atrapalhasse.

Em menos de um dia, ela conseguiu me tirar do sério mais do que qualquer outra mulher que eu já tivera o prazer de conhecer.

— Você está bem? — questionei, ignorando a pergunta dela.

— Quero te matar — respondeu. Quando baixei os olhos, percebi que as pálpebras dela estavam ficando pesadas. Merda, precisava fazê-la falar com a mãe antes que a situação piorasse.

— Ah, claro... Melhor outra hora — rebati, pegando-a nos braços. — Você vai ficar bem — tentei acalmá-la.

Quando chegamos ao meu carro, abri a porta do motorista e esperei que ela se sentasse.

Então, peguei o celular.

— Você precisa falar para a sua mãe que você está bem e que ela não espere acordada por você — pedi, enquanto procurava o número do meu pai na agenda. — Diga que estamos vendo um filme na casa de uns amigos meus.

— Vá à merda — ela soltou, jogando a cabeça para trás e fechando os olhos com força.

Eu me aproximei e segurei o rosto dela com uma das mãos. Ela abriu os olhos e me olhou com tanto ódio que fiquei com vontade de estraçalhar alguma coisa aos chutes.

— Faça isso ou a coisa vai ficar feia de verdade — exigi, pensando em como o meu pai reagiria se soubesse de tudo o que tinha acontecido naquela noite. Sem falar na mãe da Noah.

— O que você vai fazer comigo? — ela perguntou, olhando para mim com as pupilas cada vez mais dilatadas. — Vai me largar aqui para alguém abusar de mim? — indagou com ironia. — Espera... Isso você já fez — concluiu sarcástica.

Droga, eu merecia aquilo, mas estava sem tempo.

— Estou falando sério. Vai ser melhor para você se disser exatamente o que eu pedi — adverti, enquanto ela colocava o celular na orelha.

Alguns segundos depois, pude ouvir a voz da Raffaella do outro lado da linha.

— Noah, você está bem?

Ela olhou para mim antes de responder.

— Sim — respondeu, para meu alívio. — Estamos vendo um filme... vamos chegar... um pouco tarde — continuou, com o olhar virado para o teto do carro.

— Fico feliz que tenha ido, querida, você vai gostar dos amigos do Nick...

Desviei o olhar quando escutei aquilo.

— Claro — Noah afirmou, sem olhar mais para mim.

— Então, nos vemos amanhã. Te amo.

— Eu também, tchau — despediu-se, então peguei o telefone da mão dela e o guardei no meu bolso.

Dei a volta no carro e me sentei no banco do motorista. Ficaríamos ali para ver qual era a tolerância da Noah às drogas.

Eu me virei para ela.

— Estou com calor — ela disse, de olhos fechados. E, realmente, pude ver o suor tomando conta da testa e do pescoço dela.

MINHA CULPA

— Vai passar, não se preocupa — eu a tranquilizei, torcendo para minhas palavras não me traírem.

— Quais são os efeitos dessa droga? — perguntou com a voz mole.

Titubeei por um momento antes de responder.

— Suor... calor e frio ao mesmo tempo... sonolência... — respondi, desejando que aqueles fossem os únicos efeitos que ela sentiria.

Se ela começasse a vomitar ou apresentasse taquicardia, eu teria de levá-la para o hospital e as coisas não iam acabar bem.

Ela estava com as bochechas vermelhas e seus cabelos já tinham começado a grudar na testa. Percebi que tinha um elástico em um dos pulsos.

Eu me estiquei por cima dela e peguei o elástico. O mínimo que eu podia fazer era ajudá-la a ficar o mais confortável possível.

— O que você está fazendo? — perguntou, e notei o medo na voz dela.

Respirei fundo, tentando manter as minhas emoções sob controle. Nunca tinha feito algo assim para uma mulher... e ver a Noah aterrorizada, com medo de mim, doía como um soco no estômago.

Aquela adolescente tinha me esgotado em questão de horas.

— Tentando ajudar — respondi, enquanto juntava seus longos cabelos loiro-acobreados em um coque improvisado no topo da sua cabeça.

— Pra isso você teria que desaparecer — rebateu, arrastando as palavras.

Acabei achando graça. Nunca tinha conhecido uma garota com tanta audácia. Ela não sabia com quem estava se metendo, quem eu era, nem o que eu era capaz de fazer... No fim das contas, era legal viver uma situação nova.

Veio à minha cabeça a imagem dela depois que me deu aquele soco. Tinha sido muito inesperado. E, além disso, o primeiro soco que eu tinha levado em muito tempo...

Instintivamente, segurei a sua mão direita e observei as juntas dos dedos inchadas. Ela deve ter usado toda a força que tinha para ficar com as mãos daquele jeito, e senti pena dela. De repente me vi lhe ensinando como se dá um soco bem dado.

Fiquei olhando para ela com certa preocupação. Agora, com o cabelo preso, consegui reparar em alguns traços que não tinha apreciado antes. Ela tinha um pescoço bonito e maçãs do rosto bem altas, salpicadas por milhares de sardas. Sorri por algum motivo inexplicável. Ela tinha cílios longos, que criavam uma sombra escura sobre suas bochechas, mas o que chamou mais a minha atenção foi a pequena tatuagem embaixo da orelha esquerda, no alto do pescoço.

Era um nó em forma de oito...

Meu olhar se voltou imediatamente para o meu braço, onde eu tinha tatuado esse mesmo nó há três anos e meio. Era um nó perfeito, um dos mais resistentes, e por isso mesmo tinha decidido tatuá-lo. Significava que, se as coisas se entrelaçassem bem, com planejamento, o resultado podia ser indestrutível. Não imaginava que ela pudesse ter tatuado aquele nó, nem feito qualquer outra tatuagem. Não combinava com a imagem dela que eu tinha na minha cabeça.

Com um dedo e com cuidado, acariciei aquela tatuagem, que era minúscula em comparação com a minha, e senti como se a pele dos dois tivesse se arrepiado.

Mesmo inconsciente, Noah se mexeu inquieta, e senti algo na boca do meu estômago, algo estranho e incômodo.

Eu me virei para o volante e dei partida no carro, não sem antes pôr o cinto de segurança nela. Meus olhos voltaram a pousar sobre a tatuagem por uns segundos. Respirei profundamente e me concentrei na estrada. Por sorte não tivera tempo de beber muito mais que uma dose e uma cerveja, então consegui dirigir com tranquilidade até nossa casa.

Como sempre, as luzes do lado de fora estavam acesas. Já tinha passado das duas da madrugada e rezei para que nossos pais estivessem dormindo. Noah estava completamente fora de si e eu não podia deixar que meu pai nos descobrisse.

Parei o carro na minha vaga e desci tentando não fazer barulho. Com cuidado, soltei o cinto de segurança dela e a peguei nos braços. Ela estava ardendo, e fiquei com medo de que a febre subisse a ponto de se tornar preocupante.

— Onde estamos? — perguntou, tão baixo que mal a escutei.

— Em casa — respondi para tranquilizá-la, ao mesmo tempo que tentava abrir a porta da casa com ela nos braços.

Lá dentro a escuridão reinava, exceto pela luz de uma pequena lâmpada que estava acesa em uma das mesinhas da sala. Desde que Raffaella se mudara para lá, tinha a mania de deixar uma dessas luzes acessas à noite.

Fui para as escadas com Noah em meus braços e suspirei aliviado quando chegamos ao quarto dela. Estava tudo completamente escuro. Os braços dela se tensionaram e seguraram meu pescoço com mais força.

Achei estranho que ela ainda tivesse alguma consciência e me aproximei rapidamente da cama dela, para enfim deixá-la mais confortável.

— Não... — ela disse com uma voz assustada.

— Fica tranquila — eu retribuí, assustado com a força com a qual ela estava me segurando.

— Não me deixa sozinha... Estou com medo — pediu, e pude notar o pânico em sua voz. Achei o pedido estranho, já que tinha certeza de que eu é que causara aquele medo, então não havia sentido em ela querer ficar comigo.

— Noah, você está no seu quarto... — comentei sentando-me na cama, com ela apoiada em mim.

Aquilo era tão estranho...

Então, ela abriu os olhos e me observou aterrorizada.

— A luz... — ela disse com a voz mole, como se pronunciar aquelas palavras lhe custasse a própria vida.

Olhei para ela confuso... não havia nenhuma luz acesa.

— Acende a luz — quase suplicou.

Olhei para ela por alguns segundos e percebi que não estava assustada porque eu estava com ela naquele quarto, nem por causa da droga, nem porque não conseguia se mexer... Ela estava com medo do escuro.

— Você tem medo do escuro? — perguntei, ao mesmo tempo que me inclinava com ela ainda no colo para acender o abajur do quarto.

O corpo dela relaxou no mesmo instante.

Franzi a testa, me perguntando por que aquela garota parecia ser tão complicada. Eu me inclinei e a acomodei em cima dos travesseiros.

Olhei para ela por uns instantes para me certificar de que estivesse respirando normalmente. Estava, e fiquei muito grato por ela ser uma garota forte.

— Vai embora do meu quarto — ordenou, e foi exatamente o que eu fiz.

Acho que foi a minha atitude mais sensata em toda aquela noite.

7

NOAH

Abri os olhos naquela manhã me sentindo verdadeiramente mal. Pela primeira vez na minha vida, a luz estava me incomodando. Minha cabeça doía muito e eu estava me sentindo muito estranha. Era difícil de explicar, mas parecia que eu tinha consciência de cada movimento dos órgãos do meu corpo, uma sensação incômoda, esquisita e perturbadora. Estava com a garganta seca, como se não tivesse bebido nenhum líquido por uma semana.

Com dificuldade, fui até o banheiro e me olhei no espelho.
Meu Deus, que horror! Eu me lembrei de tudo.
Senti o meu corpo inteiro estremecer, dos pés à cabeça.
Mirei-me no espelho. Estava com os olhos inchados e o cabelo bagunçado em um coque malfeito. Fiquei surpresa, pois não me lembrava de ter prendido o cabelo. Tirei o vestido, escovei os dentes para não sentir aquele gosto amargo na boca e vesti meu short de pijama e minha camiseta furada favorita.

As lembranças passavam fugazes pela minha cabeça. Eu só conseguia pensar em uma coisa: a droga... Tinha sido drogada. Ingeri alguma droga, entrei no carro de um desconhecido, me enfiei em uma festa de valentões... E tudo por culpa de uma pessoa.

Saí do meu quarto batendo a porta e atravessei o corredor para ir ao quarto do Nicholas.

Abri sem avisar e me deparei com uma catacumba de urso, se é que dava para chamar assim. Havia uma pessoa sob as cobertas daquela imensa cama de cor escura.

Eu me aproximei da cama e sacudi quem estava dormindo ali, muito tranquilo, como se eu não tivesse sido drogada por causa dele.

— Que merda… — ele resmungou com a voz mole, sem abrir os olhos.

Observei aqueles cabelos pretos que se camuflavam entre os lençóis escuros e puxei o edredom com força, descobrindo-o por completo, sem me importar com nada.

Pelo menos ele não estava pelado, mas usava apenas uma cueca boxer branca que me deixou abalada por alguns instantes.

Ele estava dormindo de barriga para baixo, então tive uma visão panorâmica das costas largas, das pernas grossas e, bem, daquele bumbum esplêndido.

Acabei me obrigando a concentrar-me no que era mais importante.

— O que aconteceu ontem à noite? — quase gritei enquanto o sacudia pelo braço para ele acordar.

Ele grunhiu incomodado e segurou a minha mão para que eu parasse, ainda com os olhos fechados.

Com um movimento, ele me puxou para a cama dele.

Caí sentada ao seu lado e tentei me soltar, o que ele não permitiu.

— Nem drogada você cala essa boca, que merda… — repetiu o impropério e finalmente abriu os olhos.

Duas íris azuis se fixaram nos meus olhos.

— O que você quer? — perguntou, soltando o meu pulso e se afundando na cama.

Levantei-me de imediato.

— O que você fez ontem à noite enquanto eu estava drogada? — questionei, temendo pelo pior.

Meu Deus… Se ele tivesse feito alguma coisa…

Nicholas virou os olhos e fez cara de bravo.

— Fiz de tudo — respondeu, tirando toda a cor do meu rosto.

Depois, começou a rir, e eu dei um soco no peito dele.

— Idiota! — eu o insultei, notando como o sangue subia pelas minhas bochechas por causa da raiva.

Nicholas me ignorou e se levantou da cama.

Então, alguém entrou no cômodo, um ser peludo e tão obscuro quanto o dono e aquele maldito quarto.

— Ei, Thor, está com fome? — perguntou, olhando para mim com um sorriso divertido. — Tenho um petisco delicioso aqui pra você…

— Vou embora — falei, indo para a porta. Não queria mais ver aquele idiota, nunca mais, e o fato de saber que aquilo era impossível piorou ainda mais o meu humor.

Nicholas me parou no meio do quarto. Quase bati de frente em seu peito despido.

Seus olhos buscaram os meus e mantive o olhar desconfiado e desafiador.

— Desculpe por ontem à noite — ele disse. Por alguns milagrosos segundos, achei que ele estivesse pedindo perdão, mas estava errada. — Mas você não pode contar absolutamente nada sobre o que aconteceu, senão estou ferrado — continuou, e percebi que ele só estava pensando em salvar a própria pele, independentemente do que acontecesse comigo.

Dei uma risada irônica.

— Disse o futuro advogado — comentei com sarcasmo.

— Não diga nada a ninguém — advertiu-me, ignorando o meu comentário.

— O quê? — retruquei em tom de desafio.

Seus olhos percorreram meu rosto, meu pescoço e pararam na minha orelha direita. Ele roçou o dedo em um ponto muito importante para mim.

— Ou talvez esse nó não seja forte o suficiente para você — sussurrou, dando um passo para trás. O que ele sabia sobre ser forte ou sobre a minha tatuagem?

— É só você me ignorar, e eu farei a mesma coisa... Assim, poderemos suportar os pouquíssimos momentos em que seremos obrigados a ficar juntos. Combinado? — propus, rodeando-o e depois me afastando.

Thor olhou para mim abanando o rabo.

Pelo menos o cachorro não me odiava mais, disse para mim mesma enquanto saía do quarto.

A primeira coisa que fiz depois foi ir para o meu quarto. Estava incomodada com o fato de não me lembrar de nada do que tinha acontecido. O que eu mais odiava era que Nicholas talvez tivesse visto algo em mim que eu nunca teria mostrado para ele. Não entendia por que tinha construído dentro de mim uma rejeição tão grande a ele, em tão pouco tempo, mas ao mesmo tempo fazia sentido, porque Nicholas Leister representava absolutamente tudo o que eu odiava em uma pessoa: era violento, perigoso, abusivo, mentiroso, ameaçador... Todas as características que me faziam sair correndo para a direção oposta.

Notei que minha bolsa estava jogada de qualquer jeito na minha cama. Peguei meu celular dentro dela e o coloquei para carregar enquanto o ligava, nervosa. Que merda, o Dan ia me matar. Tinha prometido ligar para ele na noite anterior, ele devia estar subindo pelas paredes. Maldito Nicholas Leister! Era tudo culpa dele!

Porém, ao verificar os meus aplicativos, percebi que não havia nenhuma mensagem ou chamada perdida. Isso, sim, era bem estranho...

Estava um dia lindo lá fora, muito apropriado para ir à praia ou nadar pela primeira vez naquela piscina tão impressionante. Com o humor um pouco melhor, decidi tomar sol com tranquilidade, ler um bom livro e tentar me esquecer do que tinha acontecido. Ou, ainda pior, do que poderia ter acontecido. Com esses pensamentos em mente, caminhei até o meu impressionante e luxuoso armário. Em uma caixa, encontrei um monte de roupas de banho e a vasculhei até achar um maiô.

Olhei o meu corpo despido no espelho e observei com atenção a parte que me deixava mais complexada. Tentei não dar muita importância para ela. Afinal de contas, estava na minha casa.

Com uma saída de praia e uma toalha lilás, saí do meu quarto pronta para enfrentar o meu primeiro café da manhã naquela casa.

Ainda era muito estranho andar por ali. Era a mesma sensação de quando eu era pequena e meus pais me deixavam dormir na casa das minhas amigas. À noite, quando eu ficava com vontade de ir ao banheiro, simplesmente não ia, por medo de dar de cara com algum dos moradores da casa.

Quando cheguei na cozinha, encontrei minha mãe, envolta em uma bata branca de seda e calçando pantufas, ao lado de um Will muito bem arrumado, pronto para ir trabalhar.

— Bom dia, Noah — ele me cumprimentou. — Dormiu bem?

"Maravilhosamente, considerando que eu tinha ficado inconsciente e agora estava com uma dor de cabeça infernal."

— Não foi o melhor sono da minha vida — respondi afiada. Minha mãe se aproximou para me dar um beijo na bochecha.

— Você se divertiu com o Nick e os amigos dele? — ela perguntou esperançosa.

"Ah, minha mãe, como está enganada. Você não faz a menor ideia de quem é o seu novo enteado."

— Falando nele... — William disse atrás de mim, enquanto se levantava da mesa e Nick aparecia.

— E aí, família? — ele cumprimentou com um tom seco, indo na direção da geladeira.

— Como foi a noite? — minha mãe quis saber, olhando contente para ele. — Gostou do filme? — perguntou, olhando para mim.

"Filme?"

— Mas que... — comecei, mas então Nick bateu a porta da geladeira com força e se virou para mim com seus olhos gelados.

— O filme foi incrível, não é, Noah? — ele disse, com um olhar marcante para mim.

Naquele momento, percebi que poderia deixá-lo muito bravo. Se dissesse a verdade, vai saber o que o pai falaria para ele. Sem contar a confusão em que ele se meteria se eu decidisse denunciá-lo por ingerir bebidas alcoólicas e oferecer álcool para uma menor de idade — eu, no caso —, por deixar que me drogassem e, claro, por ter me largado sozinha no meio da estrada.

Aproveitei até não poder mais enquanto dava a entender com o olhar que não tinha a menor ideia do que estávamos falando.

— Não me lembro muito bem — respondi, saboreando aquele momento de tensão. — Era *Dormindo com o Inimigo* ou *Traffic*? — perguntei, sabendo que adoraria vê-lo naquela situação tensa. No entanto, para minha surpresa e desgosto, ele soltou uma risada.

O sorriso desapareceu do meu rosto.

— Foi *Segundas Intenções* — respondeu, surpreendendo-me, porque era um dos meus filmes favoritos. Irônico, já que os protagonistas eram irmãos de criação que se odiavam...

Fulminei Nicholas com o olhar e minha mãe perguntou, desconfiada:

— Do que vocês estão falando?

— De nada — respondemos em uníssono, e isso me incomodou ainda mais.

Eu me aproximei da geladeira, à qual ele se apoiava com os braços cruzados, em posição intimidadora, enquanto minha mãe nos ignorava e se despedia do novo marido.

Ficamos nos olhando por um instante: eu o estava desafiando com o olhar, enquanto ele parecia estar em um dos melhores momentos da sua vida.

— Vai me dar licença ou não? — eu disse, tentando abrir a geladeira.

Ele levantou as sobrancelhas, achando graça.

— Olha, sardenta, acho que temos que esclarecer algumas coisas se vamos conviver sob o mesmo teto — ele falou, sem se mover.

Olhei para ele com frieza.

— O que você acha de, quando você entrar, eu sair? De quando eu o vir, ignorá-lo? De quando você disser alguma coisa, eu fingir que não escutei? — propus com um sorriso irônico, amaldiçoando o momento em que o conhecera.

— Eu parei na parte de entrar e sair... — comentou com um tom pervertido, sorrindo ao ver que eu tinha ficado vermelha.

Maldição.

— Tenho nojo de você — soltei, enquanto o empurrava para que ele me deixasse abrir a geladeira.

Ele finalmente saiu, e consegui pegar meu suco de laranja.

Minha mãe tinha saído da cozinha com uma xícara de café com leite em uma das mãos e um jornal na outra. Sei que ela queria que eu me desse bem com o Nicholas, que fôssemos amigos e que, por um milagre divino, eu gostasse dele como o irmão mais velho que nunca tive.

Ridículo.

Eu o observei enquanto me sentava em um dos bancos brancos perto da ilha e servia o suco em um copo de vidro. Nicholas estava usando uma calça esportiva e uma regata simples. Seus braços eram fortes, e, tendo presenciado os socos que ele tinha desferido naqueles dois caras em menos de dez minutos, eu sabia que era melhor ficar bem longe deles. Não dava para saber do que ele era capaz. Então, ele se virou com o café em uma das mãos e eu a vi: a tatuagem... Era a mesma tatuagem que eu tinha no pescoço... O mesmo nó, o mesmo símbolo que significava tantas coisas para mim... Aquele energúmeno tinha um nó idêntico tatuado no braço.

Fiquei observando atenta e com um aperto no peito enquanto ele se aproximava e se sentava diante de mim. Seus olhos me fitaram por um instante, até perceberem que os meus os miravam com tanta firmeza.

Deixou a xícara na mesa e se inclinou, com os antebraços apoiados na superfície.

— Eu também fiquei surpreso — admitiu, bebendo um gole do café.

Seu olhar repousou sobre o meu rosto e depois baixou para o meu pescoço.

Eu me senti incomodada e exposta.

— No fim das contas, parece que temos algo em comum — declarou com frieza.

Parecia que ele também estava incomodado com a coincidência.

Levantei-me, tirei o elástico que prendia os meus cabelos e eles caíram em cascata, cobrindo meu pescoço e minha tatuagem. Em seguida, saí da cozinha.

Alguma coisa nas últimas palavras dele tinha me tocado... Era como se eu soubesse de alguma maneira por que ele tinha aquela tatuagem, e como se eu o entendesse...

Fui para o jardim dos fundos da casa. Era incrível como dava para ver o mar dali e como a brisa marinha me envolvia com seu perfume e calidez. Não podia negar que gostava muito daquela vista e do fato de estar morando tão perto do mar.

Eu me aproximei das espreguiçadeiras de madeira que ficavam perto da impressionante piscina. Ela era retangular, e no canto havia uma cascata que dava ao jardim um toque selvagem e ao mesmo tempo elegante. Na lateral esquerda do jardim havia uma jacuzzi, posicionada estrategicamente entre pedras enormes para que fosse possível apreciar a paisagem esplêndida de dentro dela.

Decidida a aproveitar tudo aquilo, tirei a minha saída de praia, certificando-me antes de que não havia ninguém ao meu redor, e me deitei em uma das espreguiçadeiras com a intenção de tomar sol e ficar bronzeada em menos de uma semana. Tinha que aproveitar as poucas semanas de férias que me restavam, pois em um mês começariam as aulas na minha nova escola de filhinhos de papai. Peguei o meu celular e verifiquei se havia alguma chamada perdida das minhas amigas ou, o que era mais importante, do meu namorado, o Dan.

Nenhuma.

Senti um pequeno aperto no peito, mas não me deixei ficar preocupada. Logo ele ia me ligar, eu tinha certeza... Quando eu contei que ia embora, ele ficou muito agitado. Estávamos saindo há nove meses e ele era meu primeiro namorado oficial. Eu o amava, sabia que o amava porque ele nunca me julgava, porque sempre estava do meu lado quando eu precisava... e, além de tudo, ele era lindo de morrer. Quando começamos a sair, eu não me aguentava de alegria: era a adolescente mais feliz do universo... e agora tinha sido forçada a me mudar para outro país.

Abri o aplicativo de mensagens e escrevi para ele:

> Já estou aqui e com saudades, queria que você estivesse aqui comigo. Me liga quando ler a mensagem.

Olhei a mensagem e notei que ele tinha acessado o aplicativo há trinta minutos. Com um suspiro, deixei o celular na espreguiçadeira e me aproximei da piscina.

A água estava na temperatura perfeita, então me alonguei, levantei as mãos e mergulhei de cabeça. Foi libertador, refrescante e divertido, tudo ao mesmo tempo. Comecei a nadar, aproveitando o exercício para me livrar de toda a tensão.

Uns quinze minutos depois, saí da água e me deitei na espreguiçadeira, esperando que o sol fizesse o seu trabalho. Peguei o celular para ver se Dan tinha respondido e vi que ele estava on-line, mas ainda não tinha me mandado nada, o que me fez franzir a testa.

Nesse mesmo instante chegou uma mensagem da minha amiga Beth, conversadeira como sempre:

> E aí, miga, o que está fazendo? Me conta tudo

Sorri e respondi para ela, me sentindo um pouco nostálgica.

> Meu pseudoirmão é pior do que eu imaginava, mas estou me acostumando com a ideia de que vou conviver com ele. Você não imagina o quanto queria estar com vocês! Que saudades!

Escrevi sentindo um nó no estômago. Beth e eu fazíamos parte do mesmo time de vôlei. Eu tinha sido a capitã nos últimos anos e, agora que tinha ido embora, a responsabilidade ficara para ela. Adorei ver a felicidade dela, pelo menos teria algo de bom na minha mudança... Embora ela nunca tivesse comentado que queria ser a capitã do time.

> Você deve estar exagerando! Aproveita a sua nova vida milionária! Como eu sempre disse, sua mãe é boa mesmo em dar um golpe do baú! Hahaha

Odiava esse tipo de comentário. Ela já o tinha feito mais de uma vez e eu não suportava que as pessoas achassem que minha mãe tinha se casado por interesse.

Ela não era assim; pelo contrário: gostava das coisas simples, assim como eu, e se tinha se casado com o Will era porque estava apaixonada por ele de verdade.

Decidi não falar nada sobre isso, principalmente porque não queria discutir a tantos quilômetros de distância.

Então, ela me mandou uma foto.

Ela e o Dan com os braços entrelaçados, os rostos avermelhados. Meu namorado era loiro de olhos castanhos, um colírio para os olhos. Doeu vê-lo assim tão feliz. Fazia menos de quarenta e oito horas que eu tinha ido embora... Ele podia ter ficado um pouco mais triste, né? Acabei perguntando:

> Ele está aí com você agora?

A resposta demorou muito para chegar, e senti de novo aquela sensação de alarme na cabeça.

> Sim, estamos na casa da Rose. Vou pedir para ele falar com você.

Desde quando a Beth decidia quando meu namorado podia responder às minhas mensagens?

No mesmo instante, uma mensagem do Dan chegou, com uma dessas carinhas sorridentes.

> Oi, gata, já está com saudades? 😀

"Mas é claro", eu queria ter gritado, mas me contive e respondi demonstrando o mau humor que tomava conta de mim.

> Por acaso você não está?

Passaram-se uns bons segundos até ele me responder. Odiava que demorasse tanto.

MINHA CULPA

> Claro que estou! Não é a mesma coisa aqui sem você, minha linda, mas tenho que ir. Logo eu te ligo, tá bom? Amo você.

Milhares de borboletas revoaram no meu estômago quando ele me mandou aquilo. Eu me despedi e deixei o celular de lado.

Não via a hora de poder falar com ele, ouvir a sua voz… Meu Deus, não fazia ideia do que fazer para não sentir falta dele o dia inteirinho.

Então, ouvi vozes se aproximando do jardim. Eu me virei depressa, peguei a minha saída de praia e a vesti pela cabeça.

Nick apareceu com mais três garotos. Que merda.

Eram os mesmos que eu tinha visto na festa no dia anterior. Um era quase tão alto quanto ele, bronzeado por causa do sol, cabelos loiros como ouro e olhos azuis. O outro era mais baixo em comparação com o Nick e os outros dois amigos, e nem me surpreendi ao perceber que estava com um olho roxo. Depois de ver o Nick em ação, não me surpreenderia se seus amiguinhos fossem tão violentos e babacas quanto ele. O último foi o que mais me chamou a atenção, simplesmente porque foi o primeiro a se aproximar de mim. Tinha cabelos castanho-escuros e olhos tão pretos quanto a noite. Ele era intimidador, e muito, principalmente pela quantidade de tatuagens nos braços.

— E aí, gata… Então, é você a nova fantasia erótica que todos temos na cabeça? — perguntou, deitando-se na espreguiçadeira ao meu lado.

Nicholas se deitou na outra com um sorriso nos lábios.

— Como é que é? — rebati, inclinando-me e olhando fixamente para ele.

O sujeito deu uma risada e depois olhou para o Nick.

— Você tinha razão, ela é um espetáculo — disse, olhando para mim de uma maneira que me deixou incomodada.

Retribuí com um olhar de nojo. Enquanto isso, os outros dois amigos mergulharam na piscina com tanto estardalhaço que a água espirrou e me acertou em cheio. Minha saída de praia ficou colada no meu corpo.

— Cuidado, idiotas! — Nicholas gritou, pegando a toalha que estava do meu lado para se secar.

Do outro lado, o babaca número três soltou uma gargalhada.

— Por mim, não tem problema — ele disse com uma voz estranha. Virei-me para observá-lo. — Você é bonita demais para ter só quinze anos — comentou, olhando fixamente para os meus seios, marcados agora que a saída de praia tinha grudado no meu corpo.

— Tenho dezessete, e se continuar me olhando assim, você vai sentir dor em partes muito importantes do seu corpo — ameacei, desgrudando a peça de roupa.

Nesse mesmo instante, o Nicholas me jogou a toalha que tinha roubado e rapidamente me cobri com ela.

— Deixa ela em paz, cara — pediu com um tom sério —, senão vou ter que jogá-la na água pra ela calar a boca, e estou muito de boa.

Soltei uma risada irônica.

— Vai ter que fazer o quê? — alfinetei, virando-me para ele. Ele estava em traje de banho e tive outra vez uma visão privilegiada do seu peitoral e da tatuagem.

Ele tirou os óculos Ray-Ban e seus olhos azuis me observaram com cuidado. Adquiriram um tom azul-celeste impressionante sob a luz do sol e me distraí por alguns segundos.

— Você não acha que eu me esqueci do soco que me deu ontem, né? — ele disse, inclinando-se para mim. Meus olhos se desviaram para as juntas das minhas mãos, que ainda estavam doloridas por causa do golpe. A mandíbula dele, no entanto, não tinha um arranhão sequer.

— Você está me ameaçando? — perguntei, desafiando-o com o olhar.

Aquele cara estava de brincadeira comigo.

Do outro lado, ouvi uma gargalhada.

— Gostei dessa garota, Nick. Ela tem que sair com a gente mais vezes — comentou o tatuado, antes de se levantar e mergulhar de cabeça na água.

— Olha, sardenta, você não pode falar comigo assim, de qualquer jeito — advertiu, sentando e se inclinando na minha direção. — Está vendo esses caras? — prosseguiu, apontando para a piscina sem esperar a minha resposta. — Eles me respeitam, sabe por quê? Porque sabem que eu consigo quebrar as pernas deles em um estalar de dedos. Então, cuidado com a maneira como fala comigo. É só ficar longe de mim que tudo vai ficar bem.

Ouvi em silêncio enquanto planejava como dar o troco.

— Engraçado você tentar me ameaçar sabendo que eu posso muito bem dedurá-lo para o seu pai, não acha?

Nick apertou a mandíbula com força e eu sorri com soberba. Noah um, Nick zero.

— É melhor não fazer esses joguinhos comigo, Noah. Acredite.

Ignorando o quanto me afetava ter aqueles olhos fixos sobre mim, inclinei-me para pegar um pouco de protetor solar. Precisava manter as mãos ocupadas.

— Não espere que eu o trate com respeito, porque você está bem longe de merecer — rebati, muito séria. — Você não quer que eu conte nada do que aconteceu ontem à noite? Então, guarde seus comentários para si mesmo e peça aos seus amiguinhos que me deixem em paz.

Antes que ele pudesse me responder, um dos babacas saiu da piscina e se sentou perto de mim. Gotículas de água provenientes do corpo dele me atingiram e me afastei, incomodada.

— Você precisa de ajuda? Posso passar protetor nas suas costas, gata.

Olhei fixamente para o Nick.

— Saia daqui, Hugo... Minha irmãzinha e eu estamos tendo uma conversa muito interessante — ele ordenou, sem tirar os olhos dos meus.

Hugo se levantou sem que fosse necessário pedir duas vezes.

Muito bem.

— Nos vemos à noite? — perguntou antes de sair. Nick assentiu em silêncio. — As apostas estão altas, cara. Temos que ganhar esses rachas de qualquer jeito.

Nicholas o fulminou com o olhar e aquilo chamou a minha atenção. Eu tinha acabado de ouvir a palavra "rachas"?

— Já falei pra você ir embora.

Hugo franziu a testa, voltou a olhar para mim e depois pareceu se dar conta de que tinha acabado de dar com a língua nos dentes.

Quando ele foi embora com os outros amigos, dei meia-volta e encarei meu pseudoirmão.

— Rachas?

Nick colocou os óculos escuros de volta e se deitou com a cabeça voltada para o sol.

— Não faça perguntas se não quer ouvir as respostas.

Mordi meu lábio, intrigada, mas não ia insistir. Não me importavam nem um pouco as encrencas nas quais Nicholas Leister se metia...

Ou era isso que eu achava.

Durante a tarde, aproveitei para passar um tempo com a minha mãe. Era a noite da festa da empresa do William, e minha mãe tinha dito que todos devíamos ir, em família. Não estava com muita vontade de ir, mas sabia que não poderia me livrar dessa: o William estava trabalhando há meses nesse evento e esperava que comparecêssemos.

Eu estava sentada em um sofá dentro do *closet* dela. O quarto novo da minha mãe era ainda mais impressionante que o meu. Com decoração em tons de creme e uma cama de casal imensa, era tão imponente quanto uma suíte de hotel de luxo, e havia dois *closets* em vez de um. Eu nem achava que um homem precisasse de um só para si, mas ao ver as centenas de camisas, paletós e gravatas do armário de William, percebi que estava errada.

Aquela noite seria muito importante para a minha mãe, obviamente. Todos os amigos próximos e figurões importantes da indústria e do mundo jurídico estariam lá, e alguns teriam a honra de ver a minha mãe pela primeira vez. Achei fofo o quanto ela estava nervosa.

— Mãe, você vai ficar espetacular, não importa o que estiver vestindo. Por que não se acalma um pouco?

Ela se virou e olhou para mim com um sorriso radiante. Fiquei sem ar ao vê-la tão feliz.

— Obrigada, Noah — disse, levantando um vestido branco e verde para que eu o pudesse ver. — Então, o que acha desse? — perguntou pela oitava vez.

Assenti, ao mesmo tempo que voltava a pensar naquela noite. Se o Nicholas planejava sair da festa para se meter em confusão, pelo menos abria a possibilidade de eu cair fora junto com ele... Ou pelo menos era isso que eu dizia para mim mesma, esperançosa.

— O seu vestido também é maravilhoso — minha mãe afirmou, e voltei a imaginar aquela peça. — Por favor, não faça essa cara. Não dói se arrumar um pouquinho de vez em quando — ela adicionou ao perceber que eu mal sorria.

— Desculpe — falei com voz séria; ultimamente o meu humor estava uma verdadeira montanha-russa. — Mas não estou com um pingo de vontade de ir a festas ou jantares nesse momento.

— Vai ser divertido, prometo — garantiu, tentando me animar.

Pensei no Dan... No quanto ele gostaria de me ver com o vestido que eu ia usar à noite... Qual era o sentido de ficar bonita se ninguém que me importava prestaria atenção em mim?

— Com certeza... — respondi, engolindo meu incômodo. — Acho melhor eu começar a me arrumar.

Minha mãe parou o que estava fazendo e caminhou na minha direção.

— Obrigada por fazer isso por mim, filha. Significa muito.

Assenti tentando sorrir.

— De nada — respondi, deixando que ela me abraçasse. Percebi que estava precisando muito daquele contato físico, ainda mais depois de tudo o que tinha acontecido na noite anterior. Grudei na minha mãe com força e deixei que, por uns instantes, ela fizesse eu me sentir como uma criança.

8

NICK

Eu precisava ter muito cuidado com a Noah. Na noite anterior, as coisas poderiam ter acabado muito mal. Se meu pai descobrisse o que eu estava fazendo… Era uma preocupação não saber como continuar mantendo a minha vida oculta, agora que não éramos só duas pessoas morando naquela casa. Eu não deixava que os meus dois mundos se misturassem, era muito cuidadoso com isso, precisava me cuidar.

Como sempre ocorria nessa época, havia corridas ilegais no deserto, e naquele dia, depois da festa, eu precisava ir para lá. Era uma loucura: rock, drogas, carros caros e corridas até o sol nascer. Ou até os policiais aparecerem. Mas eles quase nunca se intrometiam, porque fazíamos as corridas em terra de ninguém. As garotas ficavam malucas, todo mundo ficava bêbado, e a adrenalina era o ingrediente perfeito para tornar aquela a melhor noite de nossas vidas… Menos para o desafiante, claro.

A turma do Ronnie sempre competia contra a gente. O vencedor ficava com o carro do perdedor, sem falar do dinheirão das apostas. Eram perigosos, dava para perceber de cara, por isso todos confiavam em mim quando eles estavam por perto. Ronnie e eu tínhamos uma relação amistosa, mas que poderia ruir tão facilmente quanto se rasga uma folha de papel, e naquela noite eu ficaria o mais alerta possível para ganhar os rachas de qualquer jeito.

Tinha de garantir que a Noah não abriria o bico, por isso, parei na frente da porta do quarto dela antes de irmos para o hotel onde aconteceria a festa.

Depois de chamar três vezes e de esperar quase um minuto, ela apareceu.

— O que você quer? — perguntou, malcriada.

Passei por ela e entrei no quarto. Antes de o meu pai se casar com a mãe dela, aquele quarto era meu.

— A minha academia ficava aqui, sabia? — eu disse, dando as costas para ela e me aproximando da cama.

— Que pena… O menino rico ficou sem os brinquedinhos dele — ela comentou irônica, e virei para encará-la.

Olhei para ela calmamente. Inicialmente, para deixá-la brava, à medida que percorria as suas curvas com os meus olhos, mas, depois, fiquei apenas admirando aquele corpo. Meus amigos tinham razão. Ela era linda, e eu não sabia se isso era bom ou ruim, considerando a minha situação.

Estava com um penteado mais elaborado: um coque no alto da cabeça com cachos que marcavam o rosto dela de maneira elegante e ousada. O que mais me surpreendeu, além do vestido azul-claro que ia até os pés e não dava margem para a imaginação, foi como ela estava maquiada. Sua pele parecia feita de alabastro, seus olhos eram como dois poços sem fundo. Embora eu não gostasse de garotas que exageravam na maquiagem, tinha que reconhecer que ela estava com os cílios tão longos que dava vontade de acariciá-los com os dedos. E aquela boca… Tinha uma cor carmim que seria a perdição de qualquer homem sensato.

Tentei controlar o desejo inesperado que percorreu meu corpo inteiro e soltei o primeiro comentário afiado que fui capaz de elaborar.

— Você está parecendo uma palhaça — disparei, sabendo que tinha mexido com ela. Seus olhos faiscaram e ela ficou vermelha.

— Que bom que você não vai precisar nem olhar para mim — respondeu, dando-me as costas e pegando um colar na penteadeira. Pude ver as suas costas quase despidas e a seda do vestido caindo por ela como se fosse água.

Eu me aproximei sem que ela percebesse. Meus dedos tinham vontade de saber se a pele dela era tão suave quanto parecia…

— O que está fazendo? — ela perguntou, se virando ao perceber que eu estava atrás dela.

Agora, olhando-a de perto, pude ver que não havia nenhuma sarda à mostra.

Peguei o colar das mãos dela e o ergui, para que ela achasse que minha única intenção era ajudá-la.

Ela olhou para mim, desconfiada.

— Vamos, irmãzinha. Acha mesmo que sou assim tão ruim? — questionei, enquanto me perguntava que diabos eu estava fazendo.

— Você é ainda pior — ela respondeu, arrancando o colar das minhas mãos. Seus dedos triscaram na minha pele e fiquei arrepiado.

"Que merda!"

Eu me afastei, frustrado com o que sentia quando ela estava por perto... Tinha sido tomado pelo desejo e isso me incomodava, por saber que não podia olhar nem encostar nela.

— Só vim para garantir que você não vai dar com a língua nos dentes hoje — disse, observando como ela colocava o colar em si mesma sozinha, admirado com essa habilidade.

— Como assim? Em relação a quê? — respondeu, se fazendo de tonta.

Dei um passo em sua direção e a fragrância de um perfume doce inundou os meus sentidos.

— Você sabe que eu tenho um compromisso depois da festa e não quero que solte nenhum comentário engraçadinho quando eu disser para o meu pai que preciso ir embora.

— Porque precisa *trabalhar* em um caso, certo?

Sorri satisfeito.

— Exatamente. Ótimo. Tchau, irmãzinha.

— Volte aqui, Nicholas — ela disse às minhas costas. Parei a uns passos da porta e contraí a mandíbula ao sentir um frio na barriga quando ela falou o meu nome em voz alta. — O que eu ganho com isso?

Quando me virei para encará-la, deparei-me com um sorriso pretensioso em sua linda boca em formato de coração.

— Você ganha paz, porque não vou perder tempo tentando acabar com a sua vida.

Noah levantou suas sobrancelhas perfeitas.

— Não sei como você faria isso.

Dei um passo na direção dela.

— Acredite, você não ia querer saber.

Noah sustentou o olhar sobre mim, sem pestanejar.

— Se for embora da festa, vai ter que me levar junto. Não há nada que eu mais odeie do que estar rodeada de gente que eu não conheço em uma festa sem graça.

— Desculpa, sardenta, mas você deve ter percebido que não tenho vocação para taxista — respondi, destacando minhas roupas elegantes com o olhar.

— Pode tratar de achar uma desculpa que inclua nós dois, porque não vou bancar a filhinha perfeita enquanto você dá o fora para o seu racha.

MINHA CULPA

Merda, o simples fato de ouvir aquilo saindo da boca dela me deixava nervoso, que diabos.

— Tá bom, posso inventar alguma coisa — concordei para deixá-la feliz. Ela não ia nem perceber quando eu desse o fora.

Noah franziu a testa, com seus olhos cor de mel cravados nos meus.

— É incrível como você consegue enganar todo mundo... Sabia que minha mãe o descreveu para mim como um filho perfeito?

— Sou perfeito em muitos aspectos, meu amor — avisei, curtindo aquela conversa. Discutir com essa garota era muito divertido. — Quando você quiser, eu te mostro.

Noah virou os olhos e me observou com ar de superioridade. Normalmente, eu não conseguia tirar as garotas de cima de mim. Com um olhar, elas já grudavam em mim, doidas para me agradar. Eu tinha uma reputação, e as mulheres me respeitavam e me adoravam. Eu lhes dava prazer e elas preservavam o meu espaço. Sempre tinha sido assim, desde que fiz catorze anos e descobri o que as mulheres são capazes de fazer diante de um corpo atraente. E lá estava Noah, que me desafiava o tempo inteiro e não se impressionava comigo.

— É isso que você diz para as garotas quando quer levá-las para a cama? — ela perguntou com soberba. — Comigo não vai funcionar, então poupe os seus esforços — adicionou.

Ao entender ao que ela estava se referindo, senti uma pressão incômoda na minha calça. Por um instante, imaginei-me tirando o seu vestido e fazendo todas aquelas coisas que deixavam as mulheres malucas... Seria divertido dar prazer a Noah até que ela gritasse o meu nome sem parar...

"Merda."

— Não precisa se preocupar. Gosto de mulheres, não de meninas com tranças e sardas.

— Eu nunca uso tranças, idiota.

Dei uma risada, tentando relaxar. Que merda, agora estava com vontade de vê-la de tranças.

— Bom, parece que chegamos a um acordo — afirmei, com a intenção de sair dali imediatamente.

Noah deu uma risada seca.

— Se você considera um acordo entrar aqui dando ordens...

— Você só quer encher o meu saco. Tchau, irmãzinha.

Recebi um olhar gelado como resposta, mas saí sem olhar para trás. Já do lado de fora, me apoiei na parede. Maldição, eu nunca tinha me descontrolado daquela maneira... Estava me sentindo... vulnerável, como um menino de treze anos...

Tirei aqueles pensamentos da minha cabeça e peguei meu celular.

> Passo na sua casa antes da festa.

Depois, andei pelo corredor até as escadas.

Precisava descarregar a tensão antes de enfrentar aquela noite e ninguém melhor para me ajudar do que a Anna.

Vinte minutos depois eu estava na porta da casa dela. Anna era o meu contatinho favorito para noites como aquela. Ela era filha de um dos banqueiros mais importantes de Los Angeles e nossos pais eram amigos dos tempos de faculdade. Anna cresceu me torturando à medida que seu corpo se desenvolvia, e eu fiquei à sua mercê quando era mais novo e não tinha ideia de como lidar com uma mulher.

Aprendemos juntos, e um sabia como agradar ao outro. Além do mais, ela nunca exigia explicações nem me desafiava.

Por isso, arrastei-a de volta para o quarto quando ela se aproximou e abriu a porta para mim.

— O que está fazendo? — ela perguntou quando eu fechei a porta rapidamente e a peguei nos braços.

— Vamos transar, o que você acha? — respondi, jogando-a na cama.

Anna sorriu e começou a erguer o vestido de maneira provocante. Ao contrário de Noah, ela estava com o cabelo solto e usava um vestido tão curto que nem precisei levantá-lo muito para chegar ao que me interessava.

— Vamos nos atrasar — ela reclamou, aproximando o rosto do meu e beijando a minha boca.

— Você sabe que eu não me importo — respondi, levando-a ao êxtase e adquirindo a calma que tanto desejava desde que aquela bruxa com sardas apareceu na minha vida.

Quinze minutos depois, estava colocando a gravata e acendi um cigarro na sacada da Anna.

Ela apareceu perto de mim, com o vestido de volta ao seu lugar, o cabelo bem penteado e os lábios inchados dos tantos beijos que tínhamos dado.

— Como estou? — perguntou, grudando em meu corpo de maneira provocante. Olhei para ela com atenção. Era bonita e tinha um corpo lindo. Tinha o cabelo castanho-escuro, igual aos olhos... Sempre me intrigou o fato de Anna não ter um namorado. Ela era bonita o suficiente para estar com quem quisesse, mas... ali estava ela, perdendo tempo com alguém como eu.

— Muito bonita — respondi, dando um passo para trás. Precisava de alguns instantes de tranquilidade, terminar o meu cigarro e me preparar psicologicamente para o que viria naquela noite.

— Está preocupado com o Ronnie? — perguntou, apoiando-se no guarda-corpo e olhando para mim à distância. Ela entendia quando eu precisava do meu espaço, quando eu queria ficar sozinho. Era por isso que eu sempre a procurava.

Dei mais uma tragada e soltei a fumaça com tranquilidade.

— Não estou preocupado — disse. — "Irritado" seria a palavra.

Ela olhou para mim com curiosidade.

— Por causa da sua madrasta? — perguntou. Ela sabia do novo casamento do meu pai e do pouco que eu tolerava aquela situação, apesar de tentar esconder a minha insatisfação.

— Da filha dela — declarei, apagando o cigarro com a sola do sapato. Ela levantou as sobrancelhas e me observou com interesse.

— Ela não sabe quem eu sou nem do que sou capaz — expliquei.

— Quer que eu esclareça as coisas para ela? — propôs, e só de imaginar Noah e Anna se enfrentando fiquei com vontade de rir.

— Não. Só preciso que ela fique de boca fechada e longe das minhas coisas — esclareci, virando-me para ela.

Ela assentiu e sorriu.

— Você não pretende levá-la para o mau caminho? — questionou, e por alguns instantes me vi tentado a fazer exatamente isso.

— Pretendo mantê-la bem longe do mau caminho. Não quero que ela me cause mais problemas como os de ontem à noite — especifiquei.

O vento bateu nos cabelos da Anna e pude ver o pescoço dela. Eu me aproximei e afastei os fios suavemente. Então, meu cérebro procurou por algo que não estava ali: a tatuagem, o nó. Não estava lá, mas naquele momento eu queria beijar aquela tatuagem…

Eu me afastei, deixando-a com vontade de mais.

— É melhor irmos — falei, indo para a porta. — Ou vamos nos atrasar.

— Achei que não se importasse — Anna disse, um pouco incomodada.

— Não mesmo — respondi, ainda que, por um instante, eu não soubesse ao que estava me referindo.

9

NOAH

Quando o Nick foi embora, sentei-me na minha cama para recuperar o fôlego. "Rachas..." Meu Deus, era o meu ponto fraco, uma das poucas coisas que herdara do meu pai. Eu me lembrava de poucos momentos em que estive na companhia dele, mas lembro-me de estar sentada no chão, a seus pés, enquanto assistíamos a alguma corrida da Nascar na televisão... Meu pai tinha sido um dos melhores pilotos da sua época, até que tudo deu errado... Eu ainda via a cara da minha mãe quando me proibiu terminantemente de fazer qualquer coisa que tivesse a ver com carros, corridas e todo esse mundo. Aos meros dez anos, eu já sabia dirigir quase perfeitamente e, quando cresci o suficiente para que minhas pernas alcançassem os pedais, meu pai me deixou correr com ele. Foi uma das experiências mais alucinantes de toda a minha vida: ainda me lembro da euforia da velocidade, da areia batendo nos vidros e entrando no carro, dos pneus cantando... Mas, principalmente, da paz de espírito que aquilo gerava em mim. Quando eu estava correndo, nada mais importava: eram só eu e o carro, mais ninguém.

Mas eram águas passadas... Minha mãe havia me proibido de voltar a me aproximar de um carro de corrida, e foi algo que eu simplesmente tive que aceitar, apesar de sentir falta.

Suspirando, inclinei-me e peguei meu celular, que não parava de vibrar. Meus amigos não pareciam sentir saudade de mim. Iam a alguma festa naquela noite e não tinham percebido que eu ainda estava no grupo de mensagens, onde eu podia ler todos os detalhes sobre as pessoas e o lugar aonde iriam e o que planejavam beber naquela noite.

Senti uma pontada de dor e de irritação. Dan ainda não tinha ligado para mim. Eu queria ouvir a sua voz, conversar com ele como fazíamos antes de eu ir embora, por horas e horas... Por que ele não me ligava? Será que já tinha se esquecido de mim?

Com esses pensamentos, saí do meu quarto para me encontrar com a minha mãe e Will no hall. Ele vestia um smoking e estava parecendo um ator de Hollywood, com uma elegância e um porte que, para minha tristeza, seu filho tinha herdado. Admito que tive que me segurar para não arregalar os olhos e tirar uma foto quando vi o Nick com aquele paletó preto e a camisa branca. Tinha de reconhecer que ele era muito bonito, mas essa era a única coisa que ele tinha de bom... Além disso, estava surpresa por ele se envolver com rachas... No fim das contas, tínhamos mais alguma coisa em comum além das tatuagens.

Minha mãe estava espetacular. Ela atrairia todos os olhares, e com razão.

— Noah, você está linda — minha mãe exultou, resplandecente. Ela era minha mãe, claro que eu sempre estaria linda para ela.

Will olhou para mim e franziu a testa. Eu me senti incomodada por um instante.

— Algum problema? — perguntei surpresa e ao mesmo tempo brava. Ele não ia exigir que eu me cobrisse mais, né? Eu até tinha pensado nisso, mas se ele dissesse algo assim... não sei o que seria capaz de responder.

Ele relaxou o semblante.

— Problema nenhum, você está lindíssima... — ele disse, voltando a franzir a testa.

— Espera, só um retoque — minha mãe disse, vasculhando a bolsa, pegando um pequeno spray e espirrando algo nos meus ombros despidos e no meu decote. — Assim você vai brilhar ainda mais.

Revirei os olhos e deixei que terminasse. Minha mãe achava que eu ainda era uma menina que usava tranças, como tinha dito o Nicholas.

Do lado de fora, uma limusine deslumbrante nos esperava. Arregalei os olhos, com surpresa e repugnância. Claro, que outro carro estaria nos esperando? Não sei por que ainda me surpreendia, mas não dava para me acostumar com aquela vida de ricaço.

Eles se serviram de taças de champanhe e, para minha surpresa e alegria, ofereceram uma para mim também. Esvaziei-a e a enchi de novo rapidamente, sem que eles percebessem. Para encarar aquela noite eu precisaria de várias taças.

Nicholas tinha ido sozinho, e invejei a liberdade que ele tinha de fazer tudo do jeito que quisesse. Eu precisava encontrar um emprego logo para comprar o meu próprio carro. Não queria depender de ninguém para ir aonde me desse na telha.

Tirei o celular da minha pequena bolsa e notei que não havia nenhuma chamada perdida do Dan, nem sequer uma mensagem. Respirei fundo várias vezes e falei para mim mesma que ele ligaria, que devia ter acontecido alguma coisa com o celular dele e sabe-se lá Deus mais o quê para que ele não tivesse me ligado.

Estava com esse humor incrível quando chegamos à entrada do hotel. Para minha surpresa, havia muitos fotógrafos no local, esperando para imortalizar o momento em que William Leister expandia sua grande empresa, além de sua grande fortuna. Eu me senti tão deslocada que teria saído correndo se não estivesse usando aqueles saltos enormes.

— O Nicholas já deveria ter chegado — William comentou com um tom sério. — Ele sabe que a foto da família é tirada no início da festa — adicionou, e pela primeira vez eu o vi bravo de verdade.

Esperamos por pelo menos dez minutos dentro da limusine, enquanto as pessoas gritavam para que saíssemos e posássemos para as fotos. Era ridículo ficarmos ali, embora eu achasse que pessoas milionárias não se importavam nem um pouco por obrigar centenas de fotógrafos e convidados a esperar por causa de uma maldita foto.

Então, ouvi um autêntico alvoroço. Os fotógrafos moveram suas câmeras e começaram a gritar o nome do meu irmão postiço.

— Ele chegou! — William exclamou, meio aliviado e meio irritado. — Vamos, querida — ele disse para minha mãe enquanto abria a porta.

Quando desci do carro, vi que todas as câmeras praticamente cegavam o Nick e a sua acompanhante. Pareciam celebridades da televisão ou algo parecido. Como era possível que tanta gente soubesse o nome dele?

Nossos olhares se cruzaram. Olhei para ele com indiferença, mesmo que novamente maravilhada com a sua aparência. Ele me fulminou com aqueles olhos claros e se virou para a namorada, amiga, amante ou sei lá o quê. Os dois se beijaram e as câmeras ficaram enlouquecidas.

Quando se separaram, os fotógrafos começaram a gritar, pedindo mais poses.

— Anna, como você está? — Will cumprimentou a amiga do Nicholas enquanto fulminava o filho com o olhar. — Se não se importa, precisamos fazer algumas fotos de família, não vai demorar nada. — Will a afastou muito educadamente.

Anna me observou com atenção por alguns instantes. Percebi que aquela garota me detestava, e com certeza era por causa das coisas horríveis que o Nicholas devia ter dito sobre mim. Eu nem tivera o prazer de conhecê-la.

Ignorando-a, aproximei-me da minha mãe para que tirassem logo a maldita foto. Fomos posicionados atrás de letreiros com anúncios de sei lá o que, e os flashes me cegaram momentaneamente.

Quando a minha mãe se casou com um dos mais importantes empresários e advogados dos Estados Unidos, não fiquei surpresa ao saber que de vez em quando ele saía em jornais e revistas, mas aquilo era uma loucura completa. Eu via os dizeres Leister Enterprises estampados em tudo, e havia por ali pessoas famosas de verdade. Estava alucinada, e acho que cheguei a ver a Johana Mavis em um canto, usando um vestido espetacular.

— Sério que a minha escritora favorita está aqui? — perguntei, agarrando a pessoa que estava ao meu lado achando que era a minha mãe. Envolvi um antebraço duro demais para ser o dela.

— Quer que eu a apresente a você? — Nicholas respondeu, fazendo meu olhar se desviar para ele. Soltei o seu braço de imediato e ao mesmo tempo arregalei os olhos, incrédula.

— Você a conhece? — perguntei sem acreditar.

— Sim — ele assentiu como se não fosse nada de mais. — A firma do meu pai cuida de muitos casos de famosos de Hollywood. Desde pequeno, conheci mais celebridades do que qualquer pessoa que more em Los Angeles. Os famosos têm um carinho especial por quem os salva da prisão.

Peguei uma taça de champanhe de um garçom que passou por ali, com um nervosismo renovado na boca do estômago.

— E a sua namorada? — indaguei, para me distrair. — Você não a deixou sozinha depois daquela demonstração pública de afeto, né?

Ele franziu a testa e seus olhos brilharam de raiva.

— Você quer conhecer a escritora ou não? — perguntou bravo e com dureza.

— Não precisa nem perguntar. Claro que quero. Sou fã da Johana desde que me conheço por gente, ela escreveu os melhores livros da História — eu disse, me divertindo com a postura dele. Que jeito peculiar de fazer um favor para alguém!

— Então vamos lá, mas não vá ficar dando gritinhos como uma doida, por favor.

Eu o fulminei com o olhar enquanto nos aproximávamos dela. Ai, meu Deus... O rosto da Johana se abriu em um grande sorriso quando Nick se aproximou para cumprimentá-la.

— Nick, você está incrível! — ela exclamou, dando um abraço nele. Se eu já estava maravilhada, agora enlouqueceria de vez.

— Obrigado, e você está maravilhosa, como sempre. Já falou com o meu pai? — ele perguntou, enquanto eu observava cada movimento dela e registrava tudo na minha memória. Daria tudo por uma câmera fotográfica naquele momento.

— Sim, já consegui parabenizá-lo — ela respondeu, rindo. — Precisamos de mais advogados como ele...

Depois dessa breve conversa, Nicholas se virou para mim.

— Johana, quero apresentá-la à sua maior fã: minha irmã postiça, Noah, mais conhecida como Sardenta — ele disse, rindo de mim, mas nem liguei, na verdade.

Ela sorriu com vontade para mim e eu disse a primeira coisa que passou pela minha cabeça.

— Você é incrível, eu amo os seus livros — falei com a voz trêmula.

Que ótimo, tantos anos ensaiando mentalmente o que diria para ela e só consegui balbuciar a típica frase do fã padrão.

A meu lado, Nicholas tentou não rir, mas pude ver a risada em seus olhos.

— Obrigada — ela respondeu, dando-me um abraço. Um ABRAÇO, em mim!!!

— Vamos tirar uma foto? — ela perguntou, me puxando para ficar ao lado dela.

— Ai, meu Deus! Mas eu não tenho câmera — admiti, olhando horrorizada para o Nicholas.

Ele riu de mim.

— Por Deus, Noah, para que servem os celulares?

Sorri e percebi o quanto eu estava perdida.

Ela passou o braço por trás dos meus ombros. Nick nos enquadrou com o seu iPhone e o melhor momento da minha vida foi imortalizado.

— Muito obrigada — eu disse, alucinada, enquanto virava para observá-la mais um pouco.

— De nada, linda — ela respondeu, sorriu e depois saiu dali com o companheiro.

— Está me devendo uma, hein, irmãzinha — Nick advertiu enquanto guardava o celular no bolso e se inclinava para falar no meu ouvido. — Você poderia, por exemplo, continuar com a boca fechada.

Senti um calafrio quando senti sua respiração no meu pescoço. Não importava no que ele estivesse metido, não pude deixar de sorrir...

Então o meu celular vibrou. Abri a mensagem achando que seria a minha foto com a Johana, e tudo desmoronou.

Meu coração parou, minhas mãos começaram a tremer e senti um forte calor percorrer o meu corpo. Aquilo não podia ser verdade.

Alguém tinha me mandado uma foto, sim... Uma foto do Dan aos beijos com uma garota, uma garota que eu conhecia mais do que a mim mesma.

— Não acredito... — sussurrei com pesar. Senti um nó na garganta, daqueles indicando que, se eu pudesse, naquele exato momento derramaria todas as lágrimas que guardava há anos dentro de mim.

— O que aconteceu? — alguém me perguntou. Percebi que o Nick continuava do meu lado, e que com certeza ele tinha visto a foto na tela do meu celular.

Perecebi que a minha respiração estava ficando acelerada; a traição, a dor, a ilusão... Eu precisava sair daquele lugar.

Dei o celular para o Nicholas e saí por uma porta que havia em um dos cantos do salão... Precisava de ar fresco, precisava ficar sozinha...

Como ele podia ter feito aquilo? E ela? Estava me sentindo a pessoa mais estúpida e humilhada do universo... Era a minha melhor amiga. O que ela estava fazendo? Onde ela estava com a cabeça?

Entrei no banheiro do hotel e me aproximei do espelho. Apoiei-me na pia e abaixei a cabeça, olhando para os meus pés.

"Calma... calma... aguenta firme, não chora, você não merece isso..."

Levantei a cabeça e encarei o meu reflexo. O que estava doendo mais? Que o meu primeiro amor tivesse me enganado ou que tivesse me traído com a minha melhor amiga?

"Beth... Beth!"

Queria gritar com alguém, queria bater em alguma coisa, precisava descarregar toda aquela raiva acumulada, precisava fazer alguma coisa porque, senão, ia explodir em mil pedacinhos... Justo quando o meu mundo desmoronava pouco a pouco, quando estava completamente sozinha em uma cidade nova, sem amigos, sem ninguém que eu conhecesse, sem ninguém que se importasse...

"Babaca, filho da...", respirei fundo várias vezes, tentando me acalmar. Eles iam se ver comigo.

Quando fui capaz de me acalmar um pouco, voltei para o salão, onde todos comiam canapés e conversavam alegremente sobre coisas sem importância. Não sabiam nada da dor que eu estava sentindo naquele momento, da minha vontade terrível de gritar com todas aquelas pessoas superficiais que não tinham ideia do que era sofrer de verdade, não tinham ideia da minha vontade de quebrar com um único golpe todas aquelas taças de champanhe.

"Champanhe... Boa ideia..."

Fui direto para o bar.

Um rapaz com traços de mexicano, encarregado de servir as bebidas, se aproximou enquanto eu limpava minhas mãos em um pano úmido.

— O que deseja, senhora? — ele perguntou, o que me fez revirar os olhos e dar uma risada sarcástica.

— Por favor, eu tenho dezessete anos e você não está muito longe disso. Não fale comigo como se eu fosse uma dessas patricinhas — respondi afiada.

Para minha surpresa, ele deu uma risada alegre.

— Você parece muito entrosada com o pessoal para dizer isso — ele rebateu, olhando para os multimilionários que estavam se divertindo atrás de mim.

— Por favor, nem insinue que eu me pareço com eles — continuei, cortante. — Só estou aqui porque a insensata da minha mãe decidiu se casar com William Leister, não porque é o meu lugar favorito.

Em seguida, virei uma taça de champanhe. Devolvi-a para que o garçom a enchesse de novo.

— Espera um pouco... — ele disse, virando-se e cravando seus olhos nos meus. — Você é a irmã postiça do Nick? — ele perguntou, agitado.

"Meu Deus, mais um amiguinho desse idiota não, por favor."

— Eu mesma — respondi, esperando impaciente que ele me servisse para eu dar o fora dali.

— Lamento por você. — Suspirou, finalmente enchendo a minha taça.

Meu humor variou um pouco para melhor. Qualquer pessoa que odiasse o Nick entrava direto na minha lista de melhores pessoas do mundo.

— De onde você o conhece? Ou é só pela fama inegável de ser um babaca prepotente? — interroguei, olhando-o com curiosidade.

— Acho que não vai querer saber — respondeu, enchendo minha taça novamente, dessa vez sem que eu precisasse pedir.

Nesse ritmo, eu estaria bêbada antes da meia-noite.

— Se for por causa dos rachas, eu já estou sabendo — falei, e me dei conta da vontade imensa que eu estava de assistir também. O que eu ganharia se ficasse naquele salão, cercada de pessoas que eu não conhecia, mas que odiava com todas as forças? Ia deixar de fazer o que eu mais gostava por causa da minha mãe? Por acaso ela havia pedido a minha opinião quando decidiu jogar tudo para o alto e mudar completamente a nossa vida? Se eu não tivesse vindo para cá, provavelmente ainda teria meu namorado e minha melhor amiga… Ou então era só isso que me faltava para descobrir a verdade. — Eu vou ao racha e você vai me levar — disse para o garçom, sentindo um arrepio indicando que eu estava fazendo algo ruim, libertador e arriscado. E que eu não seria mais a boa menina que todo mundo esperava.

Naquela noite eu ia fazer o que me desse na telha e, se conseguisse me vingar daquela traição, melhor ainda.

10

NICK

Olhei para ela se afastando sem entender absolutamente nada e depois reparei na mensagem embaixo da foto:

> É isso que acontece quando você vai embora da cidade. Achava mesmo que o Dan ia ficar te esperando pra sempre?

Quem diabos era Dan? E quem tinha mandado uma mensagem como aquela?

Sem dar muita importância, abri a pasta de fotos do celular. Havia um montão de fotos com uma garota morena, que, se eu não estava enganado, era a mesma da foto que ela tinha recebido, e mais várias fotos com amigos em um lugar que parecia ser uma escola. Então, encontrei a foto que eu estava procurando.

O cara, o tal do Dan, segurando o rosto da Noah e a beijando, enquanto ela não conseguia segurar o sorriso, com certeza ao perceber que estavam tirando aquela foto… Ela tinha sido traída…

Bloqueei o celular e o pus no bolso. Não tinha a menor ideia do motivo de estar com vontade de jogar aquele aparelho nas profundezas do oceano, nem da razão de ter me incomodado tanto com aquela foto da Noah beijando aquele sujeito. Mas eu queria quebrar a cara do primeiro babaca que mexesse comigo naquela noite.

Fui para a mesa em que havia um papelzinho com o meu nome, além de outros indicando que a Noah ficaria de um lado e a Anna, de outro. Na minha frente ficaria o meu pai; a seu lado, sua mulher. Também haveria mais dois casais, de cujos nomes eu não me lembrava, mas todos esperavam que eu assumisse a identidade do encantador e perfeito filho de William Leister.

Nem dois segundos haviam se passado desde que eu me sentara quando a Anna apareceu ao meu lado. Senti o seu perfume assim que ela se aproximou e me inclinei sobre a mesa para beber o vinho tinto cor de sangue que fora servido em quase todas as taças.

— E a sua irmãzinha? — ela perguntou, com menosprezo.

— Chorando porque foi chifrada — respondi secamente, sem pensar.

Anna deu uma gargalhada, o que me irritou bastante.

— Não me surpreende. É uma criança — comentou, com um tom de desprezo na voz.

Observei-a por alguns instantes enquanto analisava aquela resposta. Transmitia muita antipatia em relação a alguém que ela só conhecia há dois segundos, mesmo que não tivesse visto muita graça no soco que a Noah tinha me dado na noite anterior.

— Vamos falar de outra coisa, porque já me basta o que eu tenho que aguentar em casa — eu disse, colocando novamente minha taça sobre a mesa.

Sem me dar conta, comecei a procurar por Noah pelo salão. A maioria dos convidados já havia se sentado quando eu a avistei no bar, na outra ponta. Ela esperou até que um garçom se aproximasse dela.

Eu me levantei quando percebi quem era. Caminhei a passos firmes, decidido a evitar de todas as maneiras que o Mario conhecesse a minha nova pseudoirmã, mas, quando cheguei, pude ouvir o que ela estava dizendo.

— Te vejo na porta em cinco minutos…

— Em cinco minutos você vai estar sentada na limusine, esperando para voltar para casa — eu a interrompi, parando ao lado dela e fulminando o Mario com o olhar.

— Oi pra você também, Nick — ela me cumprimentou com um sorriso.

— Chega de palhaçada — ralhei. — Que merda está fazendo?

O Mario pertencia ao meu passado, não podia deixar que ele conhecesse a Noah. Era arriscado demais. Ele sabia exatamente o que eu estava pensando, e por isso mesmo não hesitou em tentar seduzi-la.

— O mundo não gira ao seu redor, Nicholas — Noah rebateu, e tive que me controlar para obrigá-la a calar a boca. — Você pode devolver o meu celular? — ela pediu, virando-se para mim com a mão aberta.

Olhei fixamente para ela. Não havia nem sinal das lágrimas que estiveram em seus olhos poucos minutos antes. Parecia fria como gelo.

— É pra hoje, não pro ano que vem — adicionou, impaciente.

Eu estava chegando ao meu limite naquela noite. Mario soltou uma risada e ao mesmo tempo levantou as mãos, como se estivesse se rendendo.

— Eu não me meteria com ela, cara — advertiu, como se a conhecesse a vida inteira.

— Noah, chega de idiotice. Você nem conhece esse cara — eu disse, tentando pôr um pingo de juízo em sua cabeça, enquanto tirava o celular do bolso e o entregava para ela, com mais força do que o necessário.

— E você? Eu o conheço? — ela rebateu franzindo a testa, incrédula.

— Além do mais, para sua informação, vou para o tal racha que você quer tanto manter em segredo — anunciou em seguida.

Arregalei os olhos, olhei para os dois lados e dei um passo na direção dela.

— O que você fumou, menina? — disse, nervoso. — Você não vai pôr os pés naquele lugar, está ouvindo?

Noah não se deixou intimidar pelas minhas palavras.

— Posso ir e não contar nada sobre o que *fizermos* esta noite, ou posso ficar aqui e contar tudo para o seu pai. Você decide.

"Que merda!"

Não entendia por que ela estava daquele jeito. Tinha sido enganada pelo namorado, qualquer garota normal estaria arrasada, chorando pelos cantos... Tudo aquilo era para me desafiar?

Estava cansado daquela situação, não dava para continuar dependendo dela. Dei as costas aos dois e voltei para a mesa. Minha maior preocupação era que meu pai ficasse sabendo das coisas que eu fazia fora de casa. Sempre tentei manter a minha vida familiar separada das outras esferas da minha vida, mas agora tinha aquela criancinha irracional que não só não me dava ouvidos, como também estava tentando se meter nas minhas coisas.

Levantei-me uma hora depois e me dirigi ao bar, onde meu pai e sua nova mulher estavam bebendo e conversando alegremente com um casal de amigos.

Quando viu que eu estava me aproximando, ele sorriu para mim; quando cheguei, ele deu uma palmadinha no meu ombro. Aqueles gestos me incomodavam. Eu precisava do meu espaço, e o fato de o meu pai invadi-lo me deixava ainda mais bravo.

— Já estão indo? — perguntou, sem nenhum tom de reprovação. Bom, isso significava que eu já podia ir embora sem problemas.

— Sim — respondi, deixando a minha taça sobre o balcão. — Amanhã preciso acordar cedo para continuar trabalhando no caso — adicionei.

Meu pai pareceu conformado e assentiu com a cabeça.

— Noah já foi para casa, então, se você também está cansado, pode ir.

Concordei satisfeito e fui embora da festa, com Anna ao meu lado.

11

NOAH

Estava com a mente completamente desfocada e só conseguia pensar em dar o troco. Em dar o troco bem dado. Não saía da minha cabeça aquela imagem asquerosa da boca do Dan na boca da Beth. Só de lembrar, tinha vontade de vomitar; só de pensar, perdia a visão de raiva. Eu não estava enxergando nada direito, estava cega, cega pelo intenso sentimento de ódio, pela dor e pela sede de vingança.

Estava no meu *closet* tirando a roupa, enquanto, separado por uma parede, havia um rapaz que eu tinha conhecido há apenas duas horas. Ele esperava pacientemente, sentado na minha cama, que eu me trocasse. Eu não podia ir a um racha trajando vestido de gala, muito menos calçando saltos de vinte centímetros. Tirei absolutamente tudo e vesti um short jeans curto, uma blusinha preta de alcinhas e sandálias de dedo. Sabia perfeitamente que não podia aparentar desleixo em uma festa como aquela, por isso, conformei-me, contra todos os meus princípios, em deixar que me maquiassem bastante naquela noite. Mas, agora, estava tirando o mais rápido que podia aqueles grampos horríveis do cabelo, que já me davam dor de cabeça — eram pelo menos cem grampos! —, e junto também tirei os apliques de fios longos e cacheados… Frustrada, amarrei o cabelo em um rabo de cavalo.

Pela minha cabeça só se passava uma imagem: eu pegando o cara mais bruto e gostoso que encontrasse. Assim eu me sentiria satisfeita, menos usada, menos enganada e, principalmente, menos idiota, ainda que soubesse, no fundo da minha alma, que nada daquilo apagaria a verdade: eu estava completamente arrasada e mal conseguia juntar os cacos do que tinha se tornado o meu coração.

Será que a Beth tinha contado para o Dan tudo o que eu tinha confessado para ela? Será que eles tinham zombado de mim enquanto eu me esforçava para dar o máximo de mim no meu primeiro e único relacionamento? Será que os dois tinham planejado aquilo?

Respirei fundo, tentando silenciar todos aqueles sentimentos e pensamentos dolorosos.

Saí do meu *closet* para ver que efeito a minha aparência teria no Mario, o garçom que eu tinha acabado de conhecer, e os seus olhos se arregalaram de admiração.

— Você está linda — ele disse com um sorriso alegre, que não retribuí com muito entusiasmo. Naquela noite eu não ligaria para elogios bobos nem nada parecido.

— Obrigada — respondi, enquanto pegava a minha bolsa na cama e andava até a porta. — Vamos?

Mario se levantou e lançou um olhar divertido para mim enquanto saíamos do quarto. Um pouco depois, estávamos no carro dele.

Meia hora mais tarde, Mario pegou uma estradinha cercada de campos áridos e areia vermelha e alaranjada. À medida que íamos nos afastando, passei a não escutar mais o ruído dos carros na estrada principal, só uma música repetitiva e cada vez mais alta.

— Você esteve alguma vez em um evento como esse? — Mario perguntou, dirigindo com uma das mãos no volante e a outra apoiada comodamente na parte de trás do meu assento.

— Já estive em vários rachas, sim — respondi com um tom um pouco antipático.

Ele olhou para mim por alguns instantes e depois voltou a prestar atenção na estrada. Então, consegui avistar ao longe um monte de pessoas, além de luzes, que pareciam de neon, iluminando uma zona deserta repleta de carros estacionados de qualquer jeito.

A música era ensurdecedora. Quando chegamos, vi pessoas entre vinte e trinta anos bebendo, dançando e se comportando como se aquela fosse a última festa da vida deles.

Mario estacionou o carro em um lugar perto de onde a maioria das pessoas estava e desceu, esperando que eu fizesse o mesmo. Desci, sem deixar de observar cuidadosamente tudo o que me cercava.

— Para onde você me trouxe? — não pude deixar de perguntar para meu novo amigo. Ele, do meu lado, soltou uma gargalhada.

— Não precisa se preocupar. Esses são os espectadores. O pessoal mais importante está ali — disse, apontando para a esquerda, onde um grande grupo de moças e rapazes se apoiava em capôs de carros impressionantes, tunados de mil maneiras, e cujos porta-malas emitiam uma música tão horrível quanto a que tocava onde nós estávamos.

Percebi que havia muitas roupas de cores fluorescentes. A baixa iluminação, composta principalmente por luzes brancas, fazia aquelas roupas brilharem na escuridão da noite. Além disso, várias das mulheres tinham pintado o corpo e o rosto com desenhos elaborados feitos com o mesmo tipo de tinta.

— Você pensou em todos os detalhes, né? — Mario comentou, e eu olhei para ele sem entender.

Ele apontou para o meu corpo, então entendi do que ele estava falando. Aquele produto que a minha mãe tinha espirrado nos meus braços, pescoço e cabelo agora deixava milhares de pontinhos fluorescentes brilhando na minha pele clara. Eu estava ridícula.

— Acredite, eu não tinha a mínima ideia — falei, e ele deu uma risada.

— Era melhor que tivesse. Esse lugar não é para qualquer um. Sem ofensas, mas você é... um pouco mais recatada do que a maioria das pessoas daqui — ele disse, observando meu short e minha blusinha preta simplória.

Estava mesmo parecendo um tanto recatada! Olhei para as outras garotas, e bastava que tirassem as minissaias exageradamente curtas ou a parte de cima dos biquínis que estavam usando como *tops* para que ficassem completamente nuas.

— Não sei se sabe o que viemos fazer aqui, mas nesse ramo há muitos grupos. Seu irmão é líder de um, e hoje é muito importante para todo mundo que ele ganhe o racha contra o Ronnie — Mario me informou, enquanto nos aproximávamos dos grupos com carros caros.

Nick era o líder de um grupo? Aquilo era bem inesperado, mas não me surpreendia. Com o pouco que eu conhecia dele, fazia sentido que estivesse metido em algo assim. Era violento, duro e intimidador, um lado que conseguia esconder com uma facilidade espantosa sempre que estava com a família. Pelo amor de Deus! Era um menino rico, essas coisas não aconteciam no mundo dele... O que um rapaz cujo pai era um dos advogados mais importantes do país fazia em um ambiente de tão baixo nível como aquele em que eu estava naquele instante?

Mario parou perto de um pessoal barra-pesada, que me faria ter pesadelos por um mês inteiro. Todos com tatuagens nos braços, roupas folgadas e um monte de crucifixos e cordões grossos de ouro e prata no pescoço. As garotas que estavam por perto também vestiam roupas provocantes, mas não como as que estavam onde estacionamos o carro.

Mario seguiu diretamente na direção do grupo e, como amigos de longa data, eles se cumprimentaram, trocaram socos amistosos e começaram a rir. Fiquei surpresa ao testemunhar aquela cordialidade, já que, vistos de longe, aqueles caras causavam verdadeiro pavor. Outra característica marcante de todos é que usavam faixas amarelas fluorescentes amarradas nos antebraços, pulsos e cabeça.

Percebi, então, que eram todos integrantes do mesmo grupo. O grupo do Nick.

Quando terminaram de se cumprimentar, os rapazes olharam para mim.

— Quem é essa gatinha? — um deles gritou e todos riram, olhando atentamente para mim. As pessoas não paravam de chegar, elas iam e vinham, de um lado para o outro... Mas os que estavam reunidos ali não tiravam os olhos de mim.

Não vi graça no comentário e me limitei a observar o autor da fala com cara de poucos amigos. Mario tentou me ajudar no mesmo instante.

— Vocês não vão acreditar, mas é a nova irmã postiça do Nick — ele revelou, acabando com a minha animação. Eu não queria que as pessoas ficassem sabendo. Queria passar despercebida naquela noite, ou, pelo menos, me divertir sem a pecha de "pseudoirmã gata e interesseira do Nick".

O pessoal riu com mais vontade ainda, se é que isso era possível, enquanto as garotas reunidas ali me observavam com interesse renovado.

— Tragam algo para a nossa nova amiga beber! — gritou um rapaz negro que segurava um copo vermelho em uma das mãos e abraçava a cintura de uma garota muito bonita com a outra. Foi ela quem se virou, serviu alguma coisa em um copo e se aproximou de mim. As outras pessoas continuaram conversando e dançando ao ritmo da música estridente.

— Então, você é o novo rolo do nosso querido amigo? — ela perguntou, medindo-me de cima a baixo. Eu fiz a mesma coisa. Se ela era descarada, eu também podia ser. Ela era negra, alta e muito esbelta. Estava com o cabelo preto dividido em mil tranças finas, que começavam no início da cabeça e terminavam em sua cintura. Usava short branco e uma camiseta azul-escura de marca... Hum... Aquilo, sim, era interessante.

— Irmã fake — corrigi, enquanto pegava o copo de plástico, observando com cuidado e olhando para ela desconfiada. — Você não colocou nada na bebida, né? — perguntei-lhe com malcriação. Não confiava naquelas pessoas. Já tinha sido drogada na noite anterior e não queria que acontecesse de novo.

— Que tipo de pessoa você acha que eu sou? — ela devolveu, ofendida com a minha pergunta. — É cerveja. Se quiser algo mais suave, está no lugar errado — ela disse, virando-se irritada e quase deixando suas tranças baterem no meu rosto. Foi direto para o outro garoto negro, rebolando de maneira sexy e fazendo com que vários rapazes olhassem desejosos para ela.

Mario se aproximou de mim e me observou, divertindo-se.

— Não faz nem meia hora que você está aqui e já começaram as apostas — ele me informou, dando uma gargalhada.

Olhei para ele com a testa franzida.

— Apostas sobre o quê? — eu quis saber.

— Sobre o tempo que vai levar para você largar o copo de cerveja e voltar correndo para casa — ele respondeu, levantando as sobrancelhas.

Então, também tinha isso?

Olhei fixamente para ele e depois fulminei com o olhar todos os garotos que olhavam para mim como se eu fosse sua nova fonte de diversão. Joguei a cabeça para trás e comecei a beber o que tinham servido para mim naquele copo, grande demais para se beber uma bebida comum.

Enquanto eu esvaziava o copo, os gritos foram ficando cada vez mais fortes, e quando terminei, um pouco enjoada e com vontade de tossir, todos os presentes começaram a aplaudir e a gritar, se divertindo.

Levantei o copo vazio com um sorriso satisfeito.

— Quem vai me servir mais? — perguntei, me sentindo completamente livre e satisfeita por alguns momentos.

Os rapazes voltaram a dar risada e a mesma garota que tinha me dado a cerveja se aproximou de mim, agora com um sorriso nos lábios.

— Meu nome é Jenna — apresentou-se, e me deu outro copo cheio. — Se quiser mesmo se entrosar com o pessoal, solta o cabelo, beba isso e gruda no cara que achar mais bonito. Exatamente nessa ordem.

Não pude deixar de gargalhar. Sério mesmo? E, se fosse, por que eu me importaria? Tinha ido para lá com um único objetivo: me vingar de alguma maneira do nojento do meu ex-namorado e da minha ex-melhor amiga, então, se eu me soltasse e me divertisse naquela noite… que mal haveria nisso?

— Acho que vou seguir o seu conselho — disse, enquanto tirava o elástico do cabelo, deixava minhas mechas caírem naturalmente sobre meus ombros e começava a beber algo muito mais forte do que uma cerveja. Jenna olhou para mim divertida, enquanto bebia e dançava ao mesmo tempo.

Onde estávamos, mal havia iluminação. Só se viam as faixas amarelas fluorescentes e a pouca claridade produzida pelas luzes brancas à distância.

— Meu nome é Noah, aliás — apresentei-me, ao perceber que ainda não tinha feito isso.

Ela sorriu para mim e pareceu bastante simpática. Então, se criou um alvoroço. Os rapazes que estavam sentados nos capôs dos carros se levantaram e caminharam na direção de um carro que, ao me virar, reconheci de cara: o 4x4 do Nicholas.

— Lá vem o sonho e o pesadelo de qualquer garota que tenha olhos — Jenna anunciou, se divertindo.

Olhei para ela e revirei os olhos mentalmente. O Nick era realmente bonito, mas, quando abria a boca, dava vontade de sair correndo. Ou, pior, de dar cabeçadas na parede.

Fiquei observando aquele carrão parar perto dos outros, depois ele e a namorada puxa-saco descendo do carro. Todos os rapazes foram ao seu encontro, como se ele fosse um deus ou algo parecido. Davam-lhe palmadas nas costas e o cumprimentavam com os punhos cerrados à medida que ele caminhava até chegar ao local onde estavam as bebidas alcoólicas.

Continuei bebendo sem tirar os olhos do Nicholas, contando os minutos que levaria para ele se aproximar de mim e falar alguma besteira. Bem, era isso que eu esperava, pois seria a melhor maneira de descarregar a frustração.

Mas ele não fez isso. Pior: me ignorou deliberadamente por mais de meia hora. No começo, fiquei surpresa, mas então grata, ao perceber que estava me divertindo de verdade com a Jenna e a sua maneira enérgica de falar e dançar ao ritmo daquela música agitada.

— Tenho que apresentá-la ao meu *boy* — ela disse, demonstrando que seus quadris se mexiam melhor do que os da própria Beyoncé. Segui-a até onde estava a maioria das pessoas. As outras garotas bebiam ou conversavam entre si, e duas ou três dançavam com os rapazes que se mostravam dispostos a isso.

O tal *boy* da Jenna devia ser aquele que a estava abraçando quando eu cheguei, e ele estava imerso em uma conversa com o Nick.

Fiquei um pouco tensa ao chegar até eles, pois estavam um pouco afastados dos demais.

— Lion! — Jenna gritou, jogando-se nas costas dele e o surpreendendo com um beijo na bochecha. Ambos, Lion e Nick, se viraram para nós. Nicholas cravou seus olhos frios nos meus.

— Essa aqui é a Noah — ela disse, girando-o para que ele me visse. Lion, que era da mesma altura do Nick, era um afro-americano que chamava muito a atenção. Tinha olhos da cor de limões maduros, tão verdes como a hortelã dos mojitos que estávamos bebendo, e um corpo perfeitamente esculpido, com músculos impressionantes e muito bem trabalhados.

Sorte da Jenna!

— E aí, Noah? — ele respondeu com um sorriso amigável, mas sem deixar de observar de soslaio o meu irmão fake.

— Muito prazer — devolvi, sorrindo de maneira agradável. Eu tinha gostado bastante da Jenna e não queria que o namorado dela implicasse comigo por causa das coisas que com certeza o Nicholas havia contado sobre mim.

— Então até que consegue ser simpática — Nicholas comentou com ironia, me observando incomodado e irritado. Preparei os ombros para encarar o terceiro... na verdade, quarto assalto.

Não queria começar mais uma briga com ele, então optei por um gesto universal: mostrei para ele o dedo do meio e me virei, indo atrás de algo mais interessante para fazer.

Então, senti a sua mão agarrando o meu braço e me puxando para um lugar escuro entre dois carros bem caros. Jenna e o namorado nos observaram por um momento, até que ela virou o rosto dele e o beijou com entusiasmo. Senti um aperto no peito ao ver como eles formavam um casal lindo... Há umas quatro horas eu também achava que tinha o melhor namorado do mundo a meu lado... e agora...

— O que você quer? — perguntei, descontando minha raiva nele. Ele me empurrou na direção de um carro. Naquele exato momento eu estava presa entre ele e a porta de uma BMW cinza.

Ele tinha trocado de roupa. Agora, estava usando uma calça jeans que deixava sua cueca Calvin Klein à mostra e uma camiseta preta justa que torneava seus braços musculosos.

Ele não respondeu, simplesmente olhou para mim por uns instantes para depois pegar meu iPhone e colocar a foto que tinha partido meu coração diante dos meus olhos.

— Quem são esses? — ele interrogou, como se de repente tivesse interesse na minha vida particular.

Estiquei o braço para pegar o celular, mas ele o afastou sem deixar de olhar atentamente para mim.

— Não te interessa — eu disse, com todo o desprezo que fui capaz de expressar.

— Não? — ele alfinetou, calmamente. — Realmente, não me interessa. Mas imagino que seja o seu namorado. Ou ex-namorado, se você tiver um pingo de amor-próprio — ele continuou falando, como se de alguma maneira achasse que eu queria a sua opinião sobre o que tinha acontecido. — E, como todas as garotas são praticamente iguais, suponho que seu objetivo hoje, além de encher o meu saco, seja se vingar desse babaca — concluiu, me deixando momentaneamente calada.

Como ele sabia? Era assim tão óbvio que eu queria dar o troco naquele idiota? Ele continuou:

— Então, eu me ofereço como voluntário. Vamos nos beijar, a gente tira dez mil fotos, você vai embora daqui e volta para casa. — As palavras dele me deixaram em choque. — Não quero que fique por aqui, Noah — concluiu, olhando para o que estava às minhas costas.

Fiquei tão estupefata com aquela oferta que precisei de um tempo para analisá-la. Beijar aquele idiota? Nunca! Mas pensando bem... Ele era realmente muito bonito. Não que me agradasse muito, mas sabia que isso mexeria com o idiota do Dan. Ele era convencido, se achava o sujeito mais bonito da escola, e nada o afetava mais do que um cara que tivesse um físico mais imponente do que o dele.

— Tudo bem — respondi. Ele olhou para mim, completamente surpreso. Aparentemente, não era a resposta que estava esperando. — Quero que aquele idiota se sinta o maior merda do mundo, e se para isso eu tiver de te beijar — dei de ombros —, é isso que eu vou fazer. Mas não quero ir embora. Estou me divertindo — falei, olhando fixamente para ele. Ele franziu a testa, tentando me compreender. — Então, esse é o combinado: você me oferece o seu corpo para eu poder me vingar daquele idiota do meu ex-namorado e da minha ex-melhor amiga, e eu prometo nunca mais aparecer em nenhuma dessas suas festinhas.

Quando terminei de falar, um sorriso surgiu em seu rosto. Olhei para ele com a testa franzida. Do que ele estava achando tanta graça?

— Você é realmente surtada da cabeça, sabia? — ele disse, sacudindo a dele com incredulidade.

— Estou me sentindo péssima, e quero que aquele babaca sofra tanto quanto eu — justifiquei, notando a dor na minha voz.

Aquela foto não saía da minha cabeça, estava me atormentando. Não me importava nem um pouco que este cara fosse meu irmão postiço, ou que fosse o mais idiota do país dos idiotas... Eu só queria me vingar. Também sabia que as bebidas que eu tinha consumido naquela noite estavam influenciando minha tomada de decisão naquele momento, mas tampouco me importava.

— Vai me beijar ou não? — indaguei, cansada.

Nick mexeu a cabeça de um lado para o outro, rindo de mim.

Fiquei brava, e então fiz o que queria fazer desde que o conhecera: ergui a perna e dei-lhe um chute na canela. Ele soltou um grito, mais de surpresa que de dor.

— Imbecil, para de dar risada! — soltei, nervosa. — Há milhares de outros caras aqui... Se você não quiser, eu beijo outro — falei, decidida a sair dali e fazer justamente aquilo.

Ele ficou sério de repente.

— Nada disso — respondeu, rudemente. — Quero que você suma da minha vida o mais rápido possível, então venha cá — ele ordenou, me puxando para a frente do carro. Ali, nenhuma pessoa da festa poderia nos ver, e fiquei grata por isso. Sentei-me no capô, enquanto os olhos do Nicholas percorriam minhas pernas até chegar aos meus olhos.

— Você deve estar realmente brava para fazer isso... — ele comentou, pegando o iPhone e ativando a câmera.

— E você, realmente desesperado para me perder de vista — disparei, olhando para ele sem qualquer traço de nervosismo. Era verdade que eu mal conseguia suportá-lo. Não o aguentava... pior ainda, tinha desprezo por ele. Por esse exato motivo, também estava feliz por saber que me aproveitaria dele.

Ele não respondeu. Simplesmente pôs as mãos nos meus joelhos, abriu as minhas pernas e se colocou entre elas. Suas mãos foram subindo pelas minhas coxas, uma segurando o celular, a outra acariciando a minha pele nua. A despeito de tudo o que a minha mente pensava ou queria, aquele contato causou certo efeito no meu corpo.

— Vai logo — pedi. Os olhos dele brilharam incomodados, enquanto sua mão esquerda agarrava fortemente a minha nuca e os seus lábios carimbavam os meus de maneira brusca.

Acabei sentindo um friozinho na barriga. Seus lábios eram suaves e o queixo me pinicava um pouco por causa da barba. Ele me beijou com raiva, como se quisesse se vingar de todas as discussões que tínhamos tido desde que nos conhecêramos. E então percebi que ele não estava tirando nenhuma foto.

Eu o empurrei com todas as minhas forças e ele se afastou alguns centímetros.

— Que tal tirar a foto? — sugeri, olhando para ele. Ele nunca tinha ficado tão perto de mim, e pude ver como seus olhos eram claros, como seus cílios eram longos... Ele era realmente muito bonito. Meu Deus, era mais do que isso! Ele me deixava de perna bamba, apesar de, no fundo, eu desprezá-lo.

— Que tal você abrir a boca para outra coisa que não seja dizer idiotices e assim acabamos logo com isso? — ele replicou, e todo o meu corpo estremeceu.

Ele ergueu o celular na altura das nossas cabeças.

Olhei para ele ao mesmo tempo que meus lábios se umedeciam de maneira involuntária.

Então, ele me puxou em sua direção e me beijou. Pude ouvir o barulho da câmera, e ele pôs a língua na minha boca e acariciou a minha nuca, causando uma avalanche de sensações no meu estômago. Sem nenhuma razão aparente, nossos lábios continuaram se movendo, unidos.

Eu estava gostando do que sentia naquele momento. Meu corpo inteiro ardia de paixão naquele instante, e no fundo da minha alma percebi que estava me vingando de verdade. Estava gostando daquele beijo... Azar do meu ex-namorado!

Percebi as suas mãos nas minhas pernas de novo. Aquilo era pura e simples luxúria. Nada mais. E ódio. Nós nos odiávamos, não nos suportávamos, e tudo bem usarmos esse sentimento mútuo daquela maneira.

Ergui as minhas mãos e enfiei os dedos entre os seus cabelos escuros. Dane-se a sensatez!

Suas mãos acariciaram a parte interna das minhas coxas e estremeci, com partes inomináveis do meu corpo ardendo de desejo. Então, ele mordeu meu lábio inferior, me fazendo tremer.

— Não pare — ordenei quando suas mãos subiram para a minha cintura. Queria que ele continuasse, queria que me fizesse esquecer de tudo o que eu estava sentindo naquele momento, que acabasse com a minha tristeza, me livrasse de todos os meus demônios. Queria usá-lo para isso, queria usá-lo como alguns caras usam as mulheres, eu queria...

Então, ele se afastou.

Abri os olhos, surpresa. Por que ele tinha parado?

— Você já tem a sua foto — disse, colocando o celular na minha mão.

Eu o observei com a respiração entrecortada, brava porque ele tinha parado, brava porque ele tinha interrompido a única coisa que sabia fazer bem, brava porque não o suportava e brava porque odiava tudo que vinha dele, o pai, aquela maldita vida, e como tudo aquilo tinha mexido com a minha realidade.

— Então é isso? — perguntei, incomodada. Notei que minhas bochechas estavam ardendo, que meu corpo queria que ele continuasse me tocando.

— Tente ficar longe da minha vista hoje — ele advertiu, olhando para mim com verdadeiro desprezo.

O que tinha acontecido? O que tínhamos acabado de fazer?

Olhei para Nick enquanto ele se afastava e eu sentia um frio estranho na barriga.

12

NICK

Parecia que eu estava a ponto de explodir. Cada uma das minhas terminações nervosas tinha acordado com uma intensidade abrasadora e inquietante. À medida que eu caminhava na direção dos meus amigos, meu incômodo crescia.

Por que diabos eu a tinha beijado? Por que tinha entrado naquele jogo? Desde quando eu deixava que uma garota me excitasse desse jeito sem que eu tivesse as rédeas da situação? A resposta tinha quatro letras: Noah.

Desde que a encontrara naquela noite, ela não tinha saído da minha cabeça. Não sei se era a atração por algo proibido, já que éramos irmãos postiços, a vontade enorme de poder controlá-la, ou a sensação de que eu conseguiria apagar aquele fogo que saía da boca dela, de que eu poderia fazê-la se comportar como as outras mulheres que eu tivera o prazer de conhecer.

Noah era completamente diferente de todas elas. Não estava aos meus pés, não ficava com as pernas tremendo só com um olhar meu, não cedia quando eu a desafiava; pelo contrário, respondia com ainda mais frieza do que eu. Era terrivelmente frustrante... e excitante ao mesmo tempo. Mentalmente, eu não parava de dizer a mim mesmo que era uma adolescente mal-educada e insuportável, que era melhor deixá-la pra lá, ignorá-la... Mas meu corpo estava me traindo e eu não sabia mais o que fazer. Acabei por beijá-la, ofereci-me para fazer aquilo não porque queria ajudá-la a se vingar do maldito namorado ou para tirá-la da festa, mas pelo puro desejo de provar os seus lábios. Ao vê-la naquela noite, fiquei com vontade de me enfiar entre as suas pernas e dominá-la. Era muito incômodo, incômodo e frustrante, considerando que não a suportava. Por que diabos ela tinha que ser tão insuportavelmente atraente?

O short que ela estava usando deixava suas longas pernas à mostra, desafiando qualquer homem com olhos a acariciá-las, beijá-las... Seus cabelos me deixavam doido, ainda mais quando estavam soltos, destacando aquele rosto avermelhado pelo álcool. Mas o que mais me excitava eram os lábios... Suaves como seda e afiados quando formulavam palavras de desprezo contra mim. Fiquei maluco quando aquela boca se abriu, me enlouqueceu a maneira como a língua envolveu a minha, sem vergonha, sem complexos, completamente diferente de quando eu beijava outras garotas. Eu ditava o ritmo, sempre tinha o controle. Mordi o lábio dela por puro prazer carnal, pelo simples fato de querer devorá-la e deixar claro quem mandava.

"Então é isso?", ela havia perguntado com as bochechas vermelhas e os olhos brilhando de desejo. Que merda! O que ela queria que eu fizesse? Se não fosse quem fosse, já a teria levado para o banco de trás do meu carro; se não fosse tão insuportável, teria lhe oferecido a melhor noite da sua vida; se não fosse... se não estivesse deixando meu mundo de pernas para o ar...

— Cara, onde você estava? O primeiro racha vai começar! — Lion gritou. Tinham colocado a minha Ferrari preta ao lado do Audi tunado do meu adversário.

Era daquilo que eu precisava. Descarregaria toda a tensão acumulada correndo a mais de cento e sessenta por hora em uma pista de areia na madrugada. Eu derrotaria um por um todos os babacas do grupo do Ronnie. Precisava relaxar e sentir a adrenalina: a adrenalina era melhor do que o desejo, melhor do que o fato de saber que naquela noite eu não teria o que realmente queria...

— Diga ao Kyle que vou correr nessa — eu disse, me aproximando do carro. Meus amigos esperavam por mim, divertindo-se entusiasmados com a corrida, bebendo, dançando ao som da música alta e torcendo para que ganhássemos muita grana naquela noite. Esse era o combinado. Uma aposta de quinze mil dólares, mais o carro do desafiante do último racha. Correr contra o Ronnie era algo que eu vinha adiando há muito tempo, e não porque eu tinha medo de perder, muito pelo contrário. O problema é que esse cara era praticamente um delinquente e um mau perdedor. As apostas aumentavam a cada ano, assim como a tensão entre os grupos. Já havia deixado muito claro como deveríamos proceder se as coisas saíssem do controle, e todo mundo conhecia as regras.

Quatro grupos competiriam naquela noite, oferecendo seus dois melhores pilotos. No total, seriam oito carros diferentes. Os grupos que iam se enfrentar eram definidos por um sorteio, e se formavam dois blocos separados de desafiantes. Eram três corridas por bloco, até que restasse apenas um, que enfrentaria o finalista do outro bloco. No total, seis rachas, e o sétimo era a corrida final.

E eu pretendia chegar à final.

Desde que tinha começado a correr, há uns cinco anos, o meu grupo sempre vencia. Ronnie me respeitava, mas sabia que, quando tivesse uma chance, ele ia me dar o troco em dobro. Eu era um rapaz de boa família, não competia por dinheiro, e ele sabia disso. Ao contrário de mim, ele precisava do dinheiro para comprar drogas e acalmar os integrantes do grupo dele. Uma coisa era apostarmos dinheiro, outra era eu lhe tirar o único objeto de valor que ele parecia ter. Se ele perdesse o carro, era melhor eu estar preparado.

Aproximei-me da minha Ferrari, passando a mão pelo teto. Meu Deus! Eu adorava aquele carro; era perfeito, o mais rápido, a melhor compra que eu já tinha feito na minha vida. Eu só deixava que pessoas de confiança o dirigissem. Meu carro, minhas regras. Simples assim. Guiá-lo era um privilégio, e os integrantes do meu grupo sabiam bem disso.

— O Kyle vai ficar muito puto, cara — Lion falou, com um sorriso divertido. Nós decidíamos em qual bloco competir depois do sorteio. Na verdade, os quatro grupos eram representados pelos mesmos pilotos nos dois blocos, então, por mais que o Kyle quisesse enfrentar o Greg, um dos pilotos, quem correria naquela bateria seria eu.

Olhei para o meu colega, agradecendo por ele estar ali. Lion era um dos meus melhores amigos. Eu o tinha conhecido em uma das piores fases da minha vida, e desde então nos tornáramos inseparáveis. Fui eu quem o apresentou para a Jenna, sua namorada. Filha de um magnata do petróleo, ela crescera no meu bairro e nos conhecíamos desde pequenos. Ela ainda estava na escola, mas não era como as outras filhas de milionários; era especial, e eu gostava muito dela. Lion se apaixonou por ela no mesmo instante em que a conheceu.

— Não me importa — respondi de mau humor. Lion revirou os olhos, mas não disse nada. Ele me conhecia o suficiente para saber quando eu estava de brincadeira e quando não estava. E nunca estive mais bravo do que naquele momento.

— A segunda curva é mais fechada que a primeira, você precisa frear antes para não sair da pista — ele me aconselhou, enquanto eu entrava no carro e dava a partida. Mais à frente, a uns cinco metros de distância, as pessoas gritavam eufóricas, na expectativa pelo início do racha. Duas garotas seguravam bandeirinhas fluorescentes, prontas para dar início à corrida.

— Entendido — respondi. — E não perca a Noah de vista — acrescentei. Segurei o volante com força ao perceber que ela ainda estava na minha cabeça e precisava saber que alguém estava de olho nela. Aquelas festas eram perigosas para as garotas e o Lion sabia muito bem disso.

— Não se preocupa, a Jenna já colou nela — ele me tranquilizou, e não pude deixar de seguir o olhar dele. Ali, com uma bandana amarela fluorescente amarrada na cabeça, como se fosse do meu grupo, estava Noah, com um dos braços entrelaçados no da Jenna e um sorriso radiante no rosto. Estava eufórica; bêbada e eufórica.

Que merda.

— Te vejo na volta — ele disse, como sempre fazíamos antes de correr.

Avancei com o carro, as bandeiras baixaram, e o som do acelerador e o vento no rosto me fizeram esquecer daqueles olhos cor de mel e daquele corpo impressionante.

Tinha vencido todos os rachas até ali. Lá perto, na outra pista criada no deserto, os demais pilotos já tinham sido eliminados e só restava o Ronnie. Não era de se estranhar: ainda que meu colega Kyle fosse muito bom, Ronnie era um dos melhores.

A final se desenhava, e eu estava ansioso pelo resultado.

Faltavam uns vinte minutos para a corrida. Eu estava encostado no meu carro, bebendo uma cerveja e fumando um cigarro. Noah permanecia por perto com a Jenna. Considerando o pouco que eu tinha visto, as duas estavam se esbaldando, bebendo e se divertindo muito. Eu entendia o que ela estava fazendo; queria beber e esquecer do namorado, e eu a seguia com os olhos, atento a qualquer movimento que fizesse.

— Você está estranho hoje — afirmou uma voz conhecida atrás de mim. Eu me virei para Anna ao sentir a sua respiração cálida no meu pescoço. Assim como eu, ela também estava diferente. Usava um vestido curtíssimo e decotado, que deixava à mostra as suas pernas esbeltas. Olhava para mim com desejo, como sempre ocorria quando estávamos juntos.

Virei-me para ela e a observei com calma.

— Não é uma das minhas melhores noites — esclareci, para que ela não esperasse ser tratada com carinho.

— Posso fazer com que ela melhore bastante — ela respondeu, grudando em mim e oferecendo uma vista privilegiada dos seus seios. — Você só precisa vir comigo — adicionou com um tom sedutor.

Olhei cuidadosamente para ela. Ainda faltavam quinze minutos para o último racha e a verdade é que não seria nada mal relaxar um pouco no banco de trás do meu 4x4.

— Tem que ser rápido — eu disse, enquanto a puxava para o meu carro.

Quinze minutos depois, voltamos para onde as pessoas esperavam ansiosas pela final. Transar com a Anna tinha me ajudado a espairecer. Eu podia ter quem eu quisesse, não ia deixar que uma adolescente de dezessete anos mexesse comigo...

Então eu a vi.

As pessoas tinham se afastado do local da largada e já se acercavam da linha de chegada. Os únicos que sempre ficavam eram o Lion e a Jenna... Mas não havia nem sinal do meu amigo em lugar nenhum.

A única coisa que vi antes que minha Ferrari preta partisse foi o cabelo loiro-acobreado da minha pseudoirmã pelo retrovisor.

13

NOAH

Depois do que tinha acontecido com o Nick, decidi não me aproximar mais, como ele havia pedido. Tinha sido estranho e prazeroso, mas bastou ele abrir a boca para eu me lembrar da pessoa com quem eu estava fazendo aquilo. Pelo menos tinha conseguido o que queria. Vinguei-me do Dan, mesmo que no fundo eu soubesse que nada me faria sentir melhor, quando duas pessoas tão importantes para mim tinham me enganado daquela maneira.

A foto que o Nick tirou me deixou um pouco incomodada. Nunca tinha tirado fotos com o Dan enquanto nos beijávamos… Além disso, acho que o Dan nunca tinha me beijado daquela maneira. Quando olhei para a foto, fiquei arrepiada. Nela, era possível ver os nossos perfis entrelaçados, os lábios entreabertos do Nick nos meus enquanto aproveitávamos o momento, de olhos fechados. Minhas bochechas estavam coradas, mas o semblante do Nick era duro, frio e terrivelmente irresistível. Só pelo perfil já dava para ver o quanto ele era atraente… O Dan ia subir pelas paredes. Eu sabia. Ele era muito egoísta, mas normalmente dirigia esse egoísmo para outras pessoas, não para mim.

Escrevi uma mensagem para mandar junto com a foto:

> Não demorei nem quatro horas para encontrar um cara mais homem que você. Obrigada por abrir os meus olhos. Olha direitinho para aprender a dar um beijo, babaca!

Após a mensagem, mandei a foto em que ele e a Beth se beijavam, junto da minha com o Nick.

Adoraria ver a cara dele, mas sabia que, depois dessa mensagem, o nosso relacionamento tinha acabado. Não queria mais vê-lo e, pela primeira vez, fiquei grata por estarmos muito distantes. Para a Beth, escrevi apenas algumas palavras na mensagem que enviei junto com a foto em que ela beijava o Dan:

> Terminamos por aqui.

Então, soltei todo o ar que prendia. Que ótimo... Desta forma, encerravam-se nove meses de relacionamento e sete anos de amizade. Senti meus olhos úmidos, mas não derramei nenhuma lágrima. Não, os dois não as mereciam.

Guardei o telefone no bolso de trás do short e caminhei na direção de Jenna. Olhei para onde estava o Nick e o vi bebendo uma cerveja com as costas apoiadas na Ferrari preta. Virei-me e fui direto para a minha nova amiga, que estava me esperando.

Pelo resto da noite, dancei, ri e me diverti com as suas loucuras. Em vários momentos, ela fugia para dar uns beijos no namorado gato, e eu voltava a me lembrar do ocorrido e ficava desanimada. Tentei me distrair com as corridas, que eu adorava e me faziam lembrar de épocas mais felizes, quando ir para as pistas fazia parte da minha rotina. Observei com atenção os estilos de direção de todos os pilotos ali presentes. O amigo do Nick era muito bom, e teve uma atuação impressionante na primeira bateria.

À medida que a noite avançava, continuava analisando o percurso com cuidado, tentando descobrir o que era necessário para poder ganhar abrindo ainda mais vantagem. Percebi que o principal problema estava na segunda curva. Se fosse feita muito lentamente, o piloto perdia tempo; com muita velocidade, corria o risco de sair da pista.

Estava morrendo de vontade de provar que eu poderia pilotar melhor do que eles. Queria sentir o vento no rosto e a adrenalina no corpo graças à velocidade, queria sentir aquele domínio sobre o carro, sabendo que eu o estava dirigindo, controlando-o e fazendo-o correr.

Estava imersa nesses pensamentos quando me dei conta de que o último racha estava prestes a começar. Era o tal do Ronnie contra o Nicholas, e tinha certeza de que, se tivesse a oportunidade, eu ganharia dele com os olhos fechados.

As pessoas começaram a entrar nos carros para ir à linha de chegada. Jenna, Lion e eu tínhamos que ficar por ali, mas eles tinham ido buscar alguma coisa no carro da minha amiga. Nicholas também tinha desaparecido: vi-o com a idiota de cabelo escuro indo para o seu 4x4. Então fiquei por ali, sozinha, ao lado de um carrão e esperando que alguém aparecesse para dirigi-lo. Então, vi o Ronnie se aproximando com o seu carro tunado e olhando para mim com interesse. Aquele cara dava medo de verdade. Tinha mais músculos do que um gladiador e milhares de tatuagens nos braços e nas costas.

Olhei para ele sem emitir nenhum som.

— E aí, gata — ele falou comigo, apoiando os antebraços no teto do carro. — Quem é você? — perguntou, em tom divertido.

Olhei para ele com certa dúvida, mas decidi que era melhor responder.

— Noah — respondi secamente.

Ele sorriu por algum motivo inexplicável.

— Estava reparando em você — ele confessou, sorrindo. — Sei diferenciar as garotas que conhecem isto aqui — deu um tapa em seu carro — e as que não conhecem. Você pertence ao primeiro grupo.

Olhei para ele com atenção.

— Talvez eu já tenha corrido algumas vezes — comentei, me perguntando onde estavam os outros. Não estava gostando de como aquele cara olhava para mim, me dava calafrios.

— Eu sabia — exclamou, achando graça. — Por que não corre contra mim, linda? — propôs, sério.

Ele estava mesmo me perguntando aquilo?

— Você tem que correr contra o Nicholas — eu disse, hesitando.

— O Nicholas não está aqui, está? — perguntou, fazendo um gesto com a mão.

Senti a adrenalina me invadindo por completo. Meu Deus... Correr outra vez... Era tudo o que eu queria, era daquilo que eu mais precisava... E era verdade que o Nicholas tinha desaparecido...

— Não acho que seja uma boa ideia... — admiti, mordendo os lábios enquanto observava a chave da Ferrari na ignição.

Ronnie estalou a língua, sem tirar os olhos de mim, e se aproximou com cuidado.

— Você é do grupo dele, né? — disse, apontando para a bandana fluorescente que a Jenna tinha colocado no meu cabelo.

Não, mas preferi não responder.

— O Nick já correu hoje. Está na hora de uma mulher correr, não acha?

Era por causa de caras como o Nicholas que garotas como eu nunca eram levadas a sério.

— Ou por acaso está com medo? — ele adicionou, me provocando.

Meus olhos arderam e a coragem brotou em meu rosto quando abri a boca um segundo depois.

— Aceito — declarei com um sorriso.

Ele me respondeu com muito prazer:

— Maravilha, gata — ele disse, com os olhos brilhando de animação. — A gente se vê na chegada — concluiu, entrando no carro.

Eu sabia o que ele tinha em mente. Achava que ganharia de mim com os olhos vendados. Bem, querido Ronnie. Acho que esqueci de comentar que você vai correr com a filha de um campeão da Nascar.

O carro era espetacular. Tinha assentos de couro, uma carroceria impressionante, e o que falar sobre o ronco do motor... Ah, que nostalgia! Fiz o carro se mover suavemente e me aproximei da linha de largada. Ninguém sabia quem estava dirigindo, ninguém além do meu adversário. Sorri como uma criança. Não estava pensando nas consequências, muito menos no fato de que o Nicholas provavelmente me mataria. Eu só queria aproveitar.

"Vamos lá, Ronnie, seu machão."

Quando as bandeirinhas deram o sinal, pisei fundo no acelerador e em menos de um segundo a linha de largada ficou para trás. Uau! Era impressionante, libertador, divertido, relaxante, assombroso... Não havia nada melhor no mundo. Há anos eu não fazia nada parecido, e finalmente me senti fazendo algo por mim, algo de que eu gostava, que não tinha nada a ver com a minha mãe, com o marido dela, com meu ex-namorado ou com minha ex-melhor amiga. Naquele momento eu me senti livre, livre como um pássaro e eufórica como nunca.

A meu lado, Ronnie avançava a uma velocidade impressionante. Pisei ainda mais fundo no acelerador e gritei como uma louca quando passei pela primeira curva, deixando-o para trás.

— Isso! — gritei com alegria.

Mas agora a segunda curva se aproximava, a mais difícil. E me fiz a pergunta de milhões: entraria nela com pouca velocidade, sem me arriscar, ou aceleraria até o limite, correndo o risco de sair da pista?

A segunda opção foi a que mais me entusiasmou.

Pisei fundo enquanto calculava o melhor momento de desacelerar, para poder passar pela curva sem perigo.

Ao vê-la mais de perto, percebi que era mais estreita do que tinha pensado… Merda… Eu ia perder o controle. Diminuí a velocidade e girei o volante com todas as minhas forças, sentindo a areia batendo contra o carro e o cantar dos pneus ao serem maltratados daquela maneira…

Apertei a mandíbula com força e soltei um gritinho quando finalmente passei pela curva sem me matar. Ouvi o ronco do motor me pedindo para ir mais rápido e foi justamente o que eu fiz.

— Isso! — berrei outra vez, vendo pelo retrovisor como o Ronnie se aproximava do carro, quase batendo na minha traseira. Olhei para o rosto dele: estava doido de raiva por estar perdendo.

"Bem feito!", gritei com entusiasmo dentro de mim. Homens, machistas, metidos e babacas!

Eu tinha passado pela parte mais difícil, o resto era mamão com açúcar. Acelerei ainda mais quando vi a linha de chegada. Faltavam poucos metros para eu ganhar. A adrenalina tomou conta de mim, eu estava eufórica… Então, o Ronnie bateu na minha traseira. Dei um tranco adiante e o cinto de segurança machucou os meus seios.

— Maldito! — eu disse em voz alta, ao mesmo tempo que segurava o volante com força. Ronnie parecia fora de si, acelerando e desacelerando, tentando bater em mim. Desviei um pouco para evitar uma nova colisão, mas ele fez a mesma coisa. A batida seguinte veio do lado direito… Que merda! Ele estava acabando com o carro!

Girei o volante para a direita com um movimento rápido e brusco e devolvi na mesma moeda. O retrovisor do seu carro ficou pendurado, quase arrancado, e eu aproveitei a distração e a raiva dele para acelerar e chegar ao meu destino.

Faltava só um pouquinho, só alguns metros… E finalmente cheguei.

As pessoas começaram a gritar de maneira ensurdecedora, agitando as mãos e os paninhos fluorescentes no ar. Era alucinante, a emoção de ganhar, a euforia de ter vencido aquele cara na pista…

Desacelerei até parar onde estava a maioria dos espectadores. Olhei pelo retrovisor e vi o Ronnie saindo do carro furioso. Ele deu um chute na porta do carro e eu soltei uma gargalhada.

Então, alguém apareceu na minha janela, abriu a porta e me tirou do carro com um puxão que quase me fez voar.

Dei de cara com um rosto fora de si.

— Você enlouqueceu de vez?!?

"Merda, o Nicholas!"

Nunca o tinha visto tão furioso. Nem naquela briga da noite anterior, distribuindo socos como se fossem balinhas. Estava com os cabelos despenteados, como se tivessem sido puxados, e os seus olhos me olhavam como se quisessem me incendiar, me enterrar e nunca mais pousar em mim.

Eu disse a primeira coisa que passou pela minha cabeça, intimidada pelo seu estado:

— Eu ganhei…

Seus olhos se arregalaram ainda mais. Ele me puxou pelos ombros para que eu me aproximasse dele.

— Você tem noção do que acabou de fazer? — ele gritou, a dois centímetros do meu rosto.

Eu me assustei, mas não me deixei intimidar. Sacudi-me com força para escapar dos braços dele.

— Não grita comigo — respondi no mesmo tom.

Aquele mauricinho que se ferrasse! Como se eu tivesse destroçado o carro dele ou algo parecido! As batidas que eu tinha levado na traseira foram um golpe baixo do imbecil do Ronnie… Além do mais, eu tinha vencido o racha! Eu tinha vencido!

Então, a Jenna e o Lion apareceram, afastando-se da loucura que nos cercava. Prestei mais atenção e comecei a entender, além de apenas escutar, o que as pessoas estavam gritando.

— Trapaça! Trapaça! — gritavam e vaiavam.

Pelo menos o público estava do meu lado. Ronnie havia trapaceado, sim, tinha quebrado as regras e batido na minha traseira, algo proibido nesse tipo de racha, ainda mais com carros como esses, que não eram preparados para batidas ou impactos fortes.

— Nicholas, larga ela — Lion ordenou, embora lançando para mim um olhar parecido com o do amigo.

Jenna também me desaprovou com o olhar, o que me surpreendeu e me afetou.

— Aí vem o Ronnie — Jenna anunciou enquanto o Nicholas me soltava, fazendo minhas costas baterem contra a porta do carro.

Que diabos estava acontecendo? Que bicho tinha picado esse pessoal? Nicholas deu as costas para mim e se virou para o Ronnie com os punhos cerrados.

— Você infringiu as regras, Leister, e sabe muito bem o que isso significa — ele disse indignado, mas com um sorriso em seu asqueroso rosto todo furado e tatuado.

— Porra nenhuma — Nick respondeu. Lion permaneceu ao lado dele, e outros integrantes do grupo se aproximavam para dar apoio. Os capangas do Ronnie fizeram a mesma coisa. Em menos de um minuto, um círculo tinha se formado ao nosso redor, e eu continuava sem entender absolutamente nada. — Não é culpa minha que alguém tenha pegado o meu carro e ido para a pista. Então, não pretendo assumir essa responsabilidade — ele disse, e comecei a entender a situação.

— Ela é do seu grupo, Leister, então você tem que se responsabilizar — Ronnie rebateu, com um sorriso divertido.

— Ela não é... — Nicholas começou a dizer, ao mesmo tempo que virava o rosto para me olhar. Pude ver a surpresa e a grande, ou melhor, enorme irritação em seu rosto.

— Ela está usando a bandana. Então é, sim, uma integrante — Ronnie retrucou com superioridade.

Naquele momento, entendi que a bandana me transformava em uma integrante do grupo, mas ainda não tinha entendido qual era o problema de eu ter corrido no lugar do Nicholas.

— Você infringiu as regras, Leister. A final seria entre mim e você, então sabemos quem é o vencedor — Ronnie afirmou em meio ao burburinho de entusiasmo de todos às suas costas, que nos miravam e nos desafiavam a dizer o contrário.

— Isso é ridículo — Nicholas declarou, dando um passo à frente. Lion fez o mesmo, e vi os seus punhos se fecharem. — Repetimos o racha e ponto-final. Você não ganhou nada.

Ronnie, com um sorriso de completo babaca, começou a negar com a cabeça antes mesmo que o Nicholas terminasse de falar.

— Você já pode ir me dando os quinze mil dólares e a chave dessa belezinha — ele disse, olhando para a Ferrari preta do Nick.

Mas o quê?

Dei um passo à frente, sem me importar com quem estava lidando. A meu lado, Nicholas ficou tenso, mas eu comecei a falar antes que ele pudesse me puxar para trás.

— Foi você mesmo quem me desafiou a correr contra você — soltei, furiosa. — E eu ganhei. Eu, uma garota de dezessete anos — adicionei. O rosto do Ronnie se desmanchou e ele olhou para mim como se estivesse a ponto de me matar. Não deixei que isso me impedisse de dizer o que eu queria. — Eu feri a sua masculinidade frágil, e agora você quer que a gente acredite que você tem algum direito estúpido de levar o carro e o dinheiro... — Ia continuar falando, mas o Nicholas se colocou na minha frente.

— Cala essa maldita boca e entra no carro — ele me disse entre dentes. — Agora! — adicionou, com um tom mais forte.

— De jeito nenhum! — gritei, voltando meu olhar para o Ronnie. Não queria que aquele imbecil manipulasse a situação em benefício próprio, nem desejava permitir que ele ficasse com o carro. Eu tinha ganhado a corrida, ele não ficou na minha frente em nenhum momento. — Aprende a correr primeiro, imbecil!

Os integrantes do grupo do Nick gritaram, demonstrando seu apoio a mim, e me senti muito melhor.

Alguém me puxou para trás enquanto o Nicholas se virava na direção do Ronnie com as veias do pescoço a ponto de explodir. Quando vi o semblante do Ronnie, imaginei que eles fossem se matar em uma briga.

— Cala a boca, Noah — ordenou a voz da Jenna em meu ouvido. — Desse jeito você vai fazer as coisas terminarem piores do que imagina.

Não respondi e cravei o olhar em Nicholas, que parou na frente do Ronnie.

Eles trocaram olhares desafiadores, e tive medo de aquilo terminar em uma briga generalizada. Então, Nicholas pôs a mão no bolso, tirou um chaveiro e o ofereceu para o Ronnie.

Não!

— Transfiro o dinheiro amanhã cedo — comunicou, fingindo algum tipo de calma.

O silêncio tomou conta do lugar. Ronnie sorriu orgulhoso enquanto girava o chaveiro nos dedos. Nicholas se virou, respirando com dificuldade, e pude ver como ele estava furioso. Parecia a ponto de explodir.

— E vê se mantém essa vadia em casa — Ronnie disse, fazendo o rosto do Nicholas se contorcer.

Ele se virou tão rapidamente que ninguém viu direito. Seu punho atingiu a mandíbula do Ronnie com tanta força que o lançou contra o capô de seu carro.

E aí começou o alvoroço.

Socos voaram ao meu redor. Os dois grupos começaram a se agredir e, de repente, parecia que eu estava no inferno. No meio daquela loucura, alguém bateu nas minhas costas e caí de boca no chão, ralando os joelhos e as mãos.

— Noah! — Jenna gritou, ajoelhando-se ao meu lado para me ajudar a levantar.

Nossa! Estavam brigando como se fosse questão de vida ou morte. Fiquei com muito medo ao ver que estava no meio de uma briga de mais de cinquenta caras musculosos e perigosos.

Alguém me pegou pelo braço e me puxou junto com a Jenna. Era Lion, que estava com o semblante duro como uma pedra e com uma determinação férrea. Seus lábios sangravam e ele cuspiu para o lado enquanto nos apressava para que saíssemos dali.

— Entrem no carro — ordenou, quando chegamos ao 4x4 do Nick. Não puder evitar olhar para trás, tentando localizá-lo.

Lion entrou no carro e deu a partida em menos de um segundo. Então, se aproximou como pôde de Nick, que continuava desferindo socos em um agora desfigurado Ronnie.

— Nick! — Lion gritou, aproximando-se o máximo possível daquela loucura de caras se batendo e rolando pelo chão.

Nicholas acertou um último soco na barriga do Ronnie e saiu correndo em nossa direção. Deu para ver que estava com o lábio cortado, e a sua bochecha passara de vermelha para roxa em questão de segundos. Acomodou-se no assento do carona rapidamente, enquanto Lion manobrava e pisava no acelerador.

Então, olhei para trás.

Meu coração parou de bater quando vi Ronnie erguer uma arma e apontá-la para a traseira do nosso carro.

— Abaixem! — gritei, enquanto o vidro traseiro se despedaçava em mil pedaços e meu coração parava de bater, logo antes de começar uma corrida desenfreada que me fez sentir prestes a perder completamente o juízo.

— Merda! — Lion e Nick gritaram, ao mesmo tempo que nós duas soltamos um grito cinematográfico.

— Filho da... — Nicholas começou a xingar, enquanto Lion corria com tudo em direção à estrada. Àquela hora da noite, não havia um único carro à vista, e agradeci por isso, visto que Lion não hesitou antes de acessá-la pisando fundo no acelerador. Virei-me para trás e vi que vários carros faziam o mesmo que nós. Enquanto o Ronnie não aparecesse, podíamos respirar um pouco mais tranquilos.

— Vocês estão bem? — Nicholas perguntou, primeiro para mim e depois para Jenna.

— Jenna, fala comigo — Lion pediu, ao mesmo tempo que a olhava pelo retrovisor com a preocupação inundando seu rosto.

— Maldito filho da puta! — ela gritou histérica, enquanto meu corpo tremia completamente.

— Já deu pra ver que você está bem — Lion afirmou, soltando uma grande gargalhada.

Nick olhou para mim outra vez, prestando atenção ao meu rosto, que certamente estava petrificado de medo.

— Vamos a um posto de gasolina — eu disse, olhando para a frente e jogando a cabeça para trás.

Não queria nem respirar muito forte. Estava completamente em pânico, petrificada de medo. Nunca tinham apontado uma arma para mim como aquele cara havia feito. Ele olhou nos meus olhos antes de atirar, e aquele olhar maligno me perseguiria por bastante tempo.

Ainda não tinha conseguido assimilar o que acontecera. Como tudo havia saído do controle?

Senti como se fosse desmoronar a qualquer momento. A história com o Dan e a Beth, a adrenalina de ter corrido pela primeira vez em anos, as boas e más recordações que aquilo tinha me trazido, a impotência e a culpa que senti ao ver o Nicholas entregando o carro para aquele desgraçado, e ainda por cima a dor nos joelhos e nas mãos, que sangravam por causa da queda.

Agora que a adrenalina diminuía pouco a pouco, a dor estava aparecendo com toda a sua intensidade...

Dez minutos depois, imersos em um silêncio incômodo, chegamos a um posto de gasolina vinte e quatro horas.

Lion desligou o motor e se apressou a abrir a porta para Jenna. Tirou-a do carro e a abraçou de maneira apaixonada.

Ao mesmo tempo, sem esperar nem sequer um segundo, Nick desceu do carro e seguiu direto para o posto. Eu não me mexi. Não conseguia, não queria olhar para ele. Agora, sim, estava me sentindo culpada. Tudo aquilo acontecera por minha causa, aquela briga poderia ter terminado dez mil vezes pior. Não fazia ideia de que o Ronnie tinha uma arma, mas entendi perfeitamente que aqueles rachas e aquelas pessoas não tinham nada a ver com as corridas de que eu tinha participado quando pequena: eram perigosas, havia muito dinheiro em jogo e delas só participavam delinquentes. E eu tinha ridicularizado um dos chefes desses grupos e feito com que meu novo irmão fake entrasse em uma briga feia com ele.

A situação tinha deixado de ser normal, embora irritante, e passado a ser a pior situação que alguém poderia enfrentar.

Nicholas saiu do posto com uma sacola cheia de coisas. Aproximou-se da Jenna e do Lion e lhes ofereceu bandagens, álcool e analgésicos. Ela estava com um machucado na testa por ter levado um soco de alguém na briga, e Lion não hesitou em ajudá-la e se certificou de que ela estivesse bem.

Nicholas passou pela frente do carro. Pegou o álcool e uma gaze esterilizada e limpou a ferida do lábio, sem dirigir um único olhar para mim. Então, depois de jogar a água de uma garrafa na própria cabeça e sacudir os cabelos molhados, ele se aproximou de mim pelo lado de fora do carro.

Ele abriu a porta e ficou olhando para mim por uns segundos. Eu me virei para ele com a intenção de descer do carro e cuidar de mim mesma. Ele não deixou.

— Deixe-me ver as suas mãos — ordenou, em um tom inexpressivo.

Não fiz nada, fiquei simplesmente olhando para ele, que estava com o lábio destroçado e um hematoma horrível na bochecha. E tudo por minha culpa. Senti um nó na garganta.

— Desculpa... — falei em um sussurro tão baixo que não percebi se ele tinha ouvido ou não.

Ele me ignorou, mas pegou uma das minhas mãos e, com delicadeza, começou a limpar a ferida manchada de sangue e sujeira.

Eu não sabia o que fazer ou o que dizer. Preferia que ele gritasse comigo e dissesse o quanto eu era estúpida e irritante, mas ele simplesmente cuidou das minhas feridas. Primeiro, das minhas mãos; depois, dos meus joelhos. Atrás da gente, Jenna e Lion trocavam palavras carinhosas enquanto ela cuidava dos machucados dele. Nicholas olhou para mim uma única vez antes de se afastar e se acomodar no assento do motorista. Minutos depois, voltamos para a estrada imersos em um silêncio sepulcral. Até mesmo a Jenna e o Lion decidiram não falar uma única palavra. Percebi que eu tinha feito uma besteira enorme.

14

NICK

Quatro dias se passaram e eu continuava sem voltar para casa. Depois de tudo o que tinha acontecido naquele racha, não queria aparecer por lá. Não sabia como reagiria quando ficasse de novo frente a frente com a Noah. Uma parte de mim queria estrangulá-la e fazê-la pagar por aquilo que a sua estúpida brincadeira tinha me custado: meu carro, minha Ferrari preta de mais de cem mil dólares, e o fim definitivo da trégua que o meu grupo tinha construído com o grupo do Ronnie. O filho da puta tinha atirado na gente pelas costas, e eu ainda me lembrava de como o meu coração quase saiu pela boca ao ouvir o disparo e o grito da Noah no assento traseiro. Lembrava-me do medo de olhar para atrás, temendo o que poderia encontrar; lembrava-me de ter sentido mais medo do que em toda a minha vida. E tudo por causa da insensatez de uma garota que não prestava atenção em nada do que eu falava.

Eu me sentira completamente impotente ao vê-la correr. Ela ainda não tinha explicado de onde vinha toda aquela habilidade no volante, mas, que merda, ela deu uma lavada naquele imbecil. Uma parte de mim admirava a maneira como ela tinha abordado a segunda curva. Nem eu tinha coragem de me arriscar como ela fizera, o que também mostrava a sua total falta de instinto de sobrevivência.

Por outro lado, não conseguia esquecer o beijo que tínhamos trocado e a vontade de repetir a dose. Era impossível me esquecer daqueles lábios fartos e docemente saborosos, daquele corpo que me deixava doido...

Merda.

Não conseguia voltar para casa, não sabia como eu reagiria: uma parte de mim, a mais pervertida e que claramente não pensava com o cérebro, queria jogar aquela garota de cabelos loiro-acobreados e olhos cor de mel em cima de todas as coisas, fazer de tudo com ela, e fazê-la pagar por me fazer perder o meu tesouro mais precioso. E a outra parte simplesmente queria que ela tivesse medo de se aproximar de mim, que ela tivesse medo até de respirar fundo do meu lado... Mas, claro, a primeira opção me agradava mais do que a segunda, e eu me odiava por isso. Estava há quatro dias indo de festa em festa, dormindo tarde e acordando com uma garota diferente a cada dia. Depois do que havia acontecido no racha, a minha relação com o Ronnie havia terminado para sempre, e a verdade é que eu tinha medo da reação que ele teria se voltássemos a nos encontrar. Algo que aconteceria mais cedo ou mais tarde, considerando os círculos que frequentávamos.

Incrível como aquela garota tinha ferrado absolutamente tudo e em tão pouco tempo, e eu ainda por cima seria obrigado a vê-la todas as malditas manhãs. Cheguei em casa com essa mistura de emoções, o vidro traseiro do carro já consertado e um humor horrível que só poderia piorar. Estacionei na minha vaga, coloquei meus óculos de sol, já que a ressaca estava me matando, e fui até a entrada, com a intenção de me esconder no meu quarto o dia inteiro... No entanto, isso não foi possível. Quando coloquei o pé dentro de casa, um grito vindo da cozinha me fez xingar em silêncio e rezar para ter a paciência necessária para aquele momento.

A passos lentos, entrei na cozinha, e minha madrasta, a filha dela e a Jenna (?) tomavam café diante da ilha. Meus olhos se detiveram um pouco demais no meu inferno pessoal loiro. Noah pareceu perder o rumo quando apareci na porta. Percebi que a sua pele estava queimada pelo sol e que seus cabelos estavam mais loiros e com mais reflexos que da última vez que a vira. Vestia um maiô, coberto por uma toalha enroscada debaixo dos seus braços. Os cabelos molhados espalhavam água pelo balcão, onde ela comia cereais matinais. A seu lado, Jenna parecia mais ou menos igual, mas usava biquíni e ostentava o sorriso de boas-vindas que sempre reservava para amigos e familiares.

Agora elas eram amigas?

— Que bom que você voltou, Nick. Seu pai ligou para você ontem o dia inteiro — Raffaella disse, amável, e com uma cara de que estava acordada há mil horas. Distante do aspecto desarrumado da filha, estava impecável, com seu cabelo loiro platinado preso em um coque e uma roupa branca de linho bem passada.

Com que rapidez ela tinha se transformado na esposa de William Leister...

— Ando muito ocupado — respondi cortante, enquanto me aproximava da geladeira e pegava uma cerveja.

Não me importava nem um pouco que eram só dez da manhã.

— Então, Nick, não vai nos cumprimentar? — Jenna falou, virando-se na cadeira para olhar atentamente para mim.

Devolvi o olhar com cara de poucos amigos: Jenna sabia perfeitamente que eu não estava para brincadeiras. Por que ela não agia como a Noah e ficava calada, olhando para os seus cereais?

Grunhi à guisa de cumprimento enquanto levava a cerveja aos lábios e observava Noah tentando fingir que a minha presença não a afetava.

— Nicholas, seu pai ligou porque hoje à noite vamos para Nova York — Raffaella disse, conseguindo a minha atenção. — Ele vai participar de um congresso e quer que eu vá com ele. Queria que você ficasse aqui com a Noah, não quero que ela fique sozinha nessa casa tão grande e...

— Mãe, já falei que não tem problema — minha irmã postiça interrompeu, fulminando a mãe com o olhar. — Posso muito bem ficar sozinha. E mais: a Jenna pode ficar aqui e me fazer companhia. O que acha, Jenna? — ela perguntou, se virando para ela.

Jenna assentiu, encolhendo os ombros e olhando primeiro para mim, depois para a amiga. Noah não queria olhar para mim, não queria ter a mim por perto... Interessante...

— Eu fico também — anunciei, sem saber muito bem onde estava me metendo.

Noah deixou de lado o semblante indiferente para olhar para mim com os olhos bem abertos e cara de quem queria estar em qualquer outro lugar, menos ali.

— Fico muito mais tranquila. Obrigada, Nick — Raffaella disse, se levantando e dando um último gole em seu café. — Vou fazer as malas. Vejo vocês antes de partir. — Então, ela saiu da cozinha.

— Não precisa se preocupar, sei me cuidar sozinha — Noah soltou em um tom de voz contido.

Eu me aproximei dela e me sentei em uma cadeira ao seu lado.

— Duvido que saiba, mas não é por isso que eu vou ficar — falei, cravando os olhos nela. — Acho que estava com saudade, sardenta. Hoje você também planeja me fazer perder cem mil dólares? — perguntei, pegando no cabelo dela e torturando-a com meu semblante sério.

Noah respirou fundo várias vezes. Seus olhos se arregalaram com surpresa e vergonha e, quando ela ia começar a balbuciar uma resposta, decidi encerrar a tortura.

— Relaxa, não estou falando sério. Sei que você não poderia pagar nem em sonho — adicionei, notando meu aborrecimento crescer ao mesmo tempo que o desejo por ela ressurgia dentro de mim. Meus olhos se desviaram involuntariamente para o seu decote, molhado pela água da piscina, e depois para a sua tatuagem, que me deixava completamente doido.

— Está me dizendo que vai esquecer esse assunto? — ela perguntou, incrédula.

— Talvez eu a cobre de outra maneira — respondi, percebendo que estava flertando com ela outra vez.

Ela pestanejou, confusa. Raios.

— Olha, vamos voltar ao início. Eu a ignoro, você me ignora e todo mundo fica feliz — propus, ficando de pé e rezando para não voltar a fazer aquele papel ridículo.

Meu olhar se cruzou com o da Jenna, que olhava para mim intrigada e com um sorrisinho em seus lábios carnudos.

Dei as costas para elas e fui para o jardim me perguntando por que diabos minha irritação tinha desaparecido assim que voltei a encontrá-la.

15

NOAH

Fiquei impactada ao vê-lo de novo. Naqueles quatro dias, eu tinha conseguido esquecer um pouco do que eu tinha causado e, principalmente, evitei ficar pensando nele, já que sempre que fazia isso sentia um nó estranho e desagradável na boca do estômago. Eu sabia que o tinha feito perder o seu tesouro mais valioso e que poderiam ter nos matado naquela noite, mas não tinha sido só culpa minha. Se não fosse a traição do Dan, eu nem teria ido. Além do mais, o delinquente do Ronnie tinha me enganado e me fizera acreditar que podia competir contra ele. Então, depois que eu o venci, se aproveitou daquelas regras estúpidas para ficar com os quinze mil dólares e o carro do Nick.

Achei que seriam necessários dias, meses e anos para que o menino rico me desculpasse e deixasse para lá o que eu tinha feito, mas, ao contrário do que eu imaginava, ele disse que já estava tudo esquecido.

Ele estava de brincadeira com esse papo de que ia me cobrar de outra maneira, né?

Não sabia mais o que pensar e não queria saber o que Nicholas Leister poderia querer para que eu me redimisse. Que merda, cem mil dólares! Eu nunca veria essa quantidade de dinheiro em toda a minha vida, tinha certeza. Só uma pessoa tão rica como ele poderia se esquecer de algo assim. E, mesmo sabendo que para ele aquilo era só uma brincadeira, senti-me aliviada e grata por ele dizer que me desculpava.

Com remorso e outros pensamentos muito mais dolorosos e difíceis de relevar, tinha passado aqueles dias em casa, ainda tentando me acostumar com o lugar. O difícil, na verdade, e a causa do meu mau humor e da minha tristeza constante era saber que o meu ex-namorado tinha me chifrado, mas o pior é que havia milhares de ligações e mensagens dele no meu celular, pedindo que eu o perdoasse e voltássemos a ficar juntos.

Cada vez que meu celular tocava, meu coração parava de bater, mas depois, quando voltava ao normal, me machucava a cada batida lenta e dolorosa. Em todas as horas que passei tomando sol, entendi que tudo o que me ligava à minha cidade, ao meu lar, estava destruído para sempre, e chegar àquela conclusão me doía ainda mais do que tudo. Minha amiga tinha decidido acabar com a nossa amizade por causa de um garoto, o meu namorado, e ele ainda tinha a cara de pau de pedir que eu o perdoasse. Só podia ter um parafuso a menos!

Eu nunca mais voltaria a falar com nenhum dos dois, e não voltaria a ser tão burra de me entregar para um garoto. Já tinha sofrido o suficiente por causa de homens, e, para piorar, agora estava morando com um rapaz atraente e perigoso, com uma vida paralela que ninguém com o mínimo de juízo gostaria de chegar perto.

— Você deve ser o pesadelo do Nick — Jenna falou. Ela tirou um maço de dentro do decote, pegou um cigarro e o acendeu. Estiquei a cabeça para verificar se a minha mãe não estava por perto.

Minha nova amiga Jenna tinha sido a única coisa boa daquela noite desastrosa. Sua alegria e o seu senso de humor trouxeram leveza para aqueles dias. Ela tinha me contado que conhecia o Nicholas desde que eram crianças, por isso conhecia-o melhor do que qualquer pessoa dali.

Segundo ela, meu novo pseudoirmão era um mulherengo inveterado; só se interessava por ir a festas, beber, se divertir, se atirar para as garotas que aparecessem à sua frente e derrotar o Ronnie sempre que precisasse para demonstrar quem é que mandava no mundo da noite.

Nada do que ela me disse tinha me surpreendido, exceto uma coisa, e nem ela sabia muito a respeito. Ela contou que, quando o Nicholas fez dezoito anos, saiu da casa do pai e morou durante um ano e meio na periferia, mais exatamente na casa do Lion, e havia se metido em vários rolos. Foi nessa época que ele conheceu pessoas perigosas e passou a integrar aquele submundo. Lion era uma das amizades desse período que ele manteve.

Aquela revelação tinha me deixado completamente surpresa. Minha mãe com certeza não fazia ideia disso, ou então teria me contado. Agora eu entendia como um rapaz de boa família como o Nick tinha se envolvido com coisas tão perigosas como as que eu havia presenciado nas noites que tinha passado com ele.

— E por que eu sou assim tão desagradável? — perguntei distraída, enquanto comia o meu cereal.

— Você não reparou no que fez? — ela perguntou, enquanto eu franzia a testa. — Você parece a típica menina boazinha, e de repente entra em um carro, ganha uma corrida e nos coloca numa confusão daquelas. Não dá para dizer que você seja previsível, Noah… E naquele dia você deixou meio mundo de boca aberta — ela prosseguiu, me fazendo largar a tigela e a colher com tudo em cima do balcão. — Aposto o que você quiser que o Nick está pensando em transar mil vezes com você em cima desta mesa para esquecer a frustração de ter perdido o carro. É a maneira dele de resolver as coisas, não essa bobagem de "esquecer do assunto" — ela concluiu, soltando uma gargalhada e desenhando aspas no ar.

Ela continuou rindo ao ver a expressão no meu rosto.

— Qual é?! — disse, gargalhando. — Não acredito que você não tenha pensado nisso também. Se eu não o conhecesse desde que usava fraldas, eu teria me entregado para ele como quase todas as garotas desta cidade.

Comecei a recriar na minha cabeça aquele beijo que tínhamos trocado em cima do carro. De vez em quando ele voltava à minha mente, e meu corpo reagia tremendo e querendo que as suas mãos voltassem a me fazer carícias… Mas isso só significava que nenhum dos dois era cego!

— Acredite, nunca vou transar com ele em lugar nenhum — rebati resoluta. — Já estou cansada de rostinhos bonitos. Homens como ele nos trocam na primeira oportunidade, é só olhar o que aconteceu com o meu namorado, o Dan.

— Ex-namorado — ela corrigiu, dando outra tragada no cigarro. — Você tem razão, caras como ele são um perigo, mas não vejo problema em você aproveitar o que ele pode oferecer para esquecer do babaca do seu ex. Quem disse que as mulheres não podem transar com os caras que quiserem por simples e espontânea vontade? Você está solteira, é bonita, estamos no verão… Não precisa pensar muito, é só aproveitar.

Tive que dar uma gargalhada. Meu Deus, a Jenna estava completamente doida! Eu não era esse tipo de garota.

— Que tal deixarmos o Leister de lado para você me dizer se vai dormir aqui hoje à noite — propus, lançando um olhar de súplica. Se eu tivesse que passar três dias sozinha com o Nicholas naquela casa tão grande eu morreria antes de chegarmos à segunda-feira.

Jenna analisou minha oferta.

— Com certeza o Nicholas vai chamar os amigos para cá, o que significa que o Lion vai estar por aqui, e que teremos bebidas, música e álcool. — Seus dedos passeavam pelas próprias bochechas. — Vou ficar, é claro — ela sentenciou com um sorriso divertido.

Aquilo melhorou o meu humor. Com a Jenna a meu lado, os dias passavam muito mais rápido, e era exatamente disso que eu precisava: que os dias voassem sem que eu percebesse para onde estavam me levando.

Como a Jenna havia previsto, algumas horas mais tarde a casa se tornou uma loucura. Não eram nem nove da noite quando a campainha começou a tocar. Dezenas de pessoas carregando barris de cerveja começaram a entrar pela porta. Ao ouvir a balbúrdia, Nicholas apareceu no alto das escadas e pediu que todos os convidados entrassem e colocassem música para tocar.

A bebida começou a rolar como se fosse água e a música ressoou por alto-falantes que eu não sabia nem onde estavam. Estava me sentindo completamente deslocada com meu short de moletom e meu coque malfeito. Jenna tinha ido para casa se trocar e ainda não tinha voltado, então fui para o meu quarto vestir algo melhor e mais apropriado para aquela noite. Procurei no meu *closet* alguma coisa que me deixaria confortável e bonita ao mesmo tempo.

Encontrei um short preto que se adaptava ao meu corpo como uma segunda pele e uma blusinha laranja que combinava muito com o bronzeado que eu tinha conseguido nos últimos dias. Satisfeita, soltei o cabelo, calcei sandálias baixinhas, porque não ia usar salto na minha própria casa, e saí correndo quando ouvi novamente a campainha, que fazia um barulho tão alto quanto a música.

Antes que eu chegasse lá, minha amiga já tinha entrado junto com o namorado, Lion. Ver os dois juntos era um colírio para os olhos. Ela, ao contrário de mim, tinha escolhido saltos enormes e, ainda assim, continuava um pouco mais baixa que o namorado, que usava calça jeans e uma camiseta preta larga.

Jenna se aproximou com um sorriso divertido.

— Você tá um arraso, gata — ela disse. — Já está de olho em alguém? Você precisa de alguém para cuidar desse corpinho! — gritou, dando uma gargalhada e me fazendo ficar vermelha, mas não consegui segurar a risada.

Jenna era um sopro de ar fresco, e, apesar de nos conhecermos apenas há poucos dias, eu já sabia que podia confiar nela.

— Vamos beber alguma coisa, estou com a garganta seca — Lion propôs, depois de ficar um tempo cumprimentando os presentes, que batiam os punhos nos dele.

Já na cozinha, Jenna foi direto para o barril de cerveja e eu aceitei quando ela me ofereceu um daqueles copos vermelhos com um líquido espumante. A bebida estava ótima, gostosa e refrescante, e agradeci por ter aquela distração e assim me esquecer por algum tempo do meu ex.

Continuei bebendo enquanto minha cabeça se afastava dos meus sentimentos horríveis e do rosto do Dan, tão loiro e tão bonito, e da lembrança das suas mãos me acariciando quando ficávamos sozinhos, ou de quando ele beijava meu nariz no inverno e dava risada, falando que estava parecendo uma rena de Natal. Me sentia uma idiota rememorando esses eventos estúpidos, mas tinham sido nove meses da minha vida… Sei que não era muito, mas foram intensos… Eu o amava… Fora o meu primeiro namorado de verdade, e o fato de ter me traído com alguém tão importante… Não, o simples fato de ter me traído…

Irritada, me virei e entrei na casa para pegar mais cerveja. Justo nesse instante recebi um e-mail no celular. Achava que seria do Dan, mas, ao lê-lo, entendi que era da mesma pessoa que tinha me mandado a foto do Dan e da Beth se beijando. Quem quer que fosse, estava claro que gostava de me atormentar, já que o assunto da mensagem era:

MAIS PROVAS DA TRAIÇÃO QUE FIZERAM COM VOCÊ.

Quando eu ia abrir o arquivo, com o coração saindo pela boca, o celular desligou. Merda… Estava sem bateria. Previsível, já que havia ficado o dia inteiro apitando com as mensagens do Dan e as ligações que eu tentei ignorar com todas as minhas forças. Com os nervos à flor da pele e incentivada por algum instinto masoquista, porque ninguém ia querer ver as imagens da traição do namorado, vi que o iPhone do Nick estava por ali, na mesa da sala. Havia muita gente ao meu redor, então ninguém reparou quando eu o peguei e fui para um canto, perto da porta do escritório do Will. Minhas mãos estavam tremendo tanto que foi difícil apertar os botões certos, e tive que apagar e escrever de novo o meu e-mail umas cinco vezes. Entretanto, finalmente consegui e abri o arquivo anexado. Ali, junto com a foto que eu já tinha visto, havia um montão de outras do Dan e da Beth se pegando na festa na qual, supostamente, eles tinham ficado pela primeira vez... Nada mais distante da realidade. Havia mais fotos de dias diferentes que mostravam os dois se beijando, incluindo fotos tiradas por eles mesmos, com a mão esticada e olhando para a câmera com os lábios inchados e os olhos brilhando. Fiquei tão brava olhando aquelas fotos, senti tanta raiva e tanta dor por dentro que por pouco não derrubei o celular no chão.

Então, alguém se aproximou às minhas costas.

— Que merda você está fazendo com o meu celular?

Dei um salto, e, antes que pudesse fechar o que eu estava vendo, Nicholas arrancou o dispositivo da minha mão e começou a olhar as fotos com a testa franzida.

— Me dá isso — ordenei, sentindo que começava a me afogar na minha própria desgraça.

Um sorriso maroto apareceu no rosto dele.

— O celular é meu, lembra? — ele disse, ainda com o olhar cravado na tela.

Quase me virei e fui embora. Sabia que estava muito perto de perder o controle, sentia pela maneira que minhas mãos estavam tremendo e pelo ardor nos olhos que eu sentia sempre que queria chorar.

Mas a mão dele agarrou o meu braço.

Os olhos do Nick se cravaram no meu rosto, olhando para mim com cuidado.

— Por que você fica olhando para esta merda? Você é masoquista ou tem algum problema? — perguntou com desgosto, pondo o celular no bolso de trás da calça enquanto continuava segurando meu braço. Aparentemente, eu não era a única a pensar isso.

— Talvez eu seja — rebati, olhando fixamente para ele. — E, neste momento, garanto que você é a última pessoa que eu quero ver na minha frente — falei, sabendo que ia descontar meu mau humor em todo mundo, principalmente nele. Ele olhou para mim de um jeito estranho, como se de alguma maneira quisesse entender o rumo de meus pensamentos.

— E por que isso, sardenta?

Revirei os olhos à menção do maldito apelido que ele tinha escolhido para mim.

— Ah, deixe-me pensar um pouco... — eu disse, com sarcasmo. — Desde que eu cheguei, você não parou de me falar besteiras, de me ameaçar, de me largar sozinha por aí, de se comportar como um autêntico idiota... Ah, sim, quase esqueci... Conseguiu até que me drogassem — fui enumerando os episódios com os dedos.

— Então, agora a culpa é minha que o babaca do seu namorado colocou chifres em você — ele jogou na minha cara, soltando o meu braço e olhando para mim como se estivesse achando graça.

— Estou simplesmente brava com a vida no geral, então me deixa em paz — soltei, com a intenção de passar por ele e ir embora para o meu quarto. Ele bloqueou a minha passagem com o seu corpo enorme e me segurou pela cintura. Antes de me dar conta do que estava acontecendo, ele me empurrou para dentro do escritório do Will, fechou a porta e ficou olhando para mim. O local estava escuro, embora a luz da lua entrasse pelas janelas atrás da mesa e das cadeiras.

Soltei todo o ar que estava segurando quando ele deu um passo à frente e me encurralou contra a porta. O olhar dele se cravou no meu e percebi o quanto ele estava bêbado. Tinha ficado tão brava e triste com a história das fotos que simplesmente ignorara aquele detalhe, mas, ao ver como ele estava se comportando, não havia dúvida sobre o seu estado.

— Já chega de pensar nesse idiota — ele ordenou, afastando o cabelo dos meus ombros e beijando a minha pele.

Foi ao mesmo tempo inesperado e intenso. Lembrei-me do nosso beijo na noite dos rachas. O que tinha começado como uma simples vingança se tornou um beijo realmente prazeroso e excitante... Exatamente como aquele que estava rolando naquele instante.

— O que você está fazendo? — gaguejei, enquanto os seus lábios subiam lentamente pelo meu pescoço, dando pequenos beijos ardentes até chegar à minha orelha... Tive que fechar os olhos quando senti os seus dentes se cravando na minha pele...

— Vou te mostrar como a vida pode ser boa — ele respondeu com a respiração acelerada, enquanto uma das mãos dele invadia a minha blusinha e começava a acariciar as minhas costas, primeiro com delicadeza, depois me apertando contra seu corpo rijo.

Era claro que ele não sabia o que estava fazendo... Por acaso tinha se esquecido de quem estava beijando? Odiávamos um ao outro, ainda mais agora que eu o fizera ficar sem o seu brinquedo favorito, e fizera com que um dos seus piores inimigos atirasse na gente pelas costas. Tudo por minha culpa... Mas, então, por que eu também estava gostando daquelas carícias tão ardentes e inesperadas?

— Tive que me segurar com você... E, que maldição, você entrou na minha cabeça e não consigo mais esquecê-la — ele disse, irritado. Então, me ergueu com facilidade, obrigando-me a abraçar os seus quadris com as pernas. Não tive tempo nem de assimilar o que ele me disse porque, de repente, os seus lábios estavam nos meus. Inesperados, ardentes e possessivos...

Ele estava me beijando de um jeito que ninguém tinha feito.

Inicialmente, fiquei chocada ao voltar a senti-lo daquela maneira, ainda mais depois da sua atitude horas antes. Porém meus pensamentos, assim como meus sentimentos, meus problemas ou qualquer coisa que andasse me afetando, ficaram em segundo plano porque, meu Deus... Esse cara sabia muito bem o que estava fazendo!

A língua dele buscava a minha de maneira passional, sem me dar um respiro, e senti a sua respiração embriagante na minha boca. Inconsciente do que estava fazendo, me vi retribuindo tudo do mesmo modo. Minhas mãos se enredaram no pescoço dele e o puxaram para mim como se eu precisasse dele para respirar... Uma grande contradição, já que o seu beijo estava me deixando sem ar a cada segundo que se passava.

Puxei os cabelos dele quando senti que precisava respirar. Ele grunhiu de dor quando intensifiquei o puxão, porque ele não se separava da minha boca. Nós dois respirávamos com dificuldade e os seus olhos azuis se cravaram nos meus quando tentei controlar as ondas de prazer ardente que me percorriam da cabeça aos pés. Eu ainda o abraçava com as minhas pernas e logo ele me apertou com força contra seu corpo, como se não suportasse que houvesse um mínimo espaço entre nós dois.

— Você é um bruto — eu soltei ofegante, sem poder me conter. No entanto, não me importava com a maneira como ele me tratava: em menos de cinco minutos ele me deixou disposta a lhe dar tudo aquilo que me pedisse.

— Você que é insuportável.

Não tive tempo para uma réplica porque logo os seus lábios voltaram ao ataque.

Meu Deus, aquilo era intenso demais, eu o sentia em toda a parte. Com uma das mãos, ele começou a tirar a minha blusa; com a outra, ele apertava o meu quadril com força. Com a respiração acelerada, ele começou a se mover para a direita, certamente com a intenção de me colocar em cima da mesa, mas eu me joguei para trás e minhas costas voltaram a ficar contra a parede. De repente, ouvi um clique e a luz do local se acendeu, e a claridade dolorosa iluminou tudo ao nosso redor e a nós mesmos.

Foi como se tivessem jogado um balde de água fria sobre nossa cabeça. Nicholas parou, olhou para mim surpreso e ofegante, e a realidade interrompeu a atração física entre nossos corpos. Nicholas apoiou a testa contra a minha e fechou os olhos com força por alguns segundos, que pareceram intermináveis.

— Merda! — ele exclamou. Então, após me pôr no chão sem nem sequer voltar a olhar para mim, ele se virou e saiu pela porta.

A realidade me desferiu um golpe tão doloroso que minhas pernas tremeram até eu cair sentada no chão, apoiada na parede. Abracei os meus joelhos com as mãos enquanto percebia o que tínhamos acabado de fazer.

Ficar com o Nicholas não resolveria absolutamente nada. Não faria com que os chifres que o meu namorado havia me dado desaparecessem, não amenizaria a solidão que eu estava sentindo por morar naquele lugar longe da minha família e dos meus amigos, não faria com que a minha relação com ele melhorasse. Aquele episódio com o Nick só podia significar uma coisa: *problemas*.

16

NICK

Eu ardia por dentro. Em todos os sentidos possíveis da palavra, estava ardente. Fazia uma semana que não parava de pensar no beijo que trocáramos no dia do racha, e isso só estava piorando o meu humor. Não conseguia aguentar vê-la ali na minha casa sem que ela fosse minha. Ela estava incrível naquela noite, e eu não conseguia tirar os olhos do corpo dela. Da pele, do decote, dos cabelos longos e brilhantes... Porém o mais insuportável era quando ela dançava com os meus amigos, bem debaixo do meu nariz, e eu podia ver todo mundo devorá-la com os olhos. Eu já tinha de aguentar vários deles falando obscenidades ao se referir a ela e me surpreendia muito que isso me irritasse, uma vez que eu era um dos primeiros a fazer esse tipo de comentário quando aparecia uma garota bonita, mas falar assim da Noah? Era algo que simplesmente me enlouquecia.

Quando a vi com meu celular e olhei para as fotos que lhe tinham mandado, senti um pouco de pena dela e raiva dos envolvidos, incluindo desse ex-namorado dela. Mas evidentemente não tinha planejado levá-la para o escritório do meu pai e beijá-la daquele jeito. Eu obviamente havia bebido muito e não me dei conta do que estava fazendo até que a luz se acendeu e pude ver tudo com clareza. As bochechas dela estavam vermelhas, os lábios inchados pelos meus beijos... Que merda, só de pensar eu já ficava com vontade de ir atrás dela outra vez. No entanto, não podia fazer isso, não com ela. Era minha irmã postiça, pelo amor de Deus, a mesma "nova irmã" que tinha virado meu mundo de pernas para o ar, a mesma que me fizera perder o meu carro. Afastei aqueles pensamentos da minha cabeça e fui para o jardim. Eu ficaria longe dela, não podia transar com alguém que morava na minha casa, alguém que eu veria todos os dias e muito menos com alguém que era filha da pessoa que tinha ocupado o lugar da minha mãe, um lugar que há muito tempo eu já havia descartado da minha vida.

Fiquei lá fora até que as pessoas começaram a ir embora, deixando para trás um caos completo: copos de plástico jogados no gramado, garrafas de cerveja... e milhares de outras coisas. Frustrado, fui até a porta da cozinha para ver quem ainda estava por lá. Dentre os remanescentes, vi a Jenna e o Lion. Ela estava sentada no colo dele, que a beijava no pescoço, fazendo-a rir.

Por pouco não vomitei no caminho. Quem diria que eles acabariam assim. Lion era parecido comigo, adorava as mulheres, as festas, os rachas, as drogas... E agora tinha se transformado num cachorrinho preso pela coleira pela Jenna.

As mulheres só serviam para uma coisa. Todo o resto era sinônimo de problemas, e eu dizia isso por experiência própria.

— Ei, cara! — Lion gritou, fazendo-me olhar para trás. — Amanhã vai ter um churrasco na casa do Joe. Você vai?

"Churrasco na casa do Joe". Isso significava festa até de madrugada, mulheres bonitas e música boa... mas eu já tinha planos para o dia seguinte, planos que ficavam a mais de seis horas de distância, um compromisso que eu adorava e odiava ao mesmo tempo.

Eu me virei para ele.

— Amanhã vou para Las Vegas — anunciei, olhando para ele com cara de quem não poderia fazer nada. Ele entendeu e assentiu.

— Divirta-se. E mande lembranças para a Maddie — ele me pediu, sorrindo.

— Vejo vocês quando eu voltar — falei em tom de despedida antes de atravessar a casa e subir para o meu quarto. Havia uma luz tênue saindo por baixo da porta da Noah, e me perguntei se ela estaria acordada, mas depois lembrei que ela tinha medo do escuro.

Algum dia, quando as coisas se acalmassem entre nós dois, eu perguntaria sobre isso. Agora, eu só queria descansar. O dia seguinte seria longo.

O alarme do meu celular tocou às seis e meia da manhã. Eu o desliguei grunhindo enquanto dizia para mim mesmo que precisava me levantar logo se quisesse chegar a Las Vegas antes do meio-dia. Esperava que dirigir por tantas horas me ajudasse a atenuar o mau humor que me acompanhava desde a noite anterior. Levantei-me da cama e tomei um banho rápido. Vesti minha calça jeans e uma camiseta de manga curta, imaginando o calor infernal que deveria estar em Nevada e me lembrando do quanto eu tinha detestado a primeira vez que fora para lá. Las Vegas é um lugar alucinante quando você está dentro do hotel com ar-condicionado. Do lado de fora, é quase impossível ficar mais de uma hora sem se abater com o calor opressivo do deserto.

As lembranças da noite anterior voltaram a me atormentar quando passei pela porta entreaberta da Noah. Como se não tivesse sido suficiente sonhar com ela a noite inteira!

Desci as escadas e fui direto para a cozinha atrás de uma xícara de café. Prett não chegaria antes das dez da manhã, então me virei como pude para tomar um café da manhã mais ou menos digno. Às sete da manhã eu já estava no carro, pronto para sair.

Com a música me distraindo, tentei ignorar a sensação que sempre tomava conta de mim quando o assunto era a Madison. Ainda me lembrava do dia em que ficara sabendo do seu nascimento, sentindo-me horrorizado ao pensar que, não fosse pelo acaso, minha irmã e eu nunca teríamos conhecido um ao outro. Naquela época, minha vida estava uma bagunça; não estava morando com meu pai, mas sim com o Lion, e estávamos sempre metidos em alguma confusão. Em um fim de semana, fomos com alguns amigos para Las Vegas. Sempre odiava ir para lá porque era onde minha mãe morava com o novo marido, Robert Grason.

Foi muito doloroso vê-la depois de sete longos anos, e ainda por cima com um bebê nos braços. Fiquei completamente congelado, ela também, e por alguns instantes simplesmente ficamos nos olhando, como se tivéssemos visto um fantasma do passado. Minha mãe me abandonara quando eu tinha apenas doze anos. Um dia, ela não apareceu para me buscar na escola, e meu pai explicou que, a partir daquele momento, seríamos só nós dois e mais ninguém.

Minha relação com Anabell sempre tinha sido boa. Mesmo eu tendo sido criado com um pai que quase nunca estava presente, ela era o suficiente. Ainda lembrava a sensação de vazio que tomou conta de mim quando entendi que nunca mais voltaria a vê-la.

Mas a minha tristeza rapidamente se transformou em ódio contra minha mãe e contra mulheres em geral. A única pessoa que deveria me amar acima de tudo tinha me trocado por um milionário, dono de um dos hotéis mais importantes de Las Vegas, cujo nome meu pai havia limpado depois de uma acusação de fraude de mais de dez milhões de dólares.

Quando eu cresci, meu pai me contou toda a verdade: minha mãe nunca tinha sido feliz com ele. Ela me amava, mas era uma infeliz que demandava mais e mais milhões a cada dia que passava. Não lhe bastava estar casada com um dos mais prestigiosos empresários e advogados do país: ela preferia dormir com o canalha do Grason. Foi ele quem exigiu que ela não me visse mais nem tentasse manter contato com meu pai. Quando aceitou essa imposição, ela deixou de ter qualquer relação comigo.

Os advogados do meu pai obtiveram a custódia total, e minha mãe renunciou a todos os direitos sobre mim. Mas tudo se complicou quando nos reencontramos. Fiquei sabendo que aquela menina loira de olhos azuis era a minha irmã, e mesmo que no início eu tenha tentado não me importar, não consegui tirá-la da cabeça.

Contei para o meu pai, que ficou tão ou até mais surpreso do que eu, e foi ele quem perguntou o que eu queria fazer. Se eu quisesse conhecer a minha irmã e ter uma relação com ela, ele me ajudaria.

Até então, a minha relação com o meu pai era bastante precária. Ele tinha me tirado da cadeia duas vezes, eu estava completamente fora de controle. Com o pretexto de me ajudar com a Madison, ele conseguiu o que queria: me manter sob rédeas curtas.

Depois de meses batalhando com advogados, o juiz me concedeu uma permissão para ver a minha irmã duas vezes na semana, desde que eu a levasse de volta para casa às sete da noite. Eu e minha mãe não teríamos nenhum contato, e uma assistente social ficaria a cargo de me levar até a Madison para que eu pudesse passar algum tempo com ela. Devido à distância que nos separava, nos víamos pouco, mas pelo menos duas vezes por mês eu ia para lá, aproveitar a companhia da única menina para a qual eu decidira abrir o meu coração.

Por conta disso, fui forçado a renunciar à vida que eu conhecia até então. Tive que ir morar de novo com meu pai, voltar para a faculdade e prometer que não ia mais me meter em confusão. Meu pai foi muito contundente: se eu fizesse alguma cagada, perderia o direito às visitas.

Eu e minha mãe não voltamos a nos ver depois da decisão judicial, mas era impossível continuar fingindo que ela não existia. Minha irmã falava dela o tempo todo e contava coisas sobre mim para ela. Essa era a pior parte, porque, de alguma maneira, eu não podia romper aquela relação por completo. A dor sempre estaria presente, escondida no fundo da minha alma… No fim das contas, ela seria a minha mãe para sempre.

Quatro horas e meia mais tarde, cheguei ao parque onde sempre me esperavam a minha irmã e a assistente social. Certifiquei-me de que o presente que eu levara estivesse bem escondido no assento do passageiro e desci do carro, andando na direção do chafariz no meio do parque. Milhares de crianças estavam correndo e brincando por ali. Nunca tinha sido muito fã de crianças pequenas, continuava achando todas elas insuportáveis e choronas, mas uma pequena insuportável e chorona tinha me conquistado.

Um sorriso se desenhou no meu rosto quando, ao longe, de costas para mim, vi uma cabecinha loira, que naquele momento se inclinava na direção do chafariz sem medo nenhum de cair.

— Ei, Maddie! — chamei, atraindo a sua atenção e observando aqueles olhos se arregalando ao me ver ali, a três metros de distância. — Você vai dar um mergulho? — gritei para ela. Vi um sorriso estampado no rosto daquele anjinho, que saiu correndo na minha direção.

— Nick! — ela gritou ao chegar até mim, e eu me inclinei para pegá-la nos braços e levantá-la. Seus cachos loiros como ouro ficaram esvoaçantes e os olhos azuis, iguais aos meus, olharam para mim cheios de emoção infantil. — Você veio! — ela disse, passando os bracinhos ao redor do meu pescoço.

Eu a abracei com força, sabendo que aquela menina tinha o meu coração em suas mãos rechonchudas.

— É claro que eu vim. Não é todo dia que se faz aniversário de cinco anos... O que você achava? — eu disse, pondo-a no chão e passando a mão sobre a sua cabeça. — Você está enorme. Cresceu quanto? Pelo menos uns dez metros, né? — falei, aproveitando para observar seus olhos brilharem com orgulho.

— Mais do que isso, quase sete mil! — ela respondeu, dando pulinhos sem parar.

— Isso é um montão! Logo você vai estar mais alta do que eu, inclusive — eu disse, enquanto uma mulher alta e gordinha, com uma pasta debaixo do braço, se aproximava da gente. — Tudo bem, Anne? — perguntei, cumprimentando a mulher cuja tarefa era supervisionar minhas visitas à minha irmã mais nova.

— Tudo indo — ela respondeu em seu habitual tom seco. — Estou com muito trabalho hoje, então agradeceria se você trouxesse a sua irmã na hora marcada, nem um minuto a mais, nem um minuto a menos, Nicholas.

Você não quer que seja como da última vez, né? — ela advertiu com cara de poucos amigos.

Da última vez, minha irmã chorou tanto quando eu falei que precisava ir embora que acabei me atrasando uma hora e meia na volta. E foi tudo um caos: Anne chamou a polícia, o Conselho Tutelar... e por pouco não perdi o direito de estar com Maddie sem supervisão.

— Pode ficar tranquila, ela vai estar aqui às sete — eu lhe assegurei. Em seguida, peguei a Maddie nos braços e a levei para o meu carro.

— Sabe de uma coisa, Nick? — ela perguntou, passando os dedinhos pelo meu cabelo. Desde que tinha aprendido a fazer isso, esse era o seu passatempo favorito: me despentear.

— O quê? — perguntei, olhando para ela achando graça. Minha irmã era muito pequena. Tinha só cinco anos, mas era menor do que o normal, por causa da diabetes tipo 1, uma doença causada pela falha de fabricação de insulina pelo pâncreas. Já fazia três anos que ela precisava tomar injeções desse hormônio três vezes por dia e era preciso muito cuidado com toda a comida que ingerisse. Era uma doença comum, mas, sem os cuidados necessários, poderia se tornar muito perigosa. Madison tinha que andar sempre com um aparelho para medir o nível de glicose no sangue; se não estivesse normal, ela precisava tomar uma dose de insulina.

— Minha mãe falou que hoje posso comer hambúrguer — ela anunciou com um sorriso radiante.

Olhei para ela, franzindo a testa. Minha irmã não costumava mentir, mas eu não queria correr o risco de lhe dar uma comida que lhe fizesse mal — e não ia ligar para a minha mãe a fim de comprovar que ela dizia a verdade. Essas coisas tinham que ser comunicadas por meio da assistente social, e a Anne não me falou nada.

— Maddie, a Anne não me falou nada disso — eu disse, enquanto chegávamos ao carro e eu a punha no chão.

Minha irmã arregalou os olhos e me observou atentamente.

— Minha mãe deixou — ela insistiu com teimosia. — Ela falou que é meu aniversário e eu posso comer no McDonald's — adicionou, com um olhar de súplica.

Respirei fundo. Não queria proibir minha irmã de comer o que todas as crianças gostavam de comer. Odiava o fato de ela não poder levar uma vida completamente normal... Eu já tinha lhe dado as injeções várias vezes na barriguinha, e era horrível ver os hematomas que as picadas contínuas deixavam na sua pele branca.

— Tudo bem. Vou ligar para a Anne e ver o que ela fala, tá bom? — propus, enquanto abria o porta-malas e tirava uma cadeirinha que eu usava naquelas situações.

— Nick, hoje você vai brincar comigo? — ela perguntou, animada. Tinha certeza de que as babás que cuidavam dela não se mostravam muito disponíveis para brincar com ela. Minha mãe quase nunca estava em casa, viajava o tempo inteiro com o maldito marido, e minha irmã ficava sozinha por muitos dias, rodeada de pessoas que não a amavam como ela merecia.

— Falando em brincar, trouxe um presente para você, princesa. Quer ver? — comentei, terminando de instalar apropriadamente a cadeirinha no banco de trás e me esticando para pegar o presente embrulhado em papel prateado, com um grande laço que a moça da loja tinha feito para mim.

— Sim! — ela exclamou, animada e saltitante.

Com um sorriso, entreguei o pacote ligeiramente arredondado para ela. Ela rasgou o papel com uma velocidade alucinante e a bola de futebol americano fúcsia apareceu.

— Que bonita! Eu amei, Nick! É rosa, mas um rosa legal, não esse rosa para bebês que a minha mãe gosta... E é uma bola de futebol americano, e a mamãe não me deixa jogar, mas vou poder jogar com você, né? — ela disse gritando, com aquela vozinha capaz de perfurar tímpanos.

O que eu poderia dizer? A minha irmã adorava futebol americano, e eu preferia lhe dar uma bola do que alguma boneca cafona — que, aliás, parecia ser o presente que ela mais ganhava dos pais.

Prestei atenção no vestido azul, nos sapatos de verniz e nas meias de bolinhas que ela estava usando.

— Quem foi que escolheu a sua roupa hoje? — perguntei, levantando-a outra vez. Era um peso-pena; ela devia pesar menos do que a bola que estava segurando. Tinha a cara da minha mãe, e sempre que eu olhava para ela sentia uma punhalada no peito. De alguma maneira, Madison era meu prêmio de consolaçãopor ter perdido a minha mãe tão novo. Chegava a ser assustador o quanto as duas eram parecidas. As únicas coisas que eu havia puxado dela eram os olhos claros e os cílios escuros... Meu Deus, minha irmã tinha até as mesmas covinhas!

Maddie fitou-me com cara de poucos amigos, uma mania que ela claramente tinha pegado de mim.

MINHA CULPA   137

— A senhorita Lillian não me deixou usar o uniforme de futebol. Eu contei que eu jogo com você e ela me deu uma bronca, falando que eu não posso fazer exercícios físicos porque senão fico doente. Mas não é verdade. Eu consigo jogar sempre, é só eu tomar a injeção. Você sabe... Então, vamos jogar, né? Nick?

— Calma, baixinha. Claro que vamos jogar, e você pode falar para essa Lillian que comigo a gente joga tudo o que quiser, tá bom? — Ela sorriu para mim, encantada. — Vamos comprar alguma roupa para você não sujar o seu vestido — eu disse, dando um beijo na bochecha dela e a colocando na cadeirinha. Ela não parava quieta. Ficou jogando a bola para cima e a pegando. Quando finalmente afivelei o cinto de segurança, fui para o banco do motorista.

No caminho, liguei para Anne para perguntar sobre a história do hambúrguer e, de fato, minha irmã estava autorizada a comer no McDonald's naquele dia. Com esse problema resolvido, aproveitei a conversa infantil enquanto dirigia para o melhor McDonald's de Las Vegas. Antes de sairmos do carro, peguei a mochila com a injeção que ela tinha que tomar sempre na mesma hora, antes de comer.

— Preparada? — perguntei, levantando o seu vestido, beliscando um pouco a pele abaixo do umbigo e aproximando a agulha de sua pele translúcida.

Ela sempre ficava com os olhinhos chorosos, mas nunca reclamava. Minha irmã era corajosa e eu detestava que ela tivesse aquela doença. Se eu pudesse, trocaria de lugar com ela, mas a vida era assim, injusta.

— Sim — ela respondeu com um sussurro.

Dez minutos depois estávamos comendo, cercados de pessoas, com crianças gritando e outras dando gargalhadas.

— Está gostoso? — perguntei, observando-a com a boca toda suja de ketchup.

Ela assentiu e continuei a observar comer.

— Sabe, Nick? Logo eu vou começar a ir à escola — ela comentou, pegando mais batatas e as colocando na boca. — A mamãe falou que vai ser muito divertido e que vou fazer um montão de amigos novos — ela continuou. — Ela falou que, quando você começou na escola, ficava brigando com as meninas que nem eu, porque elas queriam namorar com você e você não queria, porque achava todas elas tontas.

Tentei ocultar a raiva que senti ao saber que minha mãe falava de mim, como se tivesse sido uma boa mãe, como se não tivesse me abandonado quando eu mais precisava.

— Isso é verdade, mas não vai acontecer com você, porque você é muito mais legal do que qualquer outra menina — eu garanti, bebendo a minha Coca-Cola.

— Eu nunca vou ter um namorado — ela garantiu, e eu abri um sorriso. — Você tem namorada, Nick?

Naquele momento, sem nenhum motivo aparente, o rosto de Noah apareceu em minha mente. Namorada, não, mas queria fazer com ela algumas coisas de namorados... Mas em que merda eu estava pensando?

— Não, eu não tenho namorada — respondi. — Você é a única mulher da minha vida — adicionei, inclinando-me para a frente e puxando um dos seus cachinhos.

Maddie sorriu e continuamos a conversar. Era divertido falar com ela, eu estava me sentindo tranquilo, como se fosse eu mesmo. De alguma maneira, com uma criança de cinco anos eu encontrava mais paz interior do que na companhia de qualquer outra mulher. Quando ela terminou de comer, fomos passear por vários lugares de Las Vegas. Comprei um uniforme de futebol americano branco e rosa completo para ela, incluindo as chuteiras, e acabamos esquecendo sem querer o vestido e os sapatos de boneca dela em um banheiro. O restante do dia passou voando e, quando percebi, só faltavam dez minutos para que a Anne viesse buscar a minha irmã. Já estávamos no parque, brincando de jogar a bola um para o outro havia mais de meia hora e eu sabia que a pior parte estava chegando.

Minha irmã não gostava muito de despedidas, não entendia por que eu tinha que ir embora nem por que eu não podia ir morar com ela, como os irmãos e as irmãs das amiguinhas dela. Era muita coisa para uma criança, e sempre que tínhamos de nos separar eu sentia uma tristeza horrível no peito, uma vontade terrível de levá-la comigo.

— Bom, Maddie, a Anne vai chegar daqui a pouco — eu disse, pegando-a no colo.

Estávamos sentados na grama e ela passava as mãozinhas no meu cabelo outra vez. Quando eu falei aquilo, as mãos dela pararam e seu lábio inferior começou a tremer. Era o que eu temia...

— Por que você tem que ir embora? — ela perguntou com os olhos chorosos. Senti uma dor no fundo da minha alma ao ver as lágrimas.

— Ah, não, por que você está chorando? — retruquei, balançando-a no meu colo. — É tão divertido quando eu venho para cá… Se eu ficasse para sempre, você ia enjoar de mim — garanti, secando as lágrimas dela com o dedo.

— Eu não ia enjoar — ela disse, com a voz entrecortada. — Você gosta de mim, brinca comigo e me deixa fazer coisas divertidas… A mamãe não me deixa fazer quase nada.

— Ela só fica preocupada com você. Além do mais, prometo que eu volto logo — disse, jurando para mim mesmo que faria aquilo. — E se eu viesse quando as suas aulas começassem?

Os olhos da minha irmã se iluminaram.

— Mas a mamãe também vai estar lá — ela comentou, preocupada.

— Não precisa se preocupar com isso — eu a tranquilizei, percebendo que a Anne estava se aproximando pelo caminho de pedras.

Eu me levantei, pegando minha irmã nos braços, e ela se virou para olhar para a assistente social.

— Não vai embora! — ela começou a gritar, chorando enlouquecida e escondendo a cabecinha no meu pescoço.

— Vamos, Madison, não precisa chorar — pedi, tentando controlar as emoções. Era de partir o coração, eu odiava me separar dela. — Está tudo bem — eu disse, passando a mão nas costas dela.

— Não! Fica aqui comigo pra gente continuar brincando! — ela suplicou, molhando a minha camiseta com tantas lágrimas.

Então, chegamos perto da Anne, que automaticamente esticou os braços para arrancar a minha irmã de mim. Dei um passo para trás, pois ainda não estava preparado para entregá-la.

— Se você parar de chorar, da próxima vez eu trago um presente especial. O que acha? — propus.

Mas ela continuava chorando copiosamente, apertando os braços em volta do meu pescoço. Tentei soltá-la, mas ela me segurava com todas as forças.

— Vamos, solte-a — Anne ordenou impaciente. Eu odiava aquela mulher.

— Maddie, você precisa ir — pedi, tentando mantê-la tranquila. Ela me apertou com ainda mais força. Um minuto depois, fiz um pouco de força e a afastei de mim; ela estava com o rosto vermelho e encharcado de lágrimas. Seus cachinhos loiros estavam grudados na testa.

Anne a pegou no colo, mas ela começou a jogar os bracinhos na minha direção, gritando o meu nome.

— Vai embora, Nicholas — Anne ordenou, agarrando a minha irmã com força. Queria arrancá-la daqueles braços e levá-la para longe, para lhe dar o cuidado e o carinho que eu sabia que ela não tinha...

— Te amo, princesa, nos vemos logo — eu disse, beijando-a no topo da cabeça. Depois, virei-me sem olhar para trás.

E só consegui pensar no choro da minha irmã durante as cinco horas da viagem de volta para Los Angeles.

17

NOAH

Já tinha passado das onze e meia quando percebi que não ia conseguir dormir. Desde o que tinha acontecido na noite anterior com o Nicholas, a lembrança dos seus beijos e de suas carícias na minha pele não saía da minha cabeça. Meus pensamentos só me levavam a ele e em nossos lábios se unindo. Estava grata pela distração, porque era melhor do que me afundar na tristeza e nas lembranças da minha vida antiga.

Não gostava de ficar sozinha em uma casa tão grande. Não fazia ideia de onde estava o Nicholas, pois, mesmo tendo acordado às oito da manhã, não cheguei a vê-lo saindo.

Não entendia por que diabos estava preocupada... Desde quando eu me importava com o paradeiro dele? Com certeza ele estava transando com alguma das garotas da sua lista de mais fáceis, sem nem sequer pensar no que tínhamos feito na noite anterior. Será que só eu achava que tudo havia sido uma loucura completa? Pelo amor de Deus, éramos irmãos, ou algo parecido... Morávamos sob o mesmo teto e nos dávamos muito mal, tanto que me irritava com qualquer lembrança relacionada a ele, menos a dos beijos e carícias da noite anterior.

Eu estava carente. Minha mãe tinha viajado para o outro lado do país e meus amigos da vida inteira estavam bem longe de mim. Tudo ali era novo para mim, eu nem sabia como andar por aquela cidade tão grande. A Jenna estava sempre grudada no namorado, então não dava para contar muito com a companhia dela. Eu precisava estar com outra pessoa, conversar, ou pelo menos não me sentir tão sozinha.

Pelo menos eu tinha conseguido conquistar o cachorro do Nick, o Thor. Naquele instante, estávamos os dois deitados no sofá: ele apoiando a cabeça peluda e escura no meu colo, eu fazendo carinho nas suas orelhas.

O cão não era nada do que o idiota do Nick tinha pintado; pelo contrário, era um cachorro muito carinhoso e fácil de conquistar com uma caixa de biscoitos caninos nas mãos. Era esse o tamanho da minha tristeza: minha melhor companhia nessa casa era um ser de quatro patas que gostava de carinho nas orelhas e cujo passatempo favorito era buscar as bolinhas que eu jogava para ele.

Estava assistindo a um filme na televisão quando reparei que a porta da entrada se abriu. Thor estava num sono tão profundo que apenas moveu as orelhas na direção do som quando uma figura alta apareceu no hall. A sala ficava colada na antessala.

Senti um frio na barriga quando vi quem era.

—Nick — chamei, quando vi que ele tinha intenção de subir. Ou ele não havia percebido a minha presença ou simplesmente decidira não me cumprimentar. Certamente, a segunda opção era a correta, e logo me arrependi de tê-lo chamado.

Ele se virou para a sala e um segundo depois estava à porta, olhando para mim.

Sob a luz tênue da televisão e da pequena luminária da entrada, só consegui ver que ele parecia esgotado. Ele se apoiou na entrada e ficou me olhando, com o rosto impassível.

— O que está fazendo acordada? — perguntou, alguns segundos depois. Demorei para responder porque fiquei hipnotizada olhando para ele. Parecia mais velho e mais cansado... Estava realmente atraente.

Tentei me concentrar no que ele tinha perguntado.

— Não estava conseguindo dormir... — respondi em um tom cuidadoso. Acho que, desde que a gente tinha se conhecido, era a primeira vez que conversávamos de uma maneira minimamente normal.

Ele assentiu, e seus olhos se desviaram para o Thor.

— Então, você o conquistou — disse, franzindo a testa. — Meu cachorro é um traidor...

Sorri involuntariamente ao notar que aquilo o incomodava de verdade.

— Bom, não é fácil resistir aos meus encantos — falei brincando, e então os seus olhos se cravaram nos meus.

"Merda."

Depois de um silêncio incômodo, desviou o olhar para a televisão.

— É sério que você está vendo desenhos? — perguntou, incrédulo.

Fiquei grata por mudarmos de assunto.

— *Mulan* é um dos meus filmes favoritos — admiti em um tom sério.

Senti borboletas no estômago quando um sorriso se desenhou no rosto dele.

— Eu entendo, sardenta. Quando eu tinha quatro anos, também era o meu favorito — disse com sarcasmo, aproximando-se do sofá e se jogando do meu lado. Apoiou os pés na mesa, ao lado dos meus, e por um instante ficamos quietos assistindo ao filme.

Aquilo era estranho demais, e quando eu achava que não poderia ficar mais incomodada, Nick se virou para mim e ficou me olhando. Permaneci quieta, consciente de que ele estava bem perto de mim. Esse Nick ao meu lado não tinha nada a ver com aquele que eu conhecera quando cheguei. Parecia tão relaxado, sem aquele ar de desdém e superioridade... e percebi que estava daquele jeito porque havia uma tristeza evidente no seu olhar.

— Onde você estava? — perguntei, sussurrando. Não sabia por que tinha baixado meu tom de voz, mas me senti estranha perguntando aquilo. Não queria demonstrar que me importava com o que ele andava fazendo.

Os olhos dele percorreram o meu rosto até voltarem a se concentrar nos meus olhos.

— Fui ver alguém que precisava de mim — respondeu, e pelo jeito de falar deu para perceber que não se tratava de ninguém da sua lista de amigas. — Por quê? Ficou com saudade de mim? — disparou, um segundo depois. Percebi que ele tinha se aproximado, mas eu não queria me afastar. De alguma maneira, sua presença me dava vontade de sorrir e aliviava aquela opressão no meu peito, aquela tristeza profunda que sentira o dia inteiro.

— Não gosto de ficar sozinha numa casa tão grande — admiti, ainda sussurrando.

Sua mão estava apoiada no encosto do sofá e perdi o fôlego quando senti os seus dedos acariciando com cuidado o meu cabelo, depois a minha orelha.

Estávamos nos olhando de frente e parecia que o tempo tinha parado. Não estava mais ouvindo o filme nem mais nada além da sua respiração e das batidas enlouquecidas do meu coração.

— Então ainda bem que eu já voltei — ele disse. Depois, inclinou-se e pressionou suavemente os lábios contra os meus. Foi um beijo cálido e cheio de expectativa. Fechei os olhos para me deixar levar pelo momento e alguns segundos depois as minhas mãos subiram ao seu rosto. Senti sua barba por fazer na palma da minha mão e acariciei-o até chegar aos cabelos... Seus lábios ficaram mais insistentes até que entreabri a boca e aquela língua me invadiu. Fiquei arrepiada quando ele baixou as mãos para os meus ombros, passando pelas minhas costelas para chegar à minha cintura.

Ele estava se comportando de uma maneira completamente diferente da noite anterior. Estava me tocando com carinho e suavidade, como se eu fosse ultrafrágil. Me percebi deixando escapar gemidos quase inaudíveis quando os seus dedos seguiram pela minha cintura até chegar às minhas costas. Eu me inclinei quase involuntariamente para que o meu corpo ficasse ainda mais perto do dele, e depois agi quase sem pensar.

Eu me aproximei ainda mais e passei a perna por seu colo, montando em cima dele. Nick olhou para mim hipnotizado e se afastou do encosto do sofá para me apertar entre os seus braços. O beijo se tornou mais profundo, mais desesperado; as mãos dele pareciam querer estar em todas as partes. Porém, quando eu estava literalmente me derretendo, parei, separando bruscamente a sua boca da minha.

Arregalei os olhos surpresa e com a mente em branco. Era isso que ele provocava em mim. Ele fazia com que eu me esquecesse de absolutamente tudo, e era disso que eu estava precisando.

Os olhos dele estavam fixos nos meus lábios, e senti a urgência que ele tinha de voltar a beijá-los.

Ele se afastou alguns centímetros e me procurou com o olhar.

— Isso não é certo — ele disse, repentinamente sério. — Não me deixe mais fazer isso. Você é minha irmã postiça e tem dezessete anos — continuou, como se de alguma maneira isso fosse relevante. — Não vai acontecer de novo — sentenciou, levantando-se e me deixando sentada no sofá.

Olhei para ele, meio incomodada, meio ofendida.

Ele tinha me beijado e agora falava aquelas coisas? Queria que ele voltasse, queria me sentir bem outra vez, precisava daquilo mais que tudo, porque aquele dia tinha sido horrível, estava me sentindo uma merda, sem ter ninguém para conversar ou para quem ligar. Todas as pessoas de quem eu gostava estavam ocupadas ou tinham me traído.

Olhei fixamente para ele.

— Se não quer que aconteça mais, é só parar de vir atrás de mim. Até agora, foi você quem começou todos os três beijos — joguei na cara dele, levantando-me do sofá e passando esbarrando por ele. — Vamos, Thor! — gritei para o cachorro.

Subi brava e desconcertada para o meu quarto. Bati a porta e me joguei na cama. Depois de algum tempo, cheguei à conclusão de que realmente seria melhor que aquilo não voltasse a acontecer.

Na manhã seguinte, uma voz conhecida me acordou me dando tapinhas nas costas.

— Vamos, acorde. Já passou do meio-dia! — A voz da minha mãe soou ao meu lado. Abri os olhos, ainda um pouco sonolenta, e olhei para ela sentada na minha cama com uma aparência radiante. — Sentiu minha falta? — perguntou com um sorriso enorme. Devolvi o sorriso e me inclinei para abraçá-la. Finalmente estava de volta... Claro que eu tinha ficado com saudade. Era ela quem trazia normalidade para a minha vida.

— Como foi em Nova York? — perguntei interessada, me espreguiçando e esfregando os olhos.

— Incrível! É o melhor lugar para fazer compras — respondeu, entusiasmada. — Trouxe um monte de presentes para você.

Olhei para ela levantando as sobrancelhas, enquanto saía da cama e ia direto para o banheiro.

— Que maravilha, mãe! Como se eu não tivesse um monte de roupas que ainda nem estreei — comentei, revirando os olhos.

Enquanto eu lavava o rosto e escovava os dentes, ela se sentou no vaso e começou a falar dos lugares maravilhosos que tinha visitado.

— Fico feliz que tenha aproveitado bastante — comentei, entrando no *closet* e olhando para as peças, sem saber o que vestir. Quando eu não tinha tanta roupa, era muito mais fácil escolher, por isso continuava recorrendo à minha mala, que continuava no chão, entreaberta. Uma parte de mim se negava a desfazê-la, porque isso significaria que tudo aquilo era real, que eu ficaria por lá e que não havia mais volta.

— Temos planos para hoje, Noah. Por isso, vim acordá-la — anunciou. Pelo tom de sua voz, suspeitei de que não ia gostar nada do que ela ia dizer.

— Que planos? — perguntei, com as mãos na cintura.

Minha mãe passou por mim e se pôs a vasculhar o armário, analisando com calma os vestidos e as roupas.

— Temos uma entrevista na escola St. Marie — anunciou, virando-se para mim.

— Entrevista onde? — perguntei, confusa.

— Na sua nova escola, Noah. Eu já lhe disse que é uma das melhores do país e não é qualquer um que entra lá, mas graças aos contatos do Will e pelo fato de Nick ser um ex-aluno, querem conhecê-la — explicou, com paciência. — É uma mera formalidade, nada de mais, mas você vai gostar de conhecer a escola, é impressionante...

Comecei a ficar enjoada.

— Que merda, mãe! Não dava para me matricular em uma escola normal? — ralhei, passando os cabides de um lado para o outro. De repente, comecei a ficar nervosa. — Não quero estudar em uma escola de filhinhos de papai, já falei para você. Além do mais, entrevista para quê? Não é um emprego, meu Deus...

— Noah, não comece. É uma grande oportunidade, os alunos dessa escola conseguem entrar nas melhores universidades e você tem a sorte de deixarem que entre no último ano. Normalmente, isso não é possível...

— Ou seja, ainda vou ser a esquisita que só entrou por indicação? — perguntei, possessa com a situação. — Que maravilha, mãe!

Minha mãe cruzou os braços. Ela fazia esse gesto sempre que estava decidida, então percebi que não poderia discutir muito mais sobre o assunto.

— No futuro, você vai me agradecer. Além do mais, sua amiga Jenna estuda na St. Marie, então você vai ter companhia — argumentou, e fiquei grata por saber daquele detalhe. Era um consolo saber que havia alguém para ficar comigo na hora do almoço. — Agora, vista-se. Temos que estar lá em menos de duas horas.

Suspirei e voltei a olhar para o armário até encontrar uma calça jeans *skinny* preta e uma blusa formal azul-celeste. Não ia usar um vestido nem nada parecido. Só de pensar em como as alunas dessa escola deviam se vestir eu já estremecia por dentro...

A única coisa boa daquela visita à escola foi que, logo depois, minha mãe e eu fomos comprar um carro para mim. Já fazia um ano que eu dirigia e tinha doído na alma deixar a minha caminhonete no Canadá, então peguei todas as minhas economias e, com a ajuda extra que minha mãe ia me dar, ia comprar um carro seminovo para andar por onde quisesse pela cidade. O William tinha insistido que poderia comprar um automóvel novo para mim, em perfeitas condições, sem nenhum problema, mas aí tive que me impor. Uma coisa era ele comprar coisas para a minha mãe e pagar a minha nova escola, minhas roupas e tudo o mais, mas o carro quem compraria seria eu. Também estava pensando em começar a trabalhar para cobrir os meus gastos. Não estava feliz com a ideia daquele homem pagando absolutamente tudo para mim, como se eu tivesse doze anos. Eu já era bem grandinha, e podia arrumar um trabalho que me ajudasse a cobrir minhas despesas.

Minha mãe não se opunha à decisão. Ela aprovava que eu quisesse trabalhar, como já fazia desde os quinze anos. Eu gostava da sensação de não precisar ficar pedindo dinheiro para fazer o que eu quisesse. Por isso mesmo, ela tinha me ajudado a encontrar uma vaga de garçonete em um local bem conhecido que ficava a uns vinte minutos de carro da nossa casa. O nome do lugar era Bar 48, uma mistura de bar e restaurante. Obviamente, eu não poderia servir bebidas alcoólicas, mas trabalharia como garçonete. Já tinha tido essa experiência e me saíra bem. Ia começar na semana seguinte, trabalhando à noite.

Não demoramos muito para escolher um carro. Na verdade, o importante para mim era que funcionasse direitinho. Optamos por um Fusca que estava em ótimo estado. Eu não entendia muito de modelos de carros, apesar de ter facilidade em dirigir, mas esse era bem fofo e a cor vermelha ganhou meu coração. Fiz o pagamento, assinei a papelada e me senti livre quando voltei para casa dirigindo o meu próprio automóvel.

Achei graça ao estacionar o meu carrinho entre a Mercedes do Will e o 4x4 do Nick. Parecia quase uma metáfora de como eu me sentia naquela família. Desci do meu carro com o humor ótimo, justo quando o Nicholas estava saindo de casa, girando a chave de seu Range Rover nas mãos. Ele tirou os óculos de sol para poder analisar a minha nova aquisição.

Sua expressão foi um misto de diversão e horror. Dei de ombros, pronta para ouvir os comentários.

— Por favor, me diga que isso que você trouxe não é um carro — suplicou, se aproximando e negando com a cabeça enquanto olhava de mim para o Fusca com condescendência.

Não ia deixar que ele estragasse o meu humor, então simplesmente engoli o sapo e preferi guardar todos os insultos para mim.

— É o meu carro, e quero que você pare de olhar para ele desse jeito — disse, tentando controlar o nervosismo por estar à sua frente depois dos beijos que trocamos no sofá na noite anterior.

Ele parecia contrariado. Sem pedir permissão, aproximou-se da dianteira e abriu o capô para analisar melhor o carro.

— O que você está fazendo? — perguntei, indo em sua direção. Levantei a mão para fechar o capô, mas o seu braço esticado o manteve aberto com determinação, ignorando minhas tentativas inúteis de afastá-lo dali.

— O carro passou por uma revisão? — indagou, mexendo em peças do motor que eu nem saberia nomear. — Essa carroça vai te deixar na mão no meio da estrada. É perigoso só de olhar para ele. Não acredito que a sua mãe deixou você comprar isso aqui — comentou, irritado.

— Se eu ficar na mão no meio da estrada, infelizmente não vai ser a primeira vez, graças a você. Então não precisa se preocupar, pois eu me viro — falei, tirando os dedos dele um por um do capô do carro. Depois, quando ele finalmente se afastou, bati a tampa com força.

Ele cruzou os braços e me encarou.

— Se você estivesse com o seu celular, como qualquer pessoa normal, não teria precisado entrar no carro de um estranho… Por que você não supera essa história? — perguntou, exasperado. Percebi um sinal de arrependimento em seu rosto quando mencionei o ocorrido.

— Você me jogou para fora do carro e meu celular estava sem bateria. De qualquer maneira, tanto faz, né? Me esquece! — adicionei, querendo que ele saísse da minha frente.

Ele me olhou como se eu o tirasse do sério. "Que ótimo, bem-vindo ao clube", pensei.

Quando me virei para me afastar, ele segurou o meu braço e me puxou, me deixando diante dele.

Ele parecia estar em conflito, como se, de alguma maneira, não soubesse o que fazer ou dizer na sequência. Alguns segundos depois, quando eu já estava perdida no azul dos seus olhos e meu coração começou a acelerar, ofereceu:

— Eu posso levá-la para onde você quiser — ele disse com a testa franzida, como se eu não fosse acreditar que aquelas palavras tinham saído da sua boca.

Demorei alguns segundos para responder.

— Não precisa — respondi, um pouco confusa com a proximidade e com o que ele tinha dito. Nicholas Leister tinha acabado de ser gentil comigo? "Acorda, isso não pode ser verdade."

Por um momento ficamos em silêncio, um imerso no olhar do outro… Estava com tanto frio na barriga que mal conseguia respirar. Como a simples proximidade dele podia me deixar daquele jeito? Para onde tinha ido o ódio que há pouco tempo eu sentia por ele? Por que, agora, a única coisa que eu sentia quando ele estava por perto era um desejo obscuro e incontrolável de beijá-lo, de me jogar nos seus braços como na noite da festa, quando ele estava bêbado demais para se dar conta do que estava fazendo?

A mão que apertava o meu braço se aproximou em um movimento quase imperceptível. Agora, estávamos perto o suficiente para rolar alguma coisa... Meu Deus, que lábios! Só conseguia pensar na língua dele acariciando a minha e naqueles braços me apertando contra ele...

Então, justo quando achei que íamos nos beijar, o barulho de uma buzina me fez dar um salto, e meu coração saiu pela boca. Nicholas simplesmente virou o rosto para ver quem era.

Dei um passo para trás, tentando controlar a minha respiração, que estava acelerada de maneira embaraçosa.

— Oi, Noah! — Jenna cumprimentou da janela do carro do Lion. Ele nos cumprimentou do banco do motorista. — Nick, você não se importa se eu convidar a Noah, né? — ela perguntou, olhando para o Nicholas, que tinha levado as mãos à cabeça em um movimento que evidenciava sua frustração, irritação ou descontentamento, não dava para ter muita certeza.

Ele voltou a olhar para mim durante alguns segundos, que pareceram eternos.

— Você quer vir com a gente? — perguntou.

Não sei por que, mas a minha resposta foi automática.

— Claro — respondi, com o coração ainda disparado. — Quer dizer... ir para onde mesmo?

Nick olhou para Lion de maneira misteriosa.

— Não sei se ela está preparada para algo assim... — Lion admitiu, soltando uma gargalhada enquanto se aproximava para encarar a gente.

Nick se virou para mim e sorriu de uma maneira irresistível.

— Até que pode ser divertido.

Vinte minutos depois, descemos do carro do Lion em um lugar que parecia um galpão abandonado. Havia muita gente do lado de fora, rodeando carros de cujos porta-malas abertos emanava música no volume máximo. Lembrei-me do dia dos rachas, mas o ambiente tinha algo diferente. Ao chegarmos, os amigos do Lion e do Nick se aproximaram e todos se cumprimentaram de maneira escandalosa. Jenna se aproximou e me abraçou pelos ombros. Diferentemente de mim, ela portava um vestido preto bem justo que deixava seus ombros e parte de suas costas descobertos. Seus cabelos caíam ao redor de seu rosto em ondas graciosas e cuidadosamente despenteadas, que davam a ela uma aparência espetacular. Eu me senti completamente deslocada com os jeans e a blusa que eu tinha vestido naquela manhã para a entrevista na escola, mas não havia nada que eu pudesse fazer a respeito.

— Hoje você vai ver o meu *boy* em ação — ela anunciou, com um sorriso no rosto e os olhos animados. — E o Nick também — adicionou, me puxando para abrirmos espaço no grupo de amigos que haviam se juntado ao redor do Nick e do Lion.

Quando nos juntamos ao círculo, consegui escutar o assunto do qual estavam falando.

— O Ronnie não veio, nem ninguém do grupo dele — disse uma pessoa que eu tinha visto no dia dos rachas. Nicholas estava apoiado no carro com um cigarro nas mãos e, quando mencionaram o nome de Ronnie, seus olhos vieram parar nos meus. Desta vez, não me olhava com rancor pelo que tinha acontecido naquela noite, mas como se estivesse decepcionado por não poder enfrentar o seu maior adversário. Na minha opinião, ele estava completamente doido por querer enfrentar alguém que andava armado, mas, observando o comportamento do meu irmão postiço, não me surpreendia muito que ele quisesse briga com um cara daqueles.

— De qualquer modo, o Greg e o A. J. estão aí, e as apostas são altas — continuaram explicando. No rosto do Nick, surgiu um sorriso de satisfação. Então, saiu de perto do carro, jogou o cigarro no chão e deu um tapinha nas costas do amigo.

— Então, o que estamos esperando?

A multidão ao redor soltou palavras de incentivo e lhe deu tapas nas costas. Eu não estava entendendo absolutamente nada, mas comecei a me dar conta de para onde a coisa estava indo... e não estava gostando nada daquilo.

Todos os outros se afastaram da gente e entraram no galpão, cujas portas já estavam abertas. Lá dentro, a música e o barulho das pessoas aglomeradas eram ensurdecedores. Esse pessoal só fazia coisas espetaculosas? Não dava para irem tomar um café ou simplesmente ao cinema? Automaticamente, percebi que não. Nicholas não era o típico rapaz que levava as garotas que conhecia para um encontro romântico... Nicholas vivia aventuras perigosas e gostava de estar cercado de pessoas que buscavam exatamente o mesmo... Então, que diabos eu estava fazendo ali com ele?

Lion se aproximou do Nick em um momento e consegui escutar exatamente o que ele disse:

— Deixa o A. J. comigo. Você sabe que eu quero acabar com ele desde a última vez — falou. Nicholas assentiu, e os seus olhos voltaram a se fixar no meu rosto. Eu estava calada, sem saber o que fazer.

— Eu vou primeiro, como sempre — ele disse, enquanto se aproximava de mim e me empurrava pela cintura para um lugar um pouco afastado da Jenna e do Lion. Senti um calafrio a partir de seu toque e revirei os olhos.

— O que você vai fazer? — questionei, me virando de frente para ele. Ele parecia entusiasmado.

— Vou brigar, sardenta — anunciou, com um sorriso satisfeito. — Sou bom nisso, e o pessoal gosta de me ver brigando junto com o Lion. Só preciso avisar que vai ter muita gente, então não se separa do Lion até eu terminar e voltar para ficar com você e com a Jenna.

Ele ia brigar… Trocar socos e pontapés com outro cara por pura diversão… Bom, havia dinheiro envolvido, mas eu sabia que o Nicholas não precisava de nada disso. Ele era milionário. Então, por que diabos ele se metia nessas situações perigosas?

— Por que você faz isso? — perguntei, olhando para ele com desaprovação e medo.

— Tenho que extravasar de alguma maneira — respondeu, olhando para mim de forma estranha. Então, me deixou quieta onde eu estava, com as pernas tremendo de medo do que eu estava prestes a presenciar.

18

NICK

Eu a deixei ali parada enquanto sentia um estremecimento da cabeça aos pés. Acho que nenhuma garota conseguia mexer comigo como a Noah, o que me agradava e me irritava ao mesmo tempo. Eu sempre gostei de ter o controle de tudo ao meu redor, especialmente em relação às mulheres. Eu já sabia qual seria sua reação comigo e o que queriam de alguém como eu, mas a Noah era diferente. Só de olhar para ela já dava para perceber que era diferente das pessoas com quem eu crescera e com quem eu convivia. Eu ainda não conseguia entender por que ela, tendo a oportunidade de gastar o dinheiro do meu pai, insistia em vestir roupas simples, comprar um carro horripilante, além de perigoso, e procurar um emprego. Eu me fazia essas perguntas sempre que me deparava com ela, mas, principalmente, o que mais me afetava era a atração física que eu sentia. Sempre que ela estava na minha frente, ficava com vontade de enchê-la de beijos e carícias, e depois de ter feito isso bêbado e sem saber muito bem onde estava me metendo, não conseguia parar de pensar em repetir a dose. Ela estava ali naquela noite justamente por esse motivo. Antes de Jenna e Lion aparecerem, eu estava a ponto de beijá-la e ficar com ela a noite inteira. Não me importaria de perder a luta se fosse para beijar aqueles lábios macios.

Ademais, era divertido ver como ela reagia ao contato com a minha pele. Naquela primeira noite, quase perdi a cabeça ao ouvir os arquejos saindo dos seus lábios enquanto a beijava. E lá estávamos de novo, e eu nem sabia por que diabos a tinha convidado para me ver sair na porrada com um dos caras mais babacas que eu conhecia. Também não conseguia parar de pensar na sua cara horrorizada quando percebeu o que estávamos a ponto de fazer. A verdade é que, de certa maneira, era divertido que estivesse ali. Ela não tinha nada a ver com o ambiente.

Eu me afastei e entrei no prédio abandonado que sempre usávamos para coisas como essa. As lutas entraram na minha vida quando eu conheci o Lion. Ele era muito bom, e tudo o que eu sabia tinha aprendido com ele. Talvez a minha raiva fosse maior do que a dele, por isso quase ninguém conseguia ganhar de mim. Era até fácil acabar com quem me desafiava. Durante a briga, todos os meus sentidos se concentravam em ganhar a luta, nada mais importava, e aquilo me ajudava a desestressar e a me livrar um pouco de tudo que carregava dentro de mim. Naquele dia, especialmente, eu estava precisando: a última visita à minha irmã me fizera me sentir um merda, ainda mais depois de ficar sabendo que ela passaria a semana inteira sozinha, porque os seus pais iam passar alguns dias de férias em Barbados. Não entendia como pais podiam deixar seus filhos desamparados daquela maneira, e ver a minha mãe, a mulher que havia me abandonado sem nenhum remorso, fazendo a mesma coisa de novo com uma filha pequena... Tudo aquilo simplesmente me tirava do sério.

Aquele ambiente podia ficar muito intenso se não se houvesse cuidado, por isso, eu me dedicava apenas a entrar, ganhar a luta, pegar o dinheiro e desaparecer. A maioria ficava para curtir a festa, com álcool e drogas rolando soltos. Eu não tinha interesse naquilo, mas mantive a cabeça fria enquanto tirava a camiseta e entrava no ringue improvisado onde a luta aconteceria.

Greg era um cara corpulento que vivia na academia e nos dávamos mal desde o início dos tempos. Antes de eu começar a lutar, todos o colocavam em um pedestal, por isso, quando lutava contra mim, ele concentrava todo o seu empenho no ataque. Mais do que técnica, ele usava a força bruta, e eu não precisava me esforçar muito para me esquivar sempre que ele tentava me dar um soco. Com o A. J. era outra coisa, e Lion e ele tinham uma história. Uma vez, o cara quase abusou da Jenna em uma balada. Graças a Deus eu estava com ela naquela noite e consegui afastá-lo antes que o prejuízo fosse maior. O Lion ainda não conhecia a Jenna na época, mas, quando começaram a sair e ele ficou sabendo, quase matara o A. J. na porrada.

As pessoas estavam reunidas ao redor da pequena plataforma na qual íamos lutar. As apostas permaneciam abertas durante toda a luta, e era normal ouvir gritos, aplausos e exclamações enquanto a briga acontecia. Comecei a pular no lugar, tentando me aquecer um pouco, enquanto o Greg subia na plataforma pela outra ponta. Os seus olhos se cravaram nos meus, revelando ódio e sede de sangue, e tive que me segurar para não dar um sorriso convencido, sabendo que, em menos de dez minutos, eu acabaria com ele. O cara responsável pelo dinheiro naquela noite gritou o meu nome e depois o do Greg, e um minuto depois a diversão começou. Um dos grandes erros do meu adversário é que ele desferia repetidos golpes de direita e de esquerda, cansando-se antes da hora. Eu tinha que saber quando dar um passo à frente e atacar. Por isso, meu primeiro soco acertou em cheio a barriga do desafiante. As pessoas gritaram em polvorosa, enquanto eu levantava o joelho e acertava um golpe seco em seu nariz, aproveitando enquanto ele se encolhia por causa do primeiro soco. A adrenalina corria pelas minhas veias e eu me sentia capaz de fazer qualquer coisa. Greg se recuperou e tentou me acertar de novo, dessa vez no rosto. Sorri ao me esquivar e acertar o seu olho direito um segundo depois.

O soco foi tão forte que ele caiu no chão, o que me deu a oportunidade de lhe aplicar outro chute... mas não o fiz, já que não era divertido bater em alguém que estava no chão. Antes de terminarmos, Greg se levantou, reagindo tão rápido que me empurrou para trás, acertando a minha bochecha direita de raspão com o punho. Meu braço se moveu tão depressa que o soco que dei na sequência o jogou no chão outra vez. Ele não conseguiu mais se levantar.

A euforia da vitória tomou conta de mim e agradeci por ter a força necessária para acabar com qualquer um que passasse na minha frente.

Todo mundo gritava o meu nome, e a aglomeração de pessoas tentou me alcançar quando eu finalmente desci da plataforma e fui direto apanhar o meu dinheiro. Ganhei cinco mil dólares com aquela luta. Depois de guardar as notas no bolso da minha calça jeans, fui atrás do Lion. Ele estava junto com a Jenna, na última fileira de pessoas. Ali, as coisas não eram tão sufocantes como nas primeiras filas. Na frente, a multidão sempre acabava se empurrando e era possível sair machucado.

Quando me aproximei, percebi que a Noah não estava com eles e meu coração involuntariamente se acelerou. Olhei para os dois lados e não a encontrei.

— Onde ela está? — perguntei para o Lion, sentindo a adrenalina e ficando mais tenso.

Ele sorriu, enquanto a Jenna virava os olhos.

— Foi demais para ela. Quando ela o viu levando aquele soco, preferiu sair — minha amiga contou. Depois, ela se virou para Lion, que era o próximo a entrar no ringue. Ali, com eles, também estavam alguns amigos do grupo.

— Vou atrás dela. Não se separe do pessoal, Jenna — eu disse, dando as costas e saindo para procurar a Noah.

Eu a encontrei perto da porta, sentada encostada na parede e abraçando os próprios joelhos com os braços. Não gostei do que vi em seu rosto. Vesti a camiseta rapidamente enquanto me aproximava e vi que seus olhos repousavam no meu corpo e no ferimento no meu rosto.

— Que merda você está fazendo aqui fora? — eu disse, sentindo que uma parte de mim estava decepcionada porque ela não tinha assistido à minha vitória.

Ela se levantou e olhou para mim, franzindo a testa.

— O que você estava fazendo lá dentro... — falou, suspirando e fechando os olhos, estremecendo com um calafrio. — Isso não é para mim — finalmente declarou.

Ela parecia assustada de verdade. Não achei que fosse se espantar daquele jeito. Qualquer outra garota teria se atirado nos meus braços, completamente enlouquecida pelo que eu tinha feito, mas a Noah...

— As lutas não são para você, que surpresa — comentei, esticando o braço para tocar o pescoço dela com delicadeza.

Noah parecia ser de outro planeta. Em alguns momentos, era forte como uma rocha, capaz de me dar um soco sem cerimônia; em outros, se mostrava tão frágil e delicada que eu só queria segurá-la nos meus braços.

Acariciei a nuca dela com os meus dedos e ela ergueu os olhos para me encarar. Parecia a ponto de falar algo, mas não consegui me segurar e me inclinei na direção dela para beijá-la e senti-la contra mim.

Ela se derreteu nos meus braços, do jeito que eu queria, e a adrenalina que ainda corria pelo meu corpo me fez abraçá-la com força. Era alta, mas, ainda assim, pequena perto de mim. Eu adorava isso, ainda mais quando eu sentia como o corpo dela reagia ao meu contato. Os seus dedos se afundaram nos meus cabelos úmidos e tive que reprimir a vontade de acariciá-la inteira.

Alguns segundos depois ela se afastou e seus olhos se cravaram no meu ferimento. Seus dedos roçaram no inchaço que com certeza começava a surgir por ali e senti algo estranho dentro de mim com aquele carinho tão simples e, ao mesmo tempo, tão significativo.

— Odiei cada segundo em que você estava lá em cima — ela confessou, olhando novamente nos meus olhos.

Estava falando sério, dava para ver no seu olhar. De alguma maneira, Noah estava preocupada comigo, e aquilo era tão novo e tão estranho que tive que dar um passo para trás.

— Eu sou assim, Noah — expliquei, afastando os meus dedos da pele dela.

Ela notou a minha mudança de humor. Tirou os braços do meu pescoço e me observou com a testa franzida.

— Não entendo por que você faz essas coisas. Você tem dinheiro de sobra, não precisa disso...

— O Lion precisa — eu a interrompi, na defensiva. O rosto dela se iluminou de compreensão mas me apressei para esclarecer outra coisa. — Não faço isso só pelo dinheiro. Gosto de lutar, gosto de saber que posso acabar com a pessoa que está na minha frente, que tenho controle da situação. Eu entendo o que está pensando, mas se acha que vou parar porque eu e você estamos...

— O quê? — ela me interrompeu, irritada. — Como é que essa frase acaba?

Não sabia como responder àquela pergunta. Eu nem sabia o que estava acontecendo, só sabia que era um erro. Noah era uma garota simples, acostumada com uma relação regada a flores e corações que eu nunca poderia lhe oferecer. Porém todos esses detalhes desapareciam da minha cabeça quando ela estava perto de mim. Sabia que estava cometendo um erro ao beijá-la, ao tocá-la... mas não podia evitar... ela tinha razão: era eu quem estava indo atrás dela.

Fiquei sem saber o que responder.

— Tanto faz, não precisa falar nada — ela disse, um minuto depois. — Sei como você é, Nicholas. Não vou esperar nada além do que já temos.

Dito isso, ela me deu as costas e se virou para entrar novamente, pois a luta do Lion estava para começar.

Como assim, ela sabia como eu era? Não gostei nada daquilo. Eu a observei enquanto ela entrava e fiquei irritado com o tanto que ela se apoderava de mim... E eu ainda não sabia exatamente por quê.

19

NOAH

Sair naquela noite com o Nicholas tinha sido um erro. Ele era muito atraente, e eu perdia o rumo quando ele me tocava ou beijava, mas não gostava do jeito dele. Nicholas Leister frequentava o tipo de ambiente do qual eu mantivera distância a minha vida inteira. Brigas, festas selvagens, drogas e álcool: sempre tinha evitado esse tipo de coisa. Ainda estava me acostumando com a minha nova vida; não fazia nem duas semanas que eu tinha chegado e tudo havia mudado. A história do Dan ainda mexia comigo, e começar algum tipo de relação com o Nicholas só piorava as coisas, porque sabia exatamente o que alguém como ele queria de alguém como eu… Talvez eu fosse antiquada, esquisita ou sei lá o quê, mas gostava das coisas à maneira antiga. Queria que o rapaz que quisesse estar comigo demonstrasse isso todos os dias; gostava de frases carinhosas, pequenos gestos… e Nick era o oposto disso. Não estava preparada para ter o coração partido de novo, e ele ainda estava machucado. Pior, parecia que eu nem tinha coração, só milhares de caquinhos que tentava juntar com o passar dos dias.

Por isso, disse a mim mesma que precisava tentar manter uma relação normal com o Nick. Não podíamos ficar juntos, mas tampouco tínhamos de odiar um ao outro. Todas as brigas e o morde e assopra que mantínhamos desde que nos conhecêramos eram muito cansativos, e morávamos na mesma casa, então o melhor era sermos amigos, se é que era possível ser amiga de alguém que me deixava de pernas bambas.

Parei perto da porta de entrada do galpão, esperando que a luta do Lion terminasse. Não estava nem olhando. Odiava confrontos físicos e que houvesse quem gostasse desse tipo de coisa, inclusive ganhando dinheiro ao apostar contra alguém, o que me soava desagradável e humilhante.

Nicholas passou do meu lado sem olhar para mim e foi para junto da Jenna e dos amigos dele. Quinze minutos depois, Lion ganhou a luta. Porém, diferentemente do Nick, que só tinha levado um soco, Lion levara vários golpes no peito e estava com um corte bem feio perto do olho esquerdo. A Jenna se atirou nos seus braços quando o viu e lhe deu um beijo intenso, enquanto o pessoal comemorava com entusiasmo. Era isso que o Nicholas queria que eu tivesse feito? Que eu me derretesse porque ele era capaz de deixar um cara cair inconsciente? Ridículo... O Nick se virou para mim quando nos dirigimos para a saída.

Ainda bem que aquele lugar era bastante grande, porque provavelmente havia umas duzentas pessoas reunidas ali.

Ele se aproximou até conseguir pegar na minha mão e me levar para a saída. Foi estranho sentir os dedos dele entrelaçados nos meus, mas ele fez isso de uma maneira distante, como se por pura praticidade, já que assim eu não me perderia no meio da multidão. Não era para demonstrar afeto.

Quando chegamos ao carro, olhei para ele atentamente.

Alguma coisa tinha mudado desde a conversa: Nicholas parecia bravo comigo e estava fingindo que eu nem estava com ele. Essa postura dele me machucou, mas eu não poderia esperar outra coisa.

Olhei distraidamente para a sua mão machucada. Havia um pouco de sangue ressecado nos ferimentos que tinha sofrido ao bater naquele rapaz. De repente, senti náuseas e falta de ar.

Que diabos eu estava fazendo ali?

Nicholas afastou-se de mim sem falar nada e se aproximou de seu grupinho de amigos. Não vi Jenna em lugar nenhum e logo me senti sozinha, em um ambiente que me assustava mais do que eu admitiria em voz alta.

Vasculhei minha bolsa até encontrar o meu celular.

— O que você está fazendo? — Nicholas perguntou, aproximando-se justo quando eu punha o aparelho na orelha.

— Chamando um táxi.

Antes que eu pudesse impedir, ele arrancou o celular da minha mão.

— Você está maluca? O que fazemos aqui é ilegal. Você não pode divulgar a nossa localização, pois podem acabar nos denunciando.

Olhei fixamente para ele. Sim, ele era mais bonito do que qualquer cara que eu já tivesse conhecido, mas não valia a pena passar por isso e me meter em problemas para ter um pouquinho da sua atenção.

— Eu quero ir embora.

— Por quê?

Respirei fundo, tentando me manter calma.

— Porque eu não gosto do seu mundo, Nicholas — sentenciei, um segundo depois.

Ele não pareceu ofendido pela minha resposta, mas demonstrou indiferença.

— Você não serve para isso. Eu não deveria tê-la trazido.

Não servia para aquilo? Não foi o que ele falou que me incomodou, mas o tom da sua voz.

— Eu decidi vir, e agora estou decidindo ir embora.

Nicholas soltou uma risada e olhou para mim com indulgência.

— Não sei o que eu esperava ao trazê-la aqui, mas não era isso. Achei que você fosse mais forte, sardenta. Você demonstrou não ter medo quando enfrentou o Ronnie. Não imaginei que alguns socos pudessem deixá-la nesse estado.

Seus olhos percorreram o meu corpo. Será que ele conseguia perceber que eu estava suando frio? E quanto as minhas mãos estavam trêmulas?

— Bom, acho que minha coragem vai e vem — comentei, dando um passo adiante e abrindo a mão para que ele me desse o celular.

Nick fez o aparelho girar entre os dedos, ainda mergulhado nas minhas feições.

— Estou muito curioso para saber onde você aprendeu a pilotar como fez naquele racha...

Mantive a cabeça erguida e os olhos fixos nos dele.

— Foi sorte de principiante. Meu celular, por favor.

Um sorriso retorcido surgiu no rosto dele.

— Você esconde mais coisas do que eu imaginava, sardenta — reconheceu, dando um passo na minha direção. Recuei, afetada pela proximidade, e minhas costas bateram contra a porta do carro.

— Todos temos os nossos segredos — respondi, abaixando o tom de voz e sentindo que minhas pernas estavam tremendo outra vez.

— Vou logo avisando que sou um ótimo detetive — disse, se inclinando para me beijar. Eu o impedi com um empurrão que mal o tirou do lugar.

Aquela resposta tinha me tirado do feitiço que ele era capaz de lançar sobre mim. Meu coração batia enlouquecido.

— Fica longe de mim, Nicholas — eu pedi, mais séria do que nunca.

A última coisa que eu queria era que alguém como ele soubesse do meu passado. Entrei em pânico só de imaginar. Sempre guardei os meus segredos a sete chaves, ninguém sabia de nada, mas agora morávamos sob o mesmo teto, e algumas coisas eu não conseguiria esconder. Fiquei preocupada por ele ter descoberto, em tão pouco tempo, que havia coisas que eu não deixava ninguém saber.

— Você quer que eu fique longe de você? O seu corpo parece dizer o contrário.

O maldito tinha uma capacidade de mexer comigo que ninguém mais tinha. Com aquele corpo na minha frente, tão grande e masculino, eu me sentia um animalzinho encurralado prestes a ser atacado. Eu me sentia pequena e insignificante em comparação a ele e não gostava dessa sensação.

Ele pôs as mãos nos dois lados da minha cabeça, criando uma espécie de jaula ao meu redor.

— Está com medo de quê? — perguntou, olhando nos meus olhos. Sua boca pairava sobre a minha, sua respiração acariciava o meu rosto. Tinha os olhos tão azuis... Agora que ele estava tão próximo, pude ver que, no meio deles, perto das pupilas, havia pequenos pontinhos de coloração verde-água.

— De você — respondi com um sussurro quase inaudível.

Nick sorriu. Parecia satisfeito com a minha resposta, e isso foi um balde de água fria na minha cabeça. Dessa vez eu o empurrei com força e escapei dos seus braços.

— Você é um cretino — ralhei, brava comigo mesma por ter sido sincera com ele.

Nick deu uma risada.

— Por quê? Porque eu gostei de saber que você tem medo de mim? É normal, sardenta. Já estava começando a ficar preocupado por você não ter medo.

— Tenho medo de você me trazer problemas — menti, numa tentativa desesperada de apagar o que havia dito antes. Estava dando poder demais para ele.

— É algo que eu evito com bastante habilidade, então você não precisa se preocupar.

— Esse é o problema. Não quero ter que me preocupar. Agora, me dá o celular para eu conseguir dar o fora daqui.

Nicholas suspirou, embora continuasse com aquele mesmo sorriso divertido nos lábios.

— Que pena você ser tão arrogante. Achei que pudéssemos nos divertir juntos.

— Não existe esse "juntos"... nem nunca vai existir.

Vinte minutos depois, Jenna já tinha me deixado em casa. Voltei a respirar tranquila e prometi não cair de novo na conversa dele. Nicholas e eu tínhamos que ficar longe um do outro.

No dia seguinte, dediquei-me a lavar o meu carro. Nicholas ficou dentro de casa fazendo sabe-se Deus o que e quase não nos cruzamos. Eu me limitei a tentar limpar as manchas de barro e sujeira que o meu Fusca novo tinha por ter ficado tanto tempo parado, sem que ninguém cuidasse dele, e achei engraçado que meus novos vizinhos, todos incrivelmente endinheirados e usando roupas Chanel, olhassem com desagrado para mim enquanto eu limpava o carro, usando camiseta surrada, o cabelo preso num coque malfeito e um short simples. A verdade é que minha aparência era um desastre, mas não estava nem aí para o que minha vizinha loira tingida e o marido apresentador de programa de televisão achariam de mim.

Enquanto soprava para tirar uma mecha de cabelo do rosto e me esticava por cima do capô com uma esponja, esforçando-me para tirar uma mancha resistente, escutei a última voz que havia esperado ouvir naquele lugar, quanto mais naquele momento.

— Então, você continua odiando lava-jatos.

Fiquei paralisada no lugar. Não podia ser verdade.

Eu me virei para a pessoa que tinha acabado de chegar. Estava de pé em meio ao caminho da entrada, perto do carro do Nicholas, e sua aparência era exatamente a mesma de quando nos despedimos, há duas semanas. Seu cabelo loiro despenteado, seus olhos cor de chocolate que transmitiam uma segurança que eu sempre admirei, seu corpo de jogador de hóquei... Tive que respirar fundo várias vezes.

Dan, o mesmo que tinha me traído com a minha melhor amiga, estava diante de mim.

Parei o que estava fazendo, com a esponja encharcada em uma das mãos e a outra mão pendendo junto ao meu corpo, como se eu estivesse morta. Não conseguia me mexer. O simples fato de estar em sua presença me doía mais do que tudo, e as lembranças das coisas que compartilhamos vieram à minha mente, como em uma apresentação de *slides*: o dia em que nos conhecemos, quando, depois de uma partida da qual saíra vitorioso, ele se aproximou para dizer que não conseguira se concentrar após ter me visto na arquibancada; nosso primeiro encontro, quando ele me levou a um restaurante indiano e a pimenta não nos fez bem, então ficamos doentes por uns três dias; nosso primeiro beijo, tão doce e especial que estava na lista das minhas melhores lembranças há até pouco tempo; a primeira vez que ele tinha se referido a mim como sua namorada... E, então, a imagem de Dan e Beth se pegando veio à minha mente, manchando todas as lembranças dele e me fazendo sentir uma dor no peito.

Procurei pela minha voz dentro do meu corpo, torcendo para que ele não percebesse quanto eu estava afetada por sua presença.

— Que diabos você está fazendo aqui? — perguntei, soltando a esponja no balde de água e fazendo com que várias gotas salpicassem meus pés descalços.

Os olhos dele não se separaram dos meus quando respondeu:

— Estava com saudades de você.

Soltei uma gargalhada sarcástica.

— Tenho certeza de que não... Parece que você andou muito bem acompanhado — eu disse, dando as costas para ele e levando as mãos à cabeça.

— Noah... Eu sinto muito. — Ele se desculpou com a mesma voz delicada com a qual dissera mil vezes antes que me amava mais do que tudo.

Sacudi a cabeça torcendo para que aquilo não fosse real. Não estava preparada para confrontá-lo, porque uma parte de mim queria que tudo continuasse como antes, uma parte de mim queria se virar e deixar que ele me abraçasse, desejava que ele me beijasse e me dissesse o quanto me amava e estava com saudades... Queria desesperadamente estar com alguém da minha vida antiga. Mesmo que por apenas alguns instantes, queria ser a Noah Morgan que tinha sido antes de entrar em um avião e largar a minha cidade para viver uma vida que eu não queria ter.

— Noah... Eu te amo — ele se declarou, e percebi que tinha se aproximado até ficar bem perto de mim.

Eu me virei, sentindo as palavras perfurando meu coração já despedaçado.

— Nunca mais fale isso — eu disse, incisiva.

Porém, ao vê-lo tão perto... ao ver as manchinhas douradas em seus olhos castanhos, a cicatriz que ele tinha na bochecha, de quando foi atingido por um taco de hóquei — eu estava ao seu lado quando deram os pontos, quase mais histérica do que ele por causa da minha baixa tolerância à visão de machucados ou sangue — ... tudo que eu via no Dan me trazia de volta um monte de lembranças... lembranças que agora causavam uma dor insuportável.

Ele parecia nervoso, e eu o conhecia o suficiente para saber que aquilo era mais difícil para ele do que para mim.

— Estou dizendo a verdade, Noah — afirmou. E, sem desviar os seus olhos dos meus, envolveu meu rosto entre suas mãos. Sentir aquele contato me fez estremecer pela calidez das lembranças que despertava. Durante quase um ano, aquele garoto tinha sido tudo para mim... tinha sido meu primeiro amor, e eu ainda sentia coisas muito intensas por ele.

— Por favor, me perdoa — ele se desculpou de novo, com os dedos acariciando minhas bochechas. — Quando você foi embora, o meu mundo caiu, eu não sabia o que fazer, nem como aguentar — continuou falando. Os seus dedos desceram até os meus ombros e os acariciaram gentilmente, enquanto ele falava de maneira desesperada. — Você tem que me perdoar... Noah, por favor, fala alguma coisa, preciso que você diga que me desculpa...

Fechei os olhos com força... Aquilo não deveria estar acontecendo. Por que ele tinha vindo? Para quê? E, de qualquer maneira, a sua presença não deveria ter me causado dor, as coisas não tinham que ser assim... Ele não deveria ter que pedir desculpas por nada, e ainda assim... Vê-lo de novo, voltar a ter algo da minha vida antiga era... tão reconfortante.

Então, senti os lábios dele nos meus. Foi muito inesperado, mas também algo corriqueiro. Sentir aqueles lábios tinha se tornado algo costumeiro na minha vida, algo agradável e necessário, algo que eu queria ter desde o momento em que tinha embarcado no avião para ir embora e não voltar mais.

Sua mão repousou na minha nuca e me puxou para o corpo dele. Estava tão perplexa e perturbada por milhares de sensações contraditórias que experimentava que não consegui fazer nada além de permanecer parada.

— Por favor, me beija, Noah, não fica assim — pediu, pressionando meus lábios com mais força. Conseguiu que meus lábios se entreabrissem e procurou minha língua com a dele, como tinha feito em nosso primeiro beijo... Senti o calor em todo o meu corpo, mas... alguma coisa estava diferente... algo tinha mudado. Era como se o meu corpo esperasse uma reação mais poderosa, e quisesse fogo, não a calidez que obtinha naquele instante.

Então, alguém fez um barulho para chamar a nossa atenção. Foi como se tivessem jogado sobre mim o balde de água e sabão que eu estava a meus pés. Dei um passo para trás e Dan olhou por um segundo para mim com alegria no rosto, antes de nos virarmos para ver quem tinha nos interrompido.

Minha mãe e William tinham acabado de chegar. Eu estava tão mergulhada nos pensamentos e sentimentos contraditórios que passavam por minha cabeça que nem tinha escutado o carro chegando. Minha mãe olhou para a gente com um grande sorriso nos lábios e depois se virou para William, cujos olhos brilhavam de satisfação.

— Gostou do nosso presente? — perguntou, alternando o olhar entre nós dois.

Olhei para Dan, confusa.

— Sua mãe me mandou a passagem para que eu lhe fizesse uma surpresa — explicou, dando de ombros, embora eu percebesse certa culpa em seu rosto. Claro, agora eu entendia. Minha mãe achou que me daria o melhor presente do universo se trouxesse o meu namorado para uma visita. Só que ela não estava sabendo de um pequeno detalhe: ele não era mais o meu namorado.

— Você andava tão triste, Noah… — minha mãe começou, se aproximando para me dar um abraço rápido. — Eu sabia que a única pessoa que poderia lhe arrancar uns sorrisos era o Dan. Então, por que não convidá-lo para passar uns dias com a gente?

"Ai, mãe… Você está tão enganada…"

Forcei um sorriso que quase me custou a vida, enquanto William estendia o braço para cumprimentar o Dan com um forte aperto de mãos. Minha mãe também o abraçou e depois pararam para nos olhar, um perto do outro, quase nos tocando.

— Vamos deixá-los um pouco a sós, com certeza estão querendo isso — minha mãe falou, animada. — Pedi para prepararem o quarto de hóspedes para você, Dan. Se precisar de alguma coisa, é só pedir.

Dan assentiu educadamente e minha mãe e Will desapareceram pela porta principal.

Quando perdemos os dois de vista, virei-me furiosa para o meu ex-namorado.

— Não acredito que você teve a cara de pau de vir até aqui — ralhei, dando-lhe as costas e começando a juntar os utensílios que tinha usado para lavar o carro. Aquela tarefa ia ter que esperar, pois agora eu tinha algo muito mais importante para fazer.

Aquilo não estava certo... O Dan não podia ficar na minha casa, eu não o queria por ali, e não podia deixar que ele voltasse a me beijar, de maneira nenhuma...

— Era a oportunidade perfeita para eu vir me desculpar pessoalmente — ele disse, dando um passo na minha direção.

Antes que ele encostasse em mim ou me beijasse, dei um passo para trás.

— Você não pode ficar, Dan.

Ele franziu a testa e se aproximou.

— Sei que ainda está brava e vai precisar de algum tempo para me desculpar, mas me deixa passar esses dias com você, Noah... Não importa o que aconteça, vamos resolver juntos, por favor... Você é minha e eu sou seu... Lembra?

Aquela frase foi uma punhalada no meu coração.

— Deixei de ser quando você se envolveu com a minha melhor amiga — falei, sabendo que a dor de vê-lo de novo e romper com ele definitivamente nos próximos dias ia me deixar mais destroçada do que eu já estava. — Você pode ficar porque não quero fazer desfeita nem para o William nem para a minha mãe. Também não quero que eles saibam o que você fez comigo. Mas, depois, não quero saber mais de você.

— Eu sei que a magoei, Noah — reconheceu, aproximando-se de mim. Permaneci quieta. — Mas eu te amo, sempre te amei e a minha vida sem você é um verdadeiro desastre... Desde que a reencontrei aqui, tudo voltou a fazer sentido. Quando você disse que ia embora, tentei criar um plano na minha cabeça para te superar, mas não deu certo. Noah, aquilo com a Beth não significou nada para mim; eu só fiquei com ela porque ela me lembrava de você, vocês estavam sempre juntas, têm até um comportamento parecido. Sei que fui um babaca, mas não consigo aceitar que o que construímos vai acabar dessa maneira... — Abaixei a cabeça, tentando segurar as lágrimas que lutavam para sair dos meus olhos... Não ia começar a chorar... Eu não ia chorar... Eu não ia chorar... — E olha só a gente agora... Você não consegue nem olhar para mim.

As mãos dele envolveram o meu rosto e seus olhos castanhos se cravaram nos meus.

— Por favor, me desculpa — pediu, sussurrando, com os lábios quase tocando os meus.

Nem sei o que respondi, mas os seus lábios voltaram a me beijar, com insistência, com emoção, e deixei que ele fizesse aquilo, mais uma vez...

Estava além do meu controle: era simplesmente algo de que eu precisava. No entanto, enquanto ele me acariciava com a boca, percebi que não me sentia bem. Havia uma sensação estranha na boca do meu estômago, e eu me sentia culpada, culpada porque estava enganando alguém muito importante... Estava enganando a mim mesma.

Eu me afastei alguns segundos depois.

— Preciso que você me dê espaço — consegui articular. E era verdade, precisava pensar, precisava que ele saísse da minha frente.

— Tudo bem — ele aceitou, abaixando a mão do meu rosto e dando um passo para trás. — Posso pelo menos deixar as minhas coisas no quarto de hóspedes? — perguntou.

Assenti e o acompanhei até o quarto. Não conseguia ficar nem mais um minuto com ele, então me despedi e comecei a caminhar para o meu quarto com a intenção de me jogar na cama e dormir até o dia seguinte... Não me importava que era cedo, precisava pensar e organizar os meus sentimentos, mas meu corpo parou diante de uma porta que não era a minha, e antes de dar por mim, já estava chamando pelo Nicholas.

Nem sei se ele respondeu, mas ouvi um barulho e simplesmente abri a porta. Ele estava sentado na frente do seu *notebook*, na mesinha que havia em um canto do quarto, e, quando me viu, fechou o aparelho. Girou a cadeira para ficar de frente para mim e minha mente contemplou cada detalhe da sua anatomia, como se fosse uma obra de arte. Estava sem camisa e usando uma calça esportiva cinza. Ele não esperava nenhuma visita, muito menos a minha, e acho que, desde que havia chegado àquela casa, era a primeira vez que eu batia à porta dele. Porém uma parte de mim tinha me levado a buscar consolo no meu irmão postiço, e eu ainda tentava entender por que diabos tinha decidido torturar a mim mesma com a presença de alguém como ele.

Seus olhos azuis se cravaram nos meus, apesar da distância entre a mesa e a porta. Suponho que ele tenha visto algo no meu rosto, porque franziu a testa imediatamente.

— O que aconteceu? — perguntou, levantando-se e se aproximando de mim com cuidado, como se não soubesse muito bem o que fazer. No mesmo instante, como quase sempre que ficávamos sozinhos um com o outro, uma atração irresistível surgiu no ar. Uma parte de mim ficou feliz, porque o Dan não conseguia provocar aquela sensação no meu corpo. Senti-me alegre e confusa ao mesmo tempo.

MINHA CULPA   167

Sem dizer nada, dei um passo à frente, com meus olhos cravados naqueles olhos azuis que só prometiam coisas obscuras, e, sem pensar, coloquei uma das mãos na sua nuca, beijando-o com desespero.

No começo, ele ficou parado, acho que surpreso, mas a resposta do seu corpo foi imediata. Suas mãos me agarraram pela cintura e me puxaram para si. Naquele momento, sua boca e sua língua assumiram o controle. Senti milhares de borboletas no estômago. Seu toque simplesmente me fez esquecer do motivo que me levara até lá, e logo eu estava ofegante sob os seus lábios. Precisava me afastar para recuperar o fôlego e controlar os tremores que se tinham apoderado do meu corpo.

— O que você está fazendo? — perguntou no meu ouvido, ao mesmo tempo que os dentes dele se apoderavam da minha orelha, puxando-a de uma maneira que me fez suspirar. Minhas mãos colaram nas suas costas e ele começou a me beijar no pescoço e na mandíbula... e simplesmente qualquer sentimento de dor, de perda ou de nostalgia desapareceram da minha mente.

Mas ele me afastou.

— O que foi que aconteceu? — insistiu, olhando nos meus olhos.

Por que tinha que perguntar? Por que não ficou só me beijando e me deixando aproveitar aquela que claramente era uma de suas grandes habilidades? Desde quando ele se importava com os motivos que levavam alguém a querer ficar com ele?

Então, Dan voltou à minha mente... e a sensação de ter sido enganada por quem eu amava tanto — eu os amava muito, tanto a Beth quanto ele — voltou a me fazer sofrer, somando-se à dor de saber que tinha perdido os dois para sempre, porque não seria capaz de perdoá-los. Ele não merecia. Mas o pior era o medo... o medo de não ser forte o suficiente para me manter afastada dele.

Apoiei a testa no ombro nu de Nick e seus braços automaticamente me abraçaram. Foi muito estranho, porque nunca tínhamos compartilhado um momento como aquele. Deixei que ele me abraçasse e descansei meu rosto em seu peito. Ele tinha um cheiro maravilhoso, com certeza de alguma colônia de marca usada pelos modelos que apareciam na televisão; porém o mais agradável era o quanto o seu peito estava quentinho, e foi reconfortante notar como o calor me invadia, porque eu estava me sentindo gelada... Congelada pelas emoções que me incomodavam e pela dor que sentia no peito.

— Não posso dizer que não gosto de tê-la nos meus braços, sardenta, mas se não me disser o que aconteceu, acho que vou tirar as minhas próprias conclusões e acabar batendo na pessoa errada.

Conseguiu arrancar um sorriso de mim com essas palavras, apesar do meu estado de ânimo.

Afastei-me um pouco, mas ele me puxou de volta e sentou-se na cadeira de escritório comigo em seu colo.

Novamente, aquilo foi muito estranho, estranho e tão prazeroso que voltei a sentir uma dor no estômago.

— Por favor, não diga que está aqui porque fez alguma coisa com meu outro carro e agora está com remorso, porque nem por todos os beijos do mundo...

Eu sabia que ele estava brincando e achei engraçado o fato de ele tentar fazer com que eu risse. Não conhecia aquela faceta do duro e antipático Nicholas Leister, e gostei bastante.

Então, decidi contar por que eu tinha entrado no quarto dele, pois, mesmo que fosse difícil de acreditar, não estava nos meus planos ficar aos beijos com ele nem nada do tipo.

— O Dan está aqui — anunciei, olhando para ele. Vi em seu olhar que ele demorou um segundo para entender o que eu tinha dito. Seu corpo retesou-se.

— O babaca que te chifrou está aqui? — disse, olhando para mim incrédulo. — Onde? Em Los Angeles?

"Ai, ai..."

— Aqui. Em casa — respondi, ciente de como aquela situação era patética e ridícula.

Ele olhou para mim por alguns segundos, como se esperasse que eu dissesse que era alguma brincadeira.

Eu me apressei a explicar.

— Minha mãe o convidou. Ela não sabe de nada do que aconteceu, não tem ideia de que terminamos... Mas agora ele está aqui, Nicholas, e meu mundo está de pernas pro ar... — contei, levantando-me e andando pelo quarto.

Não sabia por que estava contando aquilo para o meu irmão postiço, mas precisava desabafar com alguém, e o Nick era ótimo em me fazer pensar em outras coisas.

Olhando para mim de maneira estranha, ele pegou um cigarro na mesa e o levou à boca. Parecia bravo, talvez decepcionado.

— Por que está me contando isso? — perguntou, dando uma tragada brusca. Agora, os seus olhos continhavam uma frieza muito conhecida... a mesma com a qual ele me observava na maioria das vezes, a mesma que fazia com que nos insultássemos e nos odiássemos mutuamente. Nicholas tinha duas facetas muito diferentes e eu nunca sabia qual apareceria.

Senti uma pontada no coração.

Tentei deixar de lado o que sentia por ele, coisas que eu mesma não entendia, e lhe disse o que era realmente necessário.

— O Dan vai saber quem você é quando conhecê-lo — afirmei, colocando diante de mim aquele escudo que sempre usava para me defender dos outros, o mesmo escudo que, desde que Dan reaparecera, parecia ter sumido. — Ele vai reconhecê-lo da foto que mandei de nós dois... quando... nos beijamos — concluí.

Quem diria que aquele beijo me traria tantas inquietações? Se eu soubesse que, depois dele, uma parte da minha mente e o meu corpo desejariam repetir a dose, o teria evitado desde o início.

Os olhos do Nicholas se cravaram nos meus. Ele deixou o cigarro em um cinzeiro que estava na mesa e olhou para mim com desdém.

— O que é que você pretende, Noah?

Respirei profundamente.

— Só quero que ele vá embora e eu não o veja nunca mais — respondi, sabendo que era o melhor, era o que eu queria, a despeito da dor que isso me causaria. Não queria do meu lado alguém que tinha me traído.

O rosto de Nicholas pareceu relaxar um pouco.

— Mas não sei como fazer isso — adicionei, levando uma das mãos à testa de tanto nervoso. — Ele veio me pedir perdão... e uma parte de mim quer que isso aconteça, mas não é o que eu quero...

— E é aí que eu entro nessa história? — perguntou. Assenti ao ver que ele começava a entender o que se passava em minha mente.

— Serão só uns poucos dias — comentei com a voz trêmula. — Se ele perceber que a fila andou, que não tenho mais interesse por ele... talvez me deixe em paz.

Nick assentiu, levando de novo o cigarro à boca. Eu não gostava de fumantes, mas ele ficava muito sexy.

— Então, temos que nos pegar na frente dele — Nicholas concluiu.

Eu estava com vergonha daquele pedido... e embora ele já tivesse me ajudado com isso ao se oferecer para tirar a foto de a gente se beijando, agora era um pouco estranho porque, de fato, a gente tinha se pegado várias vezes nos últimos dias.

— Ele precisa achar que estamos juntos — comentei, e fiquei tensa quando ele se levantou da cadeira e se aproximou.

— Por que eu não quebro a cara dele e terminamos logo com isso? — sugeriu, pegando no meu queixo com uma das mãos. Seus olhos se cravaram nos meus de maneira intensa. Ele olhava para mim bravo, ocultando algo que não consegui interpretar.

— Minha mãe não pode ficar sabendo — murmurei. Estava me sentindo presa por aquela mão que me tocava e ao mesmo tempo nervosa com o contato. Um dos dedos dele roçou o meu lábio inferior em uma leve carícia.

— Você vai ficar me devendo um grande favor — ele disse em tom de irritação, logo antes de colocar os lábios dele nos meus bruscamente. Ele me beijou com força, não com ternura, e acabei por compará-lo com o Dan. Enquanto meu ex-namorado era delicado e carinhoso, embora no fundo fosse um idiota, Nicholas era frio e dominante. Nunca sabia o que ele estava pensando. Por exemplo, naquele instante, as suas mãos nem estavam me tocando, apenas me beijava. Então, ele se afastou.

— Espero que você não seja idiota a ponto de deixar que esse babaca volte a encostar em você.

Ao dizer isso, ele se virou, pegou uma camiseta e a chave do carro, que estava na mesa, e saiu, deixando-me ali, tentando descobrir se seria capaz de me recuperar daquele último contato com ele.

20

NICK

Estava bravo. Mais do que isso... Não sabia muito bem o que era aquilo porque nunca tinha me sentido assim antes. Tampouco entendia por que tinha deixado a Noah me dizer o que eu deveria ou não deveria fazer, ainda que com isso eu pudesse tê-la como desejava... O fato de cada célula do meu corpo se animar quando ela estava por perto não bastava para que eu tivesse aceitado ajudá-la naquela farsa ridícula para se livrar do namorado. Já fazia tempo que eu tinha superado essas bobagens do tempo de escola e, para ser sincero, tudo podia se resolver de uma maneira muito mais rápida e eficiente. Era só eu quebrar as pernas daquele idiota e expulsá-lo da minha casa, por exemplo. A Noah teria o que queria e eu ficaria mais à vontade com essa solução.

Entrei no carro, bati a porta com tudo e não parei para pensar que tinha deixado a Noah a sós com aquele imbecil em casa. Depois de vê-la, não acreditava que havia chance de algo rolar entre eles. Percebi que me senti muito sozinho ao imaginar os dois juntos e pisei fundo no acelerador, fugindo para o mais longe possível do lugar que se tornaria minha própria e martirizante prisão, se eu não tomasse cuidado.

Desde que tínhamos nos pegado, tudo mudara. Aquela irritação que sentíamos um pelo outro se transformara em um desejo incontrolável, que me deixava em uma situação complicada. Não sabia o que eu queria, mas tinha certeza de que começar a me relacionar com a Noah não era o mais indicado para alguém como eu. Dava para perceber que a Noah gostava de relacionamentos sérios, e minha relação com as mulheres nunca tinha sido monogâmica. Eu gostava da variedade e fugia de compromisso com todas as minhas forças. Nenhuma mulher merecia mais atenção do que eu estava disposto a oferecer, e não deixaria que ninguém tivesse controle sobre mim ou sobre as minhas decisões. Eu faria o que eu quisesse e com quem eu quisesse. Noah Morgan me atraía como nenhuma outra garota, tinha que admitir; eu a desejava com tanta força que doía ficar longe dela. Minha mente criava tantas fantasias com ela que, quando estava por perto, eu perdia a compostura e deixava meu corpo me guiar. Com a Noah era tudo diferente, e por isso mesmo eu tinha que tomar cuidado.

Estacionei o carro quando cheguei na casa da Anna. Peguei o celular e liguei para ela.

— Estou aqui fora — anunciei, quando a sua voz soou do outro lado da linha. Já eram onze da noite, e alguns minutos depois ela saiu de casa e se aproximou do carro com um sorriso que prometia muitas coisas.

Abri a janela ao perceber que ela não entraria no carro.

— Meus pais não estão. Você quer entrar? — perguntou, com um sorriso ardente e sexy.

Não pensei duas vezes. Desci do carro e ela veio ao meu encontro. Antes que eu pudesse dizer qualquer coisa, os lábios dela já estavam nos meus. Ela sempre usava algum batom de sabor característico e eu nunca tinha me importado... até esse dia. Eu me afastei e entramos na casa.

— Fazia tempo que você não vinha — comentou um momento depois, e percebi os olhos dela cravados no meu rosto.

— Ando meio enrolado — respondi em tom cortante. Não conseguia parar de pensar que a Noah ia dormir no quarto ao lado do ex-namorado dela.

Entrei na sala à minha direita. Por algum motivo inexplicável eu não queria subir para o quarto.

— Estava com saudades de você, Nick — Anna disse, sentando-se ao meu lado.

Percebi suas bochechas coradas e seus lábios brilhantes e atraentes. Eu me aproximei dela, colocando uma das mãos em seu joelho e fazendo carinho em sua pele, do jeito que ela gostava.

— Você não deveria ter saudades de mim, Anna — adverti, com o olhar fixo na escuridão dos olhos dela. — A gente não tem nada.

Notei uma tensão surgir em seus olhos, mas ela não deixou que aquilo a afetasse. Nós dois sabíamos como era nosso relacionamento. Eu a tratava de uma maneira especial, era verdade, mas desde o primeiro instante eu soube que nunca seríamos nada mais do que já éramos naquele momento. Eu nunca pertenceria a uma mulher, não deixaria que me machucassem outra vez.

Os lábios dela alcançaram os meus e devolvi o beijo mais por costume do que por verdadeiro desejo. Aquilo me incomodou. Anna era uma garota muito bonita e atraente, a gente sempre teve uma química, maior do que eu tinha com qualquer outra, mas daquela vez nada estava acontecendo... e isso me deixou irritado.

Com a mão que estava livre, segurei-a pela nuca e a obriguei a me beijar com mais intensidade. Anna era uma garota inteligente, sabia do que eu gostava e como eu queria que ela se comportasse. Suas mãos me puxaram pela camiseta e ficamos colados, sentindo o calor e o fogo dos nossos corpos... mas não era aquilo que eu estava procurando.

Eu me afastei depois de um momento. Ela olhou para mim com os olhos ardentes, querendo mais.

— Por que não subimos para o meu quarto? — ela propôs, com as mãos coladas na minha camiseta. Eu a afastei de mim e me virei para a televisão, que estava ligada.

— Não estou com vontade — respondi simplesmente.

Anna suspirou e pegou a bolsa que estava na mesa.

— Você quer? — ela ofereceu, mostrando o baseado entre os seus dedos.

Tirei um isqueiro do bolso da calça e me inclinei para acender o baseado, que ela sustentava entre os lábios.

— Isso vai te animar — ela garantiu, passando o cigarro para mim um segundo depois.

Naquela noite, deixei que meus problemas desaparecessem.

Voltei para casa umas três da manhã. Estava com dores pelo corpo inteiro, parecia que tinha tomado uma surra. Ao passar pelo quarto da Noah e notar a luz acesa por baixo da porta, uma onda de ira percorreu o meu corpo. Se a luz estava acesa, ela estava acordada, e com certeza acompanhada. Abri a porta sem hesitar, pronto para dar de cara com o babaca que agora dormia sob o mesmo teto que eu.

Parei de imediato quando me deparei com a Noah dormindo tranquilamente. Estava enrolada em um fino lençol branco, seus cabelos loiros esticados sobre o travesseiro, seus olhos fechados e calmos. A luz da mesinha estava acesa, iluminando de maneira tênue todo o quarto... e não havia sinal do tal Dan.

Respirei fundo, tentando tranquilizar aquelas ondas de raiva que percorriam meu corpo por ter imaginado milhares de cenas da Noah deitada na cama com o ex-namorado, fazendo de tudo menos dormir. Mas ela tinha medo do escuro, como descobri na primeira noite que ela dormiu em casa, e tive uma sensação reconfortante ao me lembrar disso.

Fiquei olhando para ela dormindo; parecia tranquila, e sua respiração era regular e sossegada. Nunca tinha parado para observar uma garota dormir: era algo fascinante. Eu me aproximei um pouco mais, querendo comprovar uma teoria. Automaticamente, ao chegar mais perto dela, meu coração começou a se acelerar sem sentido nem lógica. Uma sensação estranha e desconhecida percorreu o meu corpo e de repente me senti melhor... incomodado, mas melhor. Minhas mãos queriam acariciar aqueles lábios grossos e macios cor de cereja. Toda a minha anatomia queria entrar em contato com aquele corpo e entendi que nada mudaria. Não fazia diferença ficar com a Anna ou com qualquer outra garota... Nada seria tão intenso quanto o que eu sentia naquele instante, por aquela garota que estava dormindo diante de mim.

21

NOAH

Naquela manhã, acordei mais tarde do que o normal. Não sei se por causa do redemoinho de pensamentos contraditórios que levei para a cama ou porque sabia que o dia seria muito complicado, mas, ao me levantar e ver que o céu estava nublado, soube que nada resultaria de bom do pedido de favor que fiz ao Nicholas e de ter deixado que meu ex dormisse em casa. Enquanto vestia um maiô e uma saída de praia, disse a mim mesma que teria de aguentar só até as sete da noite. Depois, eu começaria no meu novo emprego e poderia desaparecer, evitando o Dan sem problemas.

Além do mais, fiquei pensando bastante antes de dormir, e os únicos sentimentos que sobraram pela pessoa que tinha sido tudo para mim eram raiva e rancor. Estava brava, não queria nem olhar para ele. E, pior, me sentia uma idiota por ter deixado que me beijasse. Não sei se era porque ele não estava na minha frente no momento, por isso as lembranças que ele suscitava não vinham à tona. De manhã, não queria nem olhar na sua cara.

Quando entrei na cozinha e o vi sentado à mesa, com uma xícara de café e o olhar cravado no celular, não pude evitar fulminá-lo com os olhos. Ao me ver, Dan ergueu o olhar e me observou passar por ele para ir até a geladeira pegar o suco de laranja.

— Estava esperando você descer — ele disse, levantando-se da cadeira e se apoiando no balcão ao meu lado. Eu o ignorei enquanto cortava uma fatia de pão e a colocava na torradeira. — Os seus pais já saíram.

— Minha mãe — corrigi, irritada.

Dan suspirou e finalmente decidi olhar para ele. Seu cabelo loiro estava ajeitado e ele vestia o seu melhor jeans e uma camiseta com uma frase ridícula.

— Você não quer falar comigo? — perguntou, sem tirar o olhar de mim. — Quero você de volta, Noah. Não atravessei um país inteiro para sair de férias. Eu vim para conseguir o seu perdão.

— Não tenho nada para perdoar, Dan — rebati, contundente. — Você me traiu, e não foi uma vez só. Eu recebi as fotos, nem sei quem as mandou, mas imagino que tenha sido uma das suas amiguinhas. Elas nunca aceitaram que estivéssemos juntos, e pelo visto a minha melhor amiga também não.

Antes que Dan pudesse responder à acusação, Nick, de torso à mostra e calças de pijama folgadas no quadril, apareceu na cozinha. Estava com o cabelo bagunçado e os pés descalços... Foi difícil não compará-lo com quem estava ao meu lado. Meu coração se acelerou à sua simples presença, e Dan desviou os olhos para ver quem tinha chamado a minha atenção de maneira tão absoluta.

Nick parou e analisou a situação. Mordi os meus lábios de nervoso. O que será que ia acontecer agora?

Dan contraiu a mandíbula ao perceber quem era, e eu, pela primeira vez desde sua chegada, senti forças para enfrentá-lo.

— E aí? Ainda não fomos apresentados — Nick disse, aproximando-se da gente e estendendo a mão. Dan reagiu um segundo depois, e vi as veias do braço do meu irmão postiço saltarem quando ele apertou com força a mão do meu ex. Dan tentou esconder como pôde a expressão de dor que o aperto de mão lhe causara, e fiquei inquieta. — Sou o Nicholas.

— Dan — meu ex respondeu, sem tirar os olhos do recém-chegado.

O que aconteceu em seguida deixou Dan completamente desnorteado: Nick se aproximou de mim e se inclinou para me dar um beijo quente nos lábios.

— Bom dia, linda — ele me cumprimentou com os olhos brilhando por um motivo indecifrável.

Depois do beijo, serviu-se de uma xícara de café e foi para o jardim.

"Que maravilha, Nick. Obrigada por dar uma pedrada e sair de fininho."

— O que significa isso, Noah? — Dan perguntou, com os olhos faiscando.

Dei de ombros, sem olhar para o rosto dele.

— Significa que eu segui em frente — respondi, sentando-me na cadeira e dando um gole no meu suco.

Dan me olhava ainda sem acreditar no que tinha acabado de presenciar.

— Você não demorou nem duas semanas para me substituir por um bombadinho idiota?

— Você demorou vinte e quatro horas.

Dan se aproximou e segurou com força o encosto da cadeira diante dele.

— Eu sei o que você está fazendo. Eu mereço, você está pagando com a mesma moeda, mas isso não muda nada, Noah: eu e você temos um relacionamento.

— Tínhamos. *Tínhamos* um relacionamento — esclareci, me levantando e elevando o tom de voz.

— O que mais preciso fazer para você me perdoar?

Dei uma gargalhada.

— Como assim, o que mais? — retruquei, sem acreditar no que tinha ouvido. — Que merda você fez para conseguir o meu perdão, Dan? Aceitou uma passagem de avião? Você é patético!

Sem deixar que ele respondesse, saí da cozinha e fui para o jardim. Nick estava deitado em uma das espreguiçadeiras. Fui em sua direção e me sentei ao seu lado. Ele tirou os óculos escuros e olhou para mim com o semblante impassível.

— Já posso quebrar a cara dele? — perguntou, olhando fixamente para os meus lábios.

— Acho que ainda não convencemos ninguém — afirmei, reparando em seu corpo musculoso e bronzeado.

— Eu te chamei de "linda"… Pra mim, é como se eu tivesse pedido sua mão em casamento, sardenta — respondeu, erguendo a mão e colocando uma mecha do meu cabelo atrás da minha orelha. — Seu ex está nos espionando pela janela — adicionou, falando baixo.

— E o que você quer que eu faça? — perguntei, perdida no seu olhar.

— Tudo o que eu mandar — sussurrou, se inclinando para falar no meu ouvido. — Faça carinho em mim.

"O quê?"

— Vai logo — ele me apressou, e senti um calafrio ao notar a sua respiração na minha orelha.

Ergui a mão e fiz o que ele pediu. Sua pele estava quente, quase febril em comparação com minhas mãos frias. Seus músculos se retesaram com minhas carícias, e fui percorrendo com meus dedos as linhas marcadas do seu abdômen.

Seus lábios mergulharam no meu pescoço, e estremeci ao sentir aqueles dentes arranhando a superfície suave da minha pele.

— Agora, se incline e faça exatamente o que estou fazendo agora — indicou com a voz tensa. Meus dedos tinham parado exatamente em seu umbigo e ele impedira o meu avanço com a mão.

— Quer que eu beije o seu pescoço?

— Sim, sardenta — respondeu sobre os meus lábios. Estávamos a centímetros de distância e senti meu coração parar e depois acelerar vertiginosamente.

Pus a minha mão em sua nuca e virei o rosto até afundar a boca no vão entre seu ombro e sua clavícula. Dei beijos suaves até chegar à mandíbula. Enquanto isso, a mão dele tinha invadido a minha roupa e acariciava as minhas costas. Dei o troco e mordi a orelha dele, puxando-a suavemente e aproveitando bastante aquele teatro.

Meu Deus… Por que, de repente, eu não queria mais parar?

Nick retesou-se com as carícias da minha boca, afastou os meus cabelos e beijou meus lábios. Meu corpo se arqueou contra o dele, buscando desesperadamente um contato, e quando a língua dele entrou na minha boca, eu juro ter achado que derreteria ali mesmo.

Ele colocou a mão na minha nuca e me imobilizou, enquanto a sua língua circulava a minha, explorando-a sem descanso. De repente, eu precisava tocá-lo, mas não porque ele estava mandando, nem para causar ciúmes no Dan; precisava tanto quanto do ar para respirar. Baixei minhas mãos pelos seus braços musculosos e depois pelo peitoral. Quando ele me puxou para cima de si na espreguiçadeira, senti a sua ereção se cravando na minha barriga e decidi me afastar.

Nick arregalou os olhos e vi que as suas pupilas estavam dilatadas. O azul dos seus olhos tinha dado lugar a um olhar selvagem que me alertava sobre coisas perigosas.

— Ele ainda está olhando? — perguntei ofegante.

Nick deu um sorriso divertido.

— Quem disse que ele estava olhando?

Arregalei os olhos e me virei para a cozinha. Não havia ninguém por lá.

— Você me disse que ele estava olhando pela janela!

— É mesmo? — respondeu com um tom inocente.

Fiquei de pé e o fulminei com o olhar.

— Você se divertiu o suficiente? — soltei, com os dentes cerrados.

— Não chegamos nem perto, linda — repetiu o adjetivo que tinha usado na cozinha.

— Pode parar de fingir, Nicholas... Não tem ninguém por aqui para você enganar.

Nick pendeu a cabeça para o lado e olhou para mim, sorrindo.

— Quem disse que estou fingindo?

A resposta me deixou surpresa e desconcertada. Que merda. Onde eu estava me metendo?

Não sabia o que fazer. A casa era muito grande, mas não dava para ignorar a presença do Dan, assim como a do Nicholas. Precisava fugir, fazer o tempo voar até a hora de ir para o trabalho, então vesti um short esportivo, uma regata e meus tênis da Nike, com a intenção de ir correr na praia.

Justo quando eu saía do meu quarto, a porta do quarto de hóspedes se abriu e Dan apareceu para falar comigo.

Eu o ignorei deliberadamente e segui para as escadas.

— Noah, que merda. Espera — pediu, me alcançando no meio da escada.

— O que você quer, Dan? — disparei exasperada.

Ele pareceu hesitar por alguns segundos.

— Se você não vai nem falar comigo, não sei o que estou fazendo aqui — ele disse, apertando os dentes com força.

— Você deveria ter pensado nisso antes de decidir vir e me colocar contra a parede — respondi, dando-lhe as costas e terminando de descer.

Ele obviamente me seguiu.

— O que você quer que eu faça, então?

— Sinceramente? — eu disse, me virando para ele com os olhos faiscando. — Quero que você dê o fora.

Dan apertou os lábios com força.

— Achava que, depois de nove meses juntos, ao menos poderíamos tentar resolver as coisas.

Sério que ele tinha ficado triste com as minhas palavras? Justo ele?

— Não sou esse tipo de garota, Dan. Nem pretendo ser.

— Que tipo de garota?

— O tipo de garota que é traída pelo namorado e depois de três pedidos de desculpa mixurucas decide fingir que nada aconteceu. Achava que você me conhecia melhor, mas pelo jeito também estava enganada em relação a isso.

— E o que você esperava que acontecesse? — ele gritou, surpreendendo-me com tanta exaltação. — Que tudo continuasse como antes? Você foi embora, caramba!

Meus lábios começaram a tremer. Eu já sabia que tinha ido embora, não precisava que ele me lembrasse aos gritos.

— Exatamente, fui embora. Então, que diabos você está fazendo aqui?

— Não queria que as coisas fossem assim. Não quero que você fique com o primeiro cara que vir pela frente só para me machucar. Mas deu para perceber que você já fez isso.

Soltei uma risada irônica.

— É tão difícil assim para você aceitar que estou com o Nick simplesmente porque quero estar com ele?

Dan olhou para mim condescendente.

— Olha só, Noah... Eu não sou idiota. Esse teatrinho que você está fazendo com ele, o beijo na cozinha... Você acha que não percebi o que está fazendo?

Senti que estava ficando vermelha, o que me deixou ainda mais brava.

— Você quer mesmo saber o que eu estou fazendo? — desafiei-o, dando um passo em sua direção. — Tudo o que eu e você não fizemos. É isso que eu estou fazendo.

Sabia que estava entrando em um terreno perigoso. O Dan era muito ciumento e, pior, eu tinha certeza de que ele só tinha vindo para garantir que manteria o controle sobre mim. Ele não conseguia aceitar que eu tinha virado a página tão rápido, e isso era uma punhalada no seu maldito ego masculino.

A ira apareceu em seus olhos castanhos e notei que tinha atingido seu ponto fraco.

Antes que eu pudesse ouvir o que sairia dos seus lábios, Nick apareceu na porta, viu a tensão ente nós, um diante do outro, e veio até mim, ficando na minha frente e me escondendo com o seu corpo.

— Por que você não desaparece da minha vista? — perguntou, com um tom calmo.

— Você está dando em cima da minha namorada? — Dan perguntou, encarando-o. Vi que ele estava com os músculos tensos e a veia do pescoço saltada.

— O que eu tenho com a Noah não é problema seu, babaca.

MINHA CULPA 181

Dan parecia analisar o que deveria fazer na sequência. Eu entendia sua hesitação, porque o Nick dava muito medo, ainda mais falando naquele tom calmo e frio. Além disso, era mais alto do que o Dan, mais forte e maior. Senti até pena do meu ex... mas não muita.

— Dan, é melhor você ir embora — afirmei, ao lado do Nick.

Não havia mais nada a dizer. A situação se tornara ridícula e, para ambos, incômoda. Não só por eu fingir a existência de algo com o Nicholas, mas também porque não reataríamos o nosso relacionamento. Ele mesmo o dissera: eu tinha ido embora e ele tinha me traído. Não tínhamos mais o que conversar.

Dan olhou nos meus olhos por um instante.

— Desculpe-me por tudo, Noah — falou, tentando ignorar a presença do meu irmão postiço.

Mordi o lábio, que estava começando a tremer. Nunca achei que o que tínhamos terminaria daquela maneira.

— Acho que somos o exemplo perfeito de que relacionamentos à distância não funcionam.

Dan assentiu com os lábios apertados, se afastou e subiu as escadas, imagino que para buscar as suas coisas.

Fiquei calada, olhando-o desaparecer.

— Vou me assegurar de que entre num avião — Nick falou do meu lado. Eu já tinha esquecido que ele estava por perto, olhando para mim.

Tentei me recuperar; não queria que ele me visse daquele jeito, não queria demonstrar tristeza por alguém que não merecia.

— Vou sair para correr — anunciei.

O que eu mais precisava era me afastar. Do Nick, do Dan, daquela casa, de todo mundo. Dirigi-me para a porta, mas ele agarrou o meu braço e me deteve.

— Você está bem? — perguntou, levantando meu queixo para olhar nos meus olhos.

Nick estava preocupado comigo?

— Vou ficar bem — respondi, dando-lhe as costas e me afastando.

Corri na praia por uma hora e meia, pensando. Ou melhor, tentando não pensar. Não podia negar a dor de saber que eu provavelmente não veria mais o Dan, nem a Beth, nem ninguém. Não tinha mais motivos para voltar à minha cidade, e isso acabou comigo. Meu namorado e meus amigos eram os principais motivos para eu voltar para o meu passado, mas agora...

Corri e corri, até o meu corpo pedir para desabar na areia, exausto. Olhei para o céu levemente nublado e me perguntei como tudo podia mudar tão rápido. Em um minuto, você é uma pessoa; no minuto seguinte, já é outra.

Contra a minha vontade, meus pensamentos voaram para os beijos trocados com o Nick naquela manhã. Levei as mãos aos lábios, quase sentindo a boca dele na minha... Tinha sido tão intenso... De repente, fiquei com medo, por me dar conta de onde estava me metendo. Precisava ter cuidado: não queria voltar a me comprometer com ninguém, muito menos com alguém como Nicholas Leister.

Precisava proteger o meu coração, e a melhor maneira de fazê-lo era manter-me afastada de qualquer coisa que me fizesse sentir tanto com tão pouco.

Não podia dar todo esse poder para o Nicholas, porque era justamente ele quem podia me destruir.

Na volta, entrei no mar para refrescar o meu corpo aquecido pelo exercício. Depois, enquanto caminhava pela orla para me secar, encontrei o Mario, o garçom do grupo do Nick que tinha me levado para os rachas.

— E aí, irmãzinha do Nick — ele me cumprimentou, com um sorriso perfeito, enquanto segurava pela coleira um cachorro ao seu lado, um pastor-alemão lindo.

— E aí! — retribuí alegremente, enquanto me inclinava para fazer carinho atrás das orelhas do cachorro.

— Cansada da família Leister? — perguntou, agora com um sorriso divertido. Seus dentes eram muito brancos. O sorriso dele era contagiante.

— Até que dá para aguentar, mas ainda estou tentando me acostumar com tudo — respondi com tranquilidade. Não queria incomodar o coitado com os meus problemas.

Começamos a caminhar juntos.

— Posso lhe mostrar a cidade, se você quiser. Acho que você vai adorar alguns lugares — ele se ofereceu, gentilmente.

Sorri de volta, agradecida, mas temendo que o Mario tivesse algum outro plano para nós dois. Não que eu não gostasse dele, mas não queria me complicar. Já tinha problemas suficientes com homens.

— Ainda não tive muito tempo para visitar os pontos turísticos, e agora terei menos ainda, já que vou começar a trabalhar.

Mario se virou para olhar para mim.

— Nossa, que legal! Onde?

— No Bar 48, perto da orla. Hoje é meu primeiro dia — respondi, um pouco nervosa.

Mario assentiu, pensativo.

— Conheço o pessoal de lá. É um lugar agradável — comentou, franzindo um pouco a testa.

Então, chegamos ao pequeno morro, perto das escadas de pedra que me levariam ao jardim de casa.

— Apareça para me visitar quando puder. Não poderei lhe servir um drinque, mas acho que não tem problema bebermos um refrigerante — eu disse, sorrindo.

Mario soltou uma gargalhada.

— Vou, sim — afirmou, com um brilho especial em seus olhos castanhos. — E não se esqueça de que a minha oferta continua de pé — adicionou, se referindo ao convite de antes.

Assenti sem querer me comprometer e me despedi com um aceno de mão.

Quando subi as escadas em direção ao meu quarto, tive que passar pelo quarto de hóspedes. Não havia sinal do Dan nem das coisas dele.

Será que eu era uma idiota por me sentir triste pela ausência de alguém que tinha me machucado tanto? Em todo caso, não quis ficar pensando no assunto. Entrei no meu quarto, tomei um banho e me vesti para ir trabalhar.

Quando cheguei ao Bar 48, estacionei o carro na parte da frente e entrei. Era um lugar muito agradável. Havia quadros de bandas de rock nas paredes e um palco num canto, onde imaginei que acontecessem apresentações musicais. Havia mesas com cadeiras pretas espalhadas por todo o local e um enorme balcão à frente de prateleiras com bebidas alcoólicas. Quando entrei, a gerente, uma mulher gordinha, começou a explicar o que eu teria que fazer.

— A gente costuma se trocar aqui. Já te dou uma camiseta — ela disse, apontando para uma porta traseira que dava acesso a um pequeno depósito que servia de vestiário. — Você tem que assinar aqui quando chegar e quando sair. Se alguém fizer um pedido de bebida alcoólica, é só repassá-lo para mim ou para alguma das suas colegas.

Assenti, contente, já que o trabalho era muito parecido com o que eu tinha no Canadá. Ela me apresentou para as outras três garçonetes que iam trabalhar comigo no meu turno, que ia das sete às dez da noite. Não era um turno muito longo, mas valeria a pena com o dinheiro das gorjetas.

O tempo passou rápido e fiquei grata por ter algo para me distrair por umas horas. Comecei a trabalhar logo, anotando pedidos e atendendo clientes. As três horas passaram voando e, quando faltavam dez minutos para eu ir embora, o Mario apareceu à porta.

Dei um sorriso para ele, surpresa por ter aparecido.

— Caiu bem em você — comentou, olhando para o meu uniforme, que consistia em uma camiseta preta com o logo do bar e um avental branco amarrado na cintura.

— Obrigada! Você quer alguma coisa? — perguntei gentilmente.

— Uma Coca-Cola seria ótimo — respondeu, com um sorriso talvez grande demais desenhado no rosto.

— Do que você está rindo? — perguntei, enquanto abria a garrafa e servia a bebida em um copo de vidro.

— Eu estava me perguntando por que você trabalha como garçonete, já que todo mundo sabe que você não precisa disso.

— Não gosto de depender de ninguém, prefiro pagar as minhas próprias coisas — expliquei, enquanto olhava às suas costas para ver se alguém precisava de mim. Estava tudo tranquilo, então achei que não havia problema conversar um pouquinho.

Eu gostava do Mario.

— A que horas você sai? — perguntou, depois de me fazer rir por alguns minutos. Olhei para o relógio.

— Acho que... agora — respondi, pegando o copo dele.

— O que você acha de irmos ver um filme?

Depois de tudo o que tinha acontecido naquele dia, o que eu mais queria era ir para casa e me jogar na cama. Olhei para o Mario. Ele era bonito, simpático... Seria legal sair com alguém que não me trouxesse problemas, que não fosse nem o meu ex nem o meu irmão postiço...

— Hoje não é um bom dia. Mas talvez em um fim de semana. O que você acha?

Mario sorriu e se levantou.

— Vou cobrar.

Saímos juntos do bar, eu com a chave do carro na mão, ele com um capacete de motociclista debaixo do braço. E posso garantir que a última pessoa que eu esperava ver apoiada no meu carro era o Nick.

Parei por uns segundos e notei os seus olhos se desviando de mim para a pessoa que estava ao meu lado. Seu corpo pareceu se tensionar, e mesmo à distância pude ver os seus olhos faiscando de raiva, como eu já tinha visto tantas vezes. Então, forçou um sorriso e se aproximou da gente.

Antes que eu pudesse fazer qualquer coisa, ele passou o braço por trás dos meus ombros, me puxou para perto e me vi presa sob o peso do seu corpo.

— E aí, linda — ele disse de novo, o que me fez revirar os olhos.

Mario olhou para a gente com curiosidade.

— Nick — ele o cumprimentou, sem deixar de olhar para os meus olhos.

Queria lhe dizer que aquilo não era o que parecia, mas o Nick se virou, arrastando-me para o carro dele, e se despediu do Mario, acenando com uma das mãos.

— Desculpa, amigo, mas minha garota e eu temos planos — falou.

— Você pode me explicar o que está fazendo? — ralhei, afastando-me dele como pude e notando que o Mario já havia nos dado as costas. — Ficou louco?

— Louco por você, linda — repetiu, pegando um cigarro e o acendendo como se nada tivesse acontecido.

— Pode esquecer esse negócio de "linda". Não combina com você — alfinetei, cruzando os braços.

Nick soltou uma risada, sem tirar os olhos do meu corpo.

— Não, né? Acho que "gata" tem mais a ver — disse, com expressão pensativa.

— E de onde veio isso? — perguntei, referindo-me àquela atuação diante do Mario.

— Não é o que você queria? Que eu fingisse ser seu namorado?

Respirei fundo, tentando me acalmar.

— Na frente do Dan, Nicholas.

— Ah! — ele soltou, fazendo um som com os dentes. — Seja mais clara, sardenta. Assim você me confunde.

Apertei os lábios com força e olhei fixamente para ele.

— Agora ele vai ficar com uma impressão errada — eu disse, sentindo a eletricidade que surgia quando estávamos juntos. Minhas palavras pareceram despertar o seu interesse.

— Impressão de...?

— Impressão de que está rolando algo entre nós.

— E o que importa o que aquele idiota vai pensar?

Seu tom de voz saíra duas oitavas mais grave, e nós dois percebemos.

— Não quero que ninguém ache que está rolando algo entre nós. Aquilo com o Dan era necessário, mas agora ele já foi embora...

— Ele ainda não foi embora — rebateu, dando um passo na minha direção e jogando o cigarro no chão. — Comprei para ele uma passagem de avião, mas o voo só sai daqui a treze horas. Vai ser a viagem mais longa da História.

Fiquei com um pouco de pena do Dan. Treze horas no aeroporto, depois mais cinco horas de voo...

— Não concorda com o que eu fiz? — perguntou, se aproximando de mim. — Se quiser, eu posso ir buscá-lo e vamos todos jantar juntos.

O sarcasmo daquelas palavras me fez sorrir.

— Obrigada por me ajudar a livrar-me dele — eu disse, ainda sem acreditar que o Nicholas tinha feito algo por mim. — Você não precisava...

— Bom, os favores estão se acumulando. Nesse ritmo, você vai virar minha escrava antes de completar vinte e dois anos.

Não achei muita graça na resposta, mas, de repente, só conseguia pensar na boca dele beijando a minha, cobrando todos os favores que quisesse.

O maldito era incrivelmente atraente.

— Você não pode simplesmente fazer as coisas de maneira desinteressada? — questionei, nervosa com a sua proximidade. Estava tão perto que tive que inclinar a cabeça para trás para olhar nos seus olhos.

Nick deu risada, com os olhos fixos nos meus lábios.

— Eu não faço nada de maneira desinteressada, amor.

A última palavra quase me causou uma parada cardíaca, mas o pior foi quando ele se inclinou, me pegou pela nuca e carimbou os lábios com força nos meus. Ele me deixou sem palavras, sem pensamentos, sem nada.

Percebi que eu também tinha erguido as mãos e o puxava para mim. Estava presa de novo entre ele e o carro. Com a outra mão, ele apertou a minha cintura contra o seu corpo, e senti a rigidez daqueles músculos resvalando a suavidade do meu corpo. Ficamos com a respiração ofegante. De repente, eu queria mais, precisava de muito mais. O Nick causava sensações em mim que até agora estavam adormecidas.

Senti a pressão do joelho dele entre as minhas pernas e um calor estranho me percorreu por inteiro...

Então, quando eu achava que tinha sido teletransportada para um mundo paralelo, o celular dele começou a tocar, nos despertando e nos surpreendendo com a intensidade que aquele simples beijo tinha ganhado. Nick se afastou de mim e colocou o celular na orelha. Quando nossos olhares se separaram, dei-me conta de como estava me deixando levar facilmente por aquelas carícias. Que merda, estávamos em um lugar público!

— Eu já vou — ele disse, com um tom de voz muito diferente do que havia utilizado para falar comigo há pouco.

Quando desligou, o clima ficou estranho.

— Preciso ir... tenho um compromisso — informou, com calma.

Simplesmente assenti.

— Nos vemos em casa — adicionou.

O que será que tinha acontecido para ele falar comigo em um tom tão distante?

— Tchau, Nicholas — despedi-me, entrando no meu carro sem olhar para trás.

Só não entendia por que, depois de tudo o que havia acontecido naquele dia, essa sua atitude era o que tinha me deixado mais brava do que qualquer outra coisa.

22

NICK

Não queria ter ficado de pegação no estacionamento do bar. Pelo contrário. A conversa com o idiota do Dan, a caminho do aeroporto, tinha me afetado bastante.

— Você não faz ideia de onde está se metendo — soltou, depois de um longo silêncio causado pela minha vontade de acabar com ele. — A Noah pode ser linda, mas é mais complicada do que nós dois juntos.

Respirei fundo, tentando não entrar no jogo dele, mas querendo saber do que ele estava falando. Não tinha intenção de ter um relacionamento com a Noah, mas era inegável a atração que eu sentia por ela.

Apertei o volante com força como resposta.

— Estou falando por experiência própria… essa garota esconde mais do que você imagina, e…

— E foi por isso que você decidiu vir para cá, não é? — eu o interrompi, fazendo uma curva.

— Acho que as garotas que não se entregam logo de cara ficam mais atraentes.

Continuei dirigindo enquanto analisava aquelas palavras: "As garotas que não se entregam logo de cara". Eu não conhecia muitas assim.

— Não quero acabar com a sua alegria, mas você não parece o tipo de cara disposto a esperar… se é que você me entende.

Continuei olhando fixamente para os carros à minha frente.

— Eu posso ser muito paciente… ou o oposto. Como agora, por exemplo. Estou sem paciência, doido para quebrar a sua cara.

Dan sorriu e juro que tive que fazer de tudo para não deixar a ira tomar conta de mim. Aquele babaca estava falando da ex-namorada sem um pingo de respeito.

Sei que eu não era nenhum cavalheiro, mas pelo menos não ficava tentando parecer que era. Eu deixava as coisas claras, enquanto esse idiota preferia sair enganando todo mundo.

— Estou só avisando, cara. Quando ela te domina, é muito difícil voltar atrás... Como você disse, eu vim até aqui, não é? Quando você menos espera, já está comendo na mão dela sem nem saber o que aconteceu.

Parei o carro na entrada do aeroporto.

— Dá o fora — ordenei com a mandíbula cerrada.

Dan pegou a sua mala e desceu do carro, dizendo por último:

— Eu queria resolver as coisas... A Beth não chega aos pés dela.

Então, virou-se e foi embora.

Fiquei o resto do dia na praia. Não conseguia tirar as palavras do Dan da cabeça e odiava sentir que, apesar do aviso, a única coisa que eu queria era encontrá-la e saber se estava bem. Não fazia ideia de como lidar com o que eu estava sentindo por ela.

Peguei a minha prancha e fui surfar. Não sabia o que fazer: morar na mesma casa que ela era uma tortura. Eu a desejava loucamente e sempre que a encontrava minha imaginação voava solta. Se meu pai ficasse sabendo de algo, ia me matar. Eu não podia me esquecer de que a Noah era cinco anos mais nova do que eu, caramba.

Ainda assim, decidi que ia buscá-la no bar em que a teimosa tinha decidido arrumar um emprego. Não entendia por que diabos ela queria trabalhar, ainda mais como garçonete. O Bar 48 era um clube frequentado por vários grupos, e até eu e meus amigos íamos até lá de vez em quando. Os drinques eram muito baratos, e isso atraía uma clientela variada. Não gostava nada que a Noah trabalhasse à noite nesse lugar, e gostei menos ainda ao vê-la saindo de lá com o Mario.

Eu e ele tínhamos um passado que eu não queria que a Noah conhecesse. As coisas que eu tinha feito quando saí de casa, como me comportei depois que a minha mãe foi embora... O Mario fazia parte de todas as fases pelas quais eu tinha passado até então. Ficava nervoso com a possibilidade de meus segredos serem revelados, ainda mais para alguém que morava comigo.

Por isso, não hesitei em me aproximar e me aproveitar da farsa que tínhamos começado. Se o Mario achasse que eu estava interessado na Noah, ele muito provavelmente decidiria manter-se afastado.

Ao me aproximar, vi que Noah ficou quase automaticamente tensa com a minha presença. Estava com o cabelo solto e parecia cansada. Cerrei a mandíbula, querendo levá-la para longe dali.

Eu tinha que admitir que me divertia com aquele morde e assopra. Ela era rápida, e as suas respostas me davam vontade de provocá-la. Eu me divertia às suas custas.

Não fui capaz de ficar longe. Minhas pernas encurtaram a distância que nos separava até que não houvesse praticamente mais espaço. Ou eu a beijava, ou ficaria maluco. Não sabia nem do que estávamos falando, alguma coisa sobre favores ou fazê-la de escrava...

O meu corpo inteiro enrijeceu só de imaginá-la completamente à minha disposição. Tive que fazer aquilo, por mais que soubesse que não era certo, mas eu precisava dela como de ar para respirar.

Enterrei meus dedos nos seus cabelos compridos e a puxei para mim, quase desesperadamente. Suas mãos se enredaram na minha nuca e nossos corpos colidiram quase alucinados. Senti o doce sabor da boca dela, saboreei a sua língua e achei que ia desmoronar. Nada era tão gostoso quanto beijar aquela boca. Queria fazê-la tremer nos meus braços, fazê-la sentir coisas que ninguém, muito menos o babaca do ex-namorado, a tinha feito sentir. De repente, isso se tornou a minha prioridade: fazer com que ela sentisse prazer. Colei no seu corpo, pressionando-a contra a porta do carro, e posicionei o meu joelho entre as suas pernas.

O suspiro ofegante que saiu dos seus lábios provocou em todo o meu corpo um calafrio que se prolongou até meu celular tocar, nos impedindo de continuar o que começamos em plena via pública.

Ao fixar meus olhos nela, eu soube que estava perdido...

"Quando você menos espera, já está comendo na mão dela sem nem saber o que aconteceu."

Afastei o meu olhar das suas bochechas rosadas e dos seus lábios inchados, e me concentrei no que estavam me dizendo ao telefone.

Precisava ir embora, pôr uma distância entre nós dois... Não podia deixar que a Noah virasse a dona dos meus pensamentos, da minha vida...

— Preciso ir… tenho um compromisso — eu disse, tentando disfarçar o quanto eu estava confuso. — Nos vemos em casa — adicionei, ao perceber que ela permanecia calada.

Noah apertou os lábios com força e entrou em seu carro.

Eu observei enquanto ela ia embora, com uma sensação muito desagradável na boca do estômago.

Será que era tarde demais?

23

NOAH

Já havia se passado uma semana inteira desde que eu falara com Nicholas pela última vez. Uma semana inteira desde que comecei a trabalhar, a primeira semana em que não tinha recebido nenhuma mensagem do meu ex, Dan, o que era ótimo. Depois do que aconteceu no estacionamento do bar, o Nick estava me evitando de maneira quase insultante. Quando eu acordava, ele não estava em casa; quando eu voltava do trabalho, às dez da noite, minha mãe dizia que ele tinha acabado de sair. Era como se, de repente, ele não quisesse mais me ver. E o pior de tudo é que eu estava sofrendo com aquele distanciamento, de uma maneira inesperada. Meu corpo queria beijá-lo de novo e ser abraçado pelos seus braços. Ao mesmo tempo, eu estava enlouquecendo, achando que tinha feito alguma coisa de errado, ou tentando descobrir por que ele estava sendo tão frio comigo depois de compartilharmos momentos tão excitantes.

Eu sabia que ele tinha estado em casa, pois a minha mãe o via quase todos os dias, mas só aparecia quando eu não estava ou voltava muito tarde, depois de ter feito sabe-se lá o quê. Por isso, naquela tarde de sábado, quando o meu chefe avisou que eu não precisaria trabalhar, porque o bar ficaria fechado por três dias, tentaria me encontrar com ele de uma vez por todas. Mesmo sem saber exatamente se ele apareceria em casa e muito menos se eu queria mesmo voltar a estar diante dele.

Tentando fugir de qualquer conflito emocional que estivesse tomando conta da minha mente, fui para a cozinha, pois tinha combinado com a minha mãe de vermos uns filmes enquanto jantávamos juntas na sala. Quando morávamos no Canadá, fazíamos isso quase todas as noites, mas, desde que nos mudáramos, quase não tínhamos feito nada juntas. Minha mãe estava sempre com o William, acompanhando-o em suas viagens de negócios, fazendo compras e até ajudando a organizar muitos dos eventos e festas que a Leister Enterprises promovia mensalmente. Mas naquela noite ficaríamos juntas: William teria de ficar no escritório até mais tarde e, como eu não ia trabalhar, nossas agendas se encaixaram.

Já eram mais de oito da noite, mas a minha mãe ainda demoraria um pouco para chegar em casa, então decidi preparar carne assada com batatas. Eu gostava de cozinhar. Não era nenhuma *chef* profissional, mas me dava muito bem com o fogão. Estava cortando as batatas com uma faca parecida com essas vendidas na televisão quando ouvi a porta da entrada se fechando. Fiquei imediatamente tensa. Não sabia se era ele, mas meu coração começou a bater acelerado quando escutei os passos pesados de alguém se aproximando da cozinha.

Nós dois ficamos quietos quando nossos olhares se cruzaram na pouca distância que havia entre a porta e o balcão da ilha da cozinha, onde eu tinha deixado a faca. O seu olhar foi primeiro de surpresa, depois de indiferença. Não tive muito tempo para me incomodar com aquela atitude, pois fiquei hipnotizada ao ver como ele estava vestido: impecavelmente arrumado, de terno preto, camisa branca com alguns botões abertos e o cabelo cuidadosamente despenteado, destacando os olhos que faziam as minhas pernas bambearem.

— Você não devia estar trabalhando? — perguntou alguns segundos depois, quando nós dois, ou pelo menos eu, nos recuperamos do impacto de nos revermos depois de longos sete dias. Ele entrou na cozinha, contornando a mesa em que eu estava cozinhando para ir à geladeira, com um ar distante e tranquilo.

— Estou de folga — balbuciei, ainda aturdida pela atração incrível que eu sentia por ele. Meus dedos coçavam de vontade de despentear ainda mais os seus cabelos e amassar aquela camisa passada com tanto cuidado.

— Fico feliz por você — ele disse, com tom educado.

— Por onde você andou? — perguntei, empregando mais força do que o necessário ao usar a faca. Houve um som seco de metal contra a madeira e cortei de uma vez a batata, deixando uma marca na tábua sem querer.

— Por aí — respondeu, às minhas costas. Não quis me virar para ele não perceber como eu estava brava. Não queria que o Nicholas percebesse que uma obsessão horrível tinha tomado conta de mim naqueles últimos dias. Fiquei nervosa ao notar que ele estava olhando para mim, apoiado no balcão, e eu sem poder me virar. — Você está com as costas queimadas — ele comentou, depois de um incômodo silêncio.

Senti o seu olhar cravado na minha pele e fiquei ainda mais nervosa.

— Acabei dormindo na piscina — expliquei, cortando mais batatas e me concentrando em seguir com a tarefa.

Então, eu o senti atrás de mim, com a sua respiração na minha nuca, até que percorreu a minha pele queimada com o dedo, de um ombro até o outro. Fiquei arrepiada e em silêncio, com a faca pairando sobre outra batata.

— Você deveria ter mais cuidado — advertiu. Então, senti os seus lábios cálidos entre meus ombros, debaixo da minha nuca.

Eu me assustei de tal maneira e fiquei tão alterada que quase cortei o dedo. Os reflexos do Nick foram mais rápidos que os meus e ele interrompeu o movimento, evitando o acidente. Estremeci ao notar a sua mão agarrando a minha com força. Deixei a faca cair e me virei para ficar de frente para ele.

— Por que você me evitou durante a semana? — perguntei, sem rodeios.

O seu semblante ficou tenso e a calidez que irradiava do seu corpo me atingiu como uma onda de calor.

— Eu não fiz isso — respondeu, simplesmente.

Suspirei.

— Claro que fez. Faz uma semana que eu não o vejo e moramos na mesma casa — eu disse, desviando o olhar.

Por que eu me importava? O que tinha acontecido com o Dan já não era o suficiente? Por que eu entraria em outro relacionamento se já estava claro que nada de bom sairia dele?

— Não tenho que lhe dar satisfação. Ando muito ocupado — falou, dando um passo para trás e deixando um espaço entre nós, um espaço que eu agradeci e odiei na mesma medida.

Apertei a mandíbula, sentindo o sangue ferver nas minhas veias.

— Ah, é? Então, espero que você continue ocupado por muito tempo.

Fiz menção de sair, mas ele me agarrou pelo braço com força, me impedindo.

— O que você está insinuando?

Olhei para ele, sabendo que tinha reagido justamente como não deveria. Ele fazia o que lhe desse na telha, e eu não tinha que me importar com isso. Sim, a gente tinha se pegado várias vezes. Sim, eu sentia muita atração por ele. E, sim, tinha ficado com saudades. Mas isso não acabava com todo o mal que o Nicholas representava.

— Nada — respondi, com os olhos cravados na camisa dele. Por que eu permitia que ele mexesse comigo?

— Você tem que ficar longe de mim, Noah — advertiu, alguns segundos depois.

— É isso que você quer? — rebati, apertando os lábios com força.

— Sim, é isso que eu quero.

Se eu dissesse que aquelas palavras não me machucaram, estaria mentindo. Não era preciso dizer mais nada. Eu me afastei, prometendo não voltar a cair em sua lábia…

E foi péssimo cumprir essa promessa.

Meu trabalho era ótimo para me manter fora de casa e longe da carga emocional envolvida em ignorar o Nick vinte e quatro horas por dia. Naquela noite, a Jenna me ligou e me convidou para ir comer comida mexicana com ela, e eu não via a hora de o expediente acabar. Tomei um banho rápido e me vesti com um short e uma camiseta dos Dodgers que tinha ganhado há muito tempo. Agora eu morava em Los Angeles, não havia lugar melhor para usá-la. Prendi o meu cabelo em um coque bem alto e nem me maquiei.

Não queria continuar pensando no pouco que faltava para começar na escola nova, nem em como seria estranho estar rodeada de pessoas desconhecidas em um ambiente cheio de riquinhos insuportáveis. Naquela noite eu ia me divertir.

Quando estava terminando de me arrumar, bateram na porta do meu quarto.

— Pode entrar! — gritei, enquanto calçava meu All Star, supondo que seria minha mãe que viera perguntar como tinha sido o meu dia.

Eu estava errada. Quem apareceu foi o Nick. Eu o encarei, ainda com um dos tênis na mão. Ele vestia calça jeans, camiseta preta e tênis. Estava com os cabelos pretos despenteados, como sempre, e seus olhos azuis me encaravam com frieza.

— O que você quer? — perguntei, tentando com todas as minhas forças não mostrar o quanto estava ressentida.

— Que história é essa de que você vai sair comigo? — perguntou num tom distante.

Cruzei os braços diante dele.

— Que eu saiba, vou sair com a Jenna, não com você.

Nicholas suspirou e observou a minha roupa.

— Eu também vou sair com a Jenna... e com o Lion, e com a Anna — anunciou, enfatizando o último nome.

Merda, Jenna... Por que você não me avisou? Senti uma pontada de ciúmes no estômago.

— O plano era eu sair pra me divertir, então por mim não tem problema nenhum — respondi, cansada de discutir com ele o tempo todo, ou de nos pegarmos e logo depois ficarmos bravos com aquilo. Era desgastante, e precisávamos achar uma maneira de nos darmos bem. — Sendo assim, vamos ficar em paz nessa festa — eu disse, forçando um sorriso nada convincente. As palavras dele ainda me machucavam, assim como o fato de ele não querer mais encostar em mim.

Ele me observou cuidadosamente, avaliando a minha oferta.

— Está propondo uma trégua, irmãzinha? — perguntou em um tom estranho.

Respirei fundo, franzindo a testa ao ouvir sair dos seus lábios a palavra "irmãzinha".

— Exatamente — respondi, terminando de calçar meu tênis.

— Ótimo. Então, vamos no mesmo carro — determinou. Antes que eu pudesse protestar, prosseguiu: — A Jenna falou que não pode vir buscá-la, e é uma besteira sair com tantos carros se vamos para o mesmo lugar.

— Já que não tem outro jeito... — eu disse, pegando minha bolsa e saindo pela porta.

— Um "obrigada" teria sido melhor — ele disse, passando do meu lado e me ultrapassando para descer as escadas.

Prestei atenção nas costas dele, em como a camiseta marcava os seus músculos enormes e torneava seus braços... Por que ele tinha que ser tão bonito? Por quê?

Quando chegamos ao hall, percebi que não tinha dinheiro. Parei sem saber muito bem o que fazer. Ainda não havia recebido o primeiro salário, e desde que me mudara tinha gastado praticamente todas as minhas economias.

O Nick já tinha descido as escadas externas para pegar o seu 4x4, que estava estacionado na entrada, quando percebeu que eu não o tinha seguido.

— O que foi? — perguntou, franzindo a testa.

Não sabia o que fazer, e depois de alguns segundos de dúvida decidi inventar uma mentirinha.

— Acho que perdi a minha carteira — eu disse, fingindo procurar algo na minha bolsa. Odiava ter que fazer aquela ceninha e, se soubesse que não tinha dinheiro, simplesmente teria ficado em casa. Mas essa era a última coisa que eu gostaria de fazer naquele instante.

— Está me fazendo perder tempo por causa disso? — rebateu, e ergui a cabeça para observá-lo.

— Não tenho dinheiro — eu disse, temendo que ele não tivesse entendido a situação.

Ele revirou os olhos.

— Você já me fez perder mais de cem mil dólares. Acho que te pagar um hambúrguer não vai fazer muita diferença. Vai logo, entra no carro — pediu, acomodando-se rapidamente no banco do motorista. Em seguida, deu a partida.

Senti um pouco de culpa, mas a lembrança do quanto eu não o suportava fez com que aquele sentimento desaparecesse.

Já sentada no banco do passageiro, vi que tínhamos um trajeto de vinte minutos até o restaurante. Observei em silêncio enquanto ele trocava as marchas e mexia no rádio. Não tinha ficado a sós com ele desde aquele dia do bar, e foi bem esquisito.

A rádio tocava os piores raps da História, mas ele parecia saber as letras de cor, então decidi não reclamar daquela vez. Olhei pela janela para as imensas casas por que passávamos e fiquei surpresa quando ele seguiu para o norte em vez de para a estrada, em direção a um bairro próximo.

— Para onde vamos? — perguntei, curiosa.

— Tenho que buscar a Anna — respondeu, sem se virar para mim. Senti um nó no estômago, mas ignorei a sensação como pude.

Ele, de alguma maneira, notou a minha mudança. A tensão e o incômodo eram perceptíveis, e tudo o que havia acontecido entre a gente me veio à tona.

— Sobre como a gente anda se tratando ultimamente... — ele disse, então, em um tom distante, mas calmo. Senti que aquilo me deixaria tensa. Não queria tocar no assunto. — Eu proponho que a gente tente se dar melhor, como irmãos, e esqueça de tudo o que aconteceu antes.

Eu me virei, levantando as sobrancelhas.

— Você quer me tratar como a sua irmã depois de a gente ter se pegado mais de uma vez? — questionei, incrédula.

Vi o seu rosto retesar-se, a mandíbula apertada e as veias saltando.

— Como amigos, então, caramba — ele respondeu, bravo. — Você é impossível, só quero que a gente tente se dar melhor.

— Me tratar como irmã... — repeti, sentindo que ia me inflamando mais e mais a cada minuto que passava.

Ele me fulminou com o olhar e eu fiz o mesmo. Por alguns instantes, nossos olhos se encontraram, irados e ardentes de alguma emoção perigosa demais para ser expressa em palavras.

— Sugeri que fôssemos amigos — ele advertiu, e o jeito como disse aquilo, considerando o conteúdo da frase, me fez sorrir. Fiquei grata por ele voltar os olhos para a pista.

— Tudo bem — concordei depois de alguns instantes. Imaginei que tentar ser amiga do Nicholas seria melhor do que arrancar os cabelos vinte e quatro horas por dia, mesmo que não desse para garantir que eu não o desejaria sempre que o encontrasse. — Mas acho que "amigos" não é o termo mais apropriado. Talvez "parentes distantes obrigados a se suportar" — eu disse, mais contente com essa definição, porque "amigos" era uma palavra muito forte. Quem quisesse ser meu amigo tinha que percorrer um longo caminho. Eu não conseguia nem confiar na Jenna ainda, mesmo ela sendo incrível desde o princípio.

Nicholas esboçou um pequeno sorriso, algo quase impossível de interpretar, mas que estava lá.

— Também não gosto dessa história de parentes. Que tal "pseudoparentes distantes obrigados a se suportar e a se pegar de vez em quando"? — ele propôs, claramente zombando de mim.

Dei-lhe um tapa, e ele abriu um sorriso maior. Foi estranho, mas, naqueles poucos minutos que levamos para chegar, senti que estava completamente confortável ao seu lado. Tinha sido até divertido, de uma maneira esquisita e inesperada.

Nicholas parou o carro na frente de uma casa bem grande, não tanto quanto a nossa, mas o suficiente para deixar uma pessoa como eu de boca aberta. Ele pegou o celular e ligou para alguém.

— Estou aqui na porta, pode sair — disse com um tom bastante frio, considerando que nunca o tinha visto tão relaxado como nos últimos minutos.

— Você é muito cavalheiro, sabia? — comentei, franzindo a testa enquanto olhava para a porta da casa.

— Bobagem — respondeu, guardando o celular e dando partida no carro ao ver que a porta se abrira. — Uma garota é perfeitamente capaz de sair da própria casa sem ser escoltada por alguém.

Revirei os olhos enquanto observava o rosto da namorada do Nicholas. Ela não era muito alta — eu devia ser um palmo mais alta do que ela —, e nas outras vezes em que nos encontramos ela me pareceu arrogante e convencida, entrando automaticamente na minha lista de inimizades. Ainda lembrava do último comentário dela sobre o meu ex, o que fazia o meu sangue ferver.

Foi engraçado notar os olhos dela se arregalando à medida que percebia quem estava no carro. O seu rosto se transformou quando ela apertou os lábios e me fulminou com o olhar. Ficou até feia.

Ela parou diante da minha janela, com a clara intenção de dizer algo. Uma pena que eu não estivesse disposta a abrir o vidro. A meu lado, Nicholas suspirou e precisou apertar algum botão para baixar a minha janela, contra a minha vontade.

— O que é isso? — Anna perguntou, olhando incrédula para nós.

— Um carro — respondi, soltando uma risada.

Senti imediatamente um beliscão e, quando já me preparava para dar um tapa no Nick em resposta, percebi que ele tinha achado graça no meu comentário. Apesar do semblante sério, seus olhos estavam brilhando, com vontade de dar uma gargalhada.

— Entra no carro, Anna — ele ordenou, fechando a minha janela.

Ela olhou para mim de novo, com vontade de me matar, e abriu a porta traseira. Era óbvio que ela não estava acostumada a andar no banco de trás, e foi engraçado ver pelo retrovisor a sua cara de criança contrariada.

Nick saiu com o carro e finalmente pegamos a estrada. Eu estava com muita fome, e queria chegar o mais rápido possível. Além do mais, piadas à parte, não estava gostando de dividir o carro com aqueles dois.

O silêncio tomou conta do ambiente. Só dava para ouvir o barulho do motor, e dessa vez fui eu quem ligou o rádio, antes de cruzar os braços atrás do banco e ficar olhando pela janela. Pela primeira vez, Anna parecia não ter nada engenhoso ou estúpido para falar, e o Nicholas parecia mergulhado nos próprios pensamentos, sem perceber o quanto era incômodo para mim o fato de estar no mesmo carro que a idiota que ele pegava. Não fazia ideia de que tipo de relacionamento eles tinham, mas não devia ser muito sério, já que ele tinha me beijado várias vezes.

Fiquei feliz quando chegamos ao restaurante, que ficava nos arredores da cidade, em uma avenida cheia de bares e movimentada. Avistei a Jenna e o Lion na porta e, quando o Nicholas parou o carro, saí correndo na direção dos dois.

A Jenna me deu um abraço e o Lion sorriu para mim com um semblante frio, mas muito mais amigável que o do Nick. Ao lado dele, para minha surpresa, estava o Mario. Já tinha ido me visitar várias vezes no bar e conversávamos bastante. Ele sorriu, exibindo seus dentes brancos.

— Chegou a melhor garçonete da cidade! — gritou, me fazendo rir. Ele também abriu um grande sorriso, que pareceu diminuir quando o Nick e a Anna apareceram atrás de mim.

Observei como eles se olharam e percebi que o clima tinha ficado hostil.

— O que você está fazendo aqui? — Nicholas perguntou, bruscamente. Vi-o franzir o cenho. Por que ele sempre tinha que se comportar como um babaca?

— Acabamos de nos encontrar, e falei para ele ficar e jantar com a gente — Jenna explicou, piscando para mim e claramente ignorando a tensão que havia entre os dois.

Decidi intervir, antes que o meu irmão postiço começasse uma briga ali mesmo. Conhecendo o seu histórico, não me surpreenderia.

— Que maravilha! — exclamei, me esforçando para abrir um sorriso.

Ao nosso redor, havia bastante gente fazendo fila para entrar no restaurante. Por sorte não era um lugar elegante, então a minha roupa era apropriada, ao contrário da roupa da Anna, que estava de salto e com um vestido minúsculo. — Você vai ser o meu acompanhante hoje, Mario, assim não fico segurando vela — eu disse com calma, olhando para os dois casais. Os olhos do Mario se iluminaram e ele passou um braço por trás dos meus ombros, para que eu me aproximasse dele.

— Excelente! — ele soltou, indo até o balcão para verificar as nossas reservas. Antes de dar as costas para o Nicholas, percebi como ele estava de cara fechada. E ele parecia mais do que incomodado.

Depois de alguns minutos, fomos levados a uma mesa redonda em um lugar distante da agitação. Imaginei que os nomes Nicholas Leister e Jenna Tavish tinham certo peso naquele estabelecimento.

Sentei-me entre o Mario e a Jenna, que, por sua vez, se sentaram perto da Anna e do Lion. Assim, o Nicholas ficou de frente para mim. Depois de alguns segundos, todos pediram suas bebidas e se fez um incômodo silêncio. Nicholas estava tenso e olhava para o Mario com o semblante sério, enquanto o Mario tentava manter a compostura para não mandar o Nick à merda. Graças a Deus, a Jenna puxou conversa.

— Sabe, Anna — ela disse, dirigindo-se à garota enquanto sorria para mim. Anna parecia estar furiosa com alguma coisa, e o olhar dela ia do Nick para mim e depois para o Mario, como se de alguma maneira tentasse descobrir o que estava acontecendo —, a Noah vai estudar na St. Marie. Você devia apresentá-la para a Cassie. Elas provavelmente vão ficar na mesma sala — afirmou, animada. Desde que eu tinha lhe contado que ia para aquela escola, ela não parava de falar nisso.

— Quem é Cassie? — perguntei, tentando não deixar a conversa morrer, já que a Anna não parecia muito animada com o assunto.

Ela tirou os olhos do celular e olhou para mim com um novo brilho naqueles olhos castanhos. Estremeci. O que será que ela estava tramando naquela cabecinha de boneca tonta?

— É a minha irmã mais nova — respondeu, olhando para o Nick. Ele devolveu o olhar e se inclinou sobre a mesa, pegando na mão dela e a apertando com força. Senti uma pontada de ciúmes.

— Mais nova? — repeti, incrédula. — Quantos anos você tem?

Ela lançou um olhar de superioridade para mim.

— Vinte — respondeu, olhando para o Nick, que agora estava com os olhos cravados em mim. — Só falta um ano para eu terminar a faculdade — ela declarou, com certo ar de soberba.

— Nem imaginava — comentei sem pensar, o que fez com que ela me olhasse indignada e que Nick balançasse a cabeça, incomodado.

A meu lado, Jenna soltou uma risada nervosa.

— Eu queria saber uma coisa, Noah. Onde você aprendeu a dirigir tão bem? — Mario perguntou, mudando completamente de assunto. Nicholas desviou o olhar para ele, depois para mim. Sabia que tocar naquele assunto deixaria o Nick de mau humor, já que o lembraria do carro que tinha perdido por minha culpa.

— Em lugar nenhum. Venci aquela corrida por pura sorte — expliquei, dando de ombros. Em seguida, servi-me de um canapé, que enfiei na boca com nervosismo. Não queria que me perguntassem muito sobre o assunto. Digamos que eu preferia guardar algumas coisas só para mim.

— Como assim? Foi alucinante! — Jenna comentou do meu lado. — Há muito tempo ninguém chegava tão na frente do Ronnie, nem mesmo o Nick... — ela começou, logo se calando ao ver o semblante do rapaz sentado diante de mim.

— É sério que você quer que a gente acredite que você ganhou por pura sorte? — Anna perguntou, com cara de gentileza fingida.

Nick se inclinou, apoiando os antebraços sobre a mesa, e cravou os olhos azuis no meu rosto.

— Onde você aprendeu a guiar daquele jeito?

A pergunta foi tão direta que não admitia uma resposta que não fosse a verdade nua e crua. Fiquei incomodada, não queria falar sobre algumas coisas do meu passado... Decidi mentir.

— Meu tio era piloto da Nascar, e me ensinou tudo o que eu sei — afirmei, olhando fixamente para o Nick.

Vi surpresa em seu rosto, além de alguns sinais de dúvida. Porém nesse mesmo instante a garçonete chegou com os pratos que havíamos pedido. Sempre gostei de comida mexicana, principalmente tacos, e aproveitei a distração para puxar assunto com o Mario, que logo começou a conversar comigo, como estávamos acostumados. Em certo momento, eu morri de rir com alguma coisa que ele disse e que os outros não tinham ouvido, já que cada um falava de uma coisa diferente.

Quando me acalmei e me inclinei para beber um pouco de suco, meus olhos se encontraram com os do Nick, que, alheio à conversa que a namorada mantinha com a Jenna e o Lion, parecia realmente incomodado com algo.

Não entendia o que havia de tão incômodo, mas não iria perguntar. A trégua que tínhamos combinado parecia tão frágil quanto uma linha de costura que se partiria com facilidade se eu dissesse ou fizesse algo que o deixasse bravo.

— A última festa na sua casa foi muito legal, Nick. A gente tem que fazer uma ainda maior, e convidar todo mundo para fechar o verão com chave de ouro — Jenna propôs.

Todos concordaram, e eu senti um arrepio no pescoço e nas bochechas ao me lembrar do que tinha acontecido entre mim e o Nick naquela festa. A primeira vez que nos pegamos de verdade.

— Você ficou vermelha, Noah — Jenna soltou, dando uma gargalhada.

Fiquei com vontade de morrer, principalmente porque meu olhar se encontrou com o do Nick, que, por um momento, pareceu estar pensando exatamente na mesma coisa que eu.

— É a pimenta — justifiquei, escondendo o rosto. Então, bebi a água que restava das pedras de gelo do meu suco.

Alguns minutos depois pedimos a conta. Tinha me esquecido de que o Nick ia me emprestar o dinheiro e houve uma situação desconfortável quando o Mario se ofereceu para pagar a minha parte.

Antes que eu pudesse dizer qualquer coisa, Nicholas interveio.

— Eu pago o seu jantar — disse, olhando para o Mario com firmeza e sem dar brecha para nenhuma objeção.

Percebi que o Mario ia protestar, mas decidi me antecipar. A Anna também parecia incomodada, principalmente porque o Nick não tinha falado nada sobre pagar o jantar para ela.

— Eu perdi a minha carteira — expliquei para o Mario, tentando soar indiferente.

— Então, eu faço questão. Nicholas, eu pago a parte da Noah — ele afirmou, taxativo, desafiando Nick com o olhar.

Nick cerrou a mandíbula e um brilho obscuro surgiu em seu rosto.

— Tem certeza? — disparou, em tom maldoso. — Não gostaria que você ficasse sem o dinheiro das suas gorjetas por causa de um jantar.

Arregalei os olhos, assustada com o que ele tinha acabado de dizer. Um silêncio constrangedor tomou conta da mesa, e Mario parecia tenso como um cachorro encurralado.

Percebi que um confronto era iminente e não fazia a menor ideia do que fazer para evitá-lo.

Antes que o Mario reagisse, eu rapidamente peguei na sua mão por baixo da mesa. Vi que ele ficou surpreso, mas um segundo depois apertou a minha mão com força.

— Pague o que você quiser — ele disse, levantando-se e me puxando com ele. Então, jogou uma nota de vinte dólares na mesa e se virou para mim. Ainda estávamos de mãos dadas e notei que todos tinham reparado naquilo. — Quer ir tomar um sorvete? — ofereceu, com a voz mais calma. Gostei de como ele não foi levado pela raiva. O Mario não era um rapaz violento, ainda que não lhe faltasse força para bater de frente com o Nick. Sorri com vontade.

— Claro! — aceitei, virando-me para os outros. A Jenna parecia perplexa, mas sorriu com cumplicidade ao ver nossas mãos entrelaçadas.

Então, nos despedimos — eu nem sequer olhei para o Nick — e saímos do restaurante.

24

NICK

A imagem do meu punho se chocando contra o rosto daquele idiota não saía da minha cabeça. Passei o jantar inteiro com vontade de jogá-lo na parede e usá-lo como saco de pancadas. Não queria o Mario junto com a Noah, ponto-final. Na verdade, não queria ninguém junto com ela, mas ainda não tinha parado para analisar o motivo desse desejo. Durante o jantar, não consegui parar de olhar para ela. O modo como ela ria, a facilidade de puxar assunto com ele, diferente do que ocorria comigo, a maneira como ela acariciava a nuca sem nem perceber, bem onde havia a tatuagem, em movimentos que me deixaram doido durante a noite...

Depois de vê-la ir embora com ele, simplesmente me levantei e levei a Anna para casa. Agora, estava a caminho de um dos *pubs* da cidade. Não tinha ficado na casa da Anna, não podia mais suportá-la, provavelmente porque tinha passado tempo demais com ela nas últimas semanas. Se eu não quisesse deixá-la pensar que estava rolando algo sério entre nós, era melhor procurar outra garota para me divertir. Com isso em mente, entrei no local onde havia passado muitas horas da minha vida nos últimos anos. Ficava na parte baixa da cidade, e os frequentadores eram tudo menos respeitáveis. Os seguranças da entrada já me conheciam, por isso não precisei ficar na fila do lado de fora para entrar. Lá dentro, a música era ensurdecedora, e as luzes piscantes davam um toque soturno e estranho às pessoas que dançavam, com seus corpos suados e entupidos de sabe-se lá quais tipos de drogas.

Eu me aproximei do balcão e pedi um uísque JB, enquanto olhava para as pessoas ao meu redor. No ano em que morei com o Lion naquele bairro, longe do meu pai, do dinheiro e de tudo o que o sobrenome Leister representava, eu havia deixado uma marca nas pessoas. Elas me respeitavam e aceitavam minha presença, o que fazia daquele lugar uma válvula de escape perfeita para todas as coisas que eu detestava na vida que *agora* era obrigado a levar. Eu saí de casa no mesmo instante em que o meu pai deixou de ter responsabilidade legal sobre mim. Nossa relação desde a partida de minha mãe havia se tornado tão distante que cheguei a achar que ninguém se importaria se eu desaparecesse para viver por minha conta. Mas ele acabou mandando o seu chefe de segurança, Steve, atrás de mim. Foi irônico ver aquele homem alto e bem-vestido aparecer na casa que havia se tornado o meu lar. Mais irônico ainda foi perceber que ele precisou de menos de três minutos para se dar conta de que, se quisesse me forçar a voltar para casa, teria que trazer consigo um exército inteiro.

Steve trabalhava para o meu pai desde que eu era criança, e me conhecia o suficiente para saber que ninguém poderia me obrigar a voltar se eu não quisesse... Até que veio a história da minha irmã e precisei da ajuda do meu pai, é claro.

No dia seguinte, todos os meus cartões de crédito tinham sido cancelados e o dinheiro da minha conta-corrente estava retido. Tive que começar a trabalhar na oficina do pai do Lion para ganhar a vida, e nunca me senti mais livre e realizado do que naquela época.

Mas a vida naquela vizinhança podia ser difícil. Eu tomei a primeira surra assim que cheguei, logo percebendo que morar naquela área sendo filho de um milionário não iria acabar bem. A menos que eu me transformasse em um deles. Comecei a treinar todos os dias; ninguém encostaria em mim outra vez, pelo menos não enquanto eu estivesse acordado para devolver o golpe. Lion me ensinou a me defender, a sair na briga e como desferir um golpe. A primeira briga veio dois meses depois do início do meu treinamento. Deixar um cara como o Ronnie estirado no chão, ensanguentado, fez com que todos os presentes me respeitassem. Os rachas e as apostas vieram muito depois, e a trégua entre mim e o Ronnie tornou-se mais evidente à medida que íamos formando os nossos grupos. Éramos eu e o Lion com o nosso pessoal de um lado e, do outro, o Ronnie e os seus companheiros de droga e outros delinquentes. Ele logo entendeu que seria mais rentável manter um trato cordial conosco, principalmente depois que meu pai nos tirou da cadeia depois que fomos presos por desordem pública.

Porém tudo mudou quando, um ano depois, precisei da ajuda do meu pai pela primeira vez. Simplesmente não podia ignorar o fato de que tinha uma irmã, e queria conhecê-la. Meu pai ofereceu me ajudar com o processo e com a obtenção do direito de visitá-la. Em troca, eu teria que voltar para casa, fazer faculdade e morar com ele por pelo menos mais três anos. Tive que aceitar. Voltei para a mansão Leister e descobri que meu pai finalmente demonstrava certo interesse por mim. Nossa relação melhorou, mas minha vida continuou praticamente a mesma. Morava com o meu pai, mas passava a maior parte do tempo com o Lion, bebendo muito, ficando doido e entrando em confusão... Só precisava dormir na casa do meu pai e ir para a faculdade. Ele não se metia na minha vida, nem eu na dele... e assim seguíamos.

As lutas e os rachas se tornaram parte do meu dia a dia, e os grupos do Ronnie e do Lion começaram a se enfrentar cada vez mais. Ainda que, naquela época, não fôssemos nada do que éramos agora, eu sempre notei um rancor escondido nos olhos do Ronnie. A trégua que mantínhamos precisava ser prolongada, já que morávamos na mesma área e andávamos praticamente com as mesmas pessoas. No entanto, o que havia começado como uma rivalidade amistosa acabou se transformando em uma animosidade mortal entre os grupos, com consequências tão perigosas como as do nosso último encontro. O soco que eu havia lhe dado no dia dos rachas simbolizava o convite a um desafio, e eu não tinha certeza de quando se daria o desfecho. Ser derrotado pela Noah era a maior humilhação que ele poderia ter sofrido, e eu sabia que logo teria que enfrentá-lo para encerrar o conflito. O problema é que fazia muito tempo que o Ronnie tinha deixado as brigas de rua e os duelos amistosos para trás. O fato de ele ter atirado na gente comprovava que ele tinha ficado ainda mais perigoso no último ano, e eu não conseguia tirar da minha cabeça um eventual encontro do Ronnie com a Noah em algum momento próximo...

Por que a Noah foi inventar de fazer aquilo? Por que ela bagunçava tanto a minha vida? Eu precisava tirá-la da cabeça, voltar para as minhas coisas, me divertir como eu sempre havia feito, aproveitar a vida do meu jeito...

Uma loira usando um top minúsculo e uma calça de couro preta se aproximou de mim no balcão.

— Oi, Nick — ela me cumprimentou. Ao vê-la mais de perto e ver a tatuagem de dragão que tinha na clavícula, lembrei-me de que a gente já tinha se pegado em algum momento. O nome dela começava com S: Sophie, Sunny, Susan, algo assim.

Meneei a cabeça para cumprimentá-la. Não queria conversar. Não estava de bom humor, mas queria fazer outros tipos de coisas. Ao perceber que ela se aproximava descaradamente, não precisei me esforçar muito para que os seus lábios encontrassem os meus.

Pus as minhas mãos em sua cintura e a puxei para mim. Ela cheirava a vodca e outras bebidas. Era loira e tinha um corpo cheio de curvas, esperando para serem acariciadas. Era exatamente daquilo que eu precisava para aliviar a tensão acumulada nos últimos dias. Eu a peguei pela mão e a levei para a parte escura do lugar, buscando algum canto mais reservado que estivesse livre.

Mas, então, quando as luzes da discoteca começaram a projetar cores diferentes nos cabelos loiros de Susan, a Noah me veio à mente. Resmunguei com os dentes cerrados e empurrei a garota contra a parede, um pouco mais violentamente do que o necessário, mas o seu suspiro de prazer foi o combustível para que eu continuasse. Sentia o corpo dela colado no meu em todos os lugares adequados, mas os lábios que se mexiam com insistência não eram os que eu queria... Eu me afastei e a beijei no pescoço. Tinha cheiro de cigarro e álcool. Afastei os cabelos e vi a tatuagem de dragão... Não era a tatuagem que eu queria beijar, não era o pescoço que me deixava doido de desejo...

Envolvi as duas mãos no rosto dela e não achei uma única sarda. Aqueles olhos azuis não tinham cor de mel, nem estavam cercados de milhares de cílios...

Eu me afastei.

— O que foi? — Susan perguntou, apoiando as mãos na minha calça e me acariciando de maneira lasciva.

Segurei os punhos dela e os afastei de mim.

— Desculpe, tenho que ir embora — falei, dando as costas para ela. Não fiquei nem para ouvir os protestos: precisava sair dali.

Ao deixar o local, entrei em um beco e continuei andando, tentando ignorar aquele pensamento que não parava de me dizer que eu estava realmente ferrado. Sentia-me tão bravo e ensimesmado que não percebi que me aproximava do final do beco. Então, umas vozes conhecidas me fizeram erguer os olhos, e fiquei tenso imediatamente.

Ronnie e três de seus amigos traficantes estavam apoiados em um carro. Uma Ferrari, para ser mais preciso... A *minha* Ferrari. Parei, com os punhos cerrados ao lado do corpo e uma raiva que com certeza eu teria dificuldade para controlar.

— Olha só quem está por aqui! — Ronnie gritou, descendo do capô e andando na minha direção. — O filhinho de papai — continuou, dando uma gargalhada.

Os outros o seguiram. Eu sabia quem eles eram: dois afro-americanos, cobertos de tatuagens e completamente drogados; o outro era um latino chamado Cruz, conhecido por ser o braço direito do Ronnie.

— Veio me implorar para devolver o carro? — Ronnie perguntou com um enorme sorriso. Eu adoraria acabar com aquele sorriso no soco.

— O carro que você ganhou trapaceando? — rebati com calma. — Quem sabe correr com um carro desses o ajude a aprender a dirigir de verdade... Você não vai querer perder de novo para uma menina de dezessete anos, né?

Senti um prazer enorme ao ver que meu comentário tinha mexido com ele. Seu sorriso desapareceu e as veias do seu pescoço ficaram saltadas.

— Você vai se arrepender por isso — ameaçou, fingindo calma. — Peguem-no! — gritou depois.

Eu já sabia que isso ia acontecer, percebi no instante em que os vi, por isso tinha me preparado. Quando os dois traficantes se aproximaram, meu punho voou pelos ares, e sorri ao perceber que havia quebrado o nariz de um daqueles babacas. Alguém me atacou por trás, mas ergui o cotovelo com força e voltei a atingir algo rígido, dessa vez a boca de alguém. Cruz se aproximou para ajudar, não sem antes me dar a oportunidade de desferir outro murro no valentão número um, bem no lado esquerdo do rosto. Então, foi a minha vez de sofrer. Alguém me acertou no olho direito, tão forte que cambaleei para o lado, não sem antes girar e dar um chute em quem tentava me conter pelos braços. Resisti, mas três contra um era demais mesmo para mim, ainda mais porque havia o Cruz, que era tão bom de briga quanto o Lion. Eu teria acabado com ele de igual para igual, mas, com outros dois segurando os meus braços, não havia muito que eu pudesse fazer.

Cruz começou a socar as minhas costelas, um golpe atrás do outro, enquanto eu segurava a vontade de gritar e matá-lo com as minhas próprias mãos. Ronnie se aproximou e cravei meus olhos nos dele, em uma clara promessa de que aquilo não ia ficar assim.

— Diga à sua irmãzinha que não me esqueci do que aconteceu na corrida — disse, e o rosto inocente da Noah surgiu na minha mente. Ronnie me pegou pelos cabelos e aproximou o rosto do meu. Cheirava a cerveja barata e maconha. — E diga também que, quando a gente se encontrar, vou dar o troco, mas de um jeito bem diferente — ameaçou.

Eu via tudo em vermelho agora, e tentei me sacudir violentamente para me soltar. Queria dar um jeito naquele filho da puta.

— Vou me enfiar no meio das pernas dela, Nick — garantiu, segurando com força a minha cabeça e me impedindo de ir para a frente e afundar o nariz dele dentro da cara. — E, quando eu fizer isso, ela vai ficar tão suja que nem você vai querer chegar perto.

— Vou te matar — adverti. Três palavras e uma promessa.

Ele deu uma gargalhada e seu punho voou para o meu estômago. Todo o ar que eu estava segurando escapou e tive que abaixar a cabeça para tossir e cuspir o sangue que tinha na boca.

— É melhor não aparecer mais por aqui, senão eu é que vou te matar — ele ameaçou, me soltando e me dando as costas. Ainda tomei mais um soco, dessa vez bem no meio da boca, e tive que cuspir de novo para não me afogar no meu próprio sangue.

Babacas filhos da puta.

Fui cambaleando até o carro e a duras penas consegui chegar em casa. Estavam todos dormindo, pois já era mais de uma da manhã, mas, quando subi para o meu quarto, vi que não havia luz sob a porta do quarto da Noah. Não era possível que ainda não tivesse chegado... Abri a porta sem bater e lá estava a cama dela, intacta.

Praguejei com os dentes cerrados enquanto entrava no meu quarto e tirava a roupa, lutando contra a dor. Aqueles idiotas tinham me quebrado inteiro, há muito tempo eu não tomava uma surra como aquela. Quatro anos, para ser mais exato. Tinha sido um idiota ao perambular sozinho naquele beco; praticamente me entregara de bandeja.

Entrei no banho e deixei a água levar o sangue e o suor do meu corpo. Tinham me batido principalmente nas costas e na barriga, então daria para esconder os machucados com uma camiseta. O olho roxo e o lábio partido eram outra história, e teria de pensar bem para achar uma explicação plausível para o meu pai quando ele perguntasse — ou evitá-lo até que as marcas desaparecessem. Eu não permitia que batessem no meu rosto com frequência, mas, quando participava daquelas lutas de apostas, de vez em quando um soco me pegava.

Não conseguia tirar da cabeça a ameaça que Ronnie fizera a Noah. Não duvidava de que ele quisesse estrangulá-la com as próprias mãos depois daquela humilhação pública ao perder o racha, mas a imagem daquele filho da puta encostando nela me deixava tão doido que eu precisava me controlar para não dar um soco no espelho.

Eu me enxuguei depressa e vesti uma calça de moletom. Fiquei sem camisa porque uma das feridas ainda sangrava um pouco. Lavei a boca com água e me certifiquei de não ter quebrado nenhum dente. Só o lábio estava machucado. Não estava sangrando mais, e ficou em um tom vermelho-arroxeado, assim como meu olho esquerdo, que era o que ia demorar mais para melhorar.

Peguei o celular e saí do quarto com a intenção de descobrir onde diabos estava a Noah. Enquanto isso, colocaria gelo nos hematomas. Cinco minutos depois, quando eu estava saindo da cozinha com um pacote de ervilhas no olho e o celular na orelha, a porta da frente se abriu com um barulho baixo de chave, e a razão do meu mau humor surgiu.

O telefone dela estava vibrando e parou quando interrompi a chamada. Então, ela ergueu o rosto e olhou para mim. Seus olhos passaram da surpresa ao horror.

— Onde você estava? — perguntei, fulminando-a com o olhar.

25

NOAH

A última coisa que eu esperava encontrar quando entrei em casa era Nick completamente destroçado. A surpresa de ver a sua chamada no meu celular deu lugar ao horror em menos de um segundo.

— Onde você estava? — ele indagou de maneira intimidante, como sempre. Aquela pergunta me deixou desconcertada por um instante, mas o que mais me preocupou foi a sua aparência. Estava com o olho esquerdo completamente roxo e o lábio machucado. Mas isso nem era o pior: em seu torso despido, vi hematomas começando a se formar na pele bronzeada do seu abdômen. Por um momento, a visão daquelas feridas me deixou paralisada. Senti meu coração bater a mil por hora e o pânico me invadiu, me causando enjoo. Não gostava de ver sangue e ferimentos, por isso fui tomada por um zumbido nos ouvidos e tive que parar um pouco perto da porta.

— O que aconteceu com você? — perguntei com a voz embargada.

Nicholas estava irritado. Dava para perceber pela maneira como apertava a mandíbula e olhava para mim. Era como se, de alguma forma, eu fosse a culpada por aquelas feridas.

— Eu lhe fiz uma pergunta — ele disse, jogando um pacote de ervilhas congeladas sobre a mesa.

Sacudi a cabeça enquanto fechava a porta sem fazer barulho. Minha mãe e o Will deviam estar dormindo e eu não queria acordá-los. Algo que não parecia ser um problema para o Nick, considerando o volume com que se dirigia a mim.

— Eu estava com o Mario — respondi, me aproximando. Apesar da vontade terrível de me afastar correndo daquelas feridas, eu não podia ignorar o estado dele. — O Lion e a Jenna se juntaram a nós um pouco depois de tomarmos o sorvete. Aliás, por que isso importa? Já viu o estado em que você está? — indaguei, sem perceber esticando o braço para tocar um dos hematomas que ele tinha na lateral do corpo.

Sua mão voou até a minha para afastá-la. Porém, em vez de me dar um tapa, que era o que eu esperava, ele me segurou com força, chegando a me machucar. Ergui os olhos para ele e vi raiva e medo em seu olhar.

— Vamos para a cozinha, precisamos conversar — ele falou, me puxando atrás de si. Involuntariamente, prestei atenção em suas costas despidas. Meu Deus, dava para discernir cada músculo enquanto ele caminhava! Aquela visão me deu vontade de acariciar a pele lisa do seu corpo. Dava para ver outro hematoma em uma das laterais, e fiquei com tanto ódio de quem tinha feito aquilo que perdi o foco. Nick acendeu apenas um pequeno abajur e ficamos sob uma luz tênue enquanto ele se sentava em um dos bancos da ilha da cozinha, ainda segurando a minha mão. Vê-lo naquele estado estava me matando. Dava para perceber os seus olhos se apertando por causa da dor que sentia a cada movimento que realizava, e eu imaginava maneiras de fazê-lo sentir-se melhor.

— Você notou alguma coisa estranha hoje enquanto estava na rua? — ele perguntou, com uma expressão de preocupação. — Alguém a seguindo ou algo assim?

Não estava esperando por isso. Olhei diretamente para o rosto dele para responder.

— Não, claro que não. Por quê? — devolvi a pergunta, incrédula.

Ele soltou a minha mão e desviou o olhar de mim, frustrado. Quis voltar a sentir o seu contato, mas preferi ficar quieta.

— O Ronnie ainda não superou o que rolou no dia do racha — falou, e compreendi a situação. — Ele quer se vingar, e não vai hesitar em machucá-la se a vir de novo — adicionou, cravando os olhos azuis nos meus.

Fiquei abalada por um instante.

— Foi ele quem te deu essa surra? — perguntei, amaldiçoando aquele desgraçado nos meus pensamentos.

— Ele e mais três amigos.

— Meu Deus, Nick! — disse, sentindo uma pressão estranha no peito e arregalando os olhos de horror. Minhas mãos subiram inconscientemente para o rosto dele, examinando os ferimentos. — Quatro contra um?

Ele ficou tenso quando o toquei, mas logo relaxou. Meus dedos apenas roçaram as feridas, mas deixei que deslizassem por suas bochechas, sentindo a pele áspera da barba por fazer que lhe dava aquele aspecto tão amedrontador e ao mesmo tempo tão sexy.

— Você está preocupada comigo, sardenta? — perguntou, brincando. Porém ignorei-o, pois percebi que tinha encostado em algum machucado, o que fez surgir uma careta no seu rosto. Ele ergueu as mãos e as colocou sobre as minhas. — Estou bem — adicionou, e vi que os seus olhos percorriam o meu rosto involuntariamente.

— Você precisa denunciá-los — eu disse, me afastando e me sentindo incomodada com o seu olhar.

Fui até a geladeira. Peguei o primeiro pacote que encontrei no congelador e voltei para perto dele. Ele fez uma careta quando coloquei o pacote no seu olho roxo.

— Não se denunciam caras como esses. Mas isso não é importante — ele retrucou, pegando o pacote e o retirando do rosto para olhar para mim direito. — Noah, a partir de agora, até a poeira baixar, não quero que vá sozinha a lugar nenhum, está me ouvindo? — advertiu, com um tom de irmão mais velho.

Eu me afastei, olhando para ele com incredulidade.

— Essa gente é perigosa e implicou com você... e comigo. Mas não me importo de levar uma surra, eu sei me defender. Eles vão acabar com você se a encontrarem sozinha e indefesa.

— Nicholas, não vão fazer nada disso. Eles não vão se meter em problemas só porque eu feri o orgulho desse idiota — respondi, ignorando o olhar ameaçador que ele lançou.

— Até resolvermos essa situação, não vou tirar os olhos de você. É melhor ir se acostumando — ele falou, então.

Será que nunca nos daríamos bem?

— Você é insuportável, sabia? — retruquei.

— Já me chamaram de coisas piores — ele afirmou, dando de ombros e fazendo uma careta segundos depois.

Respirei fundo várias vezes.

— Aplique compressas quentes nesses hematomas e ponha alguma coisa fria no olho e no lábio — aconselhei, sentindo pena dele. — Você vai se sentir muito mal amanhã, mas, se tomar uma aspirina e ficar de cama, deve passar em dois ou três dias.

Ele franziu a testa enquanto um sorriso se desenhava em seus lábios.

— Você é especialista em surras ou algo assim? — ele perguntou, brincando.

Simplesmente dei de ombros. Naquela noite, fui direto para a cama... e tive pesadelos.

Na manhã seguinte, levantei de mau humor. Não tinha dormido quase nada e só queria ficar deitada no meu quarto. Apenas um motivo me fez sair da cama e ir para o banheiro. Não queria admitir, mas precisava saber como o Nick estava. Não sei como, nem quando, nem por que de repente comecei a me preocupar com ele, mas parecia que tínhamos alcançado uma trégua agradável nos últimos dias. Desde o carinho que me fizera na cozinha, quando quase cortei o dedo, ele não tinha tentado mais nada comigo, e uma parte de mim estava triste por isso. Somente naqueles instantes, quando estive em seus braços, minha vida parecia agradável. Ele me fazia esquecer de tudo, mas imaginei que era melhor termos uma boa relação estável, e não que ficássemos nos beijando e nos odiando até a morte, como tinha acontecido desde a minha chegada.

Tomei um banho rápido enquanto me lembrava do passeio da noite anterior.

Não tinha gostado nada de como o Nick tratara o Mario durante o jantar, mas aquela raiva desapareceu assim que o encontrei todo estropiado ao chegar em casa.

Mario tinha sido um cavalheiro comigo. Ele me convidou para sair e respondi que sim. Queria esquecer o meu ex e aquela obsessão ridícula que sentia pelo Nicholas.

Não demorei em me vestir e desci descalça para a cozinha para tomar o café da manhã. Não havia nem sinal do Nick, mas o Will e minha mãe estavam sentados bem perto um do outro na mesa, falando animadamente sobre alguma coisa.

— Bom dia — cumprimentei, indo direto para a geladeira a fim de pegar um copo de suco. Prett, a cozinheira, preparava algo com um cheiro maravilhoso. Eu me aproximei e vi que havia chocolate derretido na panela.

— Que delícia! O que você está fazendo? — perguntei.

Prett olhou para mim sorrindo.

— O bolo de aniversário do senhor Leister — ela respondeu alegremente.

Eu me virei automaticamente para o Will.

— Nossa, parabéns! Não sabia que era o seu aniversário — felicitei-o, com um sorriso de desculpas.

Ele se virou para mim e deu uma gargalhada.

— Não é. É aniversário do Nick — ele disse. Minha mãe deu risada de onde estava.

Nossa, o aniversário do Nicholas... Não sei por quê, mas fiquei brava por não saber disso.

— Ele está lá fora. Vá até lá para lhe dar os parabéns — minha mãe indicou, antes de adicionar: — Ontem, ele brigou com um desgraçado que tentou atacá-lo, então não se assuste com o rosto dele.

Assenti, admirada com o talento do meu irmão postiço para mentir. Peguei um pãozinho na mesa e fui para o jardim. Eu o vi deitado em uma espreguiçadeira, na sombra, usando óculos de sol. Estava de camiseta e roupa de banho, parecendo adormecido. Imaginei que, assim como eu, não tinha conseguido descansar muito.

Eu me aproximei sorrateiramente até ficar ao seu lado.

— Feliz aniversário! — gritei com todas as minhas forças e soltando uma gargalhada ao vê-lo pular da espreguiçadeira, completamente surpreso.

— Que merda! — exclamou, tirando os óculos e deixando à mostra seu olho verde, roxo e azulado.

Foi tão cômico que continuei rindo.

Ele olhou para mim por um momento, meio irritado, meio furioso, mas quando viu que eu não parava de rir, um sorriso perigoso se desenhou no rosto dele.

— Está achando graça? — perguntou em tom ameaçador, deixando os óculos de sol de lado e ficando de pé. Meu sorriso desapareceu e comecei a andar para trás sem tirar os olhos do rosto dele.

— Sinto muito — eu me desculpei, erguendo as duas mãos e dando risada outra vez. Sempre que eu me lembrava do pulo que ele tinha dado, sentia vontade de rir de novo.

— Você vai sentir muito mesmo — ele disse, lançando-se contra mim. Tentei correr, mas não adiantou. Um segundo depois ele estava atrás de mim, me segurando e me levantando sobre os ombros. Ele fez um gesto de dor, amenizado pelos meus gritos.

— Não, Nick, por favor! — berrei, me sacudindo com todas as forças.

Ele me ignorou e saltou de costas na piscina junto comigo. Os dois com roupa.

Eu me afastei dele enquanto mergulhávamos na água morna sob o cálido dia de verão. Quando voltei à superfície, joguei água na cara dele e o vi morrendo de rir por me ver naquele estado. O vestido branco ficou colado na minha pele, e agradeci por estar usando calcinha e sutiã pretos, senão teria sido realmente constrangedor.

Ele sacudiu o cabelo num movimento à Justin Bieber e se aproximou de mim. Um segundo depois me encurralou em um dos cantos da piscina.

— Você já pode se desculpar por quase me fazer infartar no dia em que completo vinte e dois anos — exigiu, se aproximando tanto que nossos corpos ficaram a menos de dois centímetros de distância.

Tentei afastá-lo, mas ele não permitiu.

— Nem sonhando — neguei-me, me divertindo com aquele jogo. Sentia a adrenalina nas veias e borboletas no estômago. Uma sensação parecida com dirigir a duzentos por hora na areia do deserto.

Ele virou o rosto de lado, com um olhar calculista, e então senti as suas mãos na minha cintura sobre o vestido encharcado.

— O que você está fazendo? — perguntei com a voz abafada, enquanto ele se aproximava até os meus seios encostarem no seu peito.

— Peça desculpas — ele exigiu com a voz rouca. A diversão tinha desaparecido do seu rosto, dando lugar ao desejo. Senti uma onda de prazer e medo ao mesmo tempo: alguém poderia nos ver.

Neguei com a cabeça e as mãos dele deslizaram pelas minhas coxas. Ele olhou para mim cuidadosamente enquanto seus dedos afastavam o tecido molhado do vestido e subiam lentamente pelas minhas pernas. Ele as abriu e me obrigou a envolvê-lo pelo quadril com elas.

— Não vou parar enquanto não se desculpar — ele informou, me empurrando contra a parede da piscina. A água batia em seus ombros e na altura do meu pescoço, me deixando praticamente à sua mercê. Quando o envolvi com as pernas, nossos olhos ficaram quase na mesma altura. Uma parte de mim sabia que ele não ia parar enquanto eu não pedisse desculpas. Mas será que eu queria que ele parasse?

— Eles vão nos ver — murmurei. Minhas bochechas ficaram vermelhas e eu estava sentindo muito calor, mesmo debaixo d'água.

— Eu cuido disso — ele falou, levantando ainda mais o meu vestido, que foi se enrolando cada vez mais perto dos meus seios. O seu olhar saiu do meu rosto para analisar o meu corpo, distorcido pela água.

Aquele olhar e os dedos acariciando as minhas costas me fizeram estremecer. Sentia a sua excitação no meu quadril e só conseguia pensar nos nossos lábios se unindo outra vez.

— Quer que eu pare? — ele perguntou, então, aproximando a boca da minha, mas sem tocá-la.

Seus olhos estavam tão próximos que consegui divisar todas as tonalidades de azul que os tingiam. À luz do sol e com a claridade da água, eles me deixaram completamente abobalhada... Eles me olhavam como se quisessem me devorar.

Neguei com a cabeça e me aproximei para que me beijasse. Minhas mãos já tinham subido para a sua nuca, não sei muito bem quando, e o puxei para mim. Ele resistiu e pendeu na direção contrária.

— Peça desculpas e então terá o que você quer — ele ordenou, então.

— Por que você acha que eu quero algo de você? — respondi, ardendo de desejo em seus braços.

Ele sorriu, se divertindo com a minha resposta.

— Porque você está tremendo e não para de olhar para a minha boca, só por isso — ele respondeu, sério, mas com as mãos me pressionando ainda mais contra ele.

— Não vou pedir desculpas — adverti.

Ouvi um grunhido sair do fundo da sua garganta.

— Você é muito irritante — ele disse, e depois grudou os lábios nos meus.

A euforia por ter ganhado aquele jogo rapidamente se transformou em outra coisa. Foram milhares de sensações naquele instante, e nenhuma que eu pudesse dizer em voz alta. A sua língua invadiu a minha boca e me beijou ferozmente. Estávamos encharcados e nossos corpos não se separavam. Puxei o cabelo dele enquanto nos aproximávamos ainda mais. Ele mordeu o meu lábio inferior, e foi tão sexy que achei que morreria de uma hora para a outra.

Ele me apertava contra a parede da piscina, suas mãos descendo pelo meu corpo, os lábios fazendo maravilhas com os meus. Sentia como se tivesse pulado de um precipício, e o frio na barriga aumentou quando sua mão se aproximou de uma parte de mim que nunca fora tocada.

Então, ouvimos a porta de correr se abrindo. Ele se afastou tão rápido e tão de repente que tive que me segurar na borda para não me afogar no fundo da piscina.

— Queridos, estamos indo! — minha mãe gritou de dentro da casa. Nicholas ergueu uma das mãos para cumprimentá-la sem nenhum tipo de emoção no olhar. Eu tive que respirar fundo por vários segundos antes de colocar a cabeça por cima da borda. — Você contou para ela, Nick? — minha mãe perguntou, me surpreendendo.

— Ainda não — ele respondeu, com um sorriso divertido.

A minha mãe olhou para mim e depois para ele.

— Bom, nos vemos hoje à tarde. Divirtam-se! — ela se despediu.

Eu me virei para o Nick quando ela entrou na casa.

— Não me contou o quê? — perguntei, franzindo a testa.

Ele me puxou novamente para si. Deixei-o fazer o que quisesse porque ainda estava com as pernas tremendo e era muito difícil permanecer boiando diante daquele colírio para os olhos.

— Eu ganhei de aniversário quatro passagens para as Bahamas. Eles deixaram muito claro que querem que você vá, sabe como é, para reforçar os laços "fraternais" — anunciou, com um sorriso maléfico. — Já convidei o Lion e a Jenna, e quero que você também vá — falou, me observando cuidadosamente.

Tinha sido completamente inesperado, principalmente depois da nossa conversa. Viajar com o Nick...

— E o que aconteceu com a sua decisão de sermos apenas amigos? — interroguei, tentando entender por que ele havia mudado de opinião agora.

— Segue de pé... Ainda mais agora, que você corre perigo por culpa minha — respondeu com firmeza.

— É por isso que você quer que eu vá junto? Para me proteger do Ronnie? — perguntei, decepcionada por entender sua verdadeira motivação.

Nick apertou os lábios com força.

— É um dos motivos, mas não o principal, sardenta — respondeu, me puxando para perto e unindo as nossas testas.

O jeito como ele me olhou me deixou paralisada.

— Nicholas, o que estamos fazendo? — questionei, confusa.

— Não fique com ideias, hein? — rebateu, me segurando pela cintura para que eu não afundasse. — Não quero que fique por aqui enquanto eu não estou. O que eu contei ontem é muito sério, eles querem machucá-la — adicionou, me segurando com força.

— Nicholas... — comecei a reclamar, me afastando dele, mas ele não permitiu.

— Venha comigo. Vai ser divertido — ele disse, me beijando suavemente nos lábios. Aquele gesto tão carinhoso me deixou arrepiada.

— E o que é que está rolando entre a gente? — perguntei, pensando na loucura que seria se nossos pais descobrissem. — Não posso fazer isso com você — afirmei, olhando fixamente para ele. — É ridículo, a gente nem se dá bem, estamos nos deixando levar pela atração física…

— A única coisa que eu sei é que, quando te vejo, não consigo pensar em mais nada que não seja te sentir e te beijar inteira — falou, se aproximando e me beijando abaixo da orelha.

— Eu não posso me envolver com ninguém agora — retruquei, empurrando-o um pouco. Ele olhou para mim incomodado.

— Quem é que está falando em se envolver? — indagou, então. — Para de ficar analisando tudo e aproveita o que temos — ordenou, com calma na voz, mas raiva nos olhos.

Dava para perceber que ele estava se contradizendo, mas, pensando bem, era o Nick, um mulherengo, era isso que ele queria: meu corpo e nada mais. E por que eu não poderia aproveitar, se também o queria pelo mesmo motivo?

— Precisamos estabelecer algumas condições — propus, colocando as mãos nos ombros dele. Ele me olhou sério. — Nada de compromissos e cobranças. Acabei de sair de um relacionamento e a última coisa que quero é reviver o que aconteceu com o Dan — sentenciei, reparando que a sua mandíbula estava tensa.

— Um relacionamento aberto? — perguntou, então. Assenti um segundo depois. — Acho que você é a primeira mulher que me pede isso, mas, tudo bem, concordo. Então, vai ser só sexo?

Esse último comentário me deixou brava.

— Imbecil! — xinguei, tentando afastá-lo. — Como assim, só sexo? Quem você acha que eu sou? Não tenho vinte e sete anos, mas apenas dezessete, então nem pense em se engraçar comigo!

Ele franziu a testa, completamente desconcertado por um momento.

— Você acabou de dizer que quer um relacionamento aberto. Que diabos você acha que isso significa? — questionou, frustrado.

Olhei para ele um pouco perdida… No meu mundo, um relacionamento aberto significava que a gente ia se pegar de vez em quando, como já estava acontecendo… Mas, claro… O Nick tinha a sua lábia, e eu era uma criança em comparação a ele, não podia jogar esse jogo em pé de igualdade. Ele não ia se segurar, ia querer chegar aos finalmentes. Era só ver até onde tínhamos chegado em três semanas: muito mais longe do que em nove meses com o Dan.

— Olha, esquece — eu disse, sentindo-me em desvantagem. Estava brincando com fogo e não queria me queimar. — Estou gostando dessa nossa nova fase. Acho que estamos nos dando bem, para que complicar tudo, né?

Ele olhava para mim sem entender absolutamente nada do que eu falava. A verdade é que eu também não entendia muito bem o que eu queria, mas sexo sem compromisso não era a minha praia.

— Noah… não vamos fazer nada que você não queira — esclareceu em um tom doce que me derreteu toda. Parecia ter entendido o que se passava na minha cabeça, e fiquei preocupada com aquela facilidade que tinha de ler os meus pensamentos.

Percebi que estava ficando vermelha e quis me enfiar em um buraco.

— Prefiro que sejamos amigos — afirmei, não muito convencida.

— Tem certeza? Só amigos?

Assenti, cravando meus olhos na água.

— Tudo bem — ele concordou, então, num tom que me pareceu condescendente. — Mas venha comigo comemorar o meu aniversário. Se você é minha amiga, pode ir comigo como amiga — adicionou, me soltando.

Observei ele nadar até a borda, erguer os braços e sair da piscina. Suas últimas palavras tinham soado como "você está com medo e sei disso, então vou esperar até que se sinta preparada".

E se fosse isso mesmo… por que diabos o Nick esperaria por mim?

Passei o restante do dia no meu quarto lendo e escrevendo um dos contos que havia começado fazia um tempo. Gostava muito de escrever, tanto quanto de ler, e um dos meus sonhos era me tornar uma grande escritora. Às vezes me imaginava uma escritora mundialmente conhecida, que vendia milhares de exemplares no mundo todo, viajava para divulgar os meus livros e criava histórias que ficavam na memória das pessoas para sempre.

Minha mãe acabou não sendo nada na vida porque engravidou de mim aos dezesseis anos. Na época, meu pai tinha dezenove e nenhuma chance de futuro acadêmico, apenas a possibilidade de correr na Nascar. Minha mãe sempre me contava como tinha sido difícil me criar ainda na adolescência, por isso queria me dar tanto. Ela queria para mim o que não pôde ter com a minha idade. A faculdade, uma boa escola… Esse sempre tinha sido seu sonho, e agora ela finalmente poderia me proporcionar tudo isso. Por esse motivo, eu sempre tentei tirar as melhores notas, entrei no time de vôlei e adquiri o hábito de ler e escrever desde pequena. Uma parte de mim estava sempre tentando deixá-la orgulhosa.

Enquanto divagava, olhando para a janela enorme do meu quarto, alguém bateu na porta. Minha mãe apareceu com uma sacola com o logo da escola St. Marie e imaginei que o conteúdo estragaria o resto do meu dia.

— O seu uniforme chegou. Experimente e depois vá lá embaixo para a Pertt fazer os ajustes necessários — ela me instruiu, deixando a sacola na cama. — Logo o bolo vai ficar pronto e cantaremos parabéns para o Nick. Eles não estão acostumados a soprar velinhas nem nada, como nós duas, mas já está na hora de alguém mudar esse costume tão horrível — ela disse, com um sorriso no rosto.

— Mãe, não sei se o Nick vai gostar muito — comentei, tentando imaginá-lo sentado à mesa e fazendo um pedido.

— Bobagem — ela soltou, fechando a porta depois de sair.

Levantei-me e tirei o uniforme da sacola. Era horrível, como eu tinha imaginado. A saia era verde e escocesa, dessas que se prendem com algum tipo de clipe de um lado da cintura e com pregas atrás. Era tão longa que cobria até os meus joelhos. A camisa era branca e ficava bem folgada em mim. Além disso, para o meu espanto, havia uma gravata verde e vermelha, além do suéter cinza, vermelho e verde. As meias também eram verdes e iam até o joelho. Ao me olhar no espelho, fiz a careta mais feia da história. Fiquei só com a saia e a camisa, as únicas peças que precisavam de ajustes, e saí do quarto para procurar a Pertt.

Quando estava no meio da escada, o Nick apareceu com o celular na orelha. Quando me viu, arregalou os olhos, e um sorriso malicioso surgiu em seu rosto. Eu o fulminei com o olhar, colocando as mãos na cintura.

— Desculpa, preciso desligar, tenho um assunto para resolver — ele anunciou, soltando uma gargalhada e guardando o celular no bolso da sua calça jeans.

— Você se acha muito engraçado, né? — ralhei, sabendo que minhas bochechas estavam vermelhas de vergonha.

Ele se aproximou com um sorriso no rosto.

— Acho que esse é o melhor presente de aniversário que você poderia ter me dado, sardenta — ele disse, olhando para mim de cima a baixo e rindo às minhas custas.

— Ah, é? Você também vai gostar desse outro presente — respondi, mostrando o dedo do meio e fazendo-o sair da minha frente. Fui para a sala, onde minha mãe e a cozinheira estavam me esperando.

Para minha tristeza, ele me seguiu.

— Se você vier jantar comigo esta noite, prometo que não divulgo as fotos que acabei de tirar — ele sussurrou no meu ouvido. Fiquei brava. As brincadeirinhas estavam passando dos limites.

— Hoje eu vou jantar com o Mario, então, não, obrigada — respondi, sabendo que ele ficaria incomodado.

Ele ficou calado e eu fui até o centro da sala, onde havia uma espécie de banqueta. Era nela que eu deveria subir para que tirassem as minhas medidas.

Ao me virar, vi o Nick sentado no sofá olhando fixamente para mim, com o semblante pensativo e frio.

— Levanta os braços, Noah — minha mãe disse, ajudando a Prett com as medidas.

Tentei ignorar a presença do Nicholas, que não parava de me olhar, mas foi muito difícil. Além do mais, não conseguia tirar da cabeça o beijo que tínhamos dado mais cedo na piscina nem o que tínhamos conversado. Não tinha certeza de que resistiria à proximidade ou às suas carícias, mas de uma coisa eu tinha certeza: não permitiria que ele me usasse como quisesse. Por isso mesmo, eu ia sair com o Mario. Queria me divertir até o fim do verão, aproveitar a companhia de rapazes diferentes, não me apegar a ninguém e, principalmente, esquecer o babaca do Dan.

— Ai! — reclamei ao sentir a picada de um alfinete na minha coxa. O idiota do Nick sorriu no sofá.

— Fica quietinha, tá? — minha mãe pediu.

Faltava pouco. Elas já tinham marcado a barra para que a saia ficasse acima do meu joelho e agora acinturavam a camisa para que ficasse mais feminina.

Cinco minutos depois eu estava pronta para tirar aquelas roupas e dá-las para a Prett ajustar.

Quando o Nick se levantou, disposto a me seguir lá para cima, minha mãe nos pegou pelo braço e nos arrastou para a cozinha.

— Hoje é o seu aniversário, Nick, e você vai assoprar as velinhas como eu, a Noah e o resto do mundo fazemos — minha mãe declarou, com um sorriso divertido no rosto.

Eu me virei para o Nick e sorri ao ver a cara de quem não estava acreditando. Ele parecia tão mais alto ao meu lado, com aquela presença…

— Não precisa… — ele começou a reclamar.

— Claro que precisa — minha mãe rebateu, determinada.

William estava na cozinha com o *notebook* e de óculos, certamente trabalhando. Quando nos viu entrar, abriu um sorriso.

— Você está linda, Noah — comentou, observando o meu uniforme cheio de alfinetes. Estava andando com muito cuidado para não me espetar.

— Com certeza — eu disse, com sarcasmo.

Minha mãe obrigou o Nicholas a se acomodar em uma cadeira e trouxe o bolo de chocolate que a Prett havia preparado. Ele parecia tão deslocado que eu não pude deixar de rir, me divertindo às suas custas, como ele tinha feito comigo alguns minutos antes.

No bolo havia uma vela com o formato de um 22, e minha mãe não hesitou em acendê-la. Um segundo depois ela começou a cantar, dando tapinhas no Will para que ele a acompanhasse. Era tão cômico que eu comecei a cantar junto, com o Nick me fulminando com os seus olhos azul-celeste.

— Não esqueça de fazer um pedido — falei, antes que ele soprasse as velas.

Ele olhou fixamente para mim antes de soprá-las, e mesmo depois disso os seus olhos não se separaram dos meus.

Qual seria o pedido de uma pessoa que já tinha de tudo?

26

NICK

Ainda não sabia por que tinha convidado a Noah para passar o fim de semana comigo nas Bahamas. O rosto dela simplesmente apareceu na minha cabeça quando vi as passagens com tudo pago. Nem precisei fingir dar ouvidos ao meu pai, quando ele sugeriu que eu levasse a Noah junto... Já estava nos meus planos.

Desde que ela tinha relaxado, e nossa relação se tornara mais leve, não conseguia tirá-la da minha cabeça. Ficava maluco só de pensar em deixá-la sozinha, ainda mais agora que ela tinha sido ameaçada, sem falar da raiva que tomava conta de mim quando eu pensava nela se aproximando de qualquer outro cara. Só de imaginar que ela já tinha ficado com o Dan eu ficava de mau humor, queria quebrar a cara dele por causa do que ele tinha feito. No entanto, a traição não era o principal motivo, e sim os nove meses que ele havia passado com ela, acariciando-a, beijando-a e, meu Deus, tomara que sem tirar as roupas dela...

Imagens da Noah se entregando a alguém que não fosse eu me atormentavam dia e noite. Nunca me considerei um homem ciumento, provavelmente porque nunca tinha desejado que alguma garota fosse minha, e aquilo estava me matando. A sua maneira de sorrir, o jeito ingênuo... o que mais me atraía era o fato de ela ser sexy por natureza. Não importava como se vestisse, se estava de maquiagem ou de cara limpa... Sempre que meus olhos paravam para analisá-la, minha mente imaginava mil maneiras diferentes de fazê-la suspirar de prazer. O que houve na piscina teoricamente não deveria ter acontecido. Eu tinha prometido a mim mesmo que não voltaria a me aproximar, mas era muito difícil. Na noite anterior eu queria matá-la por tudo que ela causara com o Ronnie e por ela ter saído com o Mario. Mas quando percebi o olhar horrorizado dela ao me encontrar todo machucado, e quando ela acariciou a minha pele com aqueles dedos cálidos... simplesmente tive que botar meu autocontrole à prova para não devorá-la ali mesmo, no balcão da cozinha.

E o pior é que ela estava ficando confiante. Não ficava mais na defensiva, nem tinha se importado de me acordar com um grito... Ela nem tentou se afastar quando eu perdi o controle e a acariciei debaixo d'água. Ela tinha as pernas tão bonitas, as curvas tão diabolicamente sexys...

E à noite ela ia sair com o idiota do Mario, um cara que não pensava duas vezes quando o assunto era pegar as garotas e levá-las para a cama se tivesse a oportunidade... Merda, ele era parecido comigo em comportamento, mas não podia deixá-lo encostar na Noah, nela não; ela era inocente demais, uma jovem mulher, uma garota que deixaria doido qualquer sujeito que tivesse olhos.

Estava irritado por ela sair com ele no dia do meu aniversário. Eu a queria para mim, queria mostrar para ela as coisas boas da cidade. De repente, quis que a impressão que ela tinha a meu respeito mudasse. Eu não aguentava o fato de ela achar que eu não a merecia.

Então, bateram à porta. Estava terminando de me vestir e simplesmente gritei para que entrassem. Enquanto fechava os botões da camisa que usaria naquela noite, certos olhos cor de mel me devolveram o olhar pelo espelho.

— Já voltou do seu jantar? — perguntei sarcasticamente, tentando conter a vontade de ir até ela e obrigá-la a ficar comigo a noite inteira.

— Você vai comemorar o seu aniversário em alguma festa? — ela questionou, ignorando a minha pergunta.

Eu me virei para ela, tentando demonstrar indiferença.

— Pensou que eu ficaria em casa vendo um filme, irmãzinha? — rebati com maldade, aproveitando para vê-la franzir a testa. Os seus olhos ficavam mais escuros quando ela fazia aquilo.

— Você podia ter me contado. A Jenna e o Lion achavam que eu ia, estão esperando por você lá embaixo — ela disse, cruzando os braços sobre o vestido preto que estava usando. Era bem justo, e parava só uns cinco dedos abaixo do seu bumbum. Fiquei de mau humor ao imaginar o Mario colocando suas mãos dentro daquele vestido.

— Não tenho tempo pra isso. Se quiser ir, é só ir. Seu nome vai estar na lista — declarei, escarrando cada palavra. — Mas seu amiguinho não está convidado, então você decide — frisei, me aproximando dela. Já que eu não podia tocá-la, queria sentir aquele perfume que tanto me excitava.

— Você está me olhando como se eu fosse a vilã da história, mas eu nem sabia que era o seu aniversário. O Mario me chamou para sair antes, não posso dar um bolo nele — ela disse, contrariada e culpada.

— E você acha que ele não sabia? — falei, irritado e plenamente ciente de que o Mario tinha planejado aquilo de propósito.

Ela virou os olhos por um momento, com uma expressão de surpresa e irritação, que depois demonstrou certa culpa. Ela era adorável. Estava se sentindo culpada por não ir à festa de alguém que ela nem conhecia direito.

Não consegui aguentar. Pus uma das mãos da cintura dela e a puxei na minha direção. Os olhos dela procuraram os meus com dúvida e expectativa.

— Vamos, sardenta. Vamos para a minha festa de aniversário — eu pedi, afastando os seus cabelos dos ombros e dando neles um beijo rápido. Sorri em contato com a sua pele ao perceber que ela tinha se arrepiado. Pelo menos eu tinha certeza de que ela se sentia atraída por mim e que exercia certa influência sobre ela, ou sobre o corpo dela.

— Você quer que eu vá? — perguntou com a voz entrecortada, enquanto meus lábios subiam pelo seu pescoço.

Se eu queria que ela fosse? Era óbvio que eu não poderia encostar nela naquela festa, ninguém podia ficar sabendo do que estava rolando entre a gente, e vê-la por lá sem poder beijá-la como agora... seria muito complicado.

— Claro que eu quero — respondi um pouco depois. Não sabia onde estava me metendo, mas era melhor que estivesse lá do que eu não saber por onde ela andava.

Ela virou o rosto e lançou seus lábios suaves contra os meus, em um beijo rápido demais para ser aproveitado.

— Vou depois do jantar — disse, então, se virando para sair do quarto.

— O QUÊ? — soltei mais alto do que o necessário, segurando-a para que ela não saísse.

— Nicholas, não vou dar o bolo no Mario. Vou um pouco mais tarde para a festa. Além do mais, eu gosto de sair com ele, me faz bem — sentenciou.

Essa menina ia acabar comigo.

— Bom, faça o que quiser — murmurei, pegando a chave do carro e passando por ela para descer as escadas.

Se ela não me priorizava em relação a um idiota como o Mario, eu também não iria priorizá-la... Eu ia me divertir naquela noite e tirar a Noah da cabeça.

Nem eu acreditava nessas palavras.

MINHA CULPA

A festa seria na casa de um dos meus amigos do bairro, o Mike. Ele era gente boa, um colega de faculdade que quase sempre oferecia a sua casa, perto do lago, para esse tipo de festa. Jenna e Anna tinham cuidado da decoração, que incluía desde balões vermelhos e pretos preenchidos com gás hélio até todo tipo de bobagens decorativas. Por sorte, o mais importante era responsabilidade do Lion, que junto com os outros rapazes tinha enchido a casa de álcool, comida e mais e mais álcool. Assim que cheguei, todos me desejaram feliz aniversário em uníssono. Cumprimentei todo mundo e em menos de cinco minutos já estávamos todos dançando, fazendo bagunça, nos jogando no lago e nos embriagando.

O melhor dessas festas era que sempre havia mulheres à minha disposição, então escolhi o álcool como meu companheiro fiel e aproveitei as duas dançarinas contratadas para animar o meu aniversário. Uma parte de mim estava na expectativa da chegada da Noah, mas era uma parte pequena, já que não faltavam distrações.

Uma das dançarinas, de cujo nome eu já tinha me esquecido, não saía de perto de mim. A outra, uma ruiva bem jovem, desapareceu assim que elas finalizaram a apresentação. O certo é que ninguém que tivesse o cromossomo Y em seu DNA teria resistido àquela mulher, que não desistia de tentar me levar para o banheiro. No entanto, um dos meus princípios era não ficar nem com dançarinas, nem com prostitutas, nem com nada parecido, então eu a repeli, tentando não ser muito grosseiro, e fui para a parte de trás da casa. Dali, era possível ver o lago Toluca e o reflexo da lua cheia na água. Muitos dos meus amigos estavam se divertindo na água, arrastando garotas consigo. Nesse momento o Lion se aproximou, apoiou os antebraços no corrimão de madeira e me observou atentamente. Ainda me lembrava de quando o conhecera. Ele era muito mais corpulento e intimidador, e graças a Deus nós dois tínhamos a mesma estatura, assim pude olhar nos seus olhos antes que ele quebrasse a minha cara com um soco. Nem lembro por que estava bravo comigo, acho que eu tinha pegado uma garota com quem ele queria ficar ou algo assim. Foi engraçado porque, graças aos meus reflexos, eu consegui me esquivar antes que ele me batesse no meio da cara, e ele acabou atingindo a parede. A situação foi tão cômica que não pude parar de rir enquanto ele reclamava de dor. Aparentemente, ele também achou engraçado, e viramos melhores amigos desde então.

— Obrigado pela viagem, cara. Nunca fui a lugar nenhum com a Jenna e finalmente vamos fazer alguma coisa só a gente — ele disse, com um sorriso radiante. Meneei a cabeça enquanto dava um gole na minha cerveja. A viagem… Sempre que pensava nisso, me lembrava da Noah.

— Sei que ela é sua irmã postiça e tal, mas… — Lion continuou, olhando para mim com interesse e lendo os meus pensamentos — … por que você convidou a Noah?

Pensei bem na resposta antes de falar. Nem eu sabia ao certo, mas a ideia de ficar dois dias inteiros longe dela me deixava nervoso.

— Não quero que ela fique sozinha por aqui enquanto o Ronnie ainda estiver bravo por causa do racha. Ele a ameaçou, e não posso deixar que algo aconteça com ela — respondi, omitindo o detalhe de que, se ele chegasse a olhar para ela, eu o mataria com as minhas próprias mãos.

Então, Lion se virou, dando as costas para o lago, e olhou para mim com seriedade.

— Não sei exatamente o que você pretende, mas eu já percebi como você olha para ela, Nick — ele disse com um tom frio. — Você não pode ficar de casinho com ela, é a sua irmã postiça… Eu ando conversando com a Jenna, e a Noah não é como as outras garotas… Você vai assustá-la — adicionou, olhando para mim com firmeza.

Respirei fundo, tentando conter a vontade de mandá-lo à merda. Mas ele tinha razão: a Noah era diferente. Dava para ver nos olhos dela, na sua maneira de ser, em como ela não percebia o que causava ao seu redor… Era ingênua e inocente demais, e eu poderia macular tudo aquilo muito facilmente…

— Entendo o que está dizendo, mas não vai rolar nada entre a gente — respondi, sabendo que uma parte de mim estava gritando "MENTIRA!" com letras garrafais. — Somos apenas amigos, não dá pra ser de outro jeito. Temos uma convivência, temos os mesmos pais… Seria insuportável se nos odiássemos o tempo todo, por isso, decidimos tentar nos dar bem.

Lion pareceu aceitar aquela parte da história.

— Você deve saber onde está se metendo — advertiu. Em seguida, tirou a camiseta com um único movimento e correu para onde todos mergulhavam.

Não me importaria de ir com ele, mas estava de olho na entrada da casa, esperando a Noah voltar daquele encontro ridículo. Então, eu a vi aparecer com a Jenna. As duas estavam de braços dados, e um sorriso apareceu no rosto da Noah quando ela me viu. Ficava radiante sorrindo daquela maneira, e fiquei com vontade de atraí-la para mim, de beijar aquela covinha que surgia em sua bochecha esquerda.

— Parabéns de novo! — ela exclamou contente ao se aproximar de mim. Jenna nos observou com curiosidade e depois desviou o olhar para o lago, de onde o Lion a chamava para aproveitar a água.

— Vocês vêm? — perguntou, olhando para nós. Noah olhou para baixo, reparando na própria roupa, e negou com a cabeça.

— Eu não trouxe roupa de banho — falou, dando de ombros.

— Não seja recatada. Vá de calcinha e sutiã, dá na mesma — Jenna rebateu, puxando-a pelo braço.

Fiquei nervoso ao imaginá-la só com as roupas de baixo, ainda mais se despindo na frente daquele monte de babacas bêbados que estavam na minha festa.

Noah ficou tensa, repentinamente incomodada.

— Nem pensar — impedi-a, puxando-a para mim. A Noah veio voando para a lateral do meu corpo.

— Meu Deus, Nicholas! — reclamou, afastando-se de mim, mas lançando um pequeno sorriso para Jenna. — Eu não estou com vontade, mas vai lá. A gente se vê daqui a pouco — adicionou.

Jenna seguiu para o lago.

Inclinei a cabeça e não consegui segurar um sorriso. A Jenna era maluca, mas eu gostava muito dela e não ficaria bravo por ela querer tirar a roupa da Noah na frente de todo mundo. Eu me virei para ela e observei as suas graciosas sardas, que mal podiam ser vistas por causa da pouca luz que havia do lado de fora da casa.

— Deu tudo certo no seu encontro? — perguntei, sem esconder o sarcasmo.

Ela sorriu para mim por alguma razão inexplicável.

— Deu tudo muito certo, mas isso não importa. Eu trouxe um presente pra você — anunciou, e pude notar a emoção no seu olhar. Que vontade de morder aqueles lábios.

Eu me apoiei no corrimão, olhando cuidadosamente para ela, e um sorriso se desenhou no meu rosto.

— É sério? — perguntei, imaginando o que ela estaria escondendo com aquele comportamento tão carinhoso, tão incomum para ela. — Estou com medo do que possa ter trazido.

Então, percebi o seu semblante mudar... Será que tinha ficado nervosa?

Minha curiosidade aumentou de imediato.

— É uma besteira, mas depois de tudo o que aconteceu, e da noite de ontem... — ela se justificou.

Olhei para ela sem entender, esperando que me desse o que tinha trazido.

— Está aqui. Acabei de comprar em uma lojinha, encontrei por acaso, mas é o meu jeito de pedir desculpas...

De me pedir desculpas?

Apanhei o pequeno pacote e abri o embrulho creme... Era a miniatura de uma Ferrari preta, igual à minha.

— Olha o bilhete — ela pediu, então, apontando para a parte de baixo do carrinho.

Nele, pude ler, escrito com uma letra arredondada e muito pequena: "Desculpa pelo carro, de verdade. Algum dia você comprará um novo. Felicidades, Noah".

A frase era tão descarada e ridícula que acabei dando uma gargalhada. Ela começou a rir do meu lado.

— Eu estava te devendo uma Ferrari, né? — perguntou, dando de ombros.

— Vou jogá-la no lago só por causa disso — ameacei, enquanto a puxava e a erguia.

Ela começou a gritar como uma doida.

— Não, Nick! — protestou, dando risada. — Desculpa, de verdade!

— De verdade? — eu disse, abaixando-a lentamente e a colocando junto do meu corpo, algo que eu queria desde que ela tinha saído para se encontrar com o Mario.

Olhei ao redor e vi que não havia ninguém. Os outros estavam no lago ou na casa, e nós estávamos no meio do caminho. Eu a puxei para uma árvore e a encurralei com o meu corpo.

— O que você fez a teria deixado em apuros se eu não estivesse morrendo de vontade de te beijar desde que você chegou.

Ela ficou nervosa, olhando fixamente nos meus olhos, e me lembrei do que o Lion havia dito: Noah não era como as outras garotas.

Pus a mão na bochecha dela e acariciei aquelas sardas que eu tanto adorava. A pele dela era alva como a neve e me inclinei para beijá-la e sentir a suavidade daquele toque nos meus lábios. Beijei-a na bochecha, bem no lugar em que se formava a covinha quando ela sorria, e depois a beijei no pescoço, mergulhando meu rosto nela e saboreando aquela pele doce. Ela soltou um suspiro quase inaudível e não consegui me segurar. Nossos lábios se juntaram e, como sempre que isso acontecia, mil sensações diferentes tomaram conta do meu corpo: nervosismo, calor e um profundo e obscuro desejo. Colei o corpo dela no meu o máximo que pude, aprisionando-a contra a árvore e sentindo como ela se derretia nos meus braços.

A sua língua procurava a minha, e quando as duas se encontraram eu quase morri de prazer. Ela me segurava pela nuca, me aproximando ainda mais dela, e não consegui mais conter as mãos, que começaram a acariciá-la descontroladamente.

Ela soltou um gemido abafado quando meus dedos começaram a subir pelas coxas dela, até chegarem perto da calcinha. Meu Deus, eu queria que ela me sentisse, queria fazê-la suspirar de prazer, queria ouvi-la repetir o meu nome sem parar!

— Nick... — ela disse, ofegante.

— Se você pedir para eu parar, eu paro — falei, olhando nos olhos dela, aqueles olhos que pareciam ter vindo do inferno para me torturar e me deixar maluco.

Ela não falou nada, então continuei. Meus dedos afastaram o tecido da calcinha e ela soltou um suspiro entrecortado contra o meu ombro. Ela estava tremendo, e a segurei com o meu braço enquanto lhe dava prazer com a outra mão. Fiquei olhando para ela durante todo o processo, encantado.

Um minuto depois, tive que cobrir a sua boca com a minha para evitar que alguém a escutasse.

Ela era perfeita... e eu tinha certeza de que estava me apaixonando como um idiota.

27

NOAH

Tive de deixar que ele me segurasse. Eu estava tremendo, tremendo de prazer. Não podia acreditar no que acontecera, mal o tinha visto se aproximar, foi tudo tão rápido… De repente eu estava lhe entregando o presente e rindo, e então me vi presa contra uma árvore, estremecendo com cada uma das suas carícias. Fiquei com vontade de pará-lo — meu Deus, devia tê-lo parado —, mas sentir as suas mãos me tocando… Foi incrível.

— Você é linda — sussurrou ao meu ouvido, depois de colar os lábios nos meus a fim de evitar que fôssemos revelados pelo grito que eu estava a ponto de soltar.

Ainda me lembrava de todas as vezes que o Dan tinha tentado fazer aquilo comigo: eu sempre o impedia de imediato, e ele nunca chegou a me tocar daquela maneira. E agora eu tinha deixado o Nick fazer aquilo… Estava perdendo a cabeça.

— Acho… que temos que voltar — comentei, ajeitando o meu vestido. Por que de repente eu estava me sentindo tão mal?

— Ah! — Nick exclamou, pegando no meu queixo e me obrigando a erguer o olhar. — Você está bem?

— Sim, é só que… não esperava que isso acontecesse — admiti, olhando para qualquer coisa, menos para ele. — A gente se deixou levar, eu me deixei levar, e sinto muito… Pode voltar pra Anna ou para quem você quiser. Você não precisa ficar aqui comigo — eu disse, tentando não demonstrar como estava nervosa.

Percebi um brilho diferente nos olhos do Nick.

Queria que ele me abraçasse; no fundo, queria que ele ficasse comigo, que nos apaixonássemos, ou que pelo menos a gente pudesse se conhecer melhor… O Nick era um completo mistério para mim, e eu para ele. Não queria deixá-lo saber que uma parte de mim desejava ouvi-lo dizer que me amava; tampouco gostaria que ele percebesse meu desejo de ser levada para um lugar onde poderíamos ficar realmente sozinhos, e não no meio de uma festa apoiados contra uma árvore.

— Você quer que eu vá ficar com a Anna? — perguntou, se afastando de mim, repentinamente bravo. Parecia incomodado por não continuarmos o que estávamos fazendo... Ou por achar que eu não queria fazer aquilo com ele... O simples fato de pensar em transar com ele no meio do mato me deu enjoo.

— Sim, vai ficar com ela — respondi, olhando fixamente para os dedos dos pés, evitando olhar para ele. — Você não precisa ficar aqui comigo. Já disse: isso foi um erro, estamos indo longe demais, e não está certo.

Nicholas se afastou e chutou uma pedra que havia por perto. Ouvi-o resmungando em voz baixa, e então ele se virou para mim com uma expressão brava e olhos frios como flocos de neve.

— Tudo bem — disparou.

Então, ergueu os braços e tirou a camiseta com um só movimento. Antes de eu entender o que estava acontecendo, ele me deu as costas, deixou a calça jeans para trás e correu para o lago. Lá, todos o aplaudiram e gritaram o seu nome.

Meu bom humor e minha autoestima tomaram um banho de água fria, assim como o Nick.

Evitei-o por uma hora e meia. Não queria nem sequer olhar para ele, ficava nervosa só de pensar. Porém, às cinco da manhã, quando a maioria dos convidados já tinha ido embora, sobraram apenas umas oito pessoas, incluindo a Anna, o Lion, a Jenna, o Mike (dono da casa), uma tal de Sophie, o Sam (amigo do Nick), o Nicholas e eu. A gente se reuniu na imensa sala de enormes sofás brancos e nos sentamos em círculo. Eu fiquei perto da Jenna e da Sophie, uma loira tingida que parecia bem tonta. O Nicholas estava à minha direita, com o Mike entre nós, e agradeci por não estar diante dele e ter de enfrentar aquele olhar.

Desde o ocorrido na árvore, ele não tinha olhado nenhuma vez para mim. Parecia bravo ou aliviado por não ter que me fazer companhia. Eu sentia uma pontada de dor toda vez que nossos olhares se encontravam e ele desviava os olhos, ainda que uma parte de mim se sentisse aliviada. Preferia que ele me ignorasse a ter de conversar sobre o que acontecera.

— Por que a gente não faz aquela brincadeira de antigamente? — a Sophie propôs do meu lado.

— Verdade ou desafio? — a Jenna perguntou, dando uma risadinha. — Cresce um pouco, Sophie.

— Não, vamos jogar — Mike disse com um olhar malicioso.

Fiquei imediatamente nervosa. Odiava aquela brincadeira. Uma vez, escolhi desafio e tive que beber um copo de óleo de cozinha. Que nojo.

— Pega essa garrafa que está na mesa — Mike pediu ao amigo.

Um minuto depois, estávamos todos em volta de uma garrafa de cerveja vazia. O Mike foi o primeiro girá-la, e a garrafa apontou para a Anna.

— Verdade ou desafio? — perguntou, com um sorriso insinuante. O Nick, do lado dele, ficou inquieto.

— Hum... Verdade — ela respondeu, virando-se para o Nick. Tive que desviar o olhar e gostaria de tapar os ouvidos, se isso não me fizesse parecer ridícula.

— Fale sobre a última vez que você transou com alguém — o Mike questionou, rindo abertamente.

Nossa, sério mesmo?

Um largo sorriso se desenhou no rosto da Anna. Fiquei incomodada com o modo como os seus olhos procuraram os meus quando ela começou a descrever o que fizera com o Nick.

— Foi no banco de trás de um carro — começou, dando risada e olhando para o Nick e para mim. — Eu prefiro numa cama, mas...

Desviei o olhar. Por que me doía tanto ouvir aquilo? Por que, ao imaginar as mãos dela no corpo do Nick, eu sentia vontade de levantar e lhe arrancar os cabelos?

Então me adiantei e girei a garrafa. Não me importava se ela ainda estava no meio da história, eu não queria saber dos detalhes.

Merda, a garrafa apontou para o Nick. Nossos olhares se cruzaram.

— Verdade ou desafio? — perguntei, de maneira um pouco brusca.

— Desafio, claro — respondeu, com os olhos cor de céu faiscando.

Pensei em algo que o deixasse bravo de verdade... Como, por exemplo, tomar um copo de algum tipo de óleo. Mas, para minha tristeza, a Sophie se adiantou e sugeriu o que ele deveria fazer.

— Tira a camiseta — ordenou, e percebi como ela o estava comendo com o olhar. Eu revirei os olhos.

— Isso não é um desafio de verdade — rebati, fulminando-a com o olhar.

Nick sorriu, divertindo-se com a situação.

— Aprende a ser mais rápida, irmãzinha — aconselhou, e tirou a camiseta. Eu e as outras três garotas do recinto ficamos de boca aberta, completamente abobalhadas. Apesar dos hematomas e dos ferimentos da surra do Ronnie, ele continuava incrivelmente atraente.

— Obrigada pelo colírio para os olhos, Nick. Agora, é a minha vez — Jenna declarou, esticando o braço para fazer a garrafa girar.

Merda, apontou para mim. Fiquei nervosa só de pensar no que me pediriam para fazer.

Jenna abriu um sorriso maléfico.

— Verdade ou desafio? — perguntou, com um brilho divertido nos olhos.

Sempre preferi a primeira opção.

— Verdade — respondi, dando de ombros.

— Qual foi a coisa mais cruel que você já fez na vida? — Jenna perguntou, se divertindo. Ela achava que eu era uma boa menina, que nunca tinha feito nada fora do normal... Se ela soubesse...

Todos se olharam dando risada e fiquei com vontade de lhes abrir os olhos. Mas será que eu queria contar algo que me consumia por dentro desde que eu tinha onze anos? Não, na verdade não.

— Eu roubei um pacote de doces de uma loja da minha cidade quando eu tinha nove anos. Quando descobriram, tentei sair correndo e acabei derrubando duas gôndolas cheias de produtos. Fiquei de castigo por um mês, e desde então nunca mais roubei nada — contei, lembrando daquele dia com carinho... A perseguição tinha sido a parte mais divertida.

Todos riram.

Agora, o outro amigo do Nick ia girar a garrafa. Eu não lembrava o nome dele, mas ele tinha passado quase a noite toda olhando para mim.

A garrafa girou e girou até que, para meu desgosto, parou apontando novamente para mim.

— Verdade ou desafio? — ele perguntou, com um sorriso esquisito. Como eu já tinha escolhido verdade uma vez, decidi arriscar a segunda opção.

— Desafio — respondi, sentindo um nó na boca do estômago.

— Tira o vestido — ordenou.

Senti todo o sangue do meu corpo subir para o meu rosto.

Não.

Eu não podia fazer aquilo; não com toda aquela luz ao meu redor e na frente de todo mundo. Todos veriam a minha pele sem nenhum tipo de impedimento.

Notei o Nicholas ficando tenso. Não acharia ruim se acontecesse alguma que me livrasse daquele desafio.

— Posso trocar? — perguntei com a voz entrecortada. A Anna parecia se divertir com a situação.

— Você é assim tão complexada com o seu corpo? É só um jogo — alfinetou, olhando para os demais e rindo de mim.

— Sim, pode trocar — Nick resmungou, e nossos olhares se cruzaram.

As outras pessoas protestaram, mas o semblante do Nick se manteve impassível e tiveram que ceder.

— Nesse caso, como não seguiu o combinado, temos de pedir algo mais desafiador — Anna interveio, e juro por Deus que dava para ver como ela estava adorando me fazer sofrer. Fiquei com vontade de levantar e dar com a garrafa na cabeça dela. — Você vai ter que entrar nesse armário e ficar com o Sam — ela disse, com um sorriso triunfal.

Como assim? Não planejava me enfiar em armário escuro nenhum… Que merda, aquele dia estava indo de mal a pior.

— Ótimo! — o tal do Sam gritou.

Gostei de ver o Nick fulminando Sam com o olhar e com um semblante perigoso. Aquilo estava ficando interessante.

— Tudo bem, mas vai ter que ser aqui mesmo. Não vou me enfiar em armário nenhum — falei, desafiando todos os presentes.

— Por quê? — Anna questionou, contrariada.

— Ela tem medo do escuro — Nicholas soltou. Ergui os olhos na sua direção, sem acreditar que ele tinha revelado aquilo assim, sem pensar duas vezes.

Todos deram risada de mim.

— Meu Deus, você tem quatro anos? — Sophie caçoou ao meu lado.

Eu sabia que estava vermelha. Esse assunto era sagrado para mim. Só as poucas pessoas que me conheciam de verdade sabiam daquele medo, e eu nem me lembrava de ter contado isso para o meu pseudoirmão.

— Por mim, tanto faz o local, mas quero te beijar agora — Sam afirmou, se aproximando de mim e rindo abertamente.

Não lhe faltava confiança, e eu tampouco me importava de beijá-lo. Era só isso mesmo: um beijo. Fiquei de pé, sem olhar para as pessoas ao meu redor.

Sam era loiro e tinha olhos castanhos. A Jenna já havia me contado que ele estudava na nossa escola. Ele me lembrava do Dan. Aproximou-se e pôs uma das mãos na minha cintura. As outras pessoas vaiaram dos lugares. Enrubesci, sem dúvida, mas era melhor acabar logo com aquela bobagem.

Aproximei a minha boca da dele com a intenção de lhe dar um beijo casto, só nos lábios, mas o espertinho empurrou a boca com força até que meus lábios se entreabriram e a sua língua invadiu a minha boca. Não houve nenhum tipo de reação da minha parte, e um segundo depois eu o afastei com um empurrão.

— Já é o suficiente — disse, dando meia-volta e me sentando. Estava brava e não sabia exatamente por quê.

— Você beija como um anjo, Noah — Sam sentenciou, rindo e voltando para o seu lugar.

Então, Nick se levantou. Parecia nervoso com alguma coisa. Estava com a testa franzida e os dois punhos apertados ao lado do corpo.

— Já está tarde, temos que ir — comentou, olhando apenas para mim. — Esse jogo é uma bobagem.

Levantei-me e fui imitada pelos outros, que assentiram, já cansados de uma festa tão longa. Vi o Nick vestindo a camiseta e ouvi a Sophie suspirando ao meu lado, pesarosa.

Nós dois nos despedimos do Mike e da Sophie e nos dirigimos para os carros. Graças a Deus, a Anna tinha ido com o seu conversível e não tivemos que levá-la para casa. Entrei no carro do Nick depois de me despedir do Lion e da Jenna, que prometeu me ligar cedo no dia seguinte para fazermos as malas enquanto conversávamos. Sorri para ela, revirando os olhos e pensando em como aquela viagem estava ficando cada vez mais inapropriada.

Depois que o Nick se despediu da Anna, ele entrou no carro e deu a partida em menos de um segundo. Não queria falar com ele sobre o que havia acontecido, por isso estiquei o braço e liguei o rádio. Assim que pegamos a estrada, ele esticou o braço e desligou o aparelho.

— Não gostei nem um pouco de você ter beijado o Sam — falou, e percebi que ele estava batendo os dedos de maneira nervosa no volante.

— Era só a porcaria de um jogo. O que você queria que eu fizesse? — respondi, lembrando do que a Anna tinha contado. Eu também não havia gostado nem um pouco.

— Era só ter dito que não — retrucou.

— Eu disse não para o primeiro desafio. Além do mais, eu não fico pedindo explicações sobre o que você faz ou deixa de fazer com a sua namorada nem com as centenas de garotas que você pega bem debaixo do meu nariz — falei, elevando o tom de voz.

— Eu nunca fiz nada disso — rebateu, me fazendo erguer as sobrancelhas, incrédula. — E centenas de garotas é um pouco demais, sardenta. Até mesmo para mim.

— E a Anna?

— O que eu e a Anna temos é... diferente. Porém, para deixá-la mais tranquila, faz semanas que não fazemos nada — ele se justificou, tentando ficar mais calmo.

— Mesmo que seja verdade, ainda que eu não acredite, você não precisa ficar me dando explicações. Não estou com ciúmes — disse, cruzando os braços e olhando para a escuridão da noite. A verdade era que, sim, eu estava com ciúmes, mas nunca admitiria.

— Mas eu, sim — ele disse, então, virando o rosto para mim. — Eu estou com ciúmes, muito mesmo, e nem sei direito por quê. Nunca na vida senti ciúmes de alguém, Noah, e muito menos por causa de um idiota como o Sam.

Arregalei os olhos, surpresa com a confissão.

— Você não deveria se sentir assim, ainda mais por causa de uma brincadeira...

— E você acha que eu não sei disso? — ele me interrompeu, nervoso.

Neste momento, chegamos em casa. Nick abriu a porta e se fez um silêncio entre nós. Antes que eu pudesse sair, ele pegou no meu pulso com delicadeza e me obrigou a confrontar o seu olhar.

— Desculpe-me pelo que aconteceu lá perto das árvores. Acho que não foi o que você esperava... Não era minha intenção assustá-la, nem que você se sentisse incomodada.

Senti que estava derretendo, depois de ter me enfiado atrás de muros de gelo.

— Você me deu a opção de pararmos, Nick, e eu não quis parar — eu disse, nervosa. Senti uma carícia fugaz no meu pulso.

— Eu faria tudo com você, Noah, e você sabe disso... Mas não vamos fazer nada enquanto esse medo com que você olha para mim não for embora.

Que merda...

Depois disso, ele desceu do carro, e demorei para voltar a sentir o meu coração bater normalmente.

Na manhã seguinte, a Jenna me pegou umas três da tarde para irmos às compras. Segundo ela, a viagem para as Bahamas era a desculpa perfeita para renovarmos os nossos guarda-roupas por completo. Minha mãe, muito feliz porque o Nicholas tinha me convidado, ofereceu o seu cartão de crédito e quase implorou para que eu comprasse alguma coisa. Era estranho vê-la tão feliz pelo simples fato de eu me dar bem com o meu quase-irmão, principalmente porque, do ponto de vista dela, o convite fora antes de tudo um ato fraternal. Não conseguia nem imaginar a cara que ela e o Will fariam se descobrissem o que eu e o Nicholas andávamos fazendo nas últimas semanas.

Com aqueles pensamentos na cabeça, e ainda em dúvida se deveria ir ou não para as Bahamas, esperei a Jenna desfilar por toda a seção de provadores com mil e um modelos novos e exclusivos de roupas. Ela era tão magra e esbelta... Ficava até com inveja de como a sua pele escura combinava com as roupas que provava. Eu ainda não tinha me interessado por nada, e não estava muito animada para comprar alguma coisa. Havia muitas roupas em casa que eu não tinha nem estreado.

Então, enquanto a Jenna voltava mais uma vez para o provador, o meu celular tocou. Eu o tirei do bolso de trás da calça.

— Alô? — eu disse, sem receber resposta. Olhei para a tela por um momento: número oculto. — Alô? — repeti, mais alto. Dava para ouvir uma respiração na linha, e, sem saber o motivo, um calafrio percorreu o meu corpo. Desliguei quando a Jenna saiu do provador.

— Quem era? — perguntou, ao me ver guardando o celular no bolso.

— Não sei. Número oculto — respondi, pegando a minha bolsa e me dirigindo para a saída.

— Que péssimo! Um dia me ligaram de um número oculto e era um babaca obcecado por mim — contou, chamando a minha atenção. — Ele me ligava de vez em quando, tive que trocar de número até... O Lion ficou possesso — completou, dando uma risadinha.

Que bobagem... Quem estaria obcecado por mim? Então, lembrei-me da ameaça do Ronnie, sobre a qual o Nick me falara, e pensei que não tinha dado a ela a importância que deveria. Mas eu não ia me desesperar por causa de uma simples ligação. Decidi ignorar aquele receio e acompanhei a Jenna até o caixa.

Dez minutos depois, estávamos sentadas em uma mesa na área externa de um Starbucks. Eu comia um bolinho de mirtilo enquanto ela bebia um frappuccino de morango.

— Posso perguntar uma coisa pra você? — ela disse, então, depois de ter ficado repentinamente calada.

Levantei o olhar do meu bolinho e assenti, enquanto colocava um pedaço na boca.

— Claro — respondi, mastigando aquela gostosura.

— Você sente alguma coisa pelo Nick? — perguntou, me fazendo engasgar.

Merda... Não estava esperando por aquilo. Era assim tão óbvio? Tentei engolir e parar de tossir com a ajuda do meu suco de laranja, enquanto pensava no que diabos ia responder.

— Por que você está perguntando? — questionei, evitando responder.

Ela olhou atentamente para mim.

— Ontem, no aniversário dele... não sei... acho que vi alguma coisa — contou, olhando fixamente para mim, atenta às minhas reações. — Nunca tinha visto o Nick ficar tão feliz com a chegada de alguém, mas, quando ele te viu, foi instantâneo! Parecia alguém completamente diferente... Não sei se é coisa da minha imaginação, mas olhando para vocês, depois, no jogo de verdade ou desafio, vi como reagiram ao que a Anna falou e ao beijo que você deu no Sam.

Hum... Ela era mesmo observadora... De certa maneira, tínhamos nos deixado levar na noite anterior, sem parar para pensar que as pessoas ao redor poderiam perceber o que estava rolando entre a gente. Mesmo que... nem nós soubéssemos direito o que estava rolando.

— Jenna, ele é quase meu irmão — respondi, tentando sair pela tangente.

Ela revirou os olhos de imediato.

— Ele não é seu irmão de verdade, nem nada parecido. Então, não vem com essa conversa — ela disse, repentinamente séria. — Eu conheço o Nick e ele está mudando... não sei... tem alguma coisa acontecendo aí. Talvez seja porque agora estão tentando ser amigos... Ou você realmente sente algo por ele? — insistiu, olhando fixamente para mim, com olhos de raio-X.

Se eu sentia alguma coisa pelo Nick? Sim, sentia, tinha que admitir pelo menos para mim mesma. Mas o que era exatamente? Não fazia ideia, só sabia que essa história estava me deixando completamente doida.

— Tentamos ser amigos por causa dos nossos pais — expliquei, sabendo que era mentira. — E ele não me desagrada, pelo menos agora que o estou conhecendo melhor...

Jenna pareceu pensar sobre a minha resposta e assentiu, levando o canudinho à boca outra vez.

— Tudo bem, mas não seria emocionante se vocês se envolvessem? — comentou, com um sorriso malicioso. — Não seria considerado incesto, né?

Tive que tossir de novo para não me engasgar com o que restava do bolinho...

28

NICK

O hotel Atlantis, nas Bahamas, era considerado um dos melhores do mundo. Eu já tinha me hospedado nele duas vezes e fora magnífico. Grande parte do hotel havia sido construída como se fosse um aquário, e os hóspedes podiam ver tubarões, peixes exóticos e animais de todo tipo enquanto caminhavam pelos corredores em direção ao salão de jantar ou ao cassino. A Noah tinha achado o máximo, e fiquei feliz por saber que eu tinha algo a ver com isso. Tínhamos reservado dois quartos, um para as garotas e outro para os rapazes.

Chegamos ao hotel por volta das cinco da tarde e elas insistiram para irmos diretamente à praia. Eu estava morrendo de vontade de ver a Noah de biquíni, e meia hora depois saímos para pegar o sol do final de tarde. Para mim, ir à praia tinha a ver com surfar, já que eu não gostava de ficar deitado em uma toalha pegando sol, mas naquele dia não liguei, já que eu teria uma vista excelente.

Mas me decepcionei quando chegamos às espreguiçadeiras e a Noah tirou a saída de praia. A Jenna vestia um biquíni branco muito provocante, mas a Noah tinha escolhido um recatado maiô preto. Parecia receosa, mas eu queria ver um pouco mais da pele dela, daquele abdômen suave e plano, das curvas daquela cintura...

Jenna e Lion foram direto para o mar. Ela de cavalinho em suas costas, ele ameaçando jogá-la de cabeça na água. Eu me virei para a Noah, que estava distraída passando protetor solar.

— Nós voltamos para o século passado ou você esqueceu os biquínis em casa? — perguntei, dando risada.

Ela ficou imediatamente tensa, mas um segundo depois me fulminou com seus lindos olhos.

— Se não gostou, é só não olhar pra mim — respondeu, dando-me as costas e continuando a sua tarefa.

Franzi a testa diante daquela resposta. Parecia que eu estava sempre dando fora com ela.

Quando ela terminou de passar o protetor solar, deitou-se e tirou um livro da bolsa. Eu a observei com atenção. Em casa, ela estava sempre lendo. Eu me perguntei do que ela poderia gostar em Thomas Hardy, mas deixei para lá. Meus gostos literários não tinham nada a ver com os dela, isso estava claro. Continuei olhando dissimuladamente para ela, me perguntando o que ela tinha que me fazia me comportar de um jeito tão diferente... Será que eram aqueles olhos cor de mel, tão doces, mas que ao mesmo tempo refletiam uma personalidade indomável que tiraria o juízo de qualquer um? Será que eram aquelas sardas, que davam a ela um ar ingênuo e sexy ao mesmo tempo? Não fazia ideia. Porém, quando ela ergueu os olhos da leitura e os cravou nos meus, o calafrio que senti no corpo inteiro me fez perceber que, se eu não tivesse cuidado, acabaria ficando abobado como o Lion em relação à Jenna.

— Entra na água comigo — pedi, esticando o braço e tirando o livro das mãos dela.

Ela me olhou com raiva.

— Pra quê?

Eu sorri, me divertindo.

— Pensei em algumas coisas... — Ela não conseguiu deixar de ficar vermelha. — Do tipo nadar, apanhar conchinhas... Do que você acha que eu estou falando, sardenta? — eu disse, me divertindo às custas dela.

A cor do seu rosto passou de um rosa adorável para um vermelho intenso.

— Você é um idiota, e não vou entrar na água com você. Devolve o meu livro — ordenou, com a mão na minha direção.

Eu a agarrei e a puxei para mim.

— Você terá tempo para ler quando envelhecer. Vamos.

A princípio, ela resistiu, mas eu a peguei nos braços e a levei para a água.

— Me solta! — gritou, se sacudindo como uma medusa.

Eu obedeci, soltando-a na água e dando risada quando ela começou a abrir a boca parecendo um peixinho. Veio na minha direção, e passei os dez minutos seguintes segurando-a dentro da água e dando gargalhadas.

A tarde passou sem nenhum incidente. Percebi que, se eu mantivesse as minhas mãos longe da Noah, ela conseguia se divertir comigo e com os outros. Aproveitamos muito a praia, bebendo margaritas e curtindo as águas cristalinas. Acabei cochilando na espreguiçadeira, em um dos intervalos em que a Jenna e o Lion desapareceram para fazer Deus sabe o quê, e quando abri os olhos, uma hora depois, percebi que a Noah não estava por perto. Comecei a procurar por ela perto da arrebentação e no mar. Não estava em lugar nenhum. Então, ouvi a risada dela. Eu olhei para a esquerda, onde um grupo de universitários jogava vôlei de praia. Lá estava a Noah, com seu maiô preto e shortinho curto. Estava jogando com eles, e a maioria dos caras a comia com os olhos enquanto ela saltava e batia na bola com maestria. Muitos eram bem mais altos do que ela, tinham no mínimo dois palmos a mais de altura, e estavam em ótima forma. Senti a raiva me invadindo quando um deles a abraçou e a fez girar no ar depois de ela marcar um ponto.

Que diabos! Fui até lá pisando forte. Não sabia o que pretendia, mas estava cego de raiva. Então, ela me viu e me lançou um sorriso que paralisou os meus pensamentos e o meu corpo. Ela estava feliz... Muito feliz.

— Nick, vem jogar com a gente! — gritou, entregando a bola para um dos seus novos amigos e correndo na minha direção. Estava com as bochechas coradas por causa do sol e do exercício, e seus olhos brilhavam de animação. — Viu o ponto que eu fiz? — perguntou, orgulhosa.

Assenti, sem saber muito bem o que fazer com a raiva que ainda ardia dentro de mim.

— Não sabia que você jogava vôlei... — comentei, e até eu me dei conta de como a minha voz tinha saído irritada.

Ela pareceu ignorar aquele detalhe.

— Jogo desde os dez anos. Eu contei pra você, eu era a capitã do meu time em Toronto — ela me lembrou.

Pouco a pouco consegui me controlar e retribuí o sorriso.

— Que ótimo! Não sabia que você era tão boa, mas a gente precisa ir — eu disse, principalmente porque não estava gostando daqueles caras olhando na nossa direção, parecendo hipnotizados por ela.

— Vamos, Noah! — um deles chamou, o que a tinha abraçado há menos de um minuto. Meu olhar foi tão frio que ele ficou congelado no lugar.

— Desculpa, eu nem vi que já era tão tarde. Vou me despedir do pessoal — ela disse, se virando e me deixando ali plantado, observando-a.

Fiquei nervoso quando todos começaram a falar com ela e um deles até protestou quando percebeu que ela estava indo embora. Eu teria carimbado a cara dele na areia se não soubesse que isso me causaria problemas com a Noah.

Uns poucos minutos depois ela estava de novo ao meu lado.

— Foi muito legal. Fazia pelo menos uns três meses que eu não jogava... Foi como voltar para casa — ela começou a contar, animada. Então, percebi como tinha sido difícil para ela deixar absolutamente tudo para trás para se mudar com a mãe: os amigos, a escola, o namorado... — Eles nos chamaram para uma balada do hotel. Disseram que é muito legal, e a gente devia ir — comentou, contente.

Queria responder categoricamente que não, que aqueles caras só queriam uma coisa dela e eu não estava disposto a ficar a noite inteira vendo-a ser devorada por olhares. Porém, ao ver a felicidade no olhar dela, uma felicidade que eu nunca tinha visto desde que a conhecera, não consegui recusar.

— Tudo bem, mas antes temos que jantar e tomar um banho — eu disse. — A Jenna e o Lion já foram, eu falei com eles.

— Ótimo — concordou com um sorriso.

Aquilo estava tudo, menos ótimo.

Quando nos encontramos com elas em frente aos elevadores, tive que reprimir a vontade de voltar e prender a Noah dentro do quarto. Quem tinha sugerido a ela que usasse aquela roupa? Usava um vestido branco, com tiras finas que se cruzavam nas costas. Contemplar toda aquela pele exposta não poderia ser bom para a minha saúde... Tive que engolir em seco para conter a vontade de acariciá-la, levá-la para o quarto e admirá-la por horas. As pernas dela, naturalmente torneadas e esbeltas, ficavam ainda mais lindas com aqueles saltos cor de água-marinha.

Quem será que a convencera a abandonar a calça jeans e o All Star? A resposta àquela pergunta estava bem do meu lado. Maldita Jenna.

29

NOAH

Nem sabia como tinha me deixado ser convencida a usar aquele vestido. Era muito inapropriado, ainda mais porque deixava as minhas costas inteiras à mostra. Precisei usar um sutiã especial e tudo, mas ainda me sentia completamente nua. A Jenna era insuportável quando metia alguma coisa na cabeça, mas uma parte pequena de mim, bem escondida, também queria ver a reação do Nick diante daquele vestido. Durante o dia inteiro ele havia se comportado como se fosse realmente meu amigo. Manteve as mãos longe de mim e, por mais estranho e contraditório que pudesse parecer, eu não tinha gostado disso.

Por isso, não entendi muito bem o seu olhar de desgosto quando nos reunimos, em frente aos elevadores. Ele analisou o meu corpo com a testa franzida, e por um momento achei que não tinha gostado de como eu estava.

— Algum problema? — perguntei, decepcionada com o seu olhar. Não tinha sido a reação que eu esperava.

— Você não vai ficar com frio? — indagou, com um brilho estranho nos olhos.

— Vou ficar bem — afirmei, entrando no elevador assim que as portas se abriram.

Ao meu lado, a Jenna usava um minishort preto e um *top* rosa muito provocante. Ela estava muito mais exposta do que eu, mas eu não vi o Lion fazer cara feia.

Os rapazes nos seguiram. Quando chegamos ao andar do restaurante, fiquei novamente encantada com a decoração e o tamanho daquele lugar.

O Nick nos guiou até o restaurante, que ficava perto da piscina. Era muito elegante, por isso usávamos roupas tão chiques, e adorei poder aproveitar tudo aquilo com amigos e com o Nicholas. Essa era uma das vantagens de a minha mãe ter se casado com um milionário: o luxo estava sempre ao meu dispor.

Fomos acomodados em uma mesa muito aconchegante perto de um caminho que levava aos jardins e à piscina. A vista era espetacular, e logo estávamos jantando e aproveitando a conversa agradável e a comida espetacular.

Meu celular começou a tocar, interrompendo a conversa. Eu continuava recebendo ligações do número oculto, e alguém ficava só escutando do outro lado da linha.

— Alô? — atendi, e automaticamente uma voz conhecida respondeu. Era um dos rapazes com quem eu tinha jogado vôlei de praia. Se eu não estivesse enganada, o seu nome era Jess. Ele informou o nome da balada e disse para irmos para lá depois de terminarmos de jantar.

Quando contei para os outros, a Jenna ficou muito animada, mas o Nick voltou a olhar para mim de maneira estranha. Que diabos estava acontecendo com ele?

Peguei meu celular e mandei uma mensagem para ele. Sabia que aquilo era ridículo, mas, se ele não parasse, terminaria estragando minha noite.

> Que diabos você tem?
> Você não para de fazer cara feia pra mim desde que a gente se encontrou.

Achei engraçado o modo como ele arregalou os olhos, surpreso, quando o celular tocou e ele leu a mensagem. O seu olhar buscou o meu quando o meu celular tocou na minha mão.

> Acho que prefiro quando você escolhe as suas próprias roupas. Você não deveria usar algo que te deixe desconfortável.

Como ele sabia que a Jenna tinha escolhido o vestido para mim? Era assim tão óbvio que eu não gostava daquela roupa? A Jenna estava incrível... Eu devia estar parecendo uma bonequinha grotesca se comparada a ela.

Fiquei com os olhos marejados ao achar que estava fazendo papel de ridícula. Queria impressionar o Nick e acabei fazendo exatamente o contrário.

Deixei o celular na mesa, não pretendia responder. Nunca tinha sido uma garota que se produz em excesso, mas também nunca dera importância ao que as pessoas, muito menos os homens, pensavam de mim. Ter feito aquilo por causa do Nick me fez sentir como uma idiota.

O celular tocou de novo, fazendo ainda mais barulho agora, pois vibrou em cima da mesa.

Olhei a mensagem e senti um frio na barriga.

> Você está linda, Noah.

Nossos olhos se encontraram e senti um calor por dentro. Se ele estivesse falando de coração, ele tinha uma maneira muito esquisita de me elogiar.

Fiquei brava comigo mesma ao perceber que aquelas palavras simples tinham mexido tanto comigo. Não deveria ter me vestido para ele, não devia ter desistido da roupa que eu queria usar originalmente...

— Ei, pessoal! — o Lion chamou. Nós dois nos viramos para ele. — O que está acontecendo?

— Nada — o Nicholas respondeu. Em seguida, bebeu o que estava em sua taça de cristal sem tirar os olhos de mim.

— Precisamos ir. Combinei com o Jess que chegaríamos em quinze minutos e não quero deixá-lo esperando — respondi, com vontade de sair dali. Se o Nick estivesse esperando um "obrigada" pela mensagem anterior, era melhor esperar sentado.

Saímos do restaurante e fomos para a área das baladas e dos bares. Um rapaz loiro de olhos azuis se aproximou quando nos viu. Era o Jess.

— Ei... Noah! Você está... incrível! — exclamou, me fazendo sorrir.

Viu? Era isso que eu estava esperando.

Eu o apresentei aos outros e tive que segurar a respiração ao ver o Nick hesitar por alguns segundos para esticar o braço e apertar a mão de Jess com força.

— A balada é bem aqui e o lugar é maravilhoso — meu novo amigo contou, enquanto nos conduzia para um local impressionante, com dois seguranças na porta e muita gente esperando para entrar. — Venham comigo.

Jess falou com um dos seguranças, que, depois de nos medir de cima a baixo, assentiu e nos deixou entrar. Lá dentro, o ambiente era desorientador. A pista estava lotada de pessoas dançando e se mexendo ao ritmo da música. As luzes eram bastante incômodas, mas, no geral, era o lugar perfeito para se ter uma ótima noite.

— Temos um espaço reservado bem ali — indicou, apontando para um local afastado da pista de dança, mas na melhor área da balada. — Podem vir comigo — pediu, tentando passar pelo mar de gente.

Tentei não cair. Aqueles sapatos eram uma armadilha mortal e meus pés já estavam doendo. Quando chegamos ao camarote, os quatro rapazes ali, que já me conheciam da tarde na praia, gritaram o meu nome e nos cumprimentaram com entusiasmo. Eu dei risada, me divertindo com a situação. Muitos estavam acompanhados das namoradas, mas todos nos deram as boas-vindas com muita alegria, e isso me fez gostar ainda mais deles. Não pude deixar de notar que o Jess se sentou exatamente do meu lado, enquanto o Nick se sentou do outro. Aquilo me deixou bem incomodada.

— Noah, me diga, há quanto tempo você joga vôlei? Você é dez vezes melhor do que qualquer um desses enganadores! — Jess comentou alegremente, me oferecendo uma bebida.

Franzi a testa por um momento antes de levar o copo à boca. Desde o ocorrido na noite em que conheci o Nick, não confiava mais no que me davam para beber.

— Não tem nada aí. Fiquei olhando enquanto serviam — uma voz sussurrou no meu ouvido.

Senti um calafrio, mas, quando me virei para agradecer, vi que uma garota alta e extremamente bonita tinha se aproximado e sentado ao lado do Nicholas. Ele me deu as costas e começou a conversar com ela. Senti a raiva me consumindo.

— Você quer dançar, Jess? — perguntei, enquanto a Jenna arrastava o namorado para a pista.

— Claro — respondeu, animado.

Eu nem sequer olhei para o Nicholas quando peguei na mão do Jess e me deixei levar para onde todos dançavam freneticamente, ao ritmo da música.

Eu sempre gostei de dançar e até que dançava bem. Tinha que agradecer à minha mãe e ao seu espírito jovem: ela gostava de faxinar a casa sempre com música no último volume. Eu não tinha vergonha de mexer os quadris e de me deixar levar pelo ritmo da música. Dançar era divertido. Mas, naquele momento, não era com o Jess que eu queria dançar, mas com alguém completamente diferente. Quando eu o vi aparecer com o braço entrelaçado ao da outra garota, senti a minha alma sair do corpo.

Ele ficava extremamente sexy dançando. Ainda não o tinha visto fazer isso, mas aquela maneira de se mexer diante daquela garota loira me causava inveja e um ciúme que eu nunca tinha sentido antes. Quando as mãos dele foram diretamente para o bumbum dela, tive que me virar e respirar fundo para não sair correndo para o quarto. Eu sabia que não tínhamos nada, mas era difícil assimilar o quanto eu odiava vê-lo encostando em outra garota, ainda mais debaixo do meu nariz. O Jess me pegou pela cintura, colando as minhas costas no peito dele, uma posição que me deixava completamente exposta ao olhar do Nick, que precisamente nesse instante se virava em nossa direção. Quis afastar o Jess porque não estava muito cômoda naquele instante, mas o Nicholas me desafiava com cada detalhe do seu semblante. Observei, segurando a respiração, como a sua bochecha se apoiava na da loira, como ele girava levemente a cabeça para falar algo no ouvido dela...

De alguma maneira, apesar de estar morrendo por dentro, aquilo despertou a minha vontade de revidar, e deixei que o Jess deslizasse as mãos até me abraçar fortemente com o braço, pressionando-me ao seu corpo rígido. Mexi o quadril no ritmo da música e percebi que estava brincando com fogo.

O Nick me fulminou com seus olhos azuis enquanto mordia levemente a orelha da garota. Vi os seus lábios na pele dela e soube perfeitamente o que ela estava sentindo.

Para mim, aquilo foi o suficiente.

Eu me separei do Jess e disse para ele me esperar no espaço reservado, pois eu iria para lá em um momento. Ele assentiu, depois de me perguntar se eu estava bem. Eu o tranquilizei e me dirigi aos corrimãos que rodeavam a pista. Havia menos pessoas, mas ainda era parte da pista de dança, por isso, mal havia espaço para eu me encostar e tentar me acalmar.

Então, o Nick apareceu na minha frente. Os seus olhos procuraram os meus, ele pegou na minha mão e me puxou para ele. Senti o meu coração palpitando enlouquecidamente quando sua mão repousou sobre as minhas costas despidas.

— Por que você me obriga a fazer algo que eu não quero? — perguntou no meu ouvido.

Eu não respondi. Não tinha nada a dizer. Estava brava comigo mesma por tentar ser alguém que eu não era e brava com ele por confirmar isso.

— Você me deixa doido, Noah — continuou, roçando os lábios na minha orelha.

Eu estremeci.

Ergui o meu olhar para ele. Os olhos dele estavam brilhando, martirizados, mas também vi o desejo escondido. Ele me queria... e eu o deixava doido... Um sorriso se desenhou no meu rosto.

— Você dança muito bem — respondi, esticando os braços para envolver o seu pescoço. Senti os seus cabelos entre os meus dedos e acariciei sua nuca com um movimento lento e provocante.

— Não faça isso — pediu, e eu repeti o gesto. — Você vai me obrigar a fazer algo que eu não posso fazer aqui — advertiu, olhando para a minha direita.

Eu me virei e vi a Jenna e o Lion nos observando enquanto dançavam. Uma parte de mim queria confessar para a minha amiga o que estava acontecendo, mas a outra parte me dizia aos berros que eu estava completamente louca. Ninguém lidaria bem com esse tipo de relação.

— Eu preciso voltar — comentei, desiludida.

— Nada disso — ele impediu, me apertando ainda mais contra si. Os seus lábios voltaram para a minha orelha e ele me deu mordidinhas suaves. As mãos fizeram carinho nas minhas costas, eu fechei os olhos e soltei um suspiro de prazer.

— Você tem que parar — murmurei.

No mesmo instante, ouvi um resmungo baixo e em seguida, de repente, senti os seus lábios sobre os meus. Foi um beijo inesperado, porque estávamos sendo observados, porque estávamos nos denunciando, mas principalmente porque foi um beijo apaixonado, brusco e muito gostoso.

Me segurei em seus ombros com força durante o beijo e as suas mãos me aproximaram de seu corpo excitado.

— Nick... — eu falei, sem ar. — Nick, para... — pedi, quando as suas mãos começaram a me tocar por todos os lados. Se continuássemos, eu ficaria pelada no meio de todas aquelas pessoas.

Então, ele apoiou as duas mãos nos meus ombros e me afastou, deixando uma distância entre nós. Seus olhos se encontraram com os meus.

— Vamos para o meu quarto — pediu, me paralisando. — Não aguento vê-la aqui, rodeada de pessoas que querem fazer com você exatamente o que eu quero... Por favor, Noah, vem comigo. Quero que a gente fique sozinho.

Parecia realmente preocupado... Ou era isso, ou ele estava ficando completamente maluco. Senti pena ao ver aquele semblante martirizado. Depois daquele beijo, a verdade é que eu não queria mais ficar no meio de tanta gente... Além do mais, meus saltos estavam me matando.

— Tudo bem, vamos — aceitei, deixando que me conduzisse, de mãos dadas comigo. Ele sorriu aliviado e me levou até a Jenna e o Lion, que olhavam para a gente boquiabertos.

Quando nos aproximamos, ela me puxou e me fulminou com os seus olhos escuros.

— Mentirosa! — gritou, mas soltando uma risada. — Vocês ficaram completamente malucos? — ela nos repreendeu.

O Lion parecia não ter palavras. Pior, estava olhando para o Nick com a testa franzida.

— Nós já vamos — Nick anunciou, ignorando a Jenna e o olhar do amigo.

— Mas já? — Jenna perguntou, com um olhar suplicante. Tinha certeza de que ela ia me interrogar até perder a voz, mas naquele instante nada importava.

— Meus pés estão doendo muito, esses saltos são uma tortura — eu disse, e era verdade. A meu lado, o Nick olhou para mim, preocupado. Em seguida, fomos de mãos dadas até a saída.

— Fala tchau para o pessoal por mim! — gritei para a Jenna, tentando fazê-la me ouvir mesmo com tamanha barulheira. E eu consegui: ela assentiu, olhando para mim animada.

Quando saímos, o barulho da música foi abafado pelas paredes à prova de som. Já era bem tarde, mas as pessoas continuavam na fila para entrar.

— Você está com os pés doendo? — Nick perguntou.

Assenti, enquanto aproveitava uns segundos para me sentar. O Nicholas se ajoelhou na minha frente e começou a tirar os meus sapatos, determinado.

— O que você está fazendo? — indaguei, dando risada.

— Não sei como você aguentou isso, mas estou sentindo dor só de olhar — respondeu, tirando primeiro um dos saltos e depois o outro.

— Obrigada, é um alívio — eu disse, e não estava me referindo apenas aos saltos.

Dez minutos depois, estávamos no quarto dele. Ainda com as luzes apagadas, mas sob a claridade que entrava pelas janelas abertas, ele me empurrou contra a parede, jogou meus sapatos no chão e voltou a me beijar, dessa vez com mais profundidade e desejo.

Não sabia o que acontecia, mas sempre que eu estava em seus braços não conseguia pensar em outra coisa que não em nossos corpos se misturando e se tornando um só, em minhas mãos o acariciando por inteiro. E era exatamente o que estava ocorrendo naquele instante. Suas mãos me prendiam contra a parede, me imobilizando; as minhas acariciavam os seus cabelos. Puxei-o para mim e vi como ele ficava arrepiado quando meus dedos roçavam as partes sensíveis da sua orelha e nuca.

Ele soltou um gemido profundo e sexy, e se afastou para pegar as minhas mãos e colocá-las acima da minha cabeça.

— Fica quietinha — pediu, beijando meu pescoço, dando mordidinhas onde eu sentia minha pulsação disparar enlouquecida e lambendo as zonas sensíveis da minha clavícula, da minha orelha e do meu colo.

Soltei um suspiro de prazer quando uma das suas mãos começou a acariciar as minhas pernas e as minhas coxas, levantando meu vestido curto. Então, percebi que ali havia muita luz, portanto, ele conseguiria me ver nua se eu permitisse.

Eu me remexi, inquieta.

— Para, por favor — pedi, mas ele ignorou. — Para — repeti com mais firmeza, e ele me soltou.

Coloquei minha mão direita sobre a dele, que tinha ficado parada bem na altura no meu quadril.

— Por quê? — perguntou, olhando fixamente para mim e implorando para que eu não o fizesse parar.

Nossa! Aqueles olhos repletos de desejo eram os mais atraentes que eu já tinha visto na minha vida. Queria envolvê-lo com os meus braços e pedir que ele não parasse, que me levasse para a cama e me dominasse, mas eu não conseguia... Ainda não.

— Não estou preparada — respondi, sabendo que em parte era verdade.

Ele juntou a testa com a minha, até que nossas respirações se acalmaram e voltaram a um ritmo normal.

— Não tem problema — ele disse, um minuto depois —, mas não vá embora.

Olhei fixamente para ele, tentando descobrir o que se passava em sua cabeça.

— Você me disse antes que a gente não se conhecia o suficiente, e tinha razão. Eu quero conhecer você, Noah, de verdade. Nunca quis tanto alguma coisa, e quero que você fique comigo essa noite.

Vê-lo se abrindo daquela maneira... Aquele sujeito ríspido, que ficava com centenas de garotas sem nenhum remorso... Aquilo me tocou profundamente.

— Tudo bem, vamos conversar — aceitei. Eu também queria conhecê-lo melhor.

Eu estava no banheiro do quarto do Nick. Tinha tirado o vestido branco e estava só de calcinha e sutiã, me olhando no espelho. Ele tinha me dado uma camiseta sua para que eu ficasse mais à vontade. Íamos conversar, mas os meus olhos se fixaram na cicatriz na minha barriga, e eu a observava com preocupação e com testa franzida. Minha cicatriz sempre tinha sido um problema para mim. Por esse motivo, eu não usava biquínis nem deixava ninguém olhar para a minha barriga. Ficava tensa só de imaginar alguém vendo aquilo.

Tentei tirar esse pensamento da mente. Lavei o rosto com água gelada e vesti a camiseta. Ficou parecendo um vestido em mim, então não precisava me preocupar por estar exposta demais. Lavei os pés, também com água gelada, e aproveitei o relaxamento dos músculos depois de terem sofrido a tortura daqueles malditos saltos.

Quando saí do banheiro, vi o Nicholas sentado na varanda do quarto. Ele tinha tirado a calça jeans e a camisa. Agora, vestia uma calça de pijama e uma camiseta cinza. Estava lindo, mas me obriguei a manter o olhar longe do seu corpo quando saí para encontrá-lo.

Ele se virou para mim e abriu um sorriso.

— Você ficou bem com a minha roupa.

— Ainda bem que você é alto, senão seria um pouco constrangedor — eu disse, me aproximando.

Porém, naquele exato instante, o celular dele começou a tocar. Como eu estava perto, consegui ver quem era antes de ele atender e se afastar para falar sem que eu ouvisse. A ligação era de uma tal de Madison.

Ele me observou um segundo antes de entrar. Senti os ciúmes voltando e não pude deixar de tentar ouvir a conversa.

— Como você está, princesa? — ele disse com uma voz doce. Fiquei tensa. Desde quando o Nicholas chamava alguém de "princesa"? De repente, senti muita vontade de sair correndo daquele quarto. — Estou muito bem, sim, e ganhei muitos presentes de aniversário... Ainda estou esperando o seu, você vai me dar um beijo e abraço bem forte?

Aquilo estava indo de mal a pior. Queria simplesmente sair. Não precisava ficar ouvindo aquilo, não queria vê-lo se engraçando com outra mulher na minha frente. Mas, no fundo, não conseguia fazer nada… Eu mesma tinha insistido para que não déssemos nenhuma satisfação um para o outro, disse que não queria estar com ninguém de maneira séria e exclusiva… Qual seria a minha desculpa para ir embora?

— Você sabe que sim, querida. Mas agora tenho que ir, amanhã eu te ligo, tá bom? — ele continuou falando no celular com uma voz bastante carinhosa. Parecia um Nicholas completamente diferente. — Eu também te amo, princesa, tchau.

E finalmente desligou.

Cruzei os braços e me virei para olhar o mar. Não queria deixá-lo perceber que aquilo tinha me incomodado, senão abriria um precedente. Fiquei tensa quando ele se aproximou, atrás de mim.

— Desculpe, mas eu precisava atender — ele disse, enquanto beijava o meu pescoço na altura da minha tatuagem.

— A gente ia conversar — relembrei, remexendo-me. Ele se afastou de mim e se sentou em uma das cadeiras da varanda.

— Muito bem, vamos conversar — disse, com o semblante tranquilo. Ele não apresentava nem um pingo de remorso pelo que tinha acabado de acontecer. Senti a minha raiva aumentando. — O que acha de fazermos dez perguntas um para o outro? Temos que responder sinceramente e temos o direito de não responder uma delas.

Assenti, contemplando o seu semblante divertido.

— Quer começar? — ofereceu, sorrindo.

Respirei fundo e fiz a primeira pergunta.

— Quem diabos é Madison? — soltei, sem conseguir me conter.

Ele não pareceu muito surpreso com a minha pergunta, mas franziu a testa e levou uma das mãos aos cabelos, completamente despenteados.

— Se eu contar, você vai ter que aceitar a minha resposta e não me fazer mais nenhuma pergunta a respeito — advertiu. Assenti, tentando entender o que viria a seguir. Ele suspirou profundamente. — É a minha irmã mais nova. Ela tem cinco anos e é filha da minha mãe com o novo marido dela.

Nossa… Eu realmente não esperava por aquilo.

— Você tem uma irmã? — perguntei, incrédula.

— Sim, e você acabou de gastar mais uma das suas perguntas. Agora, só tem mais oito.

Eu meneei a cabeça de um lado para o outro… Será que a minha mãe sabia? Será que o Will sabia?

— Por que eu não sabia disso? Ninguém nunca mencionou que você tem uma irmã de cinco anos! — exclamei surpresa, enquanto me sentava na mesa diante dele.

Ele colocou os cotovelos sobre os joelhos e se inclinou na minha direção.

— Você não sabia porque quase ninguém sabe, e quero que isso continue assim — respondeu, olhando fixamente para mim.

Respirei fundo. O que quer que fosse, tinha a ver com a mãe dele... Eu sabia que ela tinha ido embora e se divorciado do Will quando Nick era pequeno, mas nada mais.

— Você tem uma boa relação com ela? — perguntei, sem conseguir imaginá-lo com uma criança de cinco anos brincando e choramingando perto dele. Não combinava.

— Ótima. Eu adoro a minha irmã, mas não a vejo com muita frequência — respondeu, e vi a tristeza em seus olhos. Parecia um assunto delicado, e mesmo assim ele estava se abrindo comigo.

Desci da mesa e fui para o colo dele. Ele ficou surpreso, mas não me afastou. Pelo contrário, me abraçou.

— Sinto muito — disse, não apenas por causa da irmã, mas também pelo que tinha acontecido com a mãe dele.

— Às vezes, fico com vontade de trazê-la para casa comigo, mas a lei só permite que eu a veja três vezes por mês... Minha irmã não recebe toda a atenção que merece e tem uma doença. É diabética, o que só piora as coisas — contou, me apertando com força contra o seu peito.

Quem diria? De repente, estava me sentindo uma completa idiota... Tinha julgado mal a situação e imaginado que a vida dele era perfeita, sem nenhum inconveniente ou problema. Estava me sentindo uma idiota.

— Você tem alguma foto dela? — perguntei, curiosa. Não imaginava como ela seria.

Ele tirou o iPhone do bolso e procurou uma foto. Um segundo depois, uma imagem sua com uma menina loira muito linda e pequena apareceu na tela. Abri um sorriso.

— Ela tem os seus olhos — comentei, achando graça e reparando que eles compartilhavam o mesmo olhar travesso. Mas guardei isso para mim.

— Sim, mas nos parecemos só nisso. De resto, ela é uma cópia da minha mãe.

Virei o rosto para observá-lo. Sabia que ele estava escondendo alguma coisa, que algo havia acontecido com a sua mãe, mas não me atreveria a perguntar. Preferi mudar de assunto.

— É a sua vez de fazer uma pergunta — falei um pouco depois.

Ficou pensativo.

— Qual é a sua cor favorita?

Eu dei uma gargalhada.

— De tudo o que você pode me perguntar, essa é a sua primeira pergunta?

Ele sorriu, mas esperou pacientemente pela resposta. Suspirei.

— Amarelo — respondi, olhando fixamente para ele, que assentiu.

— Qual é a sua comida favorita? — prosseguiu.

Abri um sorriso.

— Macarrão com queijo.

— Então, temos algo em comum — ele disse, fazendo carinho na pele do meu braço.

Passar aquele tempo com ele... estava sendo incrível. Incrível e uma novidade.

— Por que você gosta do Thomas Hardy? — perguntou em seguida.

Aquela pergunta me surpreendeu. Significava que ele tinha prestado atenção no que eu estava lendo.

Por que eu gostava do Thomas Hardy? Hum...

— Acho que... gosto do fato de que nem todos os livros dele têm um final feliz. São mais realistas, como a própria vida... A felicidade é algo que se busca, mas que não é fácil de se atingir.

Ele pareceu pensar na minha resposta por alguns segundos.

— Você não acha que pode ser feliz? — perguntou, franzindo a testa.

As perguntas estavam ficando mais pessoais e senti meu corpo tensionar.

— Acho que posso ser menos infeliz, se você preferir enxergar dessa maneira.

Os olhos dele procuraram os meus. Eles me observavam como se tentassem saber o que se passava pela minha cabeça. Não gostei daquele olhar.

— Você se considera infeliz? — ele formulou uma nova pergunta, enquanto fazia carinho na minha bochecha com um dos dedos.

— Nesse momento, não — respondi, e um sorriso triste apareceu no rosto dele.

— Eu também não — ele falou, e retribuí o sorriso.

Será que era minha imaginação ou tínhamos acabado de cruzar uma linha invisível relacionada aos nossos sentimentos?

— O que você quer estudar quando terminar a escola?

Essa era fácil.

— Literatura inglesa em uma faculdade no Canadá. Quero ser escritora — respondi, muito embora, naquele instante, o Canadá tivesse deixado de parecer uma ideia tão boa.

— Escritora… — repetiu pensativo. — Você já escreveu alguma coisa?

Assenti.

— Várias coisas, mas nunca ninguém leu…

— Você me deixaria ler algo que você escreveu?

Neguei com a cabeça imediatamente. Morreria de vergonha. Além do mais, o que eu escrevia se parecia mais um diário do que uma história que eu quisesse compartilhar com o mundo.

— Próxima pergunta — falei, antes que ele protestasse.

Ele me observou atentamente, inicialmente hesitando, mas depois mais decidido. Pareceu escolher com cuidado as palavras.

— Por que você tem medo do escuro…?

Fiquei tensa nos braços dele. Não queria responder. Pior, não conseguia. Milhares de lembranças dolorosas tomaram conta de mim.

— Eu vou pular essa pergunta — anunciei com a voz trêmula.

30

NICK

Observei atentamente a reação dela. Desde que a vira empalidecer quando ela havia sido desafiada a entrar em um armário sem iluminação alguma no jogo de verdade ou desafio, não tivera a oportunidade de perguntar por que ela tinha tanto medo do escuro. E agora aconteceu a mesma coisa. Ela ficou tensa e pálida, como se alguma lembrança a atormentasse por dentro.

— Está tudo bem, Noah — eu disse, abraçando-a com mais força.

Era maravilhoso tê-la nos meus braços, e logo quando senti que ela estava relaxada, eu tinha mandado tudo para o espaço inventando de fazer aquela pergunta.

— Não quero falar sobre isso — insistiu, e notei que ela tinha começado a tremer. O que diabos acontecera com ela?

— Está tudo bem, não tem problema — falei, acariciando as suas costas.

Naquele dia, não fui capaz de conter a vontade de beijá-la. Já havia passado tempo demais desde a última vez que fizera aquilo e minhas mãos não puderam ficar longe. A Noah tinha me cativado, e eu estava descobrindo que existia um novo Nicholas, um que não conseguia parar de pensar nela, mesmo que tentasse.

— Acho que é melhor eu ir embora — comentou, alguns minutos depois.

Fiquei bravo comigo mesmo por provocar aquela reação. Não gostava de ver como ela se afastava de mim sempre que as coisas ficavam mais sérias, ou sempre que nos aproximávamos mais um do outro.

— Não, fica aqui — pedi, afundando o rosto no pescoço dela e sentindo seu perfume magnífico, cativante, doce e extremamente sexy.

— Estou cansada. O dia foi muito longo — comentou, se virando e ficando de pé.

Eu peguei nas mãos dela para convencê-la do contrário.

— Dorme aqui — pedi, sabendo o que ela ia achar quando essas palavras saíssem da minha boca.

Ela olhou para mim com os olhos arregalados. Que merda, estava indo de mal a pior. Eu precisava ser delicado com a Noah.

— Só para dormir — esclareci, ciente do tom de súplica na minha voz. Ela pareceu refletir por um momento.

— Prefiro dormir na minha cama — declarou, soltando as minhas mãos.

Ela pareceu lamentar ter que me falar algo assim, mas uma parte de mim entendeu. Depois de eu ter despertado lembranças incômodas, ela não ia querer ficar comigo.

— Tudo bem, eu vou com você até o seu quarto — ofereci, ficando de pé.

Ela riu de leve e meu coração se encheu de felicidade. Era dessa Noah que eu gostava.

— Nicholas, meu quarto fica aqui do lado do seu. Não precisa me acompanhar — lembrou, entrando no quarto e pegando as suas coisas. Estava tão atraente usando a minha camiseta... A barra ficava um pouco abaixo do bumbum, e eu estava morrendo de vontade de levantar aquele tecido e ficar contemplando o corpo dela por horas.

— Não importa.

Ela sorriu.

— Obrigada — ela disse, simplesmente.

Peguei os sapatos da mão dela e abri a porta para que ela saísse. Não sei por que estava fazendo aquilo, mas ela me fazia ter vontade de ser mais cavalheiro.

Cruzamos o corredor até a porta do quarto dela e a observei tirar o cartão da bolsa e passá-lo na fechadura eletrônica. Uma luzinha verde apareceu e a porta se abriu fazendo um barulhinho.

Ela se virou para mim. Parecia nervosa ou assustada. Não entendia muito bem o que eu causara ao fazer aquela pergunta, mas de repente eu a sentia muito mais distante. Antes que ela se virasse de novo e entrasse no quarto, eu a segurei pela cintura e a puxei para mim. Pus os meus lábios nos dela, em um beijo profundo e excitante que me deixou com gosto de quero mais. Ela retribuiu o beijo, mas alguns segundos depois se afastou e pegou os sapatos da minha mão.

— Boa noite, Nick — ela se despediu, com um sorriso tímido.

— Boa noite, Noah.

Não sabia muito bem o que esperar da manhã seguinte, mas, quando nos reunimos com as garotas na frente do elevador, não me importei com a presença da Jenna e do Lion. Eu me aproximei da Noah e lhe dei um beijo intenso nos lábios. Ela não estava esperando, mas também não me impediu. Ao contrário da noite anterior, agora vestia um short jeans curto, camiseta e tênis esportivos. Prestando atenção nas roupas juvenis e informais que ela estava usando, percebi como a Noah era completamente diferente de todas as garotas com quem eu tinha saído. Ela era simples, sim, mas, por dentro, era tão complexa quanto um quebra-cabeça de mil peças. Eu só não sabia ainda onde eu me encaixaria nele.

— Vão para um quarto — a Jenna falou para nós, dando uma risadinha.

Eu me afastei da Noah e lhe ofereci um sorriso, que ela devolveu, graças aos céus.

— Cala a boca, Jenna — pedi, sem nem olhar para a minha amiga. — Você está linda — adicionei, olhando atentamente para a Noah. Achei que tinha ferido os sentimentos dela na noite anterior quando mandei aquela mensagem, e não era algo que eu gostaria de repetir.

— Você também — ela respondeu, inabalada.

Entramos no elevador e fomos direto tomar café da manhã. A conversa girou em torno do que havia acontecido na noite passada e no fato de a Jenna achar que estávamos completamente malucos. A Noah mal falou, e fiquei com a tarefa de nos defender dos leões.

Naquele dia, havíamos decidido dar uma volta pela cidade, visitar algumas lojas e comer fora. No dia seguinte, já voltaríamos para casa, e uma parte de mim estava com medo de que tudo o que tinha acontecido entre a gente se esvaísse quando fôssemos embora. Não dava para negar que nossas personalidades eram conflitantes. As lembranças que eu tinha da Noah envolviam em grande parte discussões ou beijos roubados, e isso me assustava. Não queria perdê-la; pelo contrário, desejava que aquilo que surgia entre nós continuasse, fosse o que fosse.

A tarde passou voando. Comemos em um restaurante muito bonito e aproveitei para comprar tudo o que ela quis, que era muito pouco em comparação com a Jenna, que entrou em todas as lojas do lugar.

Parei perto da Noah, que estava examinando uns colares de contas de múltiplas cores. Pareciam bijuteria, mas eram a primeira coisa que chamava a sua atenção desde que saímos do hotel — tirando o entusiasmo que havia demonstrado em relação à cidade e seus arredores.

— Eu quero esse, por favor — indiquei para a vendedora.

A Noah se assustou ao ouvir a minha voz e se virou para olhar para mim.

— Não precisa comprar para mim, eu estava só olhando — ela disse, franzindo a testa.

— Eu quero comprar — respondi, enquanto a vendedora me dava o colar, que tinha uma pedrinha cor de mel. — Combina com os seus olhos — afirmei, colocando o colar no pescoço dela.

— Obrigada — agradeceu, tocando a pedra com os dedos.

— De nada — respondi sorrindo.

Foi ótimo vê-la usando aquele colar, e gostei do fato de ter sido eu quem o pusera em seu pescoço.

Depois disso, tomamos um sorvete, todos juntos, na frente do mar, e pouco depois resolvemos voltar para o hotel. As garotas estavam com fome e logo o jantar começaria a ser servido. A Jenna falou que tinha entradas para uma balada da cidade e que aquele seria um plano maravilhoso para aquela noite.

— Nos vemos mais tarde, então — falei, e nos despedimos.

Entrei no meu quarto e o Lion me acompanhou.

— Não sei o que você está fazendo, mas é melhor ter cuidado — ele disse, olhando para mim com desconfiança. — Ando observando, Nick, e você parece completamente entregue a essa garota.

— Estamos só nos divertindo, Lion. Não enche o saco — respondi, tirando a camiseta e dando as costas para ele.

— Você está acostumado com um tipo de garota, Nicholas, e acho que vocês dois vão se dar mal no fim das contas. Nunca vi duas pessoas tão diferentes como você e a Noah.

Eu me virei para ele. Aquela conversa estava conseguindo me tirar do sério.

— Cuida da sua vida, Lion. Ou vai me dizer que você e a Jenna tinham muito em comum quando eu os apresentei?

Ele ficou calado por alguns segundos.

— Estou só avisando — pontuou, e saiu.

Fiquei sozinho no quarto com aqueles pensamentos na mente. Sim, era verdade. Noah não se parecia nada comigo, e talvez fosse exatamente disso que eu precisava. Nunca, até agora, tinha sentido aquela necessidade anormal de conhecer alguém. A Noah parecia um mistério que eu precisava desvendar.

Tomei banho e vesti uma camisa preta e calça jeans. Quando terminei de me arrumar, fui para os elevadores. O Lion já estava por lá com a Jenna e a Noah. Dessa vez, ela estava usando uma calça preta bem justa e uma blusa azul: simplesmente espetacular.

Sabia que, desde o início da viagem, nossa relação tinha mudado por completo. Mal tínhamos brigado e isso já era alguma coisa, mas estava inquieto com a distância entre nós, que parecia não desaparecer nunca. Era como se déssemos um passo para a frente e cinco para trás.

Quando saímos do hotel, o tempo estava agradável e o sol já tinha se posto havia algum tempo. Fomos andando para a balada e, quando chegamos, percebi que aquela noite não acabaria bem. Todos aqueles jogadores de vôlei da praia estavam lá nos esperando. Percebi que tinha sido estúpido de não imaginar que a Jenna provavelmente tinha ganhado as entradas na balada do dia anterior, depois que eu e a Noah fomos embora.

A Noah logo se aproximou deles para cumprimentá-los. Tive que usar de todo o meu autocontrole para não arrancar os braços do Jess quando ele a levantou do chão com um abraço, como tinha feito no dia anterior.

— Ontem você foi embora sem se despedir! — ele reclamou, ainda a segurando.

Dei um passo à frente, mas graças aos céus ele a soltou. A Noah parecia estar se divertindo e as suas bochechas tinham ficado coradas. Será que ela gostava daquele idiota? Se a resposta fosse positiva, não sei se conseguiria me controlar.

Os outros jogadores também a cumprimentaram, e notei como alguns olharam para ela abobados. Ela estava espetacular. A calça preta e as sandálias de salto alto lhe davam uma aparência de *top model*. O cabelo estava preso em um coque, e as poucas mechas que escapavam marcavam o seu rosto angelical.

Entramos na balada e pude perceber que havia mais gente do que na noite anterior. Aparentemente, celebrava-se a festa do beijo. Na entrada, nos ofereceram pulseiras coloridas. Se fosse solteiro, ganhava uma verde; se não se importasse, ganhava uma amarela; se fosse comprometido, ganhava uma vermelha. Tive de me conter ao ver que a Noah escolheu a pulseira verde. Quase arranquei aquilo do seu pulso imediatamente.

Acomodamo-nos em um local reservado e bem pequeno, mas perto do balcão. Vi a Jenna arrastando a Noah para lá e que serviam taças para as duas.

O Lion se aproximou de mim com duas taças de alguma bebida terrivelmente forte. Ele bateu a taça dele na minha e sorriu.

— Um brinde ao seu aniversário de vinte e dois anos, amigo! — exclamou, com a voz se impondo ao barulho da música. As garotas se aproximaram logo em seguida.

— Hoje você tem que ficar bêbado! — a Jenna berrou, e vi a Noah dando risada.

Franzi a testa, mas não falei nada.

À medida que a noite passava, eu ia ficando cada vez mais nervoso. As malditas pulseirinhas davam brecha para que qualquer um chegasse em quem estivesse usando as de cor verde ou amarela. Do camarote onde eu estava, consegui ver a Noah dançando com um cara bem mais alto do que ela. Ela ficava muito sexy mexendo os quadris daquele jeito, e eu estava começando a me irritar ao ver que ela dançava com todo mundo, menos comigo.

Virei minha quarta taça e me aproximei justo quando o cara com quem ela estava dançando a puxou para si e a beijou nos lábios.

De repente, vi tudo vermelho.

Afastei a Noah e peguei o imbecil pela camisa. Só me lembro de que, em seguida, estava no chão, trocando socos com aquele babaca. Não me importava quantos golpes eu daria, porque ver o corpo dele perto do da Noah me deixou maluco.

— Nicholas, para! — gritou uma voz conhecida demais para ser ignorada.

Senti alguém me puxando para trás e ouvi o Lion resmungando, enquanto me retirava do local. Eu tinha levado um soco no olho, no mesmo olho que ainda não tinha sarado completamente depois da minha última briga.

— Que merda você tá fazendo, cara? — Lion gritou para mim, do lado de fora.

— Onde está a Noah? — perguntei, olhando ao redor.

Havia um monte de gente e eu não a via em lugar nenhum. Então, ela apareceu, me fulminando com os olhos arregalados.

— Você ficou louco? — ralhou, completamente fora de si. Quando se aproximou, ela me deu um empurrão, que mal me fez sair do lugar.

Era ela quem estava brava? De repente, a raiva voltou a tomar conta de mim.

— Você gosta de deixar os caras passarem a mão em você na minha frente? — acusei, em resposta à pergunta. Estava fora de mim.

Ela arregalou os olhos, sem acreditar no que tinha ouvido.

MINHA CULPA

— Eu estava dançando! — gritou, sobressaltada. — Dançando!

Eu me aproximei dela, tentando conter a vontade de sacudi-la.

— E você deixa que te beijem? — disse, destilando raiva em cada palavra. Naquele momento, estava bravo demais para controlar o que eu dizia e bêbado demais para pensar nas consequências. — Se não é pra deixar qualquer um passar a mão em você, não deveria sair por aí se oferecendo, se exibindo como uma assanhada que…

O tapa chegou tão rápido que eu nem sequer senti a dor durante alguns segundos. Eu a segurei pelos ombros no mesmo instante, por reflexo.

— Nem pense em fazer isso de novo — ralhei, apertando-lhe os ombros.

Demorei alguns segundos para perceber o que estava fazendo. O olhar horrorizado em seu rosto me fez dar um passo para trás. Ela respirou fundo e seus olhos ficaram úmidos.

— Noah.

Ela se afastou, assustada.

— Eu não posso ficar com você, Nicholas — falou, e cada uma daquelas palavras me atravessou como uma facada. — Você representa tudo que eu abomino desde que me conheço por gente.

Tentei segurá-la, mas ela escapou dos meus braços enquanto soltava faíscas com os olhos castanhos.

— Nem pense em encostar em mim de novo! — gritou. — Se você gosta de resolver as coisas sempre com violência, isso é problema seu, mas não faça isso na minha frente de novo!

Tentei dizer alguma coisa, mas ela me deu as costas e começou a andar na direção do hotel.

— Você é um idiota, Nick — a Jenna falou, me fulminando com seus olhos escuros e correndo na direção da Noah.

Senti uma mão repousando em meu ombro e me contive para não afastá-la com um golpe.

— Você fez merda, cara — Lion afirmou, lamentando-se.

— Me deixa em paz.

31

NOAH

Ainda não podia acreditar que as coisas tinham se desenrolado daquela maneira. Em um momento, eu estava dançando com um cara; logo em seguida, fui puxada para trás, enquanto o cara que eu queria que me tirasse para dançar batia no idiota que tinha me dado um beijo sem consentimento. Eu mesma teria me afastado, mas o Nicholas apareceu antes como um furacão.

O que eu mais odiava na vida era a violência. Convivera com violência demais para saber que nunca era a melhor solução. Na verdade, era o problema. E eu não queria um rapaz violento ao meu lado. O Nicholas já havia demonstrado que não pensava duas vezes antes de sair na mão com alguém, mas, como eu era uma idiota, tinha me esquecido desse detalhe, porque finalmente estava sentindo algo mais intenso por outra pessoa que não o Dan. Os últimos dias com o Nick tinham sido incríveis, estava até cogitando a possibilidade de me abrir com ele, mas não depois daquela noite. Ele demonstrara ser o tipo machão ciumento e possessivo, e eu não gostava nada disso. Quando ele me segurou pelos ombros, vi a raiva nos olhos dele e fiquei com medo… Não podia ficar com alguém que me desse medo, de maneira nenhuma.

Quando cheguei ao meu quarto com a Jenna, que ainda não tinha parado de xingar o Nick, ao mesmo tempo que me pedia para perdoá-lo, eu só queria vestir o pijama e me jogar na cama. O dia não havia terminado como eu imaginava, e o meu maior desejo naquele instante era voltar para casa o mais rápido possível para poder refletir sobre o acontecido com distanciamento.

Uma hora mais tarde, ouvi um barulho do lado de fora do quarto. Sabia que o Nicholas não tinha voltado e uma parte de mim estava preocupada com ele. Eu me levantei e fui até a porta. Após abri-la, examinei o corredor e fiquei paralisada com o que meus olhos viram.

O Nick não estava sozinho... Havia uma garota entre ele e a porta, as bocas dos dois estavam unidas, as mãos dele tocavam o corpo dela...

Não sei se emiti algum ruído, mas o Nicholas pareceu perceber a minha presença. Virou o rosto e me viu. Suas mãos se afastaram da garota, ele resmungou com os dentes cerrados, tapou os olhos com o braço e se virou para mim, um segundo depois.

— Que merda, Noah... — começou a falar, vindo na minha direção. O batom da garota manchava seus lábios.

Dei as costas para ele e fechei a porta em sua cara. Não consegui dormir.

Na manhã seguinte, eu estava muito cansada e me sentindo mal, com uma forte dor de cabeça. Reparei na minha aparência. Desde que havíamos chegado, eu tinha tentado ficar bonita para o Nick. E para quê? No fim das contas, era óbvio o que iria acontecer. Ele era um sujeito violento e mulherengo. Enganou-me como se eu fosse uma completa idiota. Não queria nem olhar na cara dele nessa manhã.

Não sabia o que tinha acontecido depois, mas não conseguia tirar da cabeça as suas mãos em outro corpo, a sua boca em outra boca... Apertei os lábios com força. Ele jogou na minha cara que eu tinha beijado outra pessoa naquela balada, um beijo que eu não tinha iniciado nem procurado... e ele conseguiu fazer algo pior.

A Jenna estava se arrumando. Percebendo o meu silêncio, tentava me distrair com bobagens e comentários ridículos sobre o clima e o tráfego aéreo. Não sabia como faria para evitar o Nicholas durante o restante da viagem, mas eu ia conseguir.

Quando saímos do quarto arrastando as nossas malas e chegamos aos elevadores, vi que ele já estava lá. Estava despenteado, como se tivesse ficado passando a mão na cabeça, nervoso... Estava com o olhar cravado nas próprias mãos, sentado em um banco e com os cotovelos apoiados nos joelhos. Quando ele nos viu chegando, ergueu o olhar em direção ao meu rosto.

— Noah... — ele disse, e só de ouvi-lo pronunciando o meu nome eu já fiquei com vontade de chorar.

— Fica longe de mim — falei, em alto e bom som.

A Jenna ficou boquiaberta ao meu lado, sem saber o que fazer ou dizer. O Lion não estava por perto.

Nick se aproximou, e pude notar as suas olheiras.

— Por favor, Noah, me desculpa por ontem. Eu estava bêbado e perdi a noção das coisas — ele se justificou, tentando pegar na minha mão, o que eu impedi de imediato. Mesmo com aquela expressão, ele era lindo, e me odiei por continuar sentindo algo por ele. Precisava colocar um fim naquilo.

— Não quero que você se aproxime de mim de novo. Não sei bem o que estava rolando entre a gente, mas acabou. Não deveríamos nem ter começado. Já dava para ver que era um erro.

Os olhos dele encontraram os meus e vislumbrei milhares de sentimentos: aborrecimento, arrependimento, dor, pesar...

— Eu estava bêbado, Noah... Não sabia o que estava fazendo — repetiu.

Eu o observei, impassível.

— Bom, eu sei muito bem o que estou fazendo agora. Quero que a gente volte a ser pseudoirmãos. É a única coisa que você é para mim: o filho do novo marido da minha mãe. Nada mais.

Então, o elevador chegou e eu entrei. A Jenna também entrou, mas o Nick nos deu as costas e seguiu em outra direção. Não sabia o que aconteceria com a gente a partir daquele momento, mas só queria que o fim de semana terminasse. Pela primeira vez em muito tempo eu queria estar com a minha mãe, me jogar nos braços dela e ouvir que tudo ia ficar bem...

O voo de volta para casa pareceu eterno. Não sei o que o meu rosto transmitia, mas os três, incluindo o Nick, me deixaram em paz quase o tempo inteiro. Quando deixamos a Jenna e o Lion em casa, um silêncio incômodo tomou conta do carro. Fiquei olhando pela janela; não queria estar ali, queria ficar o mais longe possível dele, estava me sentindo traída como nunca. Por alguns instantes, achei que poderia alcançar a felicidade, tocá-la com a ponta dos meus dedos. Começara a enxergar um futuro com o Nick, mas tudo desmoronou na mesma velocidade com que surgira. Meus olhos ardiam e eu sentia uma vontade terrível de chorar. Ainda tinha vislumbres do Nick dando socos naquele rapaz, como se fossem cenas de um filme de terror. E, para completar, ainda levava na mente a imagem do Nick agarrando aquela garota. Entendi naquele momento que o que sentia por ele era muito maior do que eu achava no início. Vê-lo com outra tinha sido pior do que ver o Dan com a minha melhor amiga.

Senti uma lágrima escorrendo pela minha bochecha e, antes que eu conseguisse enxugá-la, senti os dedos dele na minha pele, roubando algo que não era seu. Afastei aquela mão com um tapa.

— Não encoste em mim, Nicholas! — ordenei, agradecendo por meus olhos não derramarem mais lágrimas.

Ele devolveu o olhar e vi dor em sua expressão, mas era tudo mentira: o Nicholas não sentia nada por mim. Demonstrara aquilo na noite anterior.

Então, ele parou o carro. Olhei para fora e vi que ainda não tínhamos chegado.

— O que você está fazendo? — perguntei, me sentindo desorientada, brava e confusa. Estava com todos os sentimentos à flor da pele, precisava colocar uma distância entre nós.

Em seguida, ele se virou para mim.

— Você precisa me desculpar — pediu, com uma voz de súplica.

Neguei com a cabeça. Não queria continuar ouvindo, não queria estar naquele carro com ele. Tirei o cinto de segurança e saí, sem me importar com o fato de estarmos no meio da estrada.

Pude ouvi-lo me seguir o mais rápido que podia. Tentei me afastar, mas ele me segurou pela mão e me encarou.

— Sinto muito, Noah — ele se desculpou. — Não queria fazer aquilo, não estou acostumado — continuou, apontando para nós dois. — Você não entende? Nunca senti isso por ninguém, ontem quando eu vi que... fiquei fora de mim, e quando aquele idiota te beijou...

— E o que você acha que eu senti ao vê-lo quebrando a cara dele? — gritei, tentando escapar. — Admiração? Gratidão? Não! Fiquei com medo! Eu já te falei: violência não é para mim. E, para piorar, você ficou com outra garota praticamente na porta do meu quarto!

Ao ouvir as minhas palavras, ele me soltou, como se tivesse sido eletrocutado.

— Você está com medo de mim? — perguntou, com dor.

Sabia que estava a ponto de desmoronar, mas assenti, de qualquer maneira. O Nicholas soltou o ar que estava segurando.

— Eu nunca encostaria um dedo em você... — garantiu, tentando me alcançar. — Noah, não sei de tudo pelo que você já passou, mas precisa saber que eu nunca te machucaria.

Neguei com a cabeça, evitando olhar nos olhos dele.

— Você já me machucou, Nicholas.

Ele ia falar alguma coisa, mas eu o interrompi.

— Por favor, me leva pra casa.

Percorremos o restante do trajeto em um profundo silêncio. Tiramos as malas do carro e fui direto para o meu quarto, depois de cumprimentar minha mãe e o William. O Nicholas nem entrou em casa. Só largou as coisas dele e entrou no carro de novo. Eu já não me importava mais, nunca me importei, era isso que eu continuava repetindo para mim mesma.

Na manhã seguinte, chegou uma carta para mim. Tinha combinado de me encontrar com a Jenna, o Lion e o Mario, e deixei a carta no banco do carro antes de sair para o lugar onde nos reuniríamos. Não havia remetente, e resolvi abri-la enquanto esperava os outros chegarem do lado de fora do carro.

Não poderia imaginar o que estava escrito ali. Quando comecei a ler, meu coração se acelerou e meu sangue certamente enrubesceu o meu rosto:

> *Estou escrevendo porque te desprezo*
> *mais que tudo nesse mundo.*
> *Fica esperta, Noah.*
> *A.*

Fiquei lívida. As palavras da carta ficaram marcadas a ferro e fogo na minha mente. Ninguém nunca tinha me ameaçado daquela maneira e senti minhas mãos tremerem. Nunca imaginei que leria algo assim.

Devem ter deixado a carta na caixa de correio com o meu nome no envelope. "A"? Quem diabos era "A"? O primeiro nome que veio à minha cabeça foi o da Anna, mas não podia ser ela. Ela era uma bruxa, mas não seria capaz de escrever algo assim, não podia ser ela. Depois pensei no Ronnie e na ameaça que havia feito por meio do Nicholas, mas o "A" não faria sentido. Também não tinha nenhuma amiga nem amigo com essa inicial… Aquilo era ridículo. Fiquei com medo da ameaça, mas preferi considerá-la uma piada, apesar do que estava escrito. Ninguém ia me machucar, não naquela cidade, não onde eu morava.

— Aconteceu alguma coisa? — uma voz conhecida perguntou.

Era o Mario. Eu o havia convidado porque ele não tinha parado de mandar mensagens desde que fomos para as Bahamas. Eu e o Mario tivemos um *momento*, se é que dá para chamar assim. A gente se beijou e aparentemente significou mais para ele do que para mim. Meu plano era cortar qualquer tipo de envolvimento amoroso com ele, mas, depois de tudo que acontecera com o Nicholas, eu não tinha mais tanta certeza. O Mario era simpático, amável e carinhoso. Ele me respeitava e demonstrava um interesse verdadeiro por mim. Uma parte de mim sabia que eu estava tentando me enganar, que nada sairia daquela relação com ele, mas outra parte queria estar com alguém normal, uma vez na vida. Eu queria, de verdade, ter uma pessoa que me fizesse feliz e me respeitasse do meu jeito, e o Mario parecia ser perfeito para isso.

Eu me virei para responder com um sorriso. Sabia que não seria muito convincente, principalmente porque aquelas palavras ainda estavam ecoando na minha cabeça, mas guardei rapidamente o papel no bolso do meu jeans e suavizei a minha expressão.

— Nada, tá tudo bem — respondi, dando um abraço nele. Tínhamos combinado de ir ao boliche. Eu não jogava muito bem, mas ia tentar me divertir, me distrair e esquecer o Nick.

Logo em seguida o Lion e a Jenna chegaram. Ela me deu um abraço forte. Sabia que eu estava mal e entendia que eu não queria tocar no assunto. O Lion, pelo contrário, parecia não saber muito bem como agir.

Abri um sorriso para ele e entramos no local. Era muito grande e havia bastante gente jogando e comendo. O barulho da bola batendo nos pinos ressoava a intervalos regulares e me animei de imediato ao me ver rodeada de tantas pessoas empolgadas e entregues ao jogo.

Enquanto esperávamos os sapatos, Mario se aproximou.

— É sério que você não sabe jogar? — perguntou, dando risada.

— Olha, não precisa rir. Fazer uma bola deslizar pelo chão não parece ser algo muito difícil.

Ele abriu um sorriso, se divertindo.

— Fico feliz que você tenha vindo — ele disse, olhando para mim fixamente. Os seus olhos castanhos eram muito diferentes dos olhos do Nick. — Sei que rolou algo entre você e o Nicholas… — continuou, e precisei desviar o olhar. Não queria falar sobre o meu irmão fake, muito menos com o Mario. — Mas não me importo, Noah. Só quero que você me dê uma chance. O Nick não combina com você. Não estou dizendo isso para me favorecer, mas porque é verdade. Ele não é homem de uma mulher só, e você merece um cara muito melhor do que ele.

Uma parte de mim sabia que o Mario tinha razão, que eu não combinava com o Nick, mas outra parte queria defendê-lo, convencer o Mario de que ele estava errado e de que o Nicholas poderia mudar, pelo menos por mim.

Como eu era iludida.

— Neste momento, eu não quero estar com ninguém. Não quero te machucar, e espero que você entenda — declarei, odiando a mim mesma por não conseguir gostar das pessoas adequadas para mim.

Ele se aproximou e acariciou a minha bochecha com um dos dedos. Senti calidez onde ele me tocou.

— Eu aceito ser seu amigo... por enquanto — falou, piscando para mim e pegando os seus sapatos.

Fui atrás dele e também peguei os meus sapatos, sem saber muito bem o que fazer com o que ele tinha acabado de dizer.

Percebi que jogar boliche era muito mais complicado do que eu imaginava. Fiquei observando os meus amigos jogarem até me atrever a lançar uma bola. Não sei dizer nem para qual direção ela foi, mas não derrubei nenhum pino. O pessoal deu risada de mim e comecei a ficar incomodada. Não podia evitar, eu era muito competitiva.

Quando eu comecei a pegar o jeito, acabei me empolgando demais. Fui jogar uma bola com tanto ímpeto que escorreguei e caí de costas na pista. Mas não foi só isso. A bola também ficou presa nos meus dedos e caiu em cima da minha barriga.

Não preciso nem dizer o tamanho da dor que senti e da vergonha que passei. A maldita bola me atingiu com tanta força que, ao me levantar, senti enjoo e ânsia de vômito. No início, todos deram risada, mas, ao verem a minha situação, foram em minha direção para verificar como eu estava. Eu não ia morrer, mas uma dor na lateral do meu quadril me deixou a ponto de chorar.

— Vamos para o hospital — o Mario falou, um pouco exageradamente.

— Noah, você bateu a cabeça quando caiu de costas. É melhor irmos ao médico — Jenna concordou.

— Eu estou bem! — gritei, brava com o mundo inteiro.

A verdade é que estava doendo muito, mas em menos de uma hora eu tinha um turno no bar, e já tinha faltado uma vez por causa da tal viagem para as Bahamas. Então, eu precisava ir de qualquer jeito.

Todos pararam de insistir quando perceberam que eu estava ficando brava.

— Não quer mesmo que eu te leve? — o Mario perguntou, pela oitava vez em um minuto.

Eu o fulminei com o olhar.

Ele deu uma risada e ergueu as mãos, rendido.

— Tá bom! Tá bom! — exclamou, ainda rindo. — Mas tenta colocar gelo no local do impacto e, se ficar enjoada ou algo assim, por favor, me liga que eu te levo ao hospital.

Ufa… Eu precisava ir embora imediatamente.

— Obrigada, Mario — eu disse, dando um beijo na bochecha dele e seguindo para o carro.

Meia hora depois eu estava no bar. Não é que eu não gostasse de trabalhar, mas nesse dia o Bar 48 era o último lugar onde eu queria estar. Além do mais, eu tinha mentido. Não estava bem; sentia muitas dores nas costas e a minha cabeça latejava, parecendo que ia explodir.

— Oi, bonita — a Jenni me cumprimentou. Era uma das garçonetes que trabalhavam no mesmo turno que eu. Ela era muito agradável, mas não tínhamos muito em comum. — Você está bronzeada, espertinha — ela disse, mascando chiclete sem parar.

Como eu estava dizendo…

Vesti a camiseta que eles nos obrigavam a usar e comecei a trabalhar. Era quinta-feira, por isso, o local estava lotado. Eu saía às dez, e não via a hora de ir para casa.

— Ei, Noah! — o meu chefe, que não estava dando conta de servir as mesas, me chamou. — Você pode ficar até mais tarde? Assim você compensa as horas que ficou devendo do outro dia.

"Não, por favor!", eu queria gritar, mas não pude fazer nada. Enrolei um pouco na salinha dos funcionários. Peguei um pouco de gelo das sacas enormes que havia por lá e passei na testa. Aquela dor pulsante não ia embora e eu estava realmente mal.

Continuei trabalhando, e tive que pedir licença duas vezes para vomitar no banheiro dos funcionários. Estava claro que o meu tombo não tinha sido bobagem e comecei a cogitar a ideia de ir ao hospital. Quando saí do banheiro pela segunda vez, depois de enxaguar a boca, quase tive um infarto: o Ronnie estava lá.

Vi-o em um canto com alguns amigos. Senti enjoo. A carta, que ainda estava no meu bolso, voltou a me assombrar, e fiquei com vontade de sair correndo. Ainda me lembrava da cara dele, atirando na gente pelas costas.

— Leve esses para aquele pessoal ali — meu chefe ordenou, me entregando uma bandeja cheia de drinques.

Que merda. Eu nem sequer podia servir bebidas alcoólicas, mas o bar estava tão cheio que dava na mesma seguir ou não as regras.

Nem cogitei pedir ajuda para a Jenni, pois ela estava mais ocupada do que eu. Peguei a bandeja com a intenção de servir os drinques rapidamente, mas é claro que isso não foi possível.

— Não acredito — ele disse, me segurando pelo braço antes que eu pudesse me afastar do grupo.

— Me solta — pedi, tentando me controlar.

— Ah, não. Fica mais — falou, apertando o meu braço com mais força. Notava o ódio que ele sentia de mim, sabia que ele me desprezava. Eu o tinha humilhado, e uma pessoa como ele não deixaria isso passar impune.

Os amigos deram risada com vontade. Eu não sabia o que fazer. O bar estava tão lotado que o meu chefe nem conseguia me ver.

— O que você quer, Ronnie? — perguntei, com os dentes cerrados.

— Comer você mil e uma vezes. O que você acha? — respondeu, e todos os amigos começaram a rir.

— Acho que é melhor você me soltar para eu não chamar os seguranças e eles te chutarem para fora daqui — ameacei, me defendendo e tentando escapar do aperto dele.

— Como está o seu namorado? — questionou, ignorando a minha ameaça. — Da última vez que o vi, estava chorando como uma criança e pedindo para o deixarmos em paz.

Lembrei-me de como o Nick tinha apanhado, ainda por cima por minha culpa, e as náuseas que eu vinha sentindo a tarde inteira retornaram.

— Me solta! Você está me machucando — exigi, retorcendo o punho preso por aqueles dedos impenetráveis.

Vi a determinação no seu olhar. Eu não sabia o que ele ia fazer e senti um nó no estômago.

— Escuta bem o que eu vou dizer — começou, me puxando na direção da sua boca asquerosa. — Fale para o Nicholas que...

Justo naquele momento senti um abraço em minha cintura e um golpe seco afastou o Ronnie de mim. Ele foi jogado para trás no lugar onde estava sentado, e só sei que o Nicholas apareceu na minha frente, me escondendo atrás do seu corpo.

— Falar o que para mim? — perguntou, calmamente.

Ronnie sorriu, parecendo se divertir, e ficou de pé, de frente para o Nick. Meu coração começou a bater enlouquecidamente. Por favor, de novo, não.

— Que estamos com saudade de você, cara — respondeu, sorrindo de uma maneira sombria que me deixou com medo. — Você não apareceu mais... Parece que está abobalhado — continuou, olhando em minha direção.

Nicholas enrijeceu todos os músculos do seu corpo.

— Deixa a Noah em paz — ordenou, cerrando os punhos.

— Ou o quê? — Ronnie o desafiou, dando um passo à frente e aproximando o seu nariz do de Nick. Peguei na mão do Nicholas com força.

— Nicholas, não faça isso — pedi em voz baixa, mas sabendo que ele me ouviria perfeitamente. E o Ronnie também. Quando ele se aproximou ainda mais, o Nicholas pôs a mão sobre o peito dele com vigor.

— Some da minha frente, Ronnie. A última coisa de que você precisa é se meter em problemas. Aqui há testemunhas demais para você se arriscar. Vai acabar voltando para a cadeia.

Ronnie apertou a mandíbula com força e voltou a forçar um sorriso. Nesse momento, o gerente apareceu do nosso lado acompanhado do chefe da segurança.

— Vocês dois — ele disse, apontando para o Ronnie e para o Nick. — Fora daqui. Agora.

Eu estava tremendo. Não conseguia parar de tremer. Segui os seguranças até sairmos todos do bar. Os dois foram direto para os respectivos carros. No caso, o carro do Ronnie era a Ferrari do Nick.

O Ronnie deu a partida e não parou de sorrir até passar na frente do Nicholas e sumir pelas ruas da cidade.

Eu me aproximei de onde o Nicholas estava com uma sensação muito estranha no peito.

— Você está bem? — ele me perguntou, pegando no meu queixo e analisando o meu rosto com preocupação.

— Sim, estou bem... é só que... — respondi, mas então senti um formigamento estranho dos pés à cabeça. Deixei de ver o Nick com clareza e tudo ficou escuro.

32

NICK

Eu a segurei antes que ela caísse no chão. Resmungando com os dentes cerrados, eu a carreguei e a acomodei no banco do carona no carro.

Que merda, ela tinha desmaiado. Gritei para um dos seguranças e pedi que trouxesse uma garrafa de água. Quando ele chegou, vi a Noah recobrar a consciência pouco a pouco.

— Noah… Oi… — chamei, fazendo carinho em suas bochechas e aproximando a garrafa de seus lábios. — Bebe, Noah… Vamos.

Ela entreabriu os olhos e pegou a garrafa que eu empunhava diante da boca dela.

— O que aconteceu? — perguntou, olhando para todos os lados. — E o Ronnie?

Suspirei aliviado ao ver que ela tinha recuperado os sentidos.

— Foi embora — respondi, me apoiando no encosto do banco. — Que droga, Noah… Você me deu um susto daqueles.

Ela se virou para mim, pálida como um fantasma.

— Estou bem… — afirmou, bebendo a água da garrafa e olhando para a frente.

— Você não está nada bem — eu disse, elevando o tom de voz. — O Lion me contou que você caiu jogando boliche, bateu a cabeça e não quis ir para o hospital.

— Não quis ir para o hospital porque sabia exatamente o que diriam. Que eu só preciso descansar.

Olhei para ela, nervoso.

— Você pode estar com algum coágulo.

— Não, nada disso.

Não queria ficar discutindo. Dei a partida no carro e saí em direção à estrada.

— Que diabos você está fazendo?

— Vou levá-la ao pronto-socorro. Você bateu a cabeça e acabou de perder os sentidos. Não vou deixar que fique brincando com a sua vida.

A Noah não disse uma única palavra. Quando chegamos ao hospital, ela desceu do carro sem me esperar e entrou sozinha, pontuando:

— Não quero que você entre comigo. Espere aqui.

— Ah, fala sério, Noah.

— Estou falando sério.

Fiquei incomodado por ficar do lado de fora. Sei que tinha feito besteira com a Noah, mas era péssimo saber que ela poderia estar machucada e que eu não estaria ao seu lado para fazê-la se sentir melhor. O Ronnie não ia parar até conseguir o que queria, e eu temia que as coisas terminassem pior do que já estavam. Pensei em ligar para o Steve, chefe de segurança do meu pai, e explicar a situação, mas eu teria que revelar detalhes demais. Meu pai ia ficar sabendo do ocorrido e eu receava que ele decidisse envolver a polícia. Se chegasse aos ouvidos do Ronnie que eu tinha entrado em contato com as autoridades, ele ficaria três vezes mais perigoso do que já era. As questões entre os grupos eram resolvidas nas ruas, mas eu não fazia ideia de como resolver aquela briga sem perder a Noah ao longo do processo. Foi difícil não quebrar a cara dele ali mesmo no bar, mas eu sabia que, se fizesse isso, a Noah nunca me perdoaria.

Se eu quisesse mesmo reconquistá-la, teria de levar a sério essa questão da violência. A Noah finalmente se abrira comigo, estávamos enfim nos aproximando. Contei sobre minha irmã mais nova, conversei com ela, entendi o que significava gostar de alguém. Eu sabia que a amava, precisava dela como precisava de ar... Como eu pude ser tão imbecil?

A Noah era a última pessoa que eu queria ver chorando, a última pessoa que eu queria machucar. Não sei quando as coisas se transformaram assim, nem quando deixei de odiá-la e passei a sentir algo tão intenso, mas sabia que não queria perdê-la.

Ela finalmente saiu do consultório e veio na minha direção. Fiquei de pé, nervoso.

— Estou com uma pequena contusão — ela falou, sem olhar para mim e quase sem articular as palavras.

"Eu sabia. Que merda."

— Mas não é nada grave. Disseram para eu voltar se tiver enjoo ou se desmaiar, mas que vou me sentir melhor se ficar em repouso. Também me deram um atestado para eu não trabalhar amanhã e receitaram uns analgésicos para a dor de cabeça.

Tentei acariciar as suas bochechas, aliviado por saber que estava tudo bem, mas ela se afastou antes que meus dedos a tocassem.

— Você pode me levar para o trabalho? Quero pegar o meu carro — pediu, sem olhar para mim.

Contraí a mandíbula, mas decidi que era melhor ficar de boca fechada. Fomos para o bar, e depois eu a segui de carro para garantir que chegasse em casa sã e salva. Sabia que ela não permitiria que eu me aproximasse depois do ocorrido, então decidi visitar a Anna.

Ela tinha mandado várias mensagens durante a viagem e entendi que precisava ser sincero com ela. Eu havia me deixado levar pelo ódio que sentia por minha mãe e joguei todas as mulheres no mesmo saco. Mas havia mulheres maravilhosas. No meu caso, uma mulher maravilhosa que eu queria conquistar a qualquer custo.

Quando parei o carro na frente da casa da Anna, vi que ela se aproximou com cuidado, me observando com olhos inquietos.

Ela se inclinou para beijar os meus lábios, mas virei o rosto automaticamente. Agora, meus lábios beijariam apenas uma pessoa, e essa pessoa não era ela.

— O que está acontecendo, Nick? — ela perguntou, contrariada pela minha recusa. Não queria machucá-la, pois nos conhecíamos há muitos anos. Eu não era tão babaca quanto parecia.

— Não podemos continuar com isso, Anna — afirmei, olhando nos seus olhos.

O rosto dela se retorceu e vi a cor das suas bochechas desaparecer. Depois de um breve silêncio, ela finalmente falou.

— É por causa dela, né? — perguntou, e vi que os olhos dela estavam marejados. Que merda, parecia que eu estava tentando magoar todas as garotas do bairro.

— Estou apaixonado por ela.

Confessar em voz alta não foi tão horrível quanto imaginei que seria. Foi libertador, gratificante; e era uma verdade do tamanho do mundo.

Ela franziu a testa e secou uma lágrima vigorosamente.

— Você não consegue amar ninguém, Nicholas — declarou, passando da tristeza para a raiva. — Estou há anos esperando que se apaixone por mim, fazendo de tudo para ter uma pequena participação na sua vida, e você sempre me dispensou, me usou. E agora diz que está apaixonado por aquela menina?

Sabia que aquilo não seria fácil.

— Eu nunca quis te machucar, Anna — afirmei.

Ela meneou a cabeça negativamente. Algumas lágrimas deslizaram pelas suas bochechas.

— Quer saber? — ela disse, olhando para mim furiosa. — Espero que você nunca consiga o que quer. Você não merece o amor de ninguém, Nicholas. Se a Noah for esperta, vai ficar bem longe de você. Você acha mesmo que pode levar uma vida como a sua, ter um passado como o seu, e conquistar o amor de uma garota como ela?

Apertei os punhos com força... Não queria escutar aquilo, embora uma parte de mim soubesse que a Anna tinha toda a razão do mundo. Eu me afastei dela, tentando me controlar.

— Tchau, Anna — despedi-me, dando a volta no carro e abrindo a porta do motorista.

Ela olhou para mim irritada, enquanto eu dava a partida e saía.

Sabia que precisava ganhar o perdão da Noah, mas não sabia como. Quando cheguei em casa, à noite, só queria vê-la, mas não a encontrei em seu quarto. Aquilo me deixou nervoso, até que fui para a sala e a encontrei dormindo com a cabeça apoiada nas pernas da mãe — que estava acordada, assistindo a um filme e fazendo carinhos delicados nos cabelos da filha. Ela parecia relaxada, e quando a vi senti uma opressão no peito que não sentia há dez anos. Estava me sentindo terrivelmente culpado por ter me metido naquela briga, por ter beijado aquela garota na frente da Noah, por tê-la machucado. Mas também senti uma tristeza profunda ao ver a sua mãe lhe dedicando carinhos daquela maneira.

Aquela cena despertou lembranças antigas, que ficavam nos recônditos da minha mente. Minha mãe também já tinha feito aquilo comigo um dia. Quando eu tinha só oito anos, era assim que ela me acalmava quando eu tinha pesadelos. Seus carinhos nos meus cabelos eram o remédio perfeito para que me sentisse seguro e tranquilo. Ainda me lembrava das noites em que tinha dormido chorando, assustado, esperando a minha mãe voltar, entrar no meu quarto e me acalmar, como ela sempre fazia. Senti uma dor profunda no peito, uma dor que só havia desaparecido por completo quando tive a companhia da Noah. Eu a amava, precisava dela a meu lado para ser uma pessoa melhor, para me esquecer daquelas recordações ruins, para me sentir amado.

Raffaella desviou o olhar da televisão e se dirigiu a mim, sorrindo com ternura.

— Igualzinha a quando era pequena — ela sussurrou, se referindo à filha.

Assenti, olhando para a Noah e desejando que fosse eu quem a estivesse acariciando para fazê-la dormir.

— Nunca lhe disse isso, Ella, mas fico feliz por você estar aqui. Por vocês duas estarem aqui — confessei, sem ter planejado. As palavras simplesmente saíram da minha boca, mas eram absolutamente verdadeiras. A Noah tinha mudado a minha vida, tinha tornado tudo mais interessante. Ela me fez ter vontade de lutar por algo que eu queria ter de verdade: ela era tudo o que eu queria.

Eu ia mudar a partir daquele momento. Seria uma pessoa melhor e a trataria como ela merecia. E não me importava o preço que pagaria por isso, eu não ia parar até conseguir.

Na manhã seguinte, desci para tomar o café da manhã e a vi sentada como sempre, com uma tigela de cereais e um livro a seu lado. Mas ela não estava nem lendo nem comendo. Só mexia nos cereais, com a mente em qualquer outro lugar, menos ali. Quando me ouviu entrar, o seu olhar desviou para mim por um momento, mas logo se concentrou nas páginas do livro. Raffaella estava sentada lá também, com os seus óculos de leitura e o jornal em cima da mesa.

— Bom dia — cumprimentei.

Servi-me de uma xícara de café e me sentei na frente dela. Queria que ela olhasse para mim, queria algum tipo de reação diante da minha presença, mesmo que fosse de raiva ou qualquer outro sentimento, mas não queria que ela me ignorasse. Aquilo era pior do que gritar comigo ou me xingar.

— Noah, você quer comer alguma coisa? — a mãe dela perguntou, com um tom de voz um pouco mais elevado que o normal.

Noah ergueu o olhar sobressaltada, mas afastou a tigela de cereais, levantando-se.

— Estou sem fome.

— Nem pensar. Pode comer isso agora, ontem você não jantou — Ella ordenou, olhando irritada para a filha.

Que merda, agora a Noah não estava nem se alimentando. Tudo por culpa minha.

— Por favor, me deixa, mãe — ela pediu e depois saiu da cozinha sem voltar a olhar para mim.

Raffaella olhou para mim, irritada.

— O que aconteceu, Nicholas? — perguntou, me observando e tirando os óculos.

Eu me levantei com pressa.

— Nada, não precisa se preocupar — respondi antes de sair.

Alcancei a Noah na metade das escadas.

— Ei, você! — chamei, parando-a e ficando na frente dela.

— Sai de perto de mim — ordenou, com frieza.

— Agora você não se alimenta mais? — soltei, olhando fixamente para ela e notando o seu aspecto ruim, desmazelado. — Como está se sentindo, Noah? E não minta para mim. Se não estiver bem, precisamos voltar ao hospital.

— Só estou cansada. Não dormi bem — respondeu, tentando me afastar.

Eu a acompanhei até o quarto dela.

— Quando tempo você vai ficar sem falar comigo? — indaguei.

Os seus olhos voaram em direção aos meus.

— Estou falando com você agora, não? — retrucou, esperando que eu me afastasse da porta do quarto.

— Estou falando de conversar, não de ralhar, que é o que você está fazendo comigo desde que voltamos da viagem — rebati, tentando com todas as minhas forças me conectar com ela como antes.

— Já disse que está tudo acabado entre nós, Nicholas. Agora, sai da frente para eu poder entrar no meu quarto.

"Que merda."

33

NOAH

Sabia que eu tinha sido estúpida ao me descuidar daquela maneira. As coisas saíram do controle e tudo aconteceu de uma vez. A história do Nick, a carta, o tombo que eu levei; tudo estava me desgastando. Estar com o Nicholas só tinha me trazido problemas e sofrimento, mais sofrimento do que eu já tinha, e entendi que precisaria deixá-lo para trás. Eu não combinava com ele e vice-versa. Apesar de me causar uma dor terrível pensar que não o teria para mim, entendi que era o certo e o mais apropriado a fazer, se eu quisesse construir uma vida nova naquele lugar, se eu quisesse me encaixar naquela cidade e juntar os cacos do meu coração, que só tinha se machucado ao longo da minha vida. Então, me levantei da cama disposta a deixar tudo de ruim para trás.

Tinha combinado de fazer compras com a Jenna naquela tarde. Faltava só um dia para as aulas começarem e, embora eu estivesse nervosa e assustada, sentia-me feliz por deixar o verão para trás. Queria começar de novo, reerguer a minha vida e recuperar o meu antigo eu.

Graças a Deus, a Jenna era o tipo de pessoa que mantinha as outras ocupadas, por isso consegui me distrair e me concentrar no fato de que o dia seguinte seria o meu primeiro dia na St. Mary. Segundo a Jenna, era uma escola elitista, e havia pessoas de todo tipo, mas todas elas com algo em comum, claro: eram riquíssimas. Não sabia o que eu ia fazer para me adaptar, mas de repente eram sete da manhã e o despertador estava tocando para dar boas-vindas ao meu primeiro dia de aula.

O uniforme ajustado estava em cima da mesa do meu quarto. Quando saí do banheiro e comecei a me vestir, ainda na penumbra do amanhecer, me senti uma completa estranha. Pelo menos tínhamos encurtado a saia, cuja barra agora ficava uns cinco dedos acima dos meus joelhos, e a camisa não era mais imensa, e sim acinturada nas partes adequadas. Calcei os sapatos pretos e me olhei no espelho. Meu Deus, que horror! Ainda por cima era tudo verde, um verde mofo. E havia o problema de eu não fazer ideia de como dar o nó da gravata. Eu apenas a peguei, junto com a minha mochila, e saí do quarto com um nervoso característico de primeiro dia de aula, mas daquele que se sente aos seis anos de idade, não aos dezessete.

Minha mãe estava na cozinha, já vestida, mas com cara de sono e segurando uma xícara de café. O Nicholas estava sentado de frente para a ilha. Desde que tínhamos voltado do hospital, mal o tinha visto. Ele foi ao meu quarto uma vez para ver como eu estava, mas fingi que estava dormindo. Estávamos, então, há três dias sem nos falar. Segundo a minha mãe, ele nem sequer tinha passado a noite anterior em casa. Parei por um momento na porta antes de reunir a coragem necessária para olhar para ele de novo. Estava despenteado, mas vestido de uma maneira que eu adorava: com calça jeans e uma camiseta preta bem justa. Suspirei internamente antes que minha mente se lembrasse de tudo o que tinha acontecido.

Os olhos dele me mediram de cima a baixo, e fiquei com vergonha por ele me ver com aquela roupa ridícula. Porém, para minha surpresa, ele não deu risada nem fez nenhum comentário. Simplesmente me observou por alguns instantes e voltou a olhar para o jornal. Eu me virei para a minha mãe.

— Não tenho ideia de como se coloca essa coisa ridícula. Preciso da sua ajuda — eu disse, sabendo muito bem que a minha voz tinha soado dura.

Minha mãe olhou para mim.

— Você está linda, Noah — ela comentou, dando uma risadinha.

Eu fiz uma careta.

— Estou parecendo um elfo. E não ria! — eu disse, me acomodando em uma das cadeiras, de frente para o Nicholas, que continuava lendo o jornal, embora tenha esboçado um pequeno e quase imperceptível sorriso.

— Vou fazer o seu café da manhã. Peça para o Nick ajudar com a gravata — ela instruiu, levantando-se e dando as costas para nós dois.

Olhei para o Nicholas, incomodada por ele ter largado o jornal e estar me olhando, com as sobrancelhas levantadas.

Minha mãe tinha posto música para tocar, então as batidas fortes do meu coração ficaram reservadas apenas aos meus ouvidos. Não queria me aproximar do Nick, mas não sabia como usar aquela coisa, e a verdade é que não queria passar meia hora procurando um tutorial no YouTube para conseguir me vestir. Fiquei de pé e me aproximei dele com o olhar cravado em qualquer lugar, menos nele.

Ele girou a cadeira para mim e, ainda sentado, pôs uma das mãos na minha cintura até ficarmos frente a frente. Então, me posicionou entre as suas pernas abertas.

— Você fica bem com esse uniforme — comentou, tentando encontrar o meu olhar.

— Estou ridícula. E não quero que você fale comigo — ralhei, enrijecendo quando os seus dedos acariciaram a minha pele conforme erguia a gola da minha camisa branca.

No outro lado da cozinha, minha mãe estava cozinhando e cantando, alheia ao que acontecia a três metros de distância.

— Não vou parar de falar com você, e vou fazê-la mudar de opinião — ele garantiu, aproximando o rosto do meu, mais do que seria apropriado. — Eu quero você para mim, Noah, e não vou parar até conseguir.

O que ele estava dizendo? Tinha ficado completamente doido? Era de Nicholas Leister que estávamos falando, e ele não era de ninguém e ninguém era dele. Aquilo era ridículo.

Os seus dedos voltaram a acariciar o meu pescoço, dessa vez de maneira deliberada e sensual. Fiquei arrepiada e, por um instante, precisei fechar os olhos para me concentrar no que eu achava e queria de verdade. E não queria que o Nicholas, nem que nenhum outro cara, me machucasse de novo.

— Já terminou? — questionei.

Os seus dedos pararam e ele me observou fixamente. Com um movimento rápido, ele subiu o nó da gravata até que chegasse ao local correto e ficou sério.

— Sim. Boa sorte no seu primeiro dia — desejou.

Em seguida, ele se levantou e, sem pensar duas vezes, me deu um beijo rápido na bochecha. Senti cócegas onde os seus lábios roçaram a minha pele, e uma parte de mim quis gritar para que ele me abraçasse, me levasse para aquela escola estúpida e me beijasse até que eu perdesse os sentidos. Mas fiquei simplesmente ali, parada, ouvindo-o sair da cozinha.

— Noah! — minha mãe chamou, do outro lado da cozinha. Aparentemente, eu tinha imergido nos meus pensamentos e não a estava escutando.

Eu me virei para ela enquanto ela me servia uma xícara de café e me entregava uma carta sem remetente.

Fiquei imediatamente tensa.

— Chegou de manhãzinha — ela informou, enquanto terminava de beber o seu café. — Tem que ser de alguém que mora por aqui, não tem selo nem endereço... Você tem ideia de quem pode ser? — perguntou, olhando atentamente para mim.

Neguei com a cabeça ao mesmo tempo que pegava a carta com as mãos trêmulas e a abria. Minha mãe deu de ombros e voltou a ler o jornal. Fiquei grata por sua falta de interesse, já que tinha certeza de que eu estava branca como uma folha de papel.

Quando tirei a carta do envelope, notei que a caligrafia era a mesma da carta anterior. Dizia o seguinte:

Estou de olho em você.
Você não deveria estar aqui, esse não é o seu lugar.
P.S.: Boa sorte na sua nova escola.
P. A.

Soltei a carta na mesa sentindo um forte nó no estômago. Meu coração acelerou e o medo tomou conta de mim. Aquelas cartas estavam começando a me deixar preocupada... Quem poderia ser tão mesquinho para me ameaçar daquela maneira? Tinha que ser alguém que me conhecia bem, já que sabia do meu primeiro dia de aula. Só conseguia achar que era o Ronnie, e a única pessoa que poderia me ajudar era a última para quem eu queria pedir ajuda.

Coloquei a carta no bolso do suéter e me levantei.

— Não vai terminar o seu café? — minha mãe perguntou, franzindo a testa.

— Estou nervosa. Como alguma coisa depois — eu disse, saindo da cozinha e correndo para o meu quarto.

Peguei a carta e a comparei com a outra na minha mesa de cabeceira. Sim, era a mesma letra, e ambas eram quase do mesmo tamanho. Mas havia uma diferença, a assinatura: P. A.

Será que havia mais de uma pessoa por trás daquilo e estavam assinando com ambas as iniciais? Meu Deus! Como eu tinha conseguido fazer inimigos tão rápido? Escondi as cartas na gaveta e tentei não pensar naquilo. Era meu primeiro dia de aula e não queria me preocupar com outras coisas. Se mais cartas chegassem, eu falaria com alguém. O Nicholas me ajudaria, mesmo que eu preferisse não ter de recorrer a ele.

Saí do meu quarto, encontrei a minha mãe, saímos de casa, entramos no carro e seguimos para a escola. Ela insistiu para me levar, e eu estava arrependida de ter aceitado. Preferia ter ido no meu próprio carro, para me distrair dirigindo e não ter que pensar em nada.

A entrada estava cheia de estudantes vestidos de verde. Havia muitos alunos sentados nos bancos do lado de fora, enquanto outros já entravam naquele local impressionante. Notei que alguns permaneciam do lado de fora para terminar de fumar um último cigarro ou para adiar o máximo possível o início daquela tediosa rotina. Lembrei-me de que isso também acontecia na minha antiga escola e, prestando um pouco mais de atenção nas pessoas, vi que pareciam felizes por reencontrar os amigos depois do verão.

— Tenha um ótimo dia, querida — minha mãe desejou.

Quando me virei para me despedir, percebi que ela estava emocionada.

— O que está acontecendo com você? — perguntei, soltando uma gargalhada.

Ela tentou esconder a emoção, mas falhou, obviamente.

— Só estou feliz porque você vai poder estudar aqui, é só isso — ela admitiu, secando uma lágrima.

Sacudi a cabeça e dei um beijo na bochecha dela.

— Você é maluca, mas eu te amo — eu disse, saindo do carro e ainda rindo.

Minha mãe acenou um tchau e foi embora em seguida. Enquanto eu me aproximava da porta, após cruzar todo o jardim externo e passar na frente de vários alunos sentados nos bancos, alguém surgiu a meu lado e me deu um susto.

— Você está horrível! — a Jenna comentou, me empurrando.

Quando a vi vestida daquele jeito, sem o glamour que ela tanto adorava, dei uma gargalhada. Apesar do uniforme horrível e daquela cor verde asquerosa, ela continuava muito atraente. As pernas torneadas ficavam à mostra e pareciam muito elegantes com as meias e a saia extremamente curta que ela estava usando. A minha não era exatamente longa, mas era mais recatada do que a dela e do que as saias da maioria das garotas, pelo que podia perceber.

— Cala a boca! — ordenei, sorrindo.

— Vem cá, vou apresentar os meus amigos pra você — ela disse, me puxando para um banco com outras pessoas.

Eram duas garotas e dois garotos. Prestei atenção e reconheci o amigo da Jenna e do Nick, o Sam, sentado lá junto com a Sophie.

— E aí, Noah? — Sam me cumprimentou de onde estava. Era o menino que tivera de beijar naquela brincadeira estúpida de verdade ou desafio. Era loiro, e seus olhos castanhos pareciam amáveis, mas ao mesmo tempo tinham um ar travesso infantil. Olhou para mim de cima a baixo, com interesse. — Você ficou muito gata com esse uniforme.

Revirei os olhos. Ninguém ficava bonito com aquelas roupas horríveis, ainda que os rapazes, com as camisas e as calças pretas, até que estivessem bem atraentes. Sophie, a mesma que tinha devorado o Nick com os olhos no dia da festa, olhou para mim com interesse e me perguntei no que ela estaria pensando. Ao lado dela, uma garota morena de olhos claros e um rosto bastante familiar olhava para mim com cara de poucos amigos.

— Noah, esse aqui é o Sam, que você já conhece — Jenna disse, olhando para mim e achando graça. Eu ignorei o seu tom sarcástico. — E essas são a Sophie e a Cassie, irmã da Anna, de quem a gente falou naquele jantar.

Assenti, entendendo por que ela me parecia tão familiar. A irmã mais nova da Anna parecia não gostar de mim, assim como a irmãzinha mais velha. Ela me analisava de cima a baixo, com frieza. Afastei o olhar para me voltar aos outros dois rapazes. Um era moreno, usava óculos e era muito atraente; o outro parecia o típico machão. Loiro e de olhos azuis, devia ser jogador de futebol americano.

— E esses dois são o Jackson e o Mark — a Jenna terminou, apresentando os dois.

— Oi! — Eu os cumprimentei com um sorriso amigável.

— Então, você é a nova irmã postiça do Nicholas Leister? — Jackson, o rapaz de óculos, perguntou com interesse.

— Sim, eu mesma — respondi, tentando não suspirar.

— Você não sabe o quanto a invejo — Sophie falou de onde estava sentada.

Era óbvio que ela tinha uma queda por ele, e odiei a minha vontade de deixar claro que ele nunca seria dela.

Um pouco depois, enquanto a Jenna e os rapazes terminavam um cigarro, o sinal da escola tocou.

— Chegou a hora da tortura — Mark, o loiro, anunciou, enquanto apagava a bituca e colocava a mochila no ombro com destreza. — Nos vemos lá dentro, Noah — ele me disse, sorrindo.

Devolvi o sorriso quase por instinto. Enquanto eles se dirigiam para as suas aulas, eu fui à secretaria, para tentar descobrir a qual sala eu tinha que ir e para que me passassem o meu horário.

Enquanto me dirigia ao edifício, que não era o mesmo prédio onde aconteciam as aulas, olhei para todos os lados... Sentia como se alguém me observasse. Entrei com pressa e com uma sensação estranha no peito.

O dia passou sem incidentes. Jenna era muito popular na escola e me apresentou a muitas pessoas, conforme as horas iam passando. Eu fiz quase todas as aulas com ela, menos as de espanhol e matemática, e em todas elas estavam o Mark, o convencido, ou a Sophie, a apaixonada pelo Nick. Também tinha feito quase todas as aulas com a Cassie e, conforme o dia passava, percebi que ela me odiava profundamente. Tentava me ridicularizar ou revirava os olhos a cada coisa que eu dizia. A Jenna era muito popular, mas a Cassie também era, e, para minha surpresa, justamente porque a sua irmã mais velha tinha sido uma lenda, assim como o Nick, naquela escola de milionários. Todo mundo me perguntava a respeito dele. Queriam saber o que ele andava fazendo ou como era conviver com ele. Algumas pessoas estavam presentes no dia dos rachas e tinham visto a briga que a minha intervenção causara, por isso pareciam achar que tinham o direito de olhar feio para mim ou de fingir que eu não existia. Maldito Nicholas Leister! Mesmo quando não estava por perto ele complicava a minha vida! Todos falavam também sobre uma festa de volta às aulas que ocorreria na sexta-feira seguinte, um evento que também serviria para dar as boas-vindas aos novatos. Não fazia ideia do que isso significava, mas, sempre que o evento era mencionado, as pessoas cravavam os olhos em mim de maneira misteriosa e inquietante.

Finalmente chegou a hora de voltar para casa, e minha mãe estava esperando por mim na saída. Ela me perguntou sobre tudo e sobre todos, mas eu estava realmente esgotada e falei muito pouco no caminho de volta para casa. Só queria descansar e fiquei feliz por não precisar trabalhar naquele dia. Fui cochilar assim que chegamos, mas uma voz conhecida me acordou e me fez pular da cama.

— Vamos, acorda! — ela disse, e percebi que era a Jenna.

— O que você quer? — perguntei, abrindo os olhos depois do cochilo mais longo da minha vida.

— O Jackson e o Mark nos convidaram para uma reuniãozinha na casa deles. Quase todo mundo do último ano vai estar por lá... Você tem que ir! — Ela me animou, com um sorriso radiante no rosto.

— Hoje é segunda-feira, Jenna. A gente tem aula amanhã — protestei, sabendo que de nada adiantaria.

— E daí? — respondeu, revirando os olhos. — As festas do começo do ano letivo são as melhores. É sério, Noah! Você sabe como vai ser difícil transformá-la em alguém popular?

Meneei a cabeça enquanto me levantava.

— Não quero ser popular — rebati, olhando fixamente para ela.

— Às vezes você parece que é de outro planeta. Vamos, vai tomar banho que eu vou escolhendo a sua roupa.

Ela me arrancou da cama e tentei ignorá-la o máximo que pude enquanto tomava um banho quente.

— Vamos logo. O que você está fazendo? — ela me apressou, do outro lado da porta.

Saí do banheiro enrolada em uma toalha e com o cabelo pingando. A Jenna conseguia ser bastante insistente quando queria. Enquanto eu secava o cabelo sentada à penteadeira, abri uma das gavetas para pegar a maquiagem e olhei de novo para os envelopes escondidos ali. As malditas cartas estavam me angustiando. Não conseguia tirá-las da cabeça; queria contar sobre elas para alguém, mas não conseguia, pois tinha receio de isso causar mais problemas. Apesar de estar muito brava com o Nick, não queria que ele se metesse em outra briga, muito menos por minha causa, e sabia que era exatamente o que ia acontecer se eu lhe contasse sobre as cartas. Fechei a gaveta e repeti para mim mesma que era alguma brincadeira de mau gosto, que o Ronnie não seria tão idiota para me ameaçar por escrito e que havia milhares de garotas que me odiavam pelo simples fato de eu ser a nova irmã postiça do Nick.

Eu me olhei no espelho e pensei em me distrair com o que quer que fosse. Não queria continuar me preocupando com aquilo, precisava fazer qualquer coisa que me fizesse esquecer daquele problema. Comecei a me maquiar e a Jenna se despediu de mim para ir se arrumar na casa dela. Tentei passar o máximo de tempo possível na frente do espelho, não queria que nenhum segundo sobrasse para que eu pudesse ter pensamentos negativos. Quando terminei a maquiagem, prendi meu cabelo em um coque bem elaborado, que levei quase meia hora para terminar, e então comecei a provar quase todos os vestidos que a minha mãe tinha comprado para mim e que ainda estavam com as etiquetas da loja no meu *closet*. Escolhi uma saia com babado e um *top* preto bem justo.

Quando estava prestes a ligar para a Jenna para saber a que horas ela ia me buscar, ouvi gritos do lado de fora do quarto. Ainda descalça e com os saltos em uma das mãos, saí para ver o que estava acontecendo.

Os gritos vinham do quarto da minha mãe e do William. Fui até o corredor para ouvir melhor... Eles estavam brigando.

— O que você queria que eu fizesse? — minha mãe gritou, fora de si.

Ela só gritava daquela maneira quando estava furiosa... Fiquei me perguntando o que o William poderia ter feito para deixá-la brava daquele jeito.

— Você devia ter me contado! — William respondeu, também aos berros e ainda mais bravo do que ela. — Você é minha mulher, meu Deus! Depois de tanto tempo... Como pôde ter escondido algo assim?

Havia muitas coisas que a minha mãe poderia ter escondido, mas só uma conseguiria tirar alguém do sério daquela forma.

— Eu não consegui... — ela respondeu.

Enquanto aguçava os ouvidos para ouvir melhor, alguém apertou o meu quadril, o que me fez dar um salto e deixar os sapatos caírem no chão. Eu me virei depressa, assustada.

— O que pensa que está fazendo? — gritei para o Nicholas, que estava atrás de mim com as sobrancelhas levantadas e me olhando com curiosidade.

— Eu é que deveria perguntar — ele retrucou, reparando descaradamente na minha roupa. Também não consegui evitar olhar para o torso dele, com aquela camisa branca, sem gravata, que lhe caía muito bem...

Meu Deus, ele estava muito lindo de branco. O contraste com os cabelos pretos era incrível!

— Você sabe por que eles estão brigando? — perguntei, um pouco confusa.

Ele olhou por cima dos meus ombros. O volume dos gritos tinha diminuído, pois eles haviam fechado a porta do quarto.

— Não — respondeu simplesmente, colocando uma das mãos no meu rosto e me pressionando contra a parede. De repente, me faltou ar para respirar. — Você já voltou a falar comigo? — perguntou. A boca dele chamou a minha atenção, aqueles lábios, a respiração no meu rosto...

— Sai de perto de mim, Nicholas — ordenei, tentando controlar os meus sentimentos.

Queria afastá-lo com as mãos, mas me negava a encostar nele. Não ia fazer aquilo, não voltaria a encostar um único dedo naquele corpo.

— Por quanto tempo você pretende continuar com isso? — questionou frustrado, com as mãos ainda me prendendo contra a minha vontade.

Respirei fundo.

— Até você entender que eu não o quero perto de mim.

Um sorriso surgiu em seu rosto, sem se alargar muito.

— Você está morrendo de vontade de me beijar.

Senti um mal-estar no estômago. Odiava ficar tão nervosa, e odiava que ele tivesse estragado o que estava surgindo entre nós dois.

— Estou morrendo de vontade de te dar um chute.

Ele sorriu e cruzei os braços, indignada.

— Você vai sair? — perguntou, um segundo depois.

— Sim.

— Com a Jenna?

— Não. Com o seu pai — respondi, sarcástica. — Por acaso eu conheço mais alguém por aqui?

Então, tirou uma das mãos da parede e tocou o meu rosto. O semblante dele tinha mudado, e ele passou a me olhar de uma maneira diferente, intensa demais para eu conseguir aguentar.

— Não torne as coisas ainda mais difíceis — pedi, irritada.

Não o queria por perto, não mais. Por mais que a distância doesse em mim, por mais que quisesse esquecer o que tinha acontecido, eu não conseguia. E não confiava nele.

A dor tornou-se evidente em suas retinas. Não sabia o que eu estava fazendo ao negar o que sentia por ele, mas tinha medo de me aproximar, medo de abrir o meu coração outra vez, ainda mais para alguém como ele. Era melhor ficar sozinha, assim ninguém poderia me controlar, nem me dizer o que fazer, nem me causar sofrimento.

Naquela noite, eu ia me esquecer de tudo: da carta, de quem estava me ameaçando e do Nicholas. Naquela noite, eu queria ficar bêbada e deixar que o álcool acabasse com todas as tristezas da minha vida.

34

NICK

Eu dormia profundamente quando a vibração do meu celular me acordou. Passei a mão no rosto e despertei com uma chamada de Jenna.

— Espero que tenha um ótimo motivo para me acordar às três da madrugada — resmunguei, fechando os olhos e deitando novamente nos travesseiros.

— Nick, preciso que você venha pra cá… A Noah não está bem — ela disse, o que fez meu corpo inteiro tensionar instantaneamente.

Eu me levantei, tateando a parede para acender a luz.

— O que aconteceu? Ela se machucou? — perguntei, atravessando o quarto enquanto procurava algo para vestir.

— Já faz mais de meia hora que ela está vomitando. Está completamente bêbada.

Rosnei com os dentes semicerrados e peguei a chave do carro.

— Jenna, me manda o endereço.

Demorei quinze minutos para chegar. Havia gente por todos os lados, e fui empurrando as pessoas para conseguir chegar à casa. Procurei a Jenna na sala e na cozinha, e, quando ia pegar o celular para perguntar onde diabos ela estava, avistei-a descendo as escadas.

— Onde ela está? — perguntei, furioso.

Não era culpa da Jenna, mas, que merda, não deveriam cuidar uma da outra? Ela não estava mal; pelo contrário, parecia completamente sóbria.

— Nós a levamos para o quarto lá em cima — ela informou, e comecei as subir os degraus de dois em dois. — Eu sabia que ela estava passando do limite, mas ela não quis me ouvir, Nick — a Jenna continuou, mas a ignorei até chegar no quarto.

Entrei e me ajoelhei perto da Noah. Ela estava com o rosto pálido e suado, certamente por conta do esforço de ter vomitado por tanto tempo.

— Há quanto tempo ela está assim? — perguntei. Como ninguém me respondia, olhei para a Jenna, furioso. — Há quanto tempo?

— Ela ficou vomitando por mais de meia hora, e faz uns cinco minutos que perdeu os sentidos... Ou que ela dormiu... Não sei, Nicholas. Desculpa, eu pedi para ela parar, mas...

— Tá bom, Jenna. — Fiz sinal para ela se calar e vi de soslaio que o Lion tinha entrado no quarto.

A garota que estava junto da Jenna olhou para mim, determinada.

— Sou estudante de medicina. Pode se acalmar, a pulsação dela está estável. Ela só passou do ponto e precisa dormir. Amanhã, ela vai acordar com uma ressaca daquelas, mas vai ficar bem.

— Como assim, vai ficar bem? — quase gritei, enquanto colocava o rosto inconsciente da Noah entre as minhas mãos e a observava, muito preocupado.

— Está tudo bem. Leve-a para casa e fique de olho nela durante a noite — a garota orientou.

E era isso que eu iria fazer.

— Desculpa, Nick... Não achei que fosse terminar assim — Jenna repetiu, se sentindo culpada.

— Agora não me interessa o que você tem a dizer — rebati friamente, enquanto me inclinava sobre a Noah e a pegava no colo, sem dificuldade.

Assustei-me ao notar que ela mal emitia ruídos, embora respirasse normalmente. A cabeça dela se apoiou no meu ombro e me senti culpado por não conseguir protegê-la outra vez. Ela estava daquele jeito por minha culpa, mas algo não se encaixava. Enquanto descia as escadas com ela nos braços, eu me perguntava o que teria acontecido para que ela decidisse se embebedar daquela maneira.

Quando parei o carro na entrada de casa e me virei para olhar para a Noah, fui acometido por uma espécie de *déjà vu* muito desagradável. Na noite em que nos conhecêramos, ela terminara justamente daquele jeito, mas porque colocaram uma droga na sua bebida. Também tinha sido minha culpa, e me lembrar de como a tinha largado no meio da estrada me ajudou a entender como eu tinha sido idiota com ela desde então. Eu não a merecia, mas não havia mais nada que eu pudesse fazer. Estava apaixonado por ela.

Desci do carro e a retirei de lá com cuidado. Ela continuava completamente inconsciente, e tive que entrar em casa e subir as escadas apressadamente. Já estava muito tarde, e eu não queria que a Raffaella visse a Noah naquele estado lamentável. Fui direto para o meu quarto, sem pensar duas vezes. Eu ficaria de olho nela até que recuperasse os sentidos. Quando a coloquei com cuidado na minha cama, lembrei-me de que eu queria levá-la para lá desde que a vira com aquele vestido lindo, e agora ela estava lá naquelas condições. Tirei os seus sapatos com cuidado e acendi a pequena luminária que havia na mesa de cabeceira. Ela estava tão inconsciente que nem sequer notara a completa escuridão que se assomou ao nosso redor, e isso me fez sentir um aperto no peito que mal me deixava respirar. E se ela estivesse pior do que aparentava? E se fosse melhor levá-la ao hospital? Descartei aquele último pensamento, já que a Noah era menor de idade e se meteria em um problemão se soubessem que tinha consumido bebidas alcoólicas em excesso.

Ela estava com a roupa manchada de vômito e a pele arrepiada. Friamente, comecei a tirar a sua saia, depois as meias. Fui pegar uma camiseta minha, e antes de passá-la pela cabeça dela, algo chamou a minha atenção. A Noah tinha uma cicatriz enorme em um lado da barriga... Fiquei observando, com a mente completamente confuso. Como será que aquilo tinha acontecido? Não era uma cicatriz normal. Era muito grande, e com certeza ela tinha levado vários pontos. Deslizei o dedo pela superfície suave daquela marca que atravessava o corpo mais espetacular que eu já tinha visto na minha vida. Sonhando, a Noah ficou inquieta, e logo afastei a minha mão do seu corpo.

Será que era por isso que ela nunca usava biquíni? Por causa da cicatriz? Então, vários momentos e detalhes começaram a passar pela minha mente, e tudo fez sentido. O motivo de ela sempre usar maiô ou de ficar nervosa se eu mencionasse algo que envolvesse tirar a roupa; a razão de ter ficado desconfortável quando pediram a ela que tirasse o vestido no jogo de verdade ou desafio. Então, percebi que a Noah estava a milhares de quilômetros de mim. Havia muitas coisas sobre ela que eu não sabia e senti a necessidade de protegê-la de qualquer coisa que a preocupasse ou de que ela tivesse medo. Passei a camiseta pela sua cabeça e a cobri com os cobertores.

"O que será que tinha acontecido? Quem era a Noah Morgan de verdade?"

Com essas dúvidas na cabeça, deitei-me ao lado dela, abraçando-a contra o meu peito e desejando protegê-la de tudo e de todos, porque alguma coisa tinha acontecido e eu acabaria descobrindo exatamente o quê.

35

NOAH

Eu estava com muito calor. Não conseguia enxergar nada ao meu redor, e sentia como se estivessem me asfixiando. Rapidamente entendi por que a temperatura parecia próxima dos quarenta graus. Eu estava sendo abraçada por um corpo quente e enorme. Fiquei completamente confusa quando meus olhos se depararam com Nicholas dormindo profundamente.

Como eu tinha chegado ali? E o que diabos eu estava fazendo na cama com ele? Meus olhos percorreram o meu corpo. Vi que estava vestida, mas com uma camiseta que não era minha, e muito grande, parecendo um vestido.

Fiquei sem ar: alguém tinha tirado a minha roupa.

O pânico se apoderou de mim de maneira abrasadora. Minha respiração se acelerou e me levantei como pude, apoiada na cabeceira da cama. Nicholas abriu os olhos ao notar a minha movimentação, confuso por um segundo, e logo em seguida se levantou e olhou para mim com precaução.

— Você está bem? — perguntou, analisando o meu rosto com cuidado e calma.

— O que eu estou fazendo aqui? — questionei, torcendo para não ter ficado bêbada a ponto de não conseguir me trocar sozinha em um banheiro.

— A Jenna me ligou e me pediu para ir buscá-la. Você estava inconsciente — contou, olhando para mim de forma estranha. Estava despenteado e tinha dormido com a mesma roupa que tinha usado no dia anterior.

— E o que aconteceu depois? — interroguei, tentando manter a calma.

Ele me observou por alguns instantes, pensando nas palavras. Meu coração se acelerou.

— Eu tirei a sua roupa manchada de vômito e a coloquei na cama — respondeu, e meu autocontrole se esgotou.

Eu me levantei e fui para a outra ponta do quarto. Olhei para ele, sem acreditar no que ele tinha feito.

— Por que você fez isso? — gritei, fora de mim.

O Nicholas não podia ter visto a minha cicatriz, não podia. Isso abriria as portas de um passado para o qual eu não podia nem queria voltar.

Ele ficou de pé e se aproximou de onde eu estava, com cuidado.

— Por que você está assim? — falou, magoado e irritado. Eu mal conseguia controlar a minha respiração. — Não sei o que tanto te preocupa, mas espero que saiba que eu não me importo e que não vou contar para ninguém... Noah, por favor, não olhe para mim assim. Estou preocupado com você.

— Não! — gritei, furiosa. — Você não pode ficar preocupado por algo que não entende nem nunca vai entender!

Eu precisava sair daquele quarto, precisava ficar sozinha. As coisas estavam saindo do meu controle, nada tinha acontecido do jeito que eu queria. Senti um nó no estômago e fiquei com vontade de chorar.

Olhei fixamente para ele. Nick parecia não saber o que fazer, mas ao mesmo tempo tinha uma determinação no olhar.

— Não vou repetir: eu quero que você fique bem longe de mim.

O seu semblante se transformou. Pareceu furioso e se aproximou, colocando meu rosto entre as mãos. Fiquei quieta, tentando controlar a minha respiração e o nervosismo que me destruía por dentro.

— Entenda de uma vez: eu não vou a lugar nenhum. Vou ficar aqui, e quando você estiver preparada para me contar o que aconteceu, vai perceber que cometeu um erro grave ao desejar se manter longe de mim.

Dei-lhe um empurrão e fiquei grata por ele se afastar.

— Você está errado. Eu não preciso de você — rebati, pegando as minhas coisas do chão.

Saí batendo a porta bem forte. Queria chorar, estava com vontade de chorar sem parar e deixar sair toda a angústia que havia dentro de mim. O Nicholas viu a minha cicatriz; agora ele sabia que algo tinha acontecido, algo que eu não queria revelar, algo que me causava vergonha, algo que eu tinha decidido enterrar nas profundezas do meu ser.

Com as mãos trêmulas, tirei a roupa e me joguei no chuveiro bem quente. Queria esquentar meu corpo, fazer o calor me adentrar, porque estava me sentindo gelada, uma pedra de gelo por dentro e por fora. Quando saí do banho e vi um envelope branco sobre a minha cama, desmoronei. De novo, não; outra carta, não, por favor, hoje não.

Peguei o envelope com as mãos ainda tremendo. Aquilo já era algum tipo de assédio, eu precisava contar para alguém. Tirei o papel de dentro do envelope e, com o medo tomando conta de mim, comecei a ler:

> Você se lembra do que fez comigo?
> Eu não consigo me esquecer do momento em que você estragou tudo, absolutamente tudo.
> Odeio você, você e a sua mãe. Vocês se acham importantes por viverem NA CASA de um milionário? Vocês são apenas putas que se vendem por dinheiro, mas isso não vai durar por muito tempo; eu garanto.
> E quando eu acabar com vocês, os dias em que você foi para uma linda escola usando uniforme vão se tornar lembranças distantes.
> A. P. A.

Aquilo ia de mal a pior. Eu precisava mostrar aquilo para alguém, precisava contar para a minha mãe. No entanto, uma parte de mim me impedia de fazer isso. Minha mãe estava ocupada com o Will, eles tinham brigado no dia anterior, e a última coisa que eu queria era deixá-la preocupada porque eu tinha feito inimigos na cidade... Não, eu não podia contar sobre o Ronnie, não queria causar problemas para o Nicholas. Fazer rachas era ilegal e, se levássemos o que tinha acontecido para a polícia, teríamos que contar tudo que havíamos feito. O Nicholas tinha vinte e dois anos, podia acabar preso, e se o Ronnie fosse considerado culpado e terminasse na cadeia, contaria tudo o que sabia sobre o Nicholas e os meus amigos.

As coisas podiam acabar muito mal se eu não tivesse cuidado.

Estava com medo de sair sozinha, e me sentindo tão cansada, tão profundamente triste, que só queria me esquecer de tudo de novo, assim como tinha feito na noite anterior. Beber até desmaiar parecia algo horrível, e agora eu estava com uma ressaca insuportável, mas tinha valido a pena, sim. Fiz aquilo porque estava transbordando de problemas, de demônios interiores. Nada parecia fazer sentido, tudo ao meu redor parecia querer me destruir, e eu só escolhi seguir pelo caminho mais fácil.

Sentei-me na cadeira e olhei para o relógio. Em menos de quarenta e cinco minutos eu precisava estar na escola. Era o meu segundo dia de aula e nada parecia mais ridículo no mundo do que aquilo. Como uma marionete, vesti o uniforme, me sentindo mal por usá-lo... As palavras daquela pessoa tinham me marcado. Era verdade que eu não merecia aquela vida, ela não me pertencia.

Quando desci para tomar o café da manhã, só o Nicholas e o pai dele estavam na cozinha. Os dois estavam mergulhados em uma conversa, que interromperam assim que eu entrei.

— Onde está a minha mãe? — perguntei sem olhar para nenhum dos dois, enquanto me aproximava da geladeira para pegar o leite.

— Ela ainda está descansando. Hoje eu a levarei para a escola, se não se importar — William disse, com um sorriso tenso.

Na tarde anterior, meu carro tinha começado a fazer uns barulhos esquisitos e eu o deixara na oficina. Olhei para o William e percebi que estava mais sério do que de costume. Não sabia o motivo da discussão que tiveram, mas a minha mãe devia ter ficado muito mal, já que não conseguira nem sair da cama. Olhei para ele com a testa franzida e assenti, enquanto anotava mentalmente que deveria averiguar o que tinha acontecido entre os dois.

O Nicholas nem sequer dirigiu o olhar para mim, e fiquei grata por isso. Eu não conseguiria olhar na cara dele, não depois do que ele havia descoberto sobre mim.

William bebeu mais um gole do café e se virou para mim.

— Está pronta, Noah? — perguntou.

— Depois que você der o nó na minha gravata, estarei — respondi, e ele sorriu.

Era a primeira vez que eu lhe pedia alguma coisa diretamente, e foi estranho... Sem que eu percebesse, passei a confiar nele, e a verdade era que já me sentia bastante confortável com a sua presença, a ponto de não sentir medo de ficar sozinha em um carro com ele.

O dia passou rápido, graças a Deus. A Jenna não parou de pedir desculpas por ter me deixado beber tanto, algo pelo qual não precisava se desculpar, já que tinha sido culpa minha e só minha. Várias garotas que eu nem conhecia se aproximaram de mim para perguntar como era morar com o Nicholas Leister. Aparentemente, eu me tornara assunto na escola, e todo mundo queria me criticar ou virar meu amigo. A Jenna falou que esse era o preço da popularidade e eu logo me acostumaria, mas eu só queria me enfiar em um buraco sem chamar a atenção de ninguém. Principalmente porque, além das malucas apaixonadas pelo Nick, também havia as ressentidas, que me odiavam por passar tanto tempo com ele. Entre elas, algo que não me surpreendia, estava a Cassie, irmã da Anna. Não sabia muito bem o que se passava na sua cabeça, mas, sempre que nossos olhares se cruzavam, ela ficava cochichando com quem estivesse por perto e depois começava a dar risada. Era bem infantil, mas eu não paciência para aquilo. Simplesmente ignorava, tanto ela quanto as suas amiguinhas. Passei o dia com a Jenna e os seus amigos, que, surpreendentemente, achei legais. Estavam sempre fazendo planos e dando festas, aparentemente sem nenhum motivo.

Na saída da escola, não vi o carro da minha mãe me esperando, mas à medida que as pessoas iam embora, reparei em uma figura encapuzada e apoiada em uma árvore, que não parava de olhar para mim.

Ronnie.

Meu coração acelerou e senti a adrenalina percorrer todo o meu corpo. Se fosse ele o responsável pelas cartas, eu tinha um problemão em mãos. Ele sorriu ao perceber que eu o observava e fez um sinal para eu me aproximar. Estava bastante afastado, mas não o suficiente para me machucar sem que ninguém visse. Não havia muitos alunos por ali, mas o suficiente para que eu me sentisse segura de ir em sua direção. Onde diabos estava a minha mãe?

Disse a mim mesma que precisava resolver aquele assunto o quanto antes e andei de cabeça erguida até o Ronnie. Quando cheguei, meus olhos se fixaram naquele cabelo escuro quase raspado e nas inúmeras tatuagens que dominavam os seus braços e parte da sua clavícula.

— O que você quer? — perguntei sem rodeios, esperando que ele não percebesse o nervosismo na minha voz.

Ele começou a rir.

— Não tão rápido, linda. — Analisou meu corpo com malícia, desde a ponta dos pés até os meus olhos. — Você está muito sexy com esse uniforme de menina rica. Seria divertido tirá-lo de você — comentou, se afastando da árvore e olhando para mim de cima a baixo.

— Você é asqueroso. Se é só isso que você tem a me dizer... — disparei, dando meia-volta e disposta a sair dali. Mas ele me pegou pelo braço e me puxou para si.

MINHA CULPA

— Você acha que pode me humilhar daquele jeito e sair impune? — perguntou, aproximando a boca da minha orelha.

Tentei me afastar, mas ele me segurou com mais força. E, de todo modo, eu queria saber o que ele tinha para me dizer, queria saber se ele é que tinha mandado as cartas.

— Você não sabe perder. Se eu fosse você, iria cuidar de outra coisa — disse, com todo o autocontrole que consegui e me soltando com um puxão.

Os olhos dele se cravaram na minha blusa.

— Você é encrenqueira como uma gatinha e gostosa o suficiente para chamar a minha atenção. Mas se abrir a boca de novo para falar alguma besteira, eu juro que…

— O quê? O que você vai fazer comigo? — eu o interrompi, olhando para trás e tentando demonstrar que ele não poderia encostar um dedo em mim naquele lugar.

Ele continuava me observando, mas parecia pensativo e tentando manter o controle.

— Vou fazer de tudo com você, pode ter certeza, mas no momento certo — ele garantiu, sorrindo como se estivéssemos em uma conversa corriqueira. — Tenho algo para você, algo que você não deve estar esperando.

Então, eu a vi: outra carta. Era ele. O Ronnie era o autor das ameaças.

— Sua brincadeirinha já parou de ter graça. O que me impede de denunciá-lo por assédio? — questionei, observando-o com frieza e uma calma falsa.

Ele deu uma gargalhada.

— Eu sou apenas o mensageiro, linda — respondeu, roçando a minha bochecha esquerda com o papel. — Aparentemente, não sou o único que deseja lhe dar um fim.

Fiquei em silêncio, sem entender o que ele queria me dizer. Se as cartas não eram dele, então eram de quem?

Quando estiquei o braço para pegar a carta, um carro parou ao nosso lado.

— Afaste-se dela! — Nicholas gritou.

Ele desceu do veículo, batendo a porta com força, e ficou às minhas costas. Depois, me puxou e se posicionou à minha frente.

O Ronnie não pareceu impressionado. Pelo contrário; continuou sorrindo, como um babaca que tinha acabado de ganhar na loteria.

Coloquei a carta rapidamente no bolso, antes que o Nick pudesse vê-la.

— Que merda você está fazendo aqui? — gritou, de maneira ameaçadora.

O Ronnie olhou para ele por alguns instantes.

— Então, eu não estava errado... Você também quis se meter entre as pernas dela, né, Nick? — comentou, dando risada.

O Nicholas deu um passo à frente, mas me apressei para segurá-lo pelo braço e puxá-lo.

— Não faça isso — pedi.

A última coisa que eu queria era que o Nicholas brigasse de novo com aquele maldito.

Nick baixou o olhar para mim e os seus olhos cravaram nos meus. O seu semblante demonstrava raiva, mas também medo. Medo de me machucarem.

— Escute a sua irmãzinha, Nick. Você não vai querer brigar comigo, não aqui — ele disse, olhando para trás, pois com certeza já tínhamos chamado a atenção.

— Não se meta com ela de novo, ou eu juro por Deus que você não voltará a ver a luz do sol — Nick disse, dando um passo à frente.

Ronnie sorriu outra vez, piscou para mim e depois entrou em seu carro. Eu comecei a tremer quando ele desapareceu pelas ruas. Não sabia que tinha ficado prendendo o ar por tanto tempo.

O Nick se virou para mim e pousou as duas mãos nas minhas bochechas.

— Ele não fez nada com você, né? — perguntou, olhando para o meu rosto.

Neguei com a cabeça, enquanto tentava controlar as minhas emoções. Não podia parecer fraca, não na frente dele.

Dei um passo para trás. As mãos do Nick caíram diante de mim.

— Estou bem — afirmei com a voz calma. — Me leva pra casa.

Dentro do carro, me senti mais tranquila. Minha respiração se normalizou e meu nervosismo só se manifestava em minhas mãos trêmulas, que enfiei debaixo das pernas para me fingir de forte. Estava morrendo de vontade, e morrendo de medo, de abrir a carta. Mesmo dizendo para mim mesma que não gostaria de lê-la e que o conteúdo só me deixaria mais destruída do que eu já estava.

— O que ele disse pra você, Noah? — Nicholas perguntou depois de ficar um tempo calado. Eu não sabia muito bem o que responder.

— Ele me ameaçou — eu respondi, sendo sincera nesse aspecto.

As mãos dele apertaram o volante com força.

— Como exatamente? — questionou.

Eu sacudi a cabeça.

— Isso não importa. O que realmente importa é que ele quer se vingar por causa do racha — ressaltei, notando que a minha voz tinha saído um pouco trêmula.

— Ele não vai encostar em você — Nick jurou, olhando para a frente.

Eu estava grata pela sua preocupação, mas ela não era necessária. Eu sabia me cuidar sozinha.

— Claro que não — concordei.

Mas estava falando a verdade?

Quando chegamos em casa, fui direto para o meu quarto. William estava na sala, reunido com um monte de advogados, e ao me ver apenas fechou a porta, sem nem sequer me cumprimentar. Foi esquisito, mas tive que enfrentar apenas a minha mãe ao chegar em casa.

Diferentemente das outras vezes, ela estava cansada e tinha olheiras enormes. Quando me viu, me deu um abraço apertado. Não sei qual tinha sido o motivo da discussão, mas sem dúvida era mais grave do que eu imaginava.

— Você está bem, mãe? — perguntei, olhando fixamente para ela depois que me soltou.

— Claro — respondeu, não muito convincente.

— Está tudo bem entre você e o Will? Você pode me contar — insisti, tentando tirar algo dela.

Ela negou com a cabeça, abrindo o sorriso mais falso que eu tinha visto em seu rosto em muito tempo.

— Está tudo ótimo, querida, não precisa se preocupar — afirmou.

Assenti, duvidando, mas não podia ficar insistindo. Tinha que abrir a carta que o Ronnie havia me entregado.

Subi para o meu quarto e tirei a carta do bolso com os nervos à flor da pele.

A carta continha uma simples frase:

Você tirou tudo de mim quando eu me importava com você e agora você vai sofrer as consequências.

P. A. P. A. I.

A carta caiu das minhas mãos. E as lembranças voltaram.

O ônibus da escola acabara de me deixar na porta de casa. Tinha apenas oito anos e levava um desenho nas mãos. Eu tinha ganhado um prêmio, meu primeiro prêmio, e queria contar para os meus pais. Entrei correndo, com um sorriso no rosto, e então vi tudo.

Minha mãe estava no chão, cercada de cacos de vidro. Eles tinham quebrado a mesinha de centro de novo. Havia muito sangue saindo da bochecha esquerda da minha mãe, ela estava com os lábios machucados e com um olho roxo. Porém, quando me viu entrar, ela ficou de pé da maneira que conseguiu.

— Oi, meu amor! — falou, entre lágrimas.

— Você não se comportou bem de novo, mamãe? — perguntei, me aproximando dela com passos hesitantes.

Ela assentiu, e então um homem alto e muito forte apareceu na porta.

— Vá se limpar, deixa que eu cuido dela — meu pai ordenou.

Minha mãe olhou para mim por alguns instantes e depois desapareceu, entrando no seu quarto.

Eu me virei para ele, ainda com o desenho nas mãos.

— O que você fez hoje na escola, minha filha linda?

Senti a minha respiração acelerar por causa das lembranças. Sentei-me ao lado da cama e abracei os meus joelhos... Aquilo não podia estar acontecendo...

Eu estava ajudando a minha mãe a cozinhar, mas ela parecia nervosa: nada parecia estar dando certo para ela naquele dia. O pão queimou e o macarrão ficou grudado na panela. Eu sabia o que estava acontecendo, sabia e percebia o medo no corpo dela. Eu era apenas uma criança, mas entendia que, se incorresse em um mau comportamento, assim como a minha mãe, o castigo viria.

— Que merda é essa? — ele disse, se levantando e empurrando a mesa com força.

Os pratos e copos se espatifaram no chão. Eu me levantei correndo e saí da cozinha. Como sempre quando aquilo acontecia, tampei

meus ouvidos com as mãos e comecei a cantarolar. A mamãe tinha dito para eu fazer aquilo, e eu não queria desobedecê-la.
Mas, ainda assim, eu conseguia ouvir os gritos e os golpes.

Senti as lágrimas escorrerem pelo meu rosto... Fazia tanto tempo que eu não me lembrava daquilo...

O papai estava com um cheiro ruim, aquele dia não seria bom. Sempre que o papai aparecia com aquele cheiro amargo, as coisas terminavam mal. Os gritos começaram alguns minutos depois e vieram acompanhados do barulho de algo se quebrando. Corri para o meu quarto e me tranquei lá. Entrei debaixo dos cobertores e apaguei a luz. O escuro ia me proteger, o escuro era meu aliado...

Voltei a mim e meu coração estava quase saindo pela boca. Aquilo não podia estar acontecendo de novo. De repente, tive vontade de vomitar, e foi exatamente o que fiz. Corri para o banheiro e botei para fora a pouca comida que tinha ingerido naquele dia. Eu me apoiei no vaso sanitário e pus as mãos entre os joelhos. Precisava me acalmar e recuperar a compostura. Meu pai estava na cadeia, meu pai estava na cadeia... Ele não podia me machucar, estava preso, em outro país, a milhares de quilômetros de distância, muito, muito longe. Mas, então, quem faria algo tão horrível comigo?

Ninguém conhecia o meu passado, absolutamente ninguém, só a minha mãe, o Conselho Tutelar e o tribunal que havia julgado o caso e sentenciado meu pai à prisão. Ele continuava preso, não?

Joguei água no rosto, tentando me acalmar. Eu não ia sucumbir, precisava aguentar, tinha que aguentar, tinha que ser forte... Precisava de uma distração... só uma.

Peguei o celular e fiz uma ligação.

— Jenna? Preciso da sua ajuda.

36

NICK

Alguma coisa estava acontecendo. A Noah parecia diferente, estava agindo de maneira estranha. Ela não saiu do quarto desde que voltamos da escola naquela tarde. Queria vê-la porque sabia que havia algo de errado. Depois que eu vi a cicatriz, era como se um alarme tivesse começado a soar. Alguma coisa acontecera com ela no passado, e agora havia alguma outra coisa rolando para ela se comportar daquele jeito... Ficar bêbada até desmaiar... Não era a cara da Noah, não da Noah que eu conhecia, da Noah por quem eu me apaixonara.

Ela mal falava comigo. Eu merecia, porque a tinha machucado. Merecia essa distância, mas não podia deixar nada de ruim acontecer com ela. Precisava protegê-la daquele maldito, e se eu precisasse segui-la ou vigiá-la às escondidas, eu o faria sem titubear.

Então, meu celular tocou. Eu o atendi e falei com a minha irmã. Não conseguiria visitá-la no primeiro dia de aula, e isso estava partindo o meu coração, mas não podia deixar a Noah desprotegida. No fundo eu me sentia culpado, mas minha intuição me dizia para ficar com a Noah. Disse à minha irmã que iria visitá-la assim que pudesse e lhe desejei um ótimo primeiro dia de aula. Imaginei-a com o uniforme da escola e com sua mochila com os personagens de *Carros*, e senti um profundo remorso.

Os dias se passaram, e na quinta aconteceu algo que me deixou completamente desconcertado: ao subir para o meu quarto, depois de chegar exausto da faculdade, ouvi barulhos e risadas no quarto da Noah. Sem hesitar, abri a porta e dei de cara com três meninas e dois caras. A fumaça que havia no quarto, assim como o cheiro intenso e pungente, me fizeram entender perfeitamente que estavam fumando maconha. A Jenna estava lá, junto com o amigo imbecil que tinha beijado a Noah no dia do jogo de verdade ou desafio. Sophie também estava lá, usando só a saia da escola e um sutiã vermelho rendado.

— Que merda está acontecendo aqui? — ralhei ao ver aquele espetáculo.

Graças a Deus a Noah estava completamente vestida, mas segurava um cigarro branco entre os dedos, do qual saía uma densa fumaceira branca.

— Nicholas, dá o fora! — gritou.

Fiquei morrendo de vontade de sacudi-la e de expulsar todos os presentes aos chutes. Dei cinco passos até me aproximar dela e tomei o cigarro de sua mão.

— Por que você está fumando essa merda? — perguntei, fulminando-a com os olhos.

Ela me observou por uns instantes e depois deu de ombros, indiferente. Estava com os olhos vermelhos e as pupilas dilatadas. Completamente chapada.

— Vocês todos, para fora! — ordenei aos outros.

As garotas se sobressaltaram e os dois caras me lançaram olhares desafiadores.

— O que foi, cara? Só estamos nos divertindo! — um deles exclamou, ficando de pé e me encarando.

Lancei um olhar assassino para ele.

— Tá bom, cara. Beleza, tranquilo — ele disse, começando a recolher as coisas.

A Noah estava com as mãos na cintura e exibia um semblante de reprovação.

— Qual é o seu problema? — ela questionou, ignorando os amigos que estavam indo embora.

Esperei que todos desaparecessem, incluindo a idiota da Jenna, e fechei a porta com força.

— Me deixa em paz! — disse ela, se esquivando para sair pela porta.

Agarrei os seus braços imediatamente e a obriguei a olhar para mim.

— Você pode me explicar o que está acontecendo? — perguntei, furioso.

Ela olhou para mim, e enxerguei naqueles olhos algo obscuro e profundo que ela tentava esconder. No entanto, sorriu sem alegria.

— Esse é o seu mundo, Nicholas — falou com calma. — Estou simplesmente vivendo a sua vida, aproveitando a companhia dos seus amigos e achando que não tenho problemas. É assim que você vive, e é assim que você acha que eu tenho que viver também — ela terminou e deu um passo para trás, afastando-se de mim.

Eu não acreditava no que estava ouvindo.

— Você perdeu completamente o controle — ralhei, baixando o tom de voz.

Não gostava do que meus olhos viam. Eu achava que estava apaixonado por aquela garota, mas ela parecia estar se transformando em outra pessoa. Mas, pensando bem... o que ela estava fazendo, a maneira como estava fazendo aquilo... era o que eu tinha feito, a mesma coisa que eu fazia antes de conhecê-la. Eu a tinha colocado nessas situações, era tudo minha culpa. Era minha culpa que ela estivesse se autodestruindo.

De certa maneira, tínhamos invertido os papéis. Ela apareceu e me tirou do buraco em que eu estava enfiado, mas, ao fazer isso, acabou trocando de lugar comigo.

— Pela primeira vez na minha vida eu acho que estou no controle, e gosto disso. Então, me deixa em paz — pediu, me dando um empurrão e saindo do quarto.

Fiquei quieto no lugar. O que eu poderia fazer? A Noah estava escondendo algo e não ia me contar o que era. Ela já não confiava em mim fazia tempo e, para reconquistá-la, eu teria que entrar no jogo dela... Queria protegê-la, queria tirá-la de onde ela estava se metendo, mas como fazer isso se ela não tolerava nem dividir o mesmo cômodo comigo?

Gostar dessa garota ia acabar com o pouco de paciência que me restava.

Naquela noite, o meu pai e a Raffaella iam participar de uma reunião e passar a noite no Hilton do centro. Eu ia ficar em casa, de olho na Noah, para que ela não se metesse em nenhuma confusão. Não sabia muito bem desde quando tinha virado o seu guarda-costas, mas algo me impedia de deixá-la sozinha, e eu mal conseguia ficar sob o mesmo teto que ela sem querer me aproximar e envolvê-la nos meus braços.

Estava preocupado com a forma como ela andava se comportando, e mais ainda por ela terminar se parecendo com as pessoas que faziam parte da minha vida. Todo o frescor, a naturalidade e a inocência que ela tinha trazido para a minha vida me mostraram que havia muitas coisas que eu não conhecia, e ver a Noah ficando mais parecida comigo me matava por dentro. Já tinha passado da meia-noite quando ouvi a porta da frente se abrindo. A Noah tinha saído com a Jenna, não sabia para onde, porque, quando pensei em perguntar, elas já tinham ido embora. Eu me aproximei da porta e a observei entrar. Estava bêbada, de novo. Ela nem percebeu a minha presença quando entrou cambaleando em casa. Estava descalça, com os sapatos em uma das mãos e a bolsa na outra.

— De onde você está vindo? — perguntei, rompendo o silêncio.

Ela se assustou ao me ver, mas automaticamente ergueu o rosto e olhou para mim com cara de poucos amigos.

— O que você está fazendo aí? Que susto! — respondeu, tentando manter o equilíbrio.

Frustrado por ver as suas vãs tentativas de se sustentar de pé, eu me aproximei e a ergui, ignorando as reclamações. Eu a levei diretamente para o banheiro, sentei-a no vaso sanitário e abri o chuveiro.

— Você tem um jeito bem estranho de tentar dormir comigo, sabia? — ela disse, permanecendo parada onde eu a havia deixado.

Pelo menos naquele dia ela não estava gritando comigo, nem tentando fugir. Manteve o olhar perdido enquanto eu tirava o seu casaco e olhava para o seu rosto. Os cabelos soltos e despenteados marcavam o seu semblante. Suas bochechas estavam rosadas e seus lábios pareciam mais carnudos do que o normal. Até bêbada ela era atraente, e tive que me controlar para não levá-la para a cama, como tinha feito da última vez que a encontrara daquele jeito. O fato era que eu estava bravo, além de preocupado com aquele comportamento.

— Quando dormirmos juntos, vai ser tudo menos estranho — rebati, enquanto tirava a sua blusa e reparava no sutiã rendado preto que usava. Eu me obriguei a manter a calma.

— Agora, eu nem me importaria se acontecesse... Você já viu a minha cicatriz e não tem nojo dela. Ela nem te assusta, embora me dê agonia... Ela me traz muitas más recordações, sabe? — falou, distraída, enquanto eu desistia de tirar a sua roupa.

Não conseguia vê-la nua e isso me enfurecia. Odiava o efeito que o corpo dela tinha sobre mim, mas, quando ela começou a falar, passei a ouvir com mais atenção. Pessoas bêbadas costumavam dizer a verdade... Por que não me aproveitar da situação? Parei o que estava fazendo e olhei nos olhos dela. Acomodei o seu rosto entre as minhas mãos e me concentrei nela.

— Noah, do que você tem medo? — perguntei, e percebi que ela estremeceu entre as minhas mãos.

Sua respiração estava irregular e ela demorou alguns segundos para responder, com a voz trêmula:

— Exatamente agora, de você.

Fiquei em silêncio. Ela estava tremendo, e eu sabia que era por causa do contato das minhas mãos no rosto dela. Eu sabia que ela me achava atraente e que sentia algo por mim, por mais que negasse ou não quisesse aceitar.

A sua boca estava a menos de um centímetro da minha, e eu só conseguia pensar em morder aquele lábio inferior, que parecia estar pedindo para ser beijado. Mas eu não ia fazer isso. Não com ela naquele estado.

Eu a levantei e a pus sob a água fria do chuveiro. Aquilo foi animador até para mim. Ela soltou um grito abafado quando a água a atingiu, mas estava tão bêbada que nem sequer reclamou. Ficou ali, congelando em silêncio sob a água que caía sobre seu corpo semidespido.

— É isso que dá se comportar como uma idiota — falei.

Estava com vontade de entrar no chuveiro junto com ela. Não seria nada ruim...

Depois que ela ficou mais alerta, envolvi-a em uma toalha e a conduzi até o quarto. Ela permaneceu em silêncio, e eu sabia que estava assim porque, de alguma maneira, se sentia envergonhada pelo seu comportamento. Ou pelo menos era isso que eu esperava.

— Está melhor? — perguntei, enquanto ela repousava nos travesseiros da cama e fixava os olhos em mim.

— Por que você faz isso? — indagou, um segundo depois. — Por que você torna tão difícil odiá-lo?

Olhei para ela com atenção.

— Por que você quer me odiar?

Ela ficou calada por alguns instantes.

— Porque não vou conseguir me recuperar se me machucarem de novo — sussurrou.

Senti uma pontada no peito.

— Eu não vou machucar você — assegurei, e soube na hora que era uma promessa que estava fazendo para mim mesmo.

Ela olhou para mim e, antes de me dar as costas, disse aquelas palavras que atravessaram o meu peito como uma estaca de madeira.

— Você já me machucou.

37

NOAH

Não houve mais cartas, mas a última ainda estava gravada nas minhas retinas. A palavra "papai" tinha causado no meu cérebro uma resposta imediata contra as lembranças infantis que eu tanto queria esquecer. Fazia seis anos que eu não ouvia falar dele, nem sequer tinha escutado alguém mencionar o seu nome. Conforme os dias, as semanas, os meses e os anos se sucediam, minha mente criou uma carapaça que me protegia de qualquer dor proveniente das lembranças, emoções e situações daquela etapa da minha vida, que eu tanto queria deixar para trás. Não queria voltar para lá, havia um antes e um depois. Minha mãe também passou pelo mesmo processo naqueles primeiros anos. E, agora, tudo tinha voltado para explodir na nossa cara.

O simples fato de recordar o que havia acontecido naquela época já causava no meu corpo uma reação de medo muito difícil de relevar, por isso recorri às festas, ao álcool e a todo o resto, como se fosse uma fuga. Eu simplesmente não conseguia suportar aquilo. Não era forte o suficiente, ainda não. Eu ainda era uma menina, ainda não passara tempo suficiente e aquele período sombrio tinha que ficar escondido nas profundezas de um poço em minha mente, e era por isso que eu estava me comportando como uma idiota naquela semana. Eu sabia o que estava fazendo, e esses momentos em que a minha mente ficava anestesiada por conta dos efeitos do álcool eram os únicos nos quais meu coração e meu cérebro ficavam tranquilos.

Graças a Deus, meus novos amigos não achavam estranho embebedar-se quase todos os dias, então não tive que me esforçar muito para conseguir o que queria. O único obstáculo era o Nick.

Desde que tínhamos voltado daquela maldita viagem, ele se comportava como um típico irmão mais velho. Ele me repreendia quando eu bebia, cuidava de mim quando eu estava bêbada e até chegou a me despir e me dar banho para que eu não ficasse tão estragada por causa da noite anterior. Eu sei, era ridículo, algo ridículo e muito confuso. Não queria que ele se preocupasse comigo, simplesmente precisava enfrentar as coisas sozinha e da minha maneira. Tinha presenciado várias vezes a minha mãe beber até cair quando finalmente nos livramos do meu pai. Se isso a ajudava, por que não me ajudaria também?

Com esses pensamentos, voltei para a escola no dia seguinte. Mal prestei atenção nas aulas, estava sem comer desde a noite anterior. Meu estômago se negava a se alimentar e minha mente estava adormecida, já que essa era a única maneira de manter meus demônios sob controle. Naquele dia, a Jenna me levou para casa, já que minha mãe havia saído com o William de novo, e eles só voltariam depois de uns dois dias. Não sabia nem para onde eles tinham ido, e não me importava. Às vezes, em alguns momentos do dia, eu baixava a guarda e me lembrava das ameaças do meu pai, e o medo tomava conta de mim até quase me sufocar. Mas ele estava longe, na cadeia, jamais conseguiria encostar em mim. Sendo assim, como explicar as cartas que Ronnie entregara?

Deixei a minha mochila em cima do sofá da entrada e fui direto para a cozinha. Lá estavam o Nicholas e o Lion. Os dois olharam para mim assim que apareci.

— Oi, Noah! — Lion me cumprimentou com um sorriso tenso.

A seu lado, o Nick me encarou por alguns segundos.

— Oi! Sua namorada acabou de sair daqui — contei, enquanto me aproximava da geladeira e pegava a garrafa de suco de laranja. Na mesa, vi restos do que eu imaginava terem sido sanduíches de queijo. Thor, o cachorro do Nick, apareceu abanando o rabo.

— Thor, sai daqui — Nicholas ordenou com um tom seco.

Eu me virei para ele.

— Deixa ele, Nicholas. Não está me incomodando — comentei.

Ele olhou para mim apertando a mandíbula e se aproximou do cachorro. Ele o pegou pela coleira e o levou para fora, ignorando a minha fala.

— Mas está me incomodando — afirmou.

Lion deu uma gargalhada.

— A tensão é palpável — comentou, se levantando. Eu o fulminei com o olhar enquanto me sentava e levava uma uva à boca. — Tenho que te avisar,

MINHA CULPA

Noah, que hoje é o dia dos novatos... Toma cuidado — ele aconselhou, e eu fiquei quieta por um instante, olhando para ele.

— O quê? Do que você está falando?

Ele olhou para o Nick, que não pareceu ver muita graça no comentário.

— Hoje é a primeira sexta-feira da primeira semana de aula... Os novatos recebem as boas-vindas, e você é uma novata... Só estou avisando — explicou, dando risada. — A Jenna vai me matar por eu ter dito isso, mas eu fico com pena.

— Ela não vai pra essa idiotice, então você não precisa se preocupar — Nicholas falou para o Lion.

— Não sei se estou entendendo, mas há uma festa hoje à noite e é claro que eu vou, Nicholas — garanti, olhando fixamente para ele.

Ele sustentou o olhar e negou com a cabeça.

— Sua mãe disse que você não pode sair hoje. Ela não quer que você fique por aí quando ela não está em casa, então vou seguir as ordens — comunicou, indiferente.

Eu dei uma risada irônica.

— E desde quando eu tenho que te obedecer? — rebati, comendo outra uva. Estavam deliciosas.

— Desde quando eu fiquei responsável por cuidar de você. Você não vai a lugar nenhum, então não perca o seu tempo discutindo comigo — ele disse, confiante.

Aquilo era surreal. Desde quando eu tinha que fazer o que Nicholas Leister mandasse?

— Olha só, Nicholas, eu faço o que eu quiser e quando eu quiser, então pode esquecer esse seu teatrinho de guarda-costas porque eu não vou ficar em casa numa sexta-feira à noite.

Levantei-me da mesa, disposta a sair. O Lion parecia estar se divertindo.

— Isso está parecendo uma partida de tênis — comentou, dando risada e se calando quando o Nicholas lhe lançou um desses olhares que dizem "cala a boca ou eu quebro a sua cara".

Passei pelos dois e fui direto para o meu quarto. Precisava decidir o que vestir.

A Jenna me ligou umas sete da noite. A festa dos novatos era uma tradição da St. Marie e o mais interessante era que acontecia na própria escola.

Íamos à escola para dar a melhor festa da história. Os novatos do primeiro ano ficavam responsáveis pela comida e pela bebida, e depois tinham de limpar absolutamente tudo, e era por isso que a escola permitia que a festa ocorresse. Por ser uma novata do último ano, precisava apenas participar da parte divertida. Segundo a Jenna, o melhor era usar uma roupa confortável, mas formal, então escolhi uma calça jeans preta e uma camiseta regata. Calcei sandálias de saltinho baixo e deixei meu cabelo solto. Eu estava muito bonita, mas demorei menos tempo para me arrumar do que eu imaginava, e ainda faltava meia hora para me pegarem em casa.

Decidi descer até a cozinha para comer alguma coisa, mas, antes de chegar às escadas, me deparei com o Nick, que me abordava todas as vezes que eu saía do meu quarto.

— Você vai a algum lugar? — perguntou, me fulminando com seus olhos claros.

Ele estava lindo e eu queria beijá-lo até ficar sem energias, mas a minha mente desejava algo completamente diferente: odiá-lo até tornar a sua vida insuportável, e era nessa *vibe* que eu estava.

— Você vai ficar me seguindo a noite inteira? — respondi, incomodada. Eu tinha acabado de chegar perto das escadas, e ele estava alguns degraus abaixo; por isso, os meus olhos estavam na altura dos dele. — Sai da minha frente, Nicholas — mandei.

Cheguei à cozinha e comecei a preparar um sanduíche. Como eu planejava beber naquela noite, era melhor estar com algo no estômago. Mas não consegui terminar de cortar o pão. Mãos seguraram os meus braços, um corpo surgiu rente às minhas costas e me pressionou contra o balcão da cozinha. Senti-lo contra mim depois de tanto tempo me fez derrubar a faca que eu estava segurando.

Percebi lábios no meu ombro despido e estremeci involuntariamente.

— Me solta, Nicholas — exigi, com a respiração ofegante.

Meu corpo queria aquele contato, mas a minha mente gritava: "Perigo! Perigo!". Senti os seus lábios na minha orelha e depois no meu pescoço. Ele afastou os cabelos do meu rosto e o simples roçar dos dedos na minha pele me fez fechar os olhos de prazer.

— Estou cansado desse joguinho estúpido — ele disse, apertando a minha barriga e me puxando para si. — Não estava mentindo quando disse que o que aconteceu nas Bahamas não vai acontecer de novo. Estarei a seu lado sempre que você precisar, Noah... Eu quero você e sei que você me quer...

Quando os seus lábios começaram a beijar todo o meu pescoço com insistência, de cima a baixo, perdi o fio da meada. Era verdade que eu o queria, e, enquanto ele me beijava, percebi que todos os pensamentos relacionados ao meu pai ou à minha vida passada tinham desaparecido. Nicholas Leister me distraía tanto quanto qualquer bebedeira, ou ainda mais.

Joguei os braços para trás e toquei os seus cabelos com os dedos, atraindo-o para a base do meu pescoço. Então, ele me agarrou pela cintura e me girou, com um movimento rápido e intenso.

Trocamos olhares por alguns instantes, e fiquei assustada e excitada ao identificar o desejo evidente naqueles olhos azuis.

— Você quer que eu te beije? — perguntou, então.

Que pergunta idiota era aquela?

— Fica em casa e vamos fazer muito mais do que nos beijar, eu prometo — continuou, aproximando os lábios dos meus.

Aquela promessa me deu arrepios no corpo inteiro.

— Você está me chantageando? — questionei, entre surpresa e irritada.

Ele vinha se comportando muito bem comigo nos últimos dias e não tinha brigado com o Ronnie no dia da entrega da última carta. No entanto, eu ainda não sabia se estava disposta a perdoá-lo.

— Essa palavra é muito feia. Diria que estou tentando seduzi-la — falou, aproximando sua boca da minha.

Tirei proveito da situação. Encurtei o espaço que havia entre nós e deixei os lábios dele encostarem nos meus. Foi uma sensação vertiginosa e maravilhosa ao mesmo tempo. Sempre que nos tocávamos, eu experimentava milhares de sensações diferentes, e estava acontecendo de novo. Mas algo tinha mudado: agora o Nicholas estava me beijando com desespero. Fiquei assustada, mas quando pressionou seus lábios contra os meus e pôs a língua profundamente em minha boca, simplesmente respondi com o mesmo entusiasmo.

— Você vai ficar? — perguntou, então, se afastando de mim.

Nós dois estávamos ofegantes, tentando recuperar o ritmo normal de nossas respirações.

Pus as duas mãos no peito dele.

— Eu vou para a festa, Nicholas — anunciei. — Obrigada pela distração.

E fui embora.

Ao chegarmos à escola, tivemos que desligar o rádio do conversível da Jenna e entrar na ponta dos pés. A festa acontecia apenas nos fundos da escola, mais exatamente no ginásio, onde ficava a piscina, para que o barulho não incomodasse demais a vizinhança. Foi divertido e muito emocionante seguir a trilha com os outros estudantes que iam chegando com a gente. Algumas luzes posicionadas a intervalos regulares evitavam que a escuridão fosse total, então não precisei me preocupar quando atravessamos o pátio e chegamos às imediações da piscina. Ela era enorme, com muitas raias e uma zona de treinamento ao lado, com halteres e aparelhos de musculação. A maioria dos alunos do ensino médio estava por ali, todos segurando copos de plástico nas mãos. Alguns já tinham entrado na piscina, e a música era realmente ensurdecedora. Eu me virei para a Jenna e sorri.

— Isso, sim, é uma festa.

À medida que a noite avançava, coisas estranhas começaram a acontecer, e eu não gostei nem um pouco. Os trotes impostos aos novatos eram brincadeiras muito pesadas. Uma garota, por exemplo, foi jogada na piscina com as mãos e os pés amarrados. Vi a coitada tentando nadar e se soltar, até que alguém a tirou da piscina para ela não se afogar. Quando a vi chorando, percebi que aquela festa não era exatamente o que eu tinha imaginado. E houve vários outros trotes. Um menino com acne e cara de perdido foi obrigado a tirar a roupa e ficar só de cueca, sendo humilhado pelas risadas dos veteranos. Outro rapaz foi obrigado a comer uma mistureba nojenta de comidas, tão horrível que o coitado teve que ir correndo para o banheiro vomitar...

O que diabos se passava com aquelas pessoas?

Ao perceber o rumo que a noite estava tomando, decidi ir embora. A Jenna, ao contrário de mim, estava se divertindo bastante, sem perceber o que acontecia ao redor, já que o Lion a levara para algum canto para os dois se pegarem. Conclusão: fiquei sozinha e cercada de imbecis. Peguei o meu celular sem hesitar e mandei uma mensagem para o Nick.

> Você disse que estaria a meu lado quando eu precisasse...
> Consegue vir me buscar?

No mesmo instante chegou a resposta.

> Pego você no estacionamento da escola.

Ele aparentemente sabia onde acontecia a festa dos novatos, e fiquei imaginando se teria aplicado aqueles trotes no passado. Se fosse o caso, eu não ia mais querer saber dele. De verdade. Não estava gostando nada daquele ambiente e queria ir embora o quanto antes.

Quando eu me aproximei da saída do ginásio, fui impedida de sair por quatro caras, a imbecil da Cassie e as amiguinhas dela.

Olhei para eles por um momento, me perguntando o que diabos queriam.

— Quero passar — falei, ao ver que não saíam da frente.

Cassie soltou uma risada, se divertindo.

— Você também é novata... — disse.

"Ah, não!", pensei.

— Você também tem que passar pelo trote. Desculpa — um dos valentões declarou.

— Vocês não vão encostar nem um dedo em mim — adverti, mesmo sentindo o pânico me dominar.

Eu me virei e percebi que havia outros rapazes atrás de mim. Estava cercada.

— Soubemos que você tem medo do escuro — Cassie anunciou, em um tom de voz que me lembrou bastante o da sua irmã. Será que foi ideia dela? — Chegou a hora de superar esse medo, agora que já está bem grandinha.

Meu coração parou. Eles não estariam insinuando que...

Percebi que um dos meus piores pesadelos se tornaria real quando os garotos, muito mais altos do que eu, me agarraram pelas costas.

— Me soltem! — berrei como uma doida. O pânico dominava meu corpo inteiro. — Me soltem! — repeti, enquanto me levavam para um dos armários da piscina.

— Vai ser só um pouquinho — um dos caras falou, me segurando com muita força, já que eu não parava de me debater, tentando escapar como se a minha vida dependesse daquilo.

— POR FAVOR, NÃO! — gritei com todas as minhas forças.

As pessoas atrás de mim estavam morrendo de tanto rir. E, então, fui trancada dentro do armário. E perdi o controle.

A mamãe tinha saído. Naquela noite, seríamos só eu e o papai. Sabia que as coisas não terminariam bem. O papai estava cheirando mal, com cheiro daquela garrafa que ele derramou sem querer uma vez. Eu estava com medo porque a mamãe não estava por perto. Sem a mamãe, ele ficaria bravo comigo. Ele nunca tinha me machucado, mas tinha me ameaçado mais de uma vez.

 Quando ele chegou, o jantar já estava na mesa, o mesmo que a mamãe havia preparado. Eu só requentei... Porém, quando ele levou o garfo à boca, percebi que havia algo errado. O rosto dele se transformou. Ele revirou os olhos e, de repente, virou a mesa, derrubando no chão os pratos, os copos e tudo que havia neles, sujando tudo. Fui para o canto e me encolhi toda. Estava com medo. Agora viriam os gritos e os golpes, e depois o sangue... Mas sem a mamãe por perto... O que iria acontecer?

 — ELLA! — ele gritou. — Que merda é essa!?

 Eu me encolhi ainda mais, e me lembrei de repente que tinha me esquecido de colocar, na carne e nas batatas, o molho, que devia estar na geladeira. Eu tinha esquecido... E agora o papai ia ficar bravo.

 — Onde você está? — ele continuou gritando, e o medo tomou conta de mim.

 Quando ele estava quebrando as coisas e gritando daquele jeito, eu tinha que me esconder no meu quarto. Saí correndo e, sem me dar conta, bati a porta do quarto com força. E me enfiei debaixo dos cobertores.

 O papai continuou gritando, e a cada segundo que passava ele ficava mais furioso. Ele não devia se lembrar de que a mamãe sairia naquela noite, pois tinha um emprego novo, e ele precisava cuidar de mim até que ela voltasse. As sucessivas batidas de porta significavam que ele estava se aproximando do meu quarto. Eu me encolhi ainda mais embaixo dos cobertores e depois ouvi o rangido da porta se abrindo.

 — Aí está você... Hoje você quer brincar no escuro?

38

NICK

Quando cheguei na escola e não a vi, percebi que havia algo de errado. Não sei se por instinto ou se porque uma vozinha na minha cabeça insistia que algo estava acontecendo, mas desci do carro rapidamente e peguei a trilha em direção à festa. Vi um monte de alunos nos arredores do ginásio e corri direto para lá. Muitos dos presentes arregalaram os olhos ao me verem chegar. Outros cutucaram os colegas com os cotovelos e apontaram para mim. Então, vi a Jenna e o Lion vindo das arquibancadas da pista de atletismo.

— O que você está fazendo aqui? — meu amigo perguntou.

— Vocês viram a Noah? — perguntei, sem nem cumprimentá-los. Estava com um pressentimento ruim.

A Jenna deu de ombros.

— Estava lá dentro há uns quinze minutos.

Dei as costas para os dois e corri para o ginásio, quase tropeçando. Quando entrei, todos continuaram olhando para mim, mas só consegui ouvir os gritos que vinham dos fundos. Eram desesperadores. Senti tanto pânico ao ouvir a voz dela gritando daquela maneira que perdi o controle de mim mesmo.

— Onde você está? — perguntei aos gritos, enquanto seguia a sua voz até a porta de um armário nos fundos. Ela estava lá dentro. Alguém a tinha trancado, e ela estava gritando e batendo na porta, desesperada para sair.

— ME TIRA DAQUI!

Minhas mãos ficaram trêmulas, mas procurei manter a calma. Tentei abrir a porta, mas estava trancada. Nunca tinha ficado tão furioso.

— Quem é o merda que está com a chave?

As pessoas ao redor se encolheram diante dos meus gritos, mas eu só conseguia ouvir a voz de sofrimento da Noah dentro do armário.

A Cassie surgiu, parecendo completamente aterrorizada. Ela me entregou a chave e por pouco não arranquei o braço dela ao apanhá-la.

— Foi só uma...

— Cala a boca! — gritei, e imediatamente enfiei a chave na fechadura, abrindo a porta.

Só consegui ter um vislumbre dela antes de ela me abraçar e afundar a cabeça no meu pescoço, soluçando, ofegando, tremendo aterrorizada.

A Noah estava chorando... *Chorando*. Desde que a conhecera, não a tinha visto derramar uma única lágrima, nem quando foi traída pelo namorado, nem quando brigamos nas Bahamas, nem quando ficava irritada com a mãe, nem quando eu a tinha largado na estrada... Eu nunca a tinha visto chorar, e agora ela estava se desfazendo em lágrimas nos meus braços.

Uma rodinha se formou ao nosso redor, com pessoas olhando para nós em silêncio.

— Deem o fora daqui! — gritei, segurando a Noah. Ela estava tremendo tanto que mal conseguia respirar. Todos permaneceram onde estavam. — Falei para darem o fora! — berrei ainda mais alto.

Tinham prendido a Noah... Aqueles filhos da puta a tinham prendido em um armário, completamente no escuro.

— Nick, eu... — Jenna começou a falar, olhando para a Noah com preocupação.

— Me deixa. Pode deixar que eu cuido dela — ralhei, apertando a Noah contra mim.

Quando as pessoas se afastaram, eu me sentei em um degrau das arquibancadas e a coloquei no meu colo. Estava pálida e com o rosto cheio de lágrimas... Aquela não era a Noah que eu tinha conhecido, era uma Noah completamente destroçada.

— Nick... — começou a falar, soluçando.

— Fica calma — eu disse, sem afastá-la do meu corpo.

Eu estava com muito medo. Vê-la daquele jeito e ouvir os seus gritos de horror realmente tinha mexido comigo. Todos os meus medos haviam se tornado realidade e eu mal conseguia controlar os meus próprios tremores. Queria apenas abraçá-la e senti-la nos meus braços... Por alguns segundos achei que o Ronnie a tinha encontrado e machucado, ou algo pior...

Ela estava afundada no meu pescoço, e não parava de chorar.

— Faça com que eles vão embora... — pediu entre soluços, ainda tremendo que nem vara verde.

— Eles quem? — perguntei, fazendo carinho no seu cabelo.

— Os pesadelos — respondeu, se afastando de mim e cravando os olhos nos meus.

— Noah... você está acordada — eu disse, com o seu rosto entre as minhas mãos e secando as lágrimas que escorriam pelas suas bochechas.

— Não... — ela disse, sacudindo a cabeça. — Preciso esquecer... Preciso esquecer do que aconteceu... Me faz esquecer, Nick... Faz...

Então, ela aproximou o rosto do meu e me beijou. Um beijo úmido por causa das lágrimas, cheio de tristeza e terror.

Eu a segurei pelos ombros e a afastei.

— Noah, o que está acontecendo com você? — questionei, abraçando-a e acariciando as suas bochechas.

— Eu não aguento mais...

Eu a levei para o carro e aos poucos ela foi parando de chorar. No banco do carona, permaneceu calada e melancólica, imersa nos próprios pensamentos, pensamentos que certamente eram tão intensos e horríveis quanto os que a tinham feito morrer de medo dentro daquele armário.

Eu não tirava as mãos dela; abraçava-a como podia e acariciava o seu ombro enquanto dirigia com apenas uma mão. Ela não tentou me afastar; pelo contrário, encolheu-se contra o meu corpo como se eu fosse um colete salva-vidas. Eu reprimi a vontade de quebrar a cara de todo mundo naquela festa estúpida porque antes precisava garantir que a Noah estivesse bem.

Quando chegamos em casa, eu a levei direto para o meu quarto. Ela não parecia disposta a discutir comigo, então acendi a luz e acomodei o seu rosto entre as minhas mãos.

— Hoje você me assustou de verdade — falei, olhando intensamente para ela.

— Sinto muito — ela se desculpou, e vi os seus olhos se encherem de lágrimas de novo.

— Não precisa se desculpar, Noah... — eu a tranquilizei, abraçando-a contra o meu peito. — Mas você precisa me dizer o que aconteceu, porque não saber está me matando e eu quero protegê-la de tudo que lhe causa medo.

Ela negou com a cabeça.

— Não quero falar disso — disse, ainda apoiada em mim.

— Tudo bem. Vou pegar uma camiseta para você. Hoje você dorme aqui comigo.

Ela não reclamou, nem quando a ajudei a tirar a roupa e a cobri com a minha camiseta. Ela tirou a calça e se aproximou de mim. Ofereci minha cama e ela se jogou nela. Fiz o mesmo e a trouxe para junto do meu peito, algo que eu já queria fazer há muito tempo. Eu estava lutando contra os meus sentimentos, tentando me enganar ao substituir o que eu sentia por ela com rolos de uma noite só ou até ao evitá-la. Estava com medo de essa sensação crescer demais, a ponto de me deixar fraco ou de as coisas não acabarem bem. Mas eu não aguentava mais, estava apaixonado por ela, era impossível fugir do que eu sentia, não podia nadar contra a corrente. Decidir falar isso para ela, e abrir o meu coração depois de doze longos anos.

Eu a peguei pelas mãos e a acomodei no meu peito, bem onde estava o meu coração.

— Está ouvindo? — perguntei, enquanto ela me fitava com os olhos arregalados. — Ele nunca tinha batido assim por ninguém, e só fica assim quando você está por perto.

Ela fechou os olhos e ficou quieta.

— Sempre que te vejo fico morrendo de vontade de te beijar. Sempre que sinto a sua pele eu sei o que quero fazer a noite inteira, Noah... Estou apaixonado por você. Por favor, não saia mais do meu lado, você só está nos machucando.

Ela abriu os olhos, e vi que estavam marejados de novo. Ela olhava para mim com súplica.

— Eu tenho medo de que você me machuque, Nicholas — sussurrou.

Envolvi a cabeça dela com força e determinação.

— Prometo que eu não vou te machucar. Nunca mais — respondi, e depois a beijei.

Eu a beijei como sempre quis fazer: com toda a paixão e com todos os sentimentos que estavam dentro de mim. Eu a beijei como qualquer homem deveria fazer pelo menos uma vez com uma mulher. Eu a beijei até que nós dois estivéssemos tremendo na cama.

Eu me afastei e levei a boca ao seu pescoço, para sentir o seu gosto da maneira que eu queria, como sonhava fazia tempo.

— Você me deixa doido, Noah — confessei, enchendo-a de beijos, mordiscando a sua orelha e beijando a sua tatuagem.

Então, ela fez algo que eu não esperava: segurou o meu rosto com as duas mãos e encostou a testa na minha.

— Se você me ama, precisa ouvir a história toda — ela disse. A tonalidade mel dos seus olhos reluzia entre os cílios, e suas sardas eram adoráveis, espalhadas pelas bochechas e pelo pequeno nariz.

— Pode contar. Seja o que for, vamos superar juntos.

Ela olhou fixamente para mim, tentando se decidir se prosseguia ou não. Por fim, respirou fundo e falou:

— Quando eu tinha onze anos, o meu pai tentou me matar.

39

NOAH

Eu sabia que tinha chegado o momento de ser sincera, mas tinha medo de desenterrar aquelas lembranças. Ficava louca de desespero só de pensar em estar de novo em alguma situação parecida com a do armário... Mas o Nicholas tinha acabado de confessar que estava apaixonado por mim, e eu não consegui resistir àquela confissão.

— Meu pai era alcoólatra. Foi alcoólatra durante quase toda a minha vida... Ele era piloto da Nascar. Falei que meu tio era piloto, mas na verdade era o meu pai. Mas ele fraturou a perna em um acidente e teve que largar as corridas. Isso o transformou. Parou de comer e de sorrir, deixou que a raiva e a dor o consumissem, e depois virou outra pessoa. Eu tinha só oito anos quando ele deu a primeira surra na minha mãe. Eu me lembro porque estava no lugar errado, no momento errado, quando aconteceu. Eu caí da cadeira após ser atingida por um dos golpes e acabei no hospital, e até eu completar onze anos ele não voltou a encostar em mim. Já a minha mãe apanhava quase todos os dias. Era algo tão rotineiro que acabou se tornando normal... Ela não conseguia deixá-lo porque não tinha onde morar nem um bom salário para me sustentar. Meu pai recebia uma indenização da equipe pela qual tinha corrido, e assim conseguia nos sustentar, mas, como eu disse, era um bêbado. Quando bebia, ele sempre descontava na minha mãe. Ela quase morreu duas vezes por causa das surras, mas ninguém a ajudava, ninguém lhe dava conselhos, e ela tinha medo de perder a minha guarda se o denunciasse. Aprendi a conviver com aquilo e, sempre que ouvia os golpes ou os gritos da minha mãe, eu me enfiava no meu quarto e me escondia debaixo dos cobertores. Apagava todas as luzes e ficava esperando os gritos acabarem. Mas houve uma vez que isso não foi suficiente... Minha mãe tinha saído para trabalhar e se ausentaria de casa por dois dias. Ela me deixou com o meu pai, pois, como ele nunca encostava em mim, achou que eu não correria perigo...

Lembro como se tivesse sido ontem... Ele chegou bêbado e virou a mesa com um golpe... Eu me escondi, mas ele me encontrou...

Quando ouvi aquelas palavras, sabia que o papai ia me machucar. Eu quis explicar que era a Noah, e não a mamãe, mas ele estava tão bêbado que não entendeu. Estava tudo escuro, não dava para vislumbrar nem um resquício de luminosidade...

— Quer brincar de esconde-esconde? — ele me perguntou em voz alta, e eu me encolhi ainda mais sob os cobertores. — Desde quando você se esconde, vadia?

A primeira pancada veio um pouco depois, e vieram então a segunda e a terceira. Sem saber como, fui parar no chão, e entre os golpes comecei a gritar e chorar. O papai não estava acostumado com isso e ficou ainda mais bravo. Onde a mamãe estava? Era aquilo que ela sentia quando ele ficava bravo?

Ele deu um soco na minha barriga e eu fiquei sem ar...

— E agora você vai ver o que te espera por não saber cuidar do homem da casa.

Senti que o papai estava tirando o cinto. Ele tinha me ameaçado várias vezes com o cinto, mas nunca tinha me batido com ele. E eu descobri o tamanho da dor que ele causava. Em uma das minhas tentativas de fugir, ele quebrou a janela do meu quarto com um soco. Os cacos de vidro estavam por todos os lados. Eu soube porque eles cortaram as minhas mãos e os meus joelhos quando tentei escapar me pendurando no parapeito...

Isso o deixou ainda mais irritado: era como se ele não me reconhecesse, como se não visse que estava agredindo uma menina de onze anos.

— Por pouco não conseguiu me matar. Consegui me afastar dele e saltei pela janela... A cicatriz que eu tenho na barriga é do corte de um pedaço de vidro... — eu disse, ciente de que minhas lágrimas tinham voltado, só que dessa vez silenciosas. — Meus gritos assustaram os vizinhos e a polícia chegou logo em seguida... Fiquei dois meses sob a tutela do Estado, pois achavam que a minha mãe não tinha condições de cuidar de mim depois do ocorrido... O irônico é que eu apanhei mais nesses dois meses do que em todos os dias que passei com o meu pai... Mas finalmente pude voltar a morar com a minha mãe e o meu pai foi preso. A última vez que eu o vi foi quando tive que testemunhar contra ele... Ele olhou para mim com um ódio profundo... E eu nunca mais o vi.

Calei-me, esperando por uma resposta... que não chegou.

— Fala alguma coisa — sussurrei, quando percebi que ele continuaria calado.

Ele baixou o olhar e notei que estava tentando esconder alguma coisa.

— Por isso você tem medo do escuro — afirmou.

— O escuro traz essas lembranças de volta e me deixa em pânico... Se você não tivesse chegado a tempo, eu com certeza teria um ataque mais sério... Já aconteceu uma vez, quando eu estava no abrigo... E não foi nada agradável — contei, tentando sorrir.

Ele não retribuiu, só me observou por alguns instantes e depois percorreu a minha bochecha com um dos dedos.

Eu soltei o ar que prendia. Ainda me lembrava da vez que quase tinha contado tudo para o Dan. Ele ficou tão chocado que só me deixou chegar até a parte em que meu pai agredia a minha mãe.

— Eu mandei o meu próprio pai para a cadeia... Isso não faz com que repense o que sabe sobre mim?

Ele olhou para mim, incrédulo.

— Noah, você fez o certo. Lutou, sobreviveu... A única coisa que eu quero é guardá-la e protegê-la com a minha vida... É o que estou sentindo agora mesmo... E juro que vou matar aqueles imbecis que a colocaram naquele armário, vou matá-los com as minhas próprias mãos...

— Nicholas... Eu sou uma mercadoria com defeito — eu disse, com a voz trêmula.

Ele segurou a minha cabeça e olhou para mim, sério.

— Nunca mais diga isso, ouviu? — ordenou, agora dirigindo a raiva para mim.

Percebi que as lágrimas inundaram meu rosto porque senti a umidade nas bochechas e na boca.

— Nick... É provável que eu não possa ter filhos — confessei meu maior segredo, que tanto me machucava. A pior consequência daquela fatídica noite. — Por causa das pancadas... Os médicos acham que não é possível que eu engravide... *nunca* — contei, com um soluço silencioso.

Ele me apertou contra si.

— Você é a mulher mais corajosa e incrível que eu conheci em toda a minha vida — ele disse, me abraçando forte e beijando o topo da minha cabeça. — Você vai conseguir ter filhos, tenho certeza disso... Se não puder engravidar, pode adotar, porque ninguém seria uma mãe melhor do que você... Está ouvindo?

Ele se debruçou sobre mim e olhou nos meus olhos.

— Eu te amo, Noah — disse, então, me deixando paralisada. — Eu te amo mais do que a minha própria vida, e quando chegar o momento vamos ter os filhos mais lindos do mundo, porque você é maravilhosa e eu sei que vai superar toda essa merda... E eu vou estar a seu lado para ajudar.

— Você não sabe o que está dizendo — rebati, sentindo medo e alívio ao mesmo tempo.

— Eu sei exatamente o que estou dizendo — ele assegurou, beijando os meus lábios. — Eu quero estar com você, quero te beijar quando quiser, quero te proteger de quem quiser te machucar, quero que você precise de mim na sua vida...

Olhei para ele, maravilhada com aquelas palavras.

— Eu te amo, Nick — falei, sem nem ter a consciência de que diria aquilo. Mas era a mais pura verdade. — Tentei evitar e esconder o que sinto por você... mas eu te amo... te amo loucamente e quero que você faça tudo isso que está dizendo, quero que você esteja comigo e que me queira, porque preciso de você, preciso mais de você do que do ar para respirar.

— Eu quero te beijar — ele retribuiu, como se a minha fala tivesse sido algo muito importante para ele.

Eu sorri, erguendo o olhar.

— Então, me beija — falei, me divertindo.

Ele continuava sério, me observando com atenção.

— Você não está entendendo, eu quero te beijar inteira... Quero te tocar, sentir a sua pele, quero que você seja minha, Noah... Em todos os sentidos da palavra.

Aquilo me deixou paralisada. Meu coração começou a bater acelerado. Experimentei mil sensações diferentes, mas não sabia se estava preparada para dar aquele passo...

Ele pegou o meu rosto e olhou fixamente para mim.

— Nunca tinha sentido isso por ninguém... E isso me assusta, porque parece que estou ficando maluco.

Eu também peguei o rosto dele e o puxei na minha direção. Ele estava perdido, dava para ver nos seus olhos. O Nicholas nunca tinha ficado mais do que algumas horas com uma mulher. Não sabia o que era compromisso, mas, desde que confessara o seu amor, parecia completamente diferente. Eu também o amava, sentia-o no meu coração e na maneira como o meu corpo reagia aos seus carinhos, à sua proximidade, a um simples contato... Estava apaixonada e fiquei com medo, como ele tinha dito, principalmente porque sentia algo que não tinha nada a ver com a minha relação com o Dan. Era muito maior, muito melhor e muitíssimo mais intenso.

Ele me pegou pelo quadril e me puxou para si. Estava me apertando tão forte que chegava a doer, mas não me importei, porque os seus lábios encontraram os meus e me beijaram de maneira ardente. Eu estava sentindo o Nick em todas as partes, e os seus braços fortes me seguravam com vontade, com delicadeza, como se eu fosse um frasco a ponto de quebrar.

Eu o puxei para mim, dando a entender que aceitava. O sorriso que se desenhou no seu rosto me deixou sem ar, mas ele logo foi substituído por um desejo intenso que me causou palpitações. Rapidamente, ele tirou a minha camiseta e eu estremeci quando beijou a minha barriga e começou a descer. Ver o Nicholas daquele jeito e sentir as suas carícias me deixou doida... Suas mãos acariciavam as minhas costas e logo eu senti os seus dedos, e depois a boca, na minha cicatriz. Então, me sacudi involuntariamente e o afastei.

— Não — ele disse, procurando os meus olhos. Tocou com uma das mãos a minha cicatriz e olhou para mim. — Não tenha vergonha disso, Noah... Significa que você é corajosa, que você é forte...

Assenti, sem dizer uma única palavra. Estávamos os dois com a respiração ofegante, e meu coração estava disparado.

— Você é perfeita — ele adicionou, dando beijos quentes em todo o meu corpo.

Minhas mãos subiram lentamente pelas costas dele; pude sentir os músculos sob sua pele quente e quis tocá-lo por todas as partes. A mão dele começou a fazer carinho na minha perna esquerda e a subir lentamente por ela, me arrepiando. Minha respiração acelerou, não apenas de nervoso, mas também por ter um homem daqueles em cima de mim, me fazendo carinho daquela maneira. Estava me deixando doida. A boca dele voltou para a minha, os seus lábios repousaram sobre os meus, uma, duas, três vezes, antes de a língua me invadir e me saborear, como se tivesse esperado uma vida inteira por aquele momento.

Quando os seus dedos se aproximaram do centro do meu corpo, percebi que deveria confessar um pequeno detalhe: nunca tinha feito aquilo com ninguém, nem com o Dan. Para falar a verdade, nunca tínhamos nem passado a mão um no outro, mas senti que precisava contar para o Nick. Ele já era experiente, e acabei ficando com medo.

— Nick... — pronunciei o nome dele e ele procurou os meus olhos. — Antes de continuar...

— Diga que você nunca fez isso antes, muito menos com o imbecil do seu ex — interrompeu, e não pude conter uma risada nervosa.

— Na verdade... — eu disse, aproveitando a piada. O corpo dele ficou completamente tenso. — Estou brincando, Nicholas! — exclamei, alguns segundos depois. — Eu sou virgem... — fiquei vermelha ao revelar.

Ele sorriu para mim e depositou um beijo suave no canto dos meus lábios.

— Acho que eu sabia desde que a conheci... — retrucou, rindo de mim.

Dei um soco no seu ombro, mas sabia que ele estava brincando para descontrair. Depois, ficou sério.

— Podemos parar se você ainda não estiver preparada — ele disse sinceramente, embora fosse óbvio que lhe custava oferecer-me tal possibilidade.

— Estou preparada — respondi. — Quero fazer isso... Mas antes você me promete uma coisa?

Ele olhou para mim com atenção.

— O que você quiser.

Não pude deixar de sorrir.

— Promete que vai ser inesquecível?

Amor e carinho infinitos apareceram nos seus olhos.

— Não tenha dúvida.

A sua boca abandonou os meus lábios para descer delicadamente pelo meu pescoço, até chegar ao meu ombro. Ele lambeu a minha pele cálida e me fez estremecer, me causando um prazer que ecoava diretamente entre as minhas pernas. Ele ainda estava vestido, e minhas mãos desceram para tirar a sua camiseta. Ele se separou do meu corpo e tirou a camiseta com um só movimento sexy que me deixou sem ar. Os seus olhos se cravaram no meu rosto, ardentes de desejo, e minhas pernas rodearam o seu quadril para aproximá-lo de mim. Tudo o que eu queria é que o seu corpo estivesse em contato com o meu, que não houvesse nem um milímetro entre nós.

Ele empurrou suavemente o quadril contra o meu e senti uma pontada de prazer que me fez fechar os olhos e arquear as costas.

— Você é linda demais — ele falou, levando os dedos para a parte baixa do meu ventre. Com cuidado, aproximou-se do tecido da minha calcinha, com os olhos ainda fixos nos meus. — Se quiser que eu pare é só pedir, sardenta, porque, apesar da minha vontade de estar dentro de você, não quero fazer nada disso se você não estiver pronta.

Não planejava recuar agora. Era aquilo que eu queria e, mais ainda, era daquilo que eu precisava. Queria-o comigo, precisava que ele aliviasse aquela pressão que há meses levava dentro de mim, uma tensão que ganhava vida quando nos beijávamos, quando nos tocávamos e até quando discutíamos aos gritos.

— Estou pronta, Nick — falei em voz baixa.

Os seus olhos percorreram as minhas pernas despidas, dos pés às coxas, e depois a minha barriga, os meus seios... até repousarem novamente sobre os meus olhos.

— Parece que você nasceu para me torturar — sentenciou, grudando novamente no meu corpo e pressionando partes de mim que nunca tinham ardido tanto quanto naquele momento.

Percebi que o seu coração estava tão acelerado quanto a respiração. Meus dedos trêmulos baixaram até encontrar o cinto, e ele ficou tenso quando eu tentei tirar suas calças.

Então, tudo ficou muito intenso, e a lentidão com a qual estávamos nos tocando se transformou em um furacão de sensações.

O Nick me virou e me colocou sobre si. Eu puxei as suas calças para baixo e o deixei só com a cueca boxer preta que estava vestindo. Fiquei surpresa ao ver o volume duro que se escondia embaixo do tecido, mas ele não me deu muito tempo para pensar. Com as mãos no meu quadril, ele me conduziu e me posicionou bem em cima da sua ereção. Nossos corpos, ainda cobertos por nossas roupas íntimas, se tocaram, nos fazendo gemer. Minhas mãos desceram dos seus ombros para a barriga, e acariciei o seu abdômen. Minha boca seguiu o mesmo caminho. De repente, eu só queria lamber aquele corpo, e mordê-lo, e saboreá-lo com a minha boca e a minha língua, e foi isso que eu fiz. Cada gemido que saía da sua boca me incentivava a continuar. Chupei a parte oculta do seu pescoço e mordisquei os lóbulos de sua orelha enquanto ele me empurrava para cima com o quadril, me dando prazer simplesmente com a fricção dos corpos.

— Nossa, Noah — exclamou, se virando de novo para ficar em cima de mim. Subiu a mão pela minha coxa e ergueu a minha perna, me obrigando a abraçá-lo com ela.

— Preciso que você me toque, Nick... — pedi algo que não entendi, que não compreendia.

Então, os seus dedos invadiram a minha calcinha e eu arqueei as costas, desesperada quando começaram a traçar círculos delicados naquele lugar que me matava de prazer.

— Noah... Você sabe que eu não quero te machucar, não sabe? — falou, e vi, em meio à neblina de prazer que nos rodeava, que ele estava preocupado. — Porém vou ter que fazer isso, amor.

— Eu sei — respondi. Então, senti um dos dedos dele descer ainda mais, até entrar em mim. — Meu Deus, Nick! — exclamei quando ele começou a me explorar, me abrindo para o que estava por vir.

— Os sons que você está fazendo estão me deixando doido — comentou, e eu senti outro dedo se juntar ao primeiro.

A boca dele se apoderou da minha para calar o grito abafado que surgiu dos meus lábios. A outra mão subiu pelas minhas costas e abriu o meu sutiã. Meu Deus, ele ia ver os meus seios! Nunca ninguém os tinha visto, mas eu estava tão entregue que nem tive tempo de pensar naquilo. Uma das suas mãos repousou sobre o meu seio esquerdo e gemi quando a boca se apoderou do meu mamilo, rodeando-o com os lábios e o acariciando com a língua...

— Nossa, você é perfeita. Parece que foi feita pra mim, Noah... — ele disse, e então o senti empurrar a cueca boxer para baixo.

Os dedos saíram de dentro de mim e me senti repentinamente vazia e frustrada. Abri os olhos e o observei, nu diante de mim. Fiquei boquiaberta.

— Ei, não olha assim pra mim! — pediu com a voz rouca, enquanto se esticava para abrir uma gaveta e pegar algo que parecia uma camisinha.

Fiquei alucinada com o que os meus olhos inocentes viam e me excitava por tudo que ele fazia, com o modo como se movia, como franzia a testa, como a sua respiração descontrolada fazia seus músculos se destacarem. Meu Deus, eu queria fazer aquilo, precisava dele dentro de mim, não havia nada que eu quisesse mais.

Quando ele se posicionou entre as minhas pernas e ficou em cima de mim, meu corpo estava com os nervos à flor da pele, a ponto de explodir. Nós dois estávamos incrivelmente tensos.

— Eu te amo, Noah — declarou, então, com a boca a apenas alguns centímetros da minha. Seus olhos azuis me olharam de uma maneira inédita... Aquelas palavras me encheram de felicidade, e soube que estava fazendo o certo, que aquilo tinha de acontecer, que o Nicholas me amava, apesar de tudo pelo que havíamos passado, apesar do ódio que tínhamos jurado sentir um pelo outro, era óbvio que isso ia acabar acontecendo.

Minhas mãos subiram até os seus ombros, incentivando-o a continuar. Com cuidado, ele me cobriu com o corpo e o senti entrando em mim, pouco a pouco. Todos os meus músculos internos se tensionaram e eu gemi quando, com um movimento, ele me invadiu ainda mais. Ele estava tentando não me machucar, havia suor escorrendo pelas suas costas e o seu corpo estava tenso por todo aquele esforço.

— Vai mais rápido, Nick — pedi, envolvendo-o com as minhas pernas.

— Tem certeza? — sussurrou ao meu ouvido.

Assenti, e os seus lábios me beijaram atrás da orelha. Colocou os braços nos dois lados da minha cabeça e senti que ele estava respirando de maneira descontrolada.

Então, ele começou a se mexer com firmeza, rompendo aquela barreira que nos separava, a única barreira que havia entre nós, porque todas as outras já tinham sido derrubadas. Senti uma dor intensa e ardente que me fez soltar um grito abafado, e depois o senti completamente dentro de mim. Éramos um só, estávamos conectados de uma maneira única e poderosa, e aquela imensa mistura de sensações fez com que uma lágrima escapasse dos meus olhos quando ele me buscou com o olhar, querendo chamar a minha atenção.

— Noah, Noah... — ele disse, assustado, enquanto usava uma das mãos para fazer um carinho cuidadoso no meu rosto. — Sinto muito... Sinto muito, linda.

— Não... — eu o interrompi, rodeando o pescoço dele com os meus braços, abraçando-o e o aproximando de mim. — Estou bem, não para agora.

Ele me observou por alguns instantes e depois se mexeu. A dor continuava presente, mas ver o prazer no rosto dele me fez esquecer disso. Eu queria proporcionar aquilo para ele, queria que ele se lembrasse daquele momento para sempre.

— Meu Deus, Noah... Tá tão gostoso pra mim — comentou, saindo de dentro de mim e entrando com um pouco mais de força. Dei um grito, meio de prazer, meio de dor, e fechei os olhos. — Não, não, Noah, olha pra mim — ele pediu, colocando a mão no meu queixo e me obrigando a ver o que ele estava fazendo. — Tá uma delícia, Noah — ele disse, entrando de novo em mim, fazendo com que a dor sumisse por completo desta vez. Quando repetiu o movimento, as minhas costas se curvaram e o recebi com vontade. O gemido de prazer que ele soltou me deixou completamente louca... Ele estava gostando, estava aproveitando aquilo comigo, eu consegui deixá-lo daquele jeito, só eu e mais ninguém.

Puxei o cabelo dele com força.

— Mais rápido! — exigi.

E ele obedeceu. Suas estocadas se tornaram mais intensas e meu corpo começou a enlouquecer. Não estava mais controlando absolutamente nada, e uma onda de sensação magnífica começava a se formar e a ameaçar levar tudo consigo.

— Agora você é minha — ele declarou, e minhas mãos puxaram o seu cabelo com força, fazendo com que ele soltasse um gemido ofegante de dor e prazer. — Só minha... Fala, Noah... Fala.

— Eu sou sua — eu disse, arranhando as suas costas.

Então, tudo pareceu parar. Todos os meus sentidos explodiram de mil maneiras diferentes e nada ao meu redor pareceu importante, só a pessoa que estava em cima de mim, só ele, só o Nick. Gritei quando o orgasmo nos arrasou, nos deixando exaustos, suados e com a respiração agitada. Ele apoiou a testa no meu ombro e meus dedos não estavam mais cravados na sua pele. Eu relaxei, aproveitando as últimas pontadas de prazer que ainda percorriam o meu organismo, e deixei meus dedos baixarem por suas costas, em um carinho sutil.

A testa dele se desgrudou do meu ombro e os lábios ocuparam o seu lugar. Ele me beijou ternamente e ergueu o rosto para me olhar nos olhos.

— Você é incrível — falou, colocando a testa na minha. — Eu te amo... te amo desde o momento em que você disse que me odiava.

Dei risada do comentário, mas meu coração se inflou de uma maneira preocupante.

— Eu só odiava o fato de você não ser meu.

— Agora você me tem. Sou todo seu, de corpo e alma... Todo seu.

40

NICK

Transar com a Noah foi a experiência mais alucinante da minha vida. Ainda nem acreditava que isso tinha acontecido, parecia um sonho. Eu pensava nisso desde que a tinha visto pela primeira vez com um vestido justo, tendo então me dado conta de como ela era bonita. Mas fazer amor com ela? Eu ainda estava nas nuvens. Poder senti-la sob o meu corpo e acariciá-la do jeito que eu quisesse tinha me dado mais prazer do que em todos os anos que passei me relacionando com outras mulheres. Agora ela era minha, minha para sempre, porque eu não ia deixar que escapasse.

Depois de tudo que tinha acontecido, e depois de tudo que ela havia me contado, não sabia nem como tínhamos chegado àquele ponto, mas finalmente conseguimos derrubar a barreira que nos separava desde o início. A Noah teve uma infância horrível; tão traumática que, mesmo depois de seis anos, ainda trazia consequências e inconvenientes à sua vida cotidiana, e eu mal conseguia conter a vontade de ir atrás do babaca do pai dela e matá-lo pelo que tinha feito. Também estava muito bravo com a mãe dela. Que tipo de idiota deixa a filha de onze anos com um agressor? Não queria que a Noah soubesse, mas eu achava a Raffaella tão culpada quanto o pai. Mesmo assim, depois de tudo que ela havia revelado, eu continuava com o pressentimento de que ela escondia alguma coisa. Não sabia muito bem o quê, mas ainda havia um pouco de preocupação nos olhos dela, e eu queria descobrir o motivo.

Neste exato momento ela estava dormindo nos meus braços. Voltei a pensar no que tínhamos feito e quase a acordei para repetirmos a dose. Havia uma luzinha acesa e, graças à iluminação, eu conseguia admirar o quanto ela era linda. Era incrivelmente bonita, tanto que me deixava sem ar. E o que falar do seu corpo... Poder tocá-lo e lhe dar prazer tinha sido uma das coisas mais gostosas que eu havia feito em toda a minha vida... E como aquilo me dera prazer.

Então, meu celular começou a vibrar. Não queria que a Noah acordasse, então só o tirei de cima da mesinha para que vibrasse em silêncio. Quem quer que fosse, poderia esperar...

Eu a abracei com força, atraindo-a para o meu corpo, e ela abriu os olhos, ainda semiadormecida.

— Oi — ela disse em um tom muito agradável, que tinha começado a usar comigo fazia exatamente um dia.

— Eu já disse que você é incrivelmente bonita? — indaguei, me deitando sobre ela e aproveitando que ela já estava acordada. Já fazia pelo menos uma hora que eu queria beijá-la.

Ela me devolveu o beijo de um jeito que apenas ela sabia fazer e me abraçou, apertando os meus ombros.

— Você está bem? — perguntei, com todo o cuidado do mundo. Nunca tinha ficado com tanto medo de machucar alguém, e, depois do que aprendera sobre o passado dela, não queria que ela sofresse nem um arranhão.

— Estou com fome — comentou, dando risada sob os meus lábios.

Olhei cuidadosamente para ela. Suas bochechas estavam tingidas com uma cor rosada, quase febril, mas imaginei que fosse algo normal, uma vez que não a tinha soltado durante a noite toda, enquanto ela dormia profundamente perto de mim.

— Eu também — falei, beijando a sua bochecha e o seu pescoço, em um ponto que eu sabia que a deixava louca.

Ela deu uma gargalhada e puxou o meu cabelo suavemente para que eu olhasse para ela.

— Fome de comida — complementou, sorrindo para mim.

Como era possível que um sorriso pudesse me deixar tão completamente doido?

— Tudo bem, vamos comer — cedi, puxando-a para o chuveiro.

Fomos juntos para debaixo d'água. Tomamos banho e deixei uma camiseta minha para ela enquanto vestia uma calça de moletom. Não podia estar mais grato aos nossos pais por terem viajado naquele fim de semana.

— O que você quer comer? — perguntei ao chegarmos à cozinha.

Ela se sentou à ilha.

— Você sabe cozinhar? — perguntou, aparentando incredulidade.

— Claro que sim, o que você achava? — rebati, sorrindo e pegando todo o cabelo dela, de modo a formar um rabo de cavalo na minha mão. Daquela maneira, era fácil puxá-la para trás e ficar com o caminho livre para beijá-la como eu quisesse.

— Estou falando de algo comestível — pontuou, dando risada. Era o melhor som do mundo. A sintonia perfeita para a manhã perfeita.

— Vou fazer panquecas pra você não reclamar — eu disse, me obrigando a soltá-la.

— Eu ajudo — ela se ofereceu, dando um salto da cadeira e indo direto para a geladeira.

Cozinhamos lado a lado. Eu fiz a massa e ela fez um creme de morango para nós. Depois, sentamos à mesa e comemos, um do garfo do outro. Foi delicioso sujá-la com a calda e depois lambê-la. Nunca tinha feito nada parecido com ninguém e percebi que a comida ficava ainda mais gostosa daquele jeito. Finalmente as coisas estavam como deviam: a Noah era minha e estava feliz. E eu também estava. Depois de muitíssimos anos sem confiar em nenhuma mulher, tinha encontrado uma complicada, mas tão unicamente perfeita que conseguia me devolver a confiança e o amor que tinham sido arrancados de mim tão cedo. E, pensando bem, a Noah e eu tínhamos várias coisas em comum. Ela tinha perdido o pai com onze anos, eu tinha perdido a minha mãe com doze. Nós dois havíamos sofrido quando éramos crianças e agora tínhamos nos encontrado para que, juntos, superássemos os nossos traumas.

— Tem algo que eu quero fazer — anunciou, enquanto comia o último pedaço de panqueca. — Me dá o seu celular.

Sem imaginar o que ela queria, mas sem hesitar, entreguei o aparelho para ela.

— Já que você é meu namorado… — ela disse, olhando para mim com cautela. Eu sorri. Gostei daquele rótulo. Sim, eu era o seu namorado, e ela era a minha namorada. Minha. Gostei de como soava —, vou apagar o contato de todas as garotas do seu celular, menos eu e a Jenna — informou.

Eu comecei a rir.

— Você está dando risada, mas estou falando sério — ela disse, desbloqueando o celular e acessando a minha agenda.

— Pode fazer o que quiser, eu não me importo — afirmei. — Mas não apaga nem a Anne nem a Madison… Acho que você permite que eu continue falando com a minha irmã, né? — questionei, levando os pratos para a pia.

MINHA CULPA

— Quem é Anne? — ela perguntou, torcendo o nariz.

Eu sabia que o nome era parecido demais com o da Anna, por isso, me apressei a explicar.

— Anne é a assistente social que leva e busca a Madison quando nos encontramos. Ela também me mantém informado sobre o que acontece com a minha irmã e me liga quando acontece alguma coisa.

Ela assentiu e franziu a testa em seguida.

— Você tem uma chamada perdida dela, de uma hora atrás — a Noah disse. Então, a tela se iluminou e, como se ela tivesse escutado a conversa, o nome da Anne apareceu. — É ela de novo — anunciou.

Peguei o celular das mãos da Noah com o semblante preocupado. Era cedo demais para a Anne me ligar.

— Nicholas? — falou a voz do outro lado da linha.

— O que aconteceu? — perguntei, sentindo o medo na boca do estômago.

— É a Madison — respondeu calmamente, mas pude notar o timbre de emergência em sua voz. — Ela está no hospital. Aparentemente, esqueceram de lhe aplicar a insulina nas últimas vinte e quatro horas e ela teve uma recaída... Acho melhor você vir para cá.

Quase quebrei o celular de tão forte que o estava segurando.

— O estado é grave? — questionei, sentindo o maior medo da minha vida.

— Não sei de mais nada — ela respondeu.

Assenti e encerrei a chamada. A Noah estava olhando para mim, pálida. Ela tinha se levantado e estava a meu lado.

— O que aconteceu? — indagou, com a voz preocupada.

— É a minha irmã. Ela foi internada, não sei o que ela tem. Acho que é alguma coisa por não terem administrado a insulina... — respondi de um jeito atropelado, enquanto pensava no que fazer em seguida. — Tenho que ir — decidi.

Fui correndo para o meu quarto e a Noah me seguiu, mas naquele momento eu só conseguia pensar na minha irmã de cinco anos e que algum imbecil tinha se esquecido de lhe dar a medicação.

— Eu vou com você — ela afirmou.

Eu a observei por alguns segundos e assenti. Sim, eu queria que ela estivesse comigo. Minha mãe estaria por lá... E fazia mais de três anos que eu não a via.

41

NOAH

Eu nunca o tinha visto tão preocupado. Bom, na verdade, já tinha, sim: na noite anterior, quando me encontrou presa e gritando naquele armário. Agora, ele estava do mesmo jeito, com o semblante triste e a testa franzida. Estávamos no carro dele. Com uma das mãos, ele dirigia; a outra ele mantinha sobre a minha, apoiada no câmbio. Era incrível como as suas preocupações eram importantes para mim e me afetavam. Queria apagar aquela tristeza e fazê-lo sorrir como nas horas anteriores, mas sabia que seria inútil. Havia poucas pessoas às quais Nicholas Leister se dedicava, e eu sabia perfeitamente que a sua irmã mais nova era uma delas. Pelo pouco que ele tinha me contado sobre a mãe, dava para saber que ele a odiava, ou pelo menos não queria contato. Esquecer de dar a insulina para a filha, sabendo que ela era diabética, era um motivo perfeitamente compreensível para odiá-la ainda mais.

Fizemos quase todo o trajeto em silêncio. Era uma pena que, depois de tanta animação e felicidade, tudo tivesse culminado naquilo, mas pelo menos ele beijava a minha mão de vez em quando, ou se virava e fazia carinho na minha bochecha, com nossas mãos ainda unidas. Ele era muito carinhoso, e todas as carícias provocavam uma dor profunda no centro do meu ventre. Transar com ele abriu um precedente, e eu não conseguiria pensar em outra coisa quando ele me tocasse daquela maneira.

Não paramos nem para comer. Quando chegamos a Las Vegas, seis horas depois, fomos direto para o hospital.

Madison Grason estava no quarto andar da pediatria, e logo que soubemos disso fomos correndo para lá. Ao chegarmos à sala de espera, vimos um casal e uma mulher gordinha, que se aproximou da porta ao ver que o Nick estava lá plantado, olhando para a outra mulher.

— Nicholas, não quero nenhum showzinho — a mulher advertiu, alternando o olhar entre mim e ele.

A meu lado, o Nick estava tenso e apertava a mandíbula com força.

— Onde ela está? — perguntou, desviando os olhos da mulher, que agora tinha se levantado e olhava para o Nick com preocupação.

— Está dormindo. Estão lhe administrando insulina para que os níveis de glicemia se estabilizem. Ela está bem, Nicholas, e vai se recuperar — ela disse, tranquilizando-o.

Apertei a mão do Nick com força. Queria que se acalmasse, mas ele estava quase tremendo. Então, passou pela Anne, a assistente social, e seguiu diretamente para a outra mulher. Era loira e muito bonita, e ao vê-la de perto eu soube exatamente quem era: a mãe dele.

— Onde você estava com a cabeça para deixar isso acontecer? — ele soltou, sem nem sequer cumprimentá-la.

O homem calvo ao lado ficou entre os dois, mas a mulher se desvencilhou.

— Nicholas, foi um acidente — ela se desculpou, olhando com aflição para ele, mas mantendo a calma.

— Deixe a minha mulher em paz. Já estamos preocupados o suficiente pra você ainda por cima ficar...

— Vá à merda! — ele exclamou, sem soltar a minha mão. Ele a segurava com tanta força que chegava a me machucar, mas não parecia querer me soltar. Precisava de mim naquele momento. — Ela precisa tomar a insulina três vezes ao dia. É fácil, qualquer idiota consegue se lembrar disso, mas vocês a largam com essas babás estúpidas e incompetentes sem se preocuparem!

— A Madison sabe que precisa das injeções e não falou nada. A Rose achou que já tinham aplicado... — o calvo tentou explicar, mas Nick o interrompeu de novo.

— Ela só tem cinco anos, merda! — gritou, fora de si. — Ela precisa da mãe!

Aquilo era mais do que uma discussão sobre a irmã do Nicholas. Dava para notar. Ele gritava por ela e também gritava por si mesmo. Até aquele momento, não percebera o quanto ele estava magoado, mas deve ter sido difícil perder a mãe tão cedo... Eu tinha perdido o meu pai... Bem, mas também tinha me salvado dele, e a minha mãe sempre esteve comigo. O Nicholas não tinha um pai que lhe dava amor, apenas um pai que lhe dava dinheiro... Passei a odiar aquela mulher por tê-lo machucado e a odiar o William por não demonstrar carinho pelo filho.

Eu o puxei para trás quando um médico apareceu na sala.

— Familiares de Madison Grason?

Nós quatro viramos para ele. O médico veio na nossa direção.

— Ela está respondendo ao tratamento e vai se recuperar, mas precisa ficar internada esta noite. Quero monitorar os seus níveis de glicose.

— O que ela tem, doutor? — Nick perguntou, se dirigindo apenas a ele.

— Você é…?

— Sou irmão dela — respondeu com frieza.

O médico assentiu.

— A sua irmã tem cetoacidose diabética, senhor — o médico disse. Todos olhamos para ele, esperando a explicação. — Isso acontece quando o corpo não tem insulina suficiente à disposição e utiliza gordura como fonte de energia. A gordura contém cetonas que se acumulam no sangue. Quando o acúmulo é muito grande, ocorre a cetoacidose — o médico prosseguiu, enquanto eu tentava entender todas aquelas palavras estranhas.

— E o que se faz quando isso acontece? — Nicholas perguntou.

— Bom, sua irmã estava com os níveis de glicemia muito altos, acima de trezentos, porque o fígado dela produziu glicose para tentar resolver o problema. No entanto, as células não conseguem absorver a glicose se não houver insulina. Estamos administrando as doses necessárias e parece que ela está se recuperando. Temos que fazer mais exames, mas vocês não precisam se preocupar. Fiquei preocupado quando a trouxeram porque ela tinha vomitado e perdido muito líquido, mas ela vai ficar bem. O pior já passou e as crianças são fortes.

— Posso vê-la? — Nicholas indagou.

— Sim, ela já acordou e, se você for o Nick, é bom entrar logo, porque ela está perguntando por você.

Observei o Nick contrair a mandíbula com força. Saber que a irmã tinha corrido um risco por causa dos pais provavelmente estava acabando com ele.

— Vem comigo, quero que você a conheça — ele disse, me puxando outra vez.

Por um momento, achei que ele entraria sozinho, mas quando percebi que queria me apresentar alguém tão importante para ele, me enchi de alegria.

Fomos juntos para o quarto da Madison. Quando entramos, reparei naquela menina minúscula, a mais bonita que tinha visto em toda a minha vida, sentada na cama do hospital.

Quando viu o Nick, os seus bracinhos se ergueram e um sorriso se desenhou em seus lábios grossos.

— Nick! — ela chamou, fazendo uma careta de dor, pois estava com um acesso que certamente a machucara quando ela ergueu os braços.

O Nicholas me soltou pela primeira vez em várias horas e foi correndo para se juntar à irmã. Observei curiosa quando ele a abraçou e sentou-se ao lado dela naquela cama imensa.

— Como você está, princesa? — ele perguntou.

Senti uma pontada no coração. Tê-lo visto tão mal tinha me afetado de uma maneira que eu não sabia explicar.

A menina era lindíssima, mas parecia pequena demais para a idade que tinha. Estava pálida e tinha grandes olheiras roxas debaixo dos olhos. Fiquei com tanta pena de vê-la daquele jeito que senti um alívio quando ela sorriu.

— Você veio — ela comentou, sorridente.

— Claro que sim... O que você achou? — ele respondeu, pegando-a no colo com cuidado, enquanto apoiava as costas na parede. Automaticamente, a menina ergueu uma das mãozinhas e começou a despentear o cabelo dele.

Eu sorri diante da cena. Nunca tinha passado pela minha cabeça que o Nicholas pudesse tratar uma criança tão bem. Para ser mais exata, nunca tinha imaginado o Nick com uma criança. Ele era o típico homem associado somente a mulheres bonitas, drogas e rock and roll.

— Olha, Maddie, quero apresentar para você uma pessoa especial. Ela se chama Noah — ele disse, apontando para mim.

Pela primeira vez, a menina pareceu notar que eu estava ali. Até então, só tivera olhos para o irmão mais velho, e quem era eu para julgá-la? Então, ela fixou os olhos azuis, idênticos aos do Nick, em mim.

— Quem é ela? — a menina perguntou, franzindo a testa.

Antes que eu pudesse responder que era uma amiga, o Nicholas me interrompeu:

— É a minha namorada — declarou.

Escutar aquilo saindo dos lábios dele me deu um frio na barriga.

— Você não tem namoradas — ela rebateu, ainda olhando para mim, preocupada.

Eu me aproximei dos dois.

— Você tem razão, Maddie. Mas acho que o fiz mudar de opinião — afirmei, sorrindo para ela. Tinha achado o comentário engraçado.

— Eu gosto do seu nome. É de menino — ela disse.

A seu lado, o Nicholas deu uma gargalhada. Também não consegui segurar o riso.

— Nossa, obrigada. Nem sei o que dizer.

Lembrei-me do comentário que o Nick tinha feito sobre o meu nome quando nos conhecemos, e tive certeza de que os dois eram da mesma família.

— Os meninos devem deixar que você jogue futebol americano por você ter esse nome — ela comentou, e dei uma risada verdadeira.

— Você gosta de futebol americano? — perguntei, sem acreditar.

Tal como o Nicholas a chamava, ela tinha mais pinta de princesa do que de jogadora de futebol americano.

— Sim, muito — respondeu, animada. — O Nick me deu uma bola muito legal. É rosa — contou, olhando para ele e mexendo a mãozinha entre os seus cabelos. Hum, eu também gostava de fazer carinho nos cabelos dele...

A gente se divertiu muito com a Maddie, e vi que ela era uma menina adorável. Muito inteligente para a idade e muito linda. Mas ela parecia esgotada, e logo precisamos sair para deixá-la descansar.

Do lado de fora do quarto, demos de cara com a mãe do Nick. Contrariamente ao que se esperaria de qualquer mãe preocupada com a filha, ela parecia envolvida em uma aura de impenetrabilidade. Ela olhou para o filho de forma impassível, mas um movimento involuntário e nervoso de suas mãos me fez perceber que ela estava afetada de alguma maneira por vê-lo.

— Nicholas, quero conversar com você — ela anunciou, passando os olhos do filho para mim, alternadamente.

— Vou deixá-los a sós... — comecei a dizer, mas ele segurou a minha mão com força.

— Não tenho nada para conversar com você — ele retrucou, com frieza.

— Por favor, Nicholas... Eu sou a sua mãe, você não pode me evitar a vida inteira... — ela disse.

Aparentemente, ela não se importava que eu estivesse ali ouvindo. Nicholas parecia tenso como as cordas de um violão.

— Você deixou de ser minha mãe quando me abandonou pra ficar com esse imbecil do seu marido... — Ele apontou para o homem calvo.

Dava até medo vê-lo daquele jeito, tão sério.

— Eu cometi um erro — ela simplesmente reconheceu, como se abandonar um filho fosse um equívoco qualquer. — Mas você não é mais uma criança. Está na hora de me perdoar pelo que eu fiz.

— Não foi apenas um erro. Você desapareceu por seis anos. Nem me ligou para saber como eu estava... Você me abandonou! — ele gritou, e eu me sobressaltei. Ela olhou para o Nick entre surpresa e assustada. — Não quero vê-la de novo. E, se dependesse de mim, eu tiraria essa menina linda de você, porque você não merece tê-la como filha — sentenciou.

Depois, nós saímos de lá. Ele me puxou pelos corredores até que chegamos a um canto completamente vazio. Ele abriu uma porta e entramos em um almoxarifado iluminado por uma pequena janela no alto.

Ao observar o seu rosto, vi-o completamente perdido, com a respiração acelerada e os olhos brilhando de fúria ou tristeza, não tinha certeza. Senti tanto medo ao vê-lo daquele jeito que nem me dei conta do que estava acontecendo quando ele me apertou contra a parede e buscou os meus lábios com os dele.

— Nicholas — eu disse com a voz trêmula, enquanto fazia carinho no rosto dele. Ele estava fora de si, com as emoções descontroladas, e se apoderou da minha boca sem me deixar falar uma única palavra.

— Obrigado por estar aqui — sussurrou. Ao notar o desespero em sua voz, pousei as minhas mãos em suas bochechas e o procurei com o olhar. — Acho que nunca vou superar o fato de ela ter ido embora e me abandonado sem mais nem menos. Mas agora que você está aqui, agora que eu tenho você e sei como é se sentir apaixonado... Não me importo com o que ela fez, Noah, já não me importo mais. Você conseguiu fechar uma ferida que ainda estava sangrando, e eu te amo ainda mais por causa disso.

Senti que as lágrimas brotavam dos meus olhos e um sorriso triste se desenhou nos lábios dele.

— Vem aqui — murmurou antes de me beijar.

Foi a segunda vez que fizemos amor... e eu ainda estava confusa por causa das más recordações do passado.

Depois, fomos comer alguma coisa. O próximo horário de visita seria só depois de algumas horas, então conhecemos alguns pontos turísticos de Las Vegas. Eu nunca tinha ido para lá, e achei a cidade tão impressionante quanto nos filmes. Para onde quer que eu olhasse, havia edifícios enormes, hotéis impressionantes e espetáculos para aproveitar. Não queria nem imaginar como seria aquilo à noite, mas eu não ia poder ficar até tão tarde...

— Ela terá alta amanhã. Já está melhor do que eu esperava e poderia até ir embora hoje, mas é melhor deixá-la em observação por mais algumas horas — o médico informou.

Já eram cinco da tarde. Se quiséssemos chegar em casa antes da meia-noite, precisávamos ir embora. O Nicholas não parecia querer deixá-la, mas a mãe dele estava lá, e agora eu sabia o quanto a situação era difícil para ele.

— Eu volto ainda esta semana — ele garantiu para a menina, que já estava com os olhos chorosos. — Na quarta-feira eu volto e vou trazer um presente pra gente se divertir — ele disse, abraçando-a com cuidado, mas também com carinho.

— Em dois dias? — ela indagou, fazendo biquinho.

— Só dois — Nick confirmou, dando um beijo no alto da cabeça loira da criança.

Quando saímos do hospital, percebi que ele estava destroçado e esgotado, e não era para menos. Tinha sido um dia cheio de emoções e sensações, assim como o dia anterior. Precisávamos dormir sem hora para acordar.

— Você quer que eu dirija? — ofereci ao chegarmos ao carro.

Ele olhou para mim com um sorriso divertido e me encurralou contra a porta do motorista.

— Tenho que lembrá-la de que acabamos perdendo o último carro meu que você dirigiu, por motivos de força maior — comentou, olhando fixamente para mim.

— Você não vai parar nunca de me lembrar disso, né? — indaguei, revirando os olhos.

— Nunca, sardenta — sentenciou, me dando um beijo fugaz nos lábios.

Eu me afastei dele e fui para o banco do passageiro. Daquele momento em diante, foram algumas paradas para bebermos café e muita música no rádio para nos manter acordados.

Quando entramos em casa, nem sequer paramos para pensar que nossos pais já poderiam ter chegado. O Nicholas estava com um dos braços rodeando meus ombros e eu o abraçava pela cintura enquanto subíamos, esgotados, as escadas da entrada.

Ver a minha mãe foi como retornar para a realidade. Nós dois demos um pulo e nos afastamos como dois ímãs de polos iguais.

— Até que enfim vocês chegaram. Eu já estava ficando preocupada — ela comentou, se aproximando e me dando um abraço forte.

Fazia dois dias que eu não a via. Com tudo o que tinha acontecido, com as lembranças do meu pai e toda a história com o Nick, acabei por abraçá-la com mais força do que o necessário.

— Você sentiu a minha falta, não é? — ela perguntou, dando uma risadinha.

Depois de ela cumprimentar o Nick, passamos por um interrogatório sobre o estado de saúde da irmã dele. Aparentemente, o Nicholas havia telefonado para avisar onde estávamos e o William tinha ficado muito preocupado com a Maddie.

— Fico feliz por ela estar bem — ele declarou, se levantando do sofá.

O Nick estava em uma ponta da sala, de frente para mim, que estava do outro lado. Foi tão estranho não estarmos juntos, sem nos tocarmos, que senti um vazio repentino no peito. Tinha me acostumado com ele grudado em mim nas últimas quarenta e oito horas, e agora precisava dele por perto. Ele olhava para mim, do outro lado do cômodo, com um olhar intenso e cheio de promessas.

— Estou cansada. Se vocês não se importarem, vou subindo... Tenho aula amanhã — eu disse, olhando fixamente para ele antes de subir.

Minha mãe estava assistindo a um filme com o Will, então ainda demoraria um pouco para os dois irem se deitar.

— Você fica por aqui, Nick? — minha mãe perguntou, e eu a fulminei com o olhar de onde estava. Por sorte, ela não percebeu.

O Nicholas, por outro lado, abriu um sorriso divertido.

— É melhor eu subir também... Já está tarde e também tenho aula. Boa noite — ele se despediu, dando a volta no sofá e ficando do meu lado.

Andamos juntos até as escadas, e não sei se foi a sensação de estar fazendo algo de errado ou o simples fato de os nossos pais estarem no andar de baixo — eles ficariam maluco se soubessem o que estava acontecendo —, mas quando o Nick me empurrou contra a parede, perto da minha porta, e passou a mão em mim descaradamente, fiquei extremamente excitada.

— Vem para a minha cama, dorme comigo — ele disse no meu ouvido.

Enquanto falava, ele foi beijando, lambendo e dando mordidinhas em toda a base do meu pescoço.

— Não posso — respondi, jogando o pescoço para trás e emitindo um grunhido suave de prazer.

— Você não pode gemer assim e achar que eu não vou levá-la para a cama — ralhou, me pressionando com o quadril de uma maneira que me deixava maluca.

Soltei uma risadinha abafada e fechei os olhos.

— Minha mãe pode subir a qualquer momento, Nicholas — avisei, enquanto a mão dele subia pela minha perna e fazia carinho na minha coxa esquerda com destreza. — Não quero... que ela tenha um infarto — eu disse, soltando todo o ar de repente.

— Você definitivamente vem comigo — decidiu, me arrastando com ele.

— Não! — gritei entre risadas, cravando meus pés no chão.

Não sabia como faríamos para nos pegar agora que estávamos juntos e nossos pais moravam sob o mesmo teto, mas teríamos que estabelecer algumas regras para, de alguma maneira, manter o autocontrole.

Ele parou e, ao ouvir os ruídos no andar de baixo, pareceu entender que eu tinha razão.

— Eu te amo — ele se declarou, beijando a minha boca rapidamente. — Se acontecer alguma coisa, você sabe onde me encontrar.

— Segunda porta à esquerda, já sei — eu disse, puxando o cabelo dele.

Em seguida, dei meia-volta e entrei no meu quarto.

Agora eu precisava refletir sobre todas as coisas que tinham acontecido... Precisava de um respiro.

Os acontecimentos dos últimos dias tinham me deixado em uma nuvem de pensamentos e sentimentos antagônicos. Sentia-me feliz por estar com o Nick; não sabia se ia durar, já que os nossos temperamentos tendiam a entrar em rota de colisão, como pudemos perceber no nosso tempo de convivência. No entanto, eu estava definitivamente louca por ele. Escondi esse sentimento de uma maneira assombrosa, até de mim mesma, e agora que tudo havia se revelado, eu não conseguia parar de pensar que estávamos a menos de sete metros de distância. Tive que me controlar para não ir atrás dele, pois não conseguia dormir, mas me detive. Tinha que aprender a ficar longe. Mas o pior era que, quando não estávamos juntos, os meus pensamentos recaíam no meu pai e nas cartas com ameaças. Ainda não sabia se devia contar aquilo para alguém... Para quê? Ele estava na cadeia, e eu nem tinha certeza de que era realmente ele. O Ronnie podia ter descoberto a história do meu pai e tentado usar aquilo contra mim. Então, decidi ficar quieta, pelo menos até que chegasse outra, o que parecia que não ia acontecer.

Na manhã seguinte, saí logo da cama, sabendo que precisava me apressar para não me atrasar. Também estava nervosa, porque teria que voltar a encontrar os envolvidos no trote da festa. Todos tinham me ouvido gritar desesperada e ninguém havia sido capaz de me ajudar.

Vesti o uniforme e desci as escadas correndo. Como em todas as manhãs, o William já havia saído e o Nick e a minha mãe estavam tomando café sentados em volta da ilha da cozinha. Quando entrei, os olhos dele se encontraram com os meus e tive que me controlar para não me aproximar e lhe dar um grande beijo de bom dia. Minha mãe se levantou e começou a preparar o café para mim, como sempre. Com a desculpa de precisar de ajuda com o nó da gravata, que eu já sabia perfeitamente como fazer, aproveitei para me aproximar do Nick e, enquanto a minha mãe estava distraída, lhe dar um beijo rápido nos lábios.

— Agora mesmo estou imaginando várias coisas envolvendo nós dois e esse uniforme lá em cima — ele disse em um sussurro, enquanto fazia o nó da gravata e aproveitava para acariciar o meu pescoço e me beijar nos lábios com delicadeza.

Eu me afastei e me virei para garantir que ninguém estivesse olhando para nós. Minha mãe estava imersa na preparação dos ovos mexidos e a música, que ela sempre punha para tocar, estava com o volume bem alto, como de costume.

Tinha que admitir: era um jogo perigoso, mas que me deixava bastante excitada.

As mãos de Nick desceram com cuidado e foram para debaixo da minha saia.

Ele começou a fazer carinho nas minhas pernas até chegar ao meu bumbum.

— Você está passando dos limites — eu disse, com um sorriso de censura nos lábios.

— Você tem razão — admitiu, afastando as mãos justo quando a minha mãe se virou para me servir os ovos em um prato.

Pela primeira vez eu me sentei perto do Nick para tomar café da manhã e me lembrei da nossa primeira manhã comendo panquecas e creme. Essa, sim, era uma boa recordação, principalmente levando em conta tudo o que fizemos horas antes daquele café da manhã.

Minha mãe mal conversou com a gente. Parecia perdida nos próprios pensamentos e me censurei por não me interessar mais pelo casamento dela, ou por saber se ela estava feliz agora que morávamos lá.

— Mãe, você está bem? — perguntei, olhando para ela com preocupação.

Já era a quinta vez que eu percebia que ela estava com a mente em outro lugar e o olhar perdido. Ela voltou a si e sorriu para mim, dissimuladamente.

— Sim... Sim, claro, estou ótima — respondeu, pegando o seu prato e o pondo na pia. — O Nick falou que não se importa de levá-la para a escola hoje. Desculpa, mas estou com um pouco de dor de cabeça... Acho que vou me deitar — comentou, dando um beijo no alto da minha cabeça e um tapinha carinhoso no ombro do Nicholas.

Quando ela saiu da cozinha, me virei para ele.

— Não acha que ela está um pouco estranha? — comentei, enquanto ele terminava de tomar o seu suco.

Ele se virou para mim e me puxou da cadeira em sua direção.

— Um pouco, mas não deve ser nada importante — respondeu, colocando as mãos nos meus joelhos e se inclinando sobre mim. — Está pronta para irmos? — perguntou com uma voz sedutora.

Senti cócegas ao seu toque e assenti com a cabeça. Aquela história de o meu carro estar na oficina até que não era tão ruim quanto eu tinha imaginado.

Cinco minutos depois, já tínhamos saído de casa, mas ele parou o carro em uma esquina onde ninguém conseguiria nos ver e pegou o meu rosto para me dar um beijo intenso. Quando me soltou, tive que respirar profundamente para recuperar o fôlego.

— Nossa... De onde veio isso? — perguntei, dando um sorriso divertido.

— Já fazia sete horas e vinte e cinco minutos que a gente não se beijava — ele disse, tranquilo.

— Você está contando as horas? — questionei, dando risada e ficando de bom humor.

— Fico entediado quando não estou com você, o que eu poderia fazer...

Quinze minutos depois, chegamos à entrada da St. Marie e fiquei tensa. O Nick também estava sério do meu lado, e as suas mãos apertaram o volante com força.

— Você vem me buscar? — perguntei, virando-me para ele e o obrigando a parar de olhar para a escola.

Ele sorriu para mim e fez carinho na minha bochecha com um dos dedos.

— Claro. Sou o seu namorado, esse é o meu dever — respondeu, satisfeito.

Eu dei uma gargalhada.

— Isso não é obrigação de namorado... Você nunca teve uma namorada, né? — eu disse, encantada por saber que com certeza eu era a primeira.

— Eu estava esperando por você — admitiu, dando um beijo cálido nos meus lábios.

Gostei tanto daquelas palavras que o obriguei a me dar um beijo mais profundo. Quando nos beijávamos daquele jeito, eu me lembrava das vezes que tínhamos feito algo a mais... e da minha vontade de repetir a dose.

— É melhor você sair do carro se não quiser ser sequestrada e ter que passar o dia inteiro comigo — advertiu, enquanto me apertava ainda mais com a mão com que segurava a minha cintura.

Sorri perto dos seus lábios.

— Eu te vejo às quatro — afirmei, obrigando-me a separar-me dele. O que tínhamos era viciante. — Te amo — eu disse, saindo do carro.

— Eu também! Tchau, linda — ele se despediu e revirei os olhos quando ele meneou a cabeça.

Quando me aproximei da porta, automaticamente muitos olhos se cravaram em mim, mas antes que eu ficasse preocupada, a Jenna apareceu e pulou em cima de mim, me abraçando.

— Sinto muito, Noah — ela se desculpou, me apertando com força. — Não sabia que iam fazer aquilo, eu devia ter estado lá para te ajudar. São uns imaturos, isso não deveria mais existir, sabe...

— Não tem problema, Jenna, não foi culpa sua — eu a tranquilizei.

— Tem certeza? — insistiu. — Você ficou tão mal... Não sabia que o escuro mexia tanto com você...

— É um trauma que eu tenho da infância, mas está tudo bem. Já passou, não importa — eu a tranquilizei mais uma vez.

Naquele momento, o sinal tocou e fomos para a aula.

Porém eu estava errada. Vários boatos circulavam pela escola e, para qualquer lado que eu olhasse, encontrava olhos cravados sobre mim. Todos me fitavam como se eu fosse uma extraterrestre ou, pior, como se estivessem com pena. Não percebi o quanto eu estava irritada até que entrei no refeitório e vi a Cassie rodeada pelos rapazes que tinham me prendido no armário.

Uma raiva imensa me invadiu, de uma maneira que eu não imaginava. Eu me aproximei e joguei o meu suco de morango na cabeça dela.

As pessoas ao redor ficaram paralisadas, mas antes que alguém tivesse tempo de interferir, ouvi a voz da diretora às minhas costas.

— Senhorita Morgan, já para a minha sala, por favor.

"Merda."

42

NICK

Quando eu a deixei na escola, não achei que aqueles sentimentos sombrios tomariam conta de mim. Não conseguia tirar da cabeça que a garota que eu amava loucamente tinha sido espancada quase até a morte. Era algo impossível de se ignorar e, por esse motivo, fui direto para o escritório do meu pai. Queria saber a opinião dele sobre aquilo, mas principalmente averiguar o que poderia fazer legalmente depois de descobrir que a mulher que eu amava tinha sido agredida e sofrido maus-tratos durante anos.

Quando cheguei ao prédio da Leister Enterprises, segui direto para o último andar. Janine, a secretária do meu pai, me conhecia desde que eu era pequeno. Era ela quem comprava os meus presentes de aniversário e me levava para as festas dos meus amigos. Também era ela que me acompanhava nas minhas partidas de futebol quando o meu pai estava ocupado demais no trabalho, além de ser responsável por chamar a minha atenção quando eu recebia alguma advertência por má conduta na escola. A Janine tinha sido uma espécie de mãe para mim, mas nunca havia tocado o meu coração. Nenhuma mulher tinha conseguido isso antes da Noah, mas eu nutria um profundo carinho pela Janine.

— Nicholas, o que está fazendo aqui? — perguntou, com um sorriso amistoso.

Janine era muito magra e já passava dos sessenta anos. Meu pai a mantinha na firma porque não havia mulher mais trabalhadora e leal do que ela, mas também porque não era fácil suportá-lo no trabalho... Eu sabia disso muito bem, pois fazia o meu estágio na empresa dele.

— Oi, Janine, preciso falar com o meu pai. Ele está em reunião? — perguntei, tentando segurar a vontade de entrar sem avisar.

— Não, pode entrar. Ele só está revisando o caso dessa tarde — respondeu.

Entrei sem bater na sala dele. Os olhos azul-escuros do meu pai olharam para mim por cima dos óculos de leitura.

— O que você está fazendo aqui? — ele me perguntou, sério.

Ele nunca me cumprimentava. Era um costume que ele tinha adquirido e que tinha dificuldade de abandonar.

— Quero falar com você sobre a Noah… e a Raffaella, para ser mais exato — respondi, diante daquela mesa caríssima e esperando que ele fosse sincero comigo uma vez na vida. — Você sabe das coisas que o babaca do pai da Noah fazia?

Meu pai olhou para mim por alguns segundos e então pôs o que estava lendo em cima da mesa. Ele se levantou, foi até o bar e se serviu de uma taça de conhaque.

— Como você ficou sabendo? — indagou, um momento depois.

Então ele já sabia, o que não me surpreendeu muito. Era o tipo de coisa que não dava para esconder por muito tempo.

— A Noah fica desesperada em ambientes escuros. Dia desses, ela quase teve um ataque de pânico. Quando se acalmou, ela me contou — expliquei, já tenso ao me lembrar do que aqueles idiotas haviam feito com ela, embora não fosse nada em comparação com o que fizera o seu pai. — Pai, você sabe o que esse babaca fez? A Noah quase morreu… Ficou com um pedaço de vidro cravado na barriga. Que merda, o mais provável é que ela não possa ter filhos.

— Eu fiquei sabendo — admitiu, sentando-se à mesa e olhando para mim, aflito.

— Ficou sabendo? — retruquei, começando a andar irritado pela sala. — A própria mãe a largou sozinha com um agressor! A Raffaella é tão culpada quanto ele! — acusei, escancarando a minha raiva e a minha impotência.

— Nicholas, não posso permitir que você fale assim da minha mulher. Você não sabe o que ela teve que passar e o quanto se arrepende de ter deixado a Noah sozinha… Ela não tinha uma vida como a nossa, não tinha dinheiro nem ninguém que a ajudasse a lutar pela filha, e sofreu com os abusos desse homem por muitos anos. O corpo dela é um mapa de cicatrizes decorrentes das agressões… Não é certo que você…

— A Noah era uma criança, pai — eu o interrompi, contendo o tremor da minha voz. — Meu Deus! Ela pulou de uma janela, esse maldito merece morrer…

— Nicholas, sente-se. Eu preciso lhe contar uma coisa — ele me interrompeu, apontando para a cadeira à minha frente.

Fiquei atrás da cadeira, mas não me sentei. Ele levou o copo até os lábios e, por um momento, eu quis fazer a mesma coisa.

— Faz mais de um mês que esse homem está em liberdade — soltou, então. Senti meu corpo tensionar enquanto o meu cérebro tentava assimilar o significado daquelas palavras. — Já se passaram seis anos da condenação. Se a Raffaella tivesse denunciado os maus-tratos quando devia, ele teria sido sentenciado a passar mais anos preso, mas ele só cumpriu pena pelo que aconteceu naquela noite com a Noah... Ela ficou bem machucada, mas o pior foi ter saltado da janela e ficado com o pedaço de vidro cravado na barriga. Ele não foi considerado culpado por essa parte... Aparentemente, ele tinha alguns contatos e conseguiu uma redução da pena. O que estou tentando dizer é que ele é um homem livre e a Raffaella está com medo de que tente entrar em contato com ela. Estou sabendo há pouco tempo e fiquei muito bravo com ela por não ter me contado antes. Agora, você precisa ficar com os olhos bem abertos para qualquer sinal de perigo... Não acho que ele vá tentar se aproximar, mas, de qualquer maneira, estou preocupado. A Raffaella anda muito assustada, tem pesadelos todas as noites, e não quer que a Noah fique sabendo. A Noah não sabe que o pai está livre e você tem de guardar esse segredo dela.

— Como ele pode estar livre? Você não consegue fazer nada? — indaguei incrédulo, enquanto um novo temor surgia dentro de mim. Aquele doido podia tentar encontrar a ex-esposa e a filha, e eu não sabia como a Noah reagiria caso se deparasse com o motivo dos seus pesadelos.

— Solicitei ao juiz uma ordem de restrição, mas não há indícios de tentativa de aproximação por parte dele ou outro tipo de problema, por isso não consegui a ordem. A verdade é que provavelmente estamos exagerando, ele está em outro país e não acho que virá aos Estados Unidos em busca de confusão. No entanto, um pouco de cuidado não faz mal a ninguém, e se assim a Ella fica mais tranquila...

— Concordo. Você cuida da sua mulher e eu vou cuidar da Noah — determinei, indo até o minibar e servindo uma dose para mim.

Senti o olhar do meu pai cravado na minha nuca e ficamos em silêncio por um momento.

— Filho... Diga-me, por favor, que você não está se envolvendo com a filha de sua madrasta... — ele disse pesaroso, fechando os olhos com força.

Que merda... Era assim tão óbvio?

— Eu só quero cuidar dela, pai — declarei, bebendo o que restava no copo de uma vez só.

— Olha, não sei o que vocês têm, nem quero saber. Mas, por favor, só peço a você que não faça nenhuma besteira. Já tenho problemas de sobra para garantir que a Raffaella não perca o juízo com o que está acontecendo agora, e a última coisa de que ela precisa é que a filha se envolva com o filho do marido.

Fiquei incomodado com a sua maneira impessoal de se referir ao nosso relacionamento.

— Não estamos nos envolvendo, pai... *Eu a amo* e garanto que não vou deixar ninguém encostar nela.

Meu pai olhou para mim por alguns instantes e assentiu.

— Cuidado com o que você faz, Nicholas — advertiu.

Depois de alguns minutos, saí da sala dele e o meu celular começou a tocar. Era a Noah.

— O que aconteceu? — atendi, preocupado.

Ela deveria estar na aula. Por que estava me ligando?

— Nick... Você precisa vir me buscar — ela disse, com uma voz estranha.

— Por quê? Você está bem? — perguntei, enquanto entrava no elevador e apertava o botão para descer.

— Bom... Fui suspensa pelo restante do dia.

Quando a encontrei na entrada da escola, um sorriso se desenhou nos meus lábios. Ela veio correndo até o carro e estava tão adorável que não resisti e a beijei antes que ela me explicasse detalhadamente o que havia acontecido.

— Você jogou suco de morango na cabeça dela? — perguntei, dando uma gargalhada. — É sério?

— Não sei o que me passou — ela reconheceu, pesarosa —, mas não me arrependo. Ela mereceu... E, olha, não me julgue, porque eu precisava extravasar o que estava sentindo — ela se justificou, enquanto punha o cinto de segurança e eu dava partida no carro, gargalhando.

— Acha que vai ter alguém em casa? — perguntei um instante depois.

— Com certeza. Por quê? — questionou, franzindo a testa.

— Porque estou com tanta vontade de fazer amor com você que acho que vou explodir — respondi.

Eu a desejava tanto que aquilo até me assustava.

Sorri ao notar que a respiração dela se acelerou. Automaticamente, pus uma das mãos na sua coxa e fui subindo, levantando a sua saia. Meu Deus, como ela era macia...

— Nós dois podemos brincar disso, sabia? — ela disse, e tive que usar todo o meu autocontrole para não bater no carro à minha frente.

Ela tirou o cinto de segurança e deslizou pelo banco até ficar do meu lado. Sua mão pequena repousou sobre o meu joelho enquanto sua boca se dirigia com infinita ternura ao meu pescoço.

Minha respiração ficou completamente descontrolada.

— Ei, sardenta, para... — pedi, ao sentir a sua língua na minha orelha...

Meu Deus, não dava para dirigir e fazer aquilo ao mesmo tempo.

— Foi você quem começou — rebateu, agora com a mão subindo pela minha perna enquanto dava mordidas suaves no meu pescoço e no meu queixo.

Eu peguei na mão dela, no meio do caminho, e parei quando cheguei no lugar que queria.

— Desce do carro — falei, com os olhos ardendo de desejo.

— É melhor não. Na última vez que você me disse isso, fui abandonada na estrada — soltou, dando risada.

— Desce, ou então eu te pego aqui mesmo — ameacei.

Quando vi que ela não me obedeceria, eu mesmo desci do carro, fui até a porta do passageiro e a puxei com urgência.

— Você não quer fazer isso aqui, né? — perguntou, olhando para o penhasco e para o mar às nossas costas.

Eu a ignorei e a encurralei contra a porta do meu carro, obrigando-a a envolver o meu quadril com as pernas.

— Claro que sim. Vamos fazer aqui mesmo — eu disse, me apoderando da sua boca.

Ela estremeceu sob os meus braços e me devolveu o beijo com o mesmo entusiasmo. Então, arqueou as costas e fechou os olhos, jogando o pescoço para trás. Eu a beijei na orelha, no queixo e em todos os lugares cuja pele estava à mostra. Queria ver o seu corpo, e com uma das mãos fui desabotoando a camisa dela.

— Já falei que fico maluco quando você usa esse uniforme? — comentei, beijando os seus seios.

— Você e todos os caras da Terra — respondeu, com um suspiro.

A Noah e seu humor sarcástico. Eu a apertei com mais força e ela soltou um gemido mais audível. Sorte que estávamos sozinhos.

— Agora você vai ser minha de novo — eu disse, olhando para ela com intensidade.

— Você é meu e eu sou sua... — declarou, olhando nos meus olhos. — É a primeira vez que digo essa frase achando que ela é verdadeira... — confessou, franzindo a testa e respirando aceleradamente. — Eu te amo, Nick.

— Eu também, linda — devolvi, me misturando a ela e aproveitando cada uma daquelas respostas apaixonadas. — Eu te amo loucamente — repeti, segurando o rosto dela e a olhando nos olhos enquanto chegávamos ao prazer mais magnífico do mundo.

Passamos o restante do dia na praia, jogados na areia e nos conhecendo melhor...

— Com quem deu o seu primeiro beijo? — ela me perguntou, deitada de barriga para baixo e com a cabeça apoiada entre as mãos.

Ela era muito jovem e lindíssima. Precisava me conter para não ficar com as mãos sobre ela o tempo inteiro.

— Com você, claro — respondi, enquanto o vento brincava com os seus cabelos e o sol tornava as suas bochechas mais vermelhas, realçando ainda mais as suas sardas.

Ela revirou os olhos.

— Estou falando sério — ela disse, ignorando a mecha de cabelo que não parava de entrar na frente dos olhos.

Estiquei a mão e prendi a mecha cuidadosamente atrás da sua orelha.

— Tem certeza de que quer saber? — indaguei. Vi como ela franziu a testa diante da minha pergunta e dei uma gargalhada. — Tudo bem, mas você vai achar engraçado... Meu primeiro beijo foi com a Jenna — admiti.

— Não! — soltou, arregalando os olhos de surpresa. — Você tá de brincadeira! É sério?

— Éramos crianças. Ela era minha vizinha e minha única amiga, a gente se beijou para ver como era... Eu achei esquisito, ela fez uma careta de nojo e jurou que nunca mais ia beijar ninguém.

A Noah deu uma gargalhada. Suspirei aliviado ao perceber que ela não tinha ficado incomodada. Aquele beijo na Jenna não havia significado nada pra mim. Ela era a única amiga de verdade que eu tinha.

— E você? — perguntei, sentindo um mal-estar nas entranhas. Não gostava de imaginar a Noah nos braços de nenhum outro cara, ficava doente só de pensar.

— Bom, o meu não foi quando eu era criança e não jurei que não ia mais querer beijar... Pelo contrário, eu gostei — ela disse, sem nenhum problema.

— Com quem foi? — perguntei, um pouco mais sério do que gostaria.

Ela ignorou o meu tom ou pareceu não percebê-lo.

— Foi com o salva-vidas de uma piscina pública... Ele era muito lindo, e a gente se pegou na sala de emergências... — explicou com um sorriso.

Automaticamente, eu a segurei e fiquei em cima dela.

— Então, você gostou, né? — rebati, pressionando-a com força para que ela não conseguisse se mexer.

— Sim, muito — admitiu. Depois, percebi que ela estava dando risada de mim.

— Você gosta de me atormentar?

— Acho muito divertido, sim — admitiu, sorrindo e fazendo com que eu quisesse beijá-la até perdermos o ar.

— Agora você vai ver o que é atormentar alguém de verdade... — adverti, baixando a minha boca até a dela, mas sem deixar nossos lábios se tocarem.

Com meus olhos cravados nos dela, deslizei a mão por sua perna, devagar, observando como os olhos dela se escureciam de prazer com as minhas carícias. Subi os meus dedos até a parte de trás do seu joelho, devagar, e continuei subindo até a coxa. Com a outra mão, fui abrindo a sua camisa e, enquanto isso, minha boca dava beijos rápidos e cálidos na pele suave da sua barriga...

Eu a ouvi suspirando e um sorriso se desenhou nos meus lábios.

De repente, fiquei de pé, deixando-a assim, com as bochechas vermelhas e morrendo de vontade. Demorou alguns segundos para perceber o que eu estava fazendo e olhou para mim como um cachorrinho abandonado.

— Mas o que você está fazendo? — perguntou, com um toque de irritação.

— Assim você vai pensar melhor da próxima vez que tentar me deixar com ciúmes — respondi, morrendo de vontade de terminar o que havia começado. Mas eu não ia continuar, aquilo estava muito divertido.

Ela me encarou enquanto fechava os botões da camisa, um por um.

— Você continua o mesmo babaca de sempre — soltou, irritada.

Depois, ficou em pé, pegou a canga e seguiu em direção ao carro. Deixei escapar uma gargalhada e fiquei admirando as suas pernas torneadas e os cabelos loiros esvoaçantes por causa do vento.

Antes que ela chegasse ao carro, eu me aproximei, virei-a para mim e a beijei com doçura. Era o máximo que eu conseguia me manter afastado dela: alguns poucos minutos. Acariciei os seus lábios com os meus. Ela os manteve cerrados, reticentes. Tentei pôr a língua na boca dela, mas ela não deixou, então passei a lamber os seus lábios com sensualidade, lentamente, venerando-a. Quando ela finalmente se rendeu e colocou os braços no meu pescoço, eu lhe dei o melhor beijo que poderia oferecer a alguém... Esse beijo, sim, seria digno de boas recordações, e não o daquele salva-vidas idiota.

43

NOAH

Sentia medo de como as coisas estavam evoluindo tão rapidamente. Depois do ocorrido com o Dan, voltar a me apaixonar não estava nos meus planos. Porém, lá estava eu: completamente entregue ao meu pseudoirmão, o último cara com quem eu imaginaria ter um relacionamento. Talvez tudo fosse mais fácil se eu tivesse me apaixonado por alguém como o Mario, mas eu sabia que não teria funcionado. Depois que eu lhe disse que seríamos apenas amigos, não entrou mais em contato comigo. Ficou claro que não estava suficientemente interessado. Por outro lado, com o Nick tudo era uma loucura. Ele fazia com que eu me sentisse muito bem e eu não tinha do que reclamar. A vontade imensa que eu tinha de estar com ele era assustadora. Quando ficávamos separados por um curto período, meu coração já sofria pela ausência, e aquilo era preocupante de verdade. Também não conseguia evitar que minhas pernas bambeassem quando o encontrava, sem falar de quando ele me beijava, ou de quando fazíamos amor. Eu estava nas nuvens, e, se não fossem aquelas cartas com as ameaças, eu seria a pessoa mais feliz do mundo.

Sabia que deveria falar com alguém sobre as cartas, mas não queria mencionar o nome do meu pai para a minha mãe. Ela tinha sofrido tanto ou mais do que eu por causa dos abusos daquele homem, e, agora que estava casada e feliz, eu não podia trazer de volta aquelas lembranças. Mas o que poderia acontecer? Meu pai estava na cadeia, levaria muitos anos para sair de lá, e era praticamente impossível que encostasse um dedo em mim. Então, devia ser tudo coisa do Ronnie. De alguma maneira, ele ficou sabendo do meu passado tortuoso e se aproveitava disso para me assustar e pisar no meu calo. Por isso, decidi que a única pessoa que poderia saber do problema era o Nicholas.

Naquela noite, despois da primeira festa à qual compareceríamos como casal, eu contaria para ele. Ele subiria pelas paredes e com certeza me recriminaria por não ter contado antes, mas, apesar de ter medo da sua reação, eu também tinha medo do que o mafioso do Ronnie pudesse fazer.

Por isso, tentei esconder o meu estado de ânimo quando chegamos à festa da irmandade dos amigos do Nick. Abri o meu melhor sorriso quando ele escancarou a porta para me ajudar a sair do carro. Desde que havíamos estabelecido nosso relacionamento, ele se transformara: o Nicholas que defendia que as garotas podiam abrir portas sozinhas e não precisavam de escolta desapareceu, surgindo em seu lugar um autêntico cavalheiro. Não morria de amores por todos aqueles detalhes exagerados, e talvez um pouco antiquados, mas adorava saber que eram hábitos que ele reservava para mim e mais ninguém.

— Já falei que vai ser difícil manter as mãos longe de você nessa noite? — perguntou, me mantendo presa junto à porta do passageiro.

Estava um pouco frio, e o vestido preto justo que eu tinha escolhido não era exatamente apropriado.

Ergui o olhar para ele, admirando aqueles olhos claros com cílios imensamente longos e pretos, e me perdi na calidez e no desejo que escondiam. Nicholas Leister parecia um modelo da Calvin Klein e agora era todo meu.

— Você vai ter que aguentar — rebati, entrelaçando meus dedos em sua nuca e fazendo carinho naqueles cabelos. Era difícil manter as mãos longe daquele corpo esculpido esplendidamente. — Você sabe que vai ficar todo mundo olhando pra gente, né?

— Assim todos vão saber que você é minha — afirmou, se inclinando e se apoderando dos meus lábios.

Quando ele me beijava, eu perdia completamente o prumo. O Nicholas sempre tomava a iniciativa para a gente se pegar, e isso me deixava doida de desejo. Naquele momento, na escuridão da noite, o simples contato de seus dedos na minha cintura fazia meu interior estremecer por completo. Pouco a pouco, ele entreabriu os meus lábios com os dele, e a sua língua invadiu a minha boca, ávida por acariciar a minha com movimentos lentos e sensuais, o que não tinha nada a ver com nossos últimos beijos: desenfreados, sem margem para tomar fôlego. Aquele beijo estava me derretendo.

— Vamos para casa — propôs, separando-se de mim por um segundo e olhando nos meus olhos. O desejo era tão evidente que deixei de sentir frio e rapidamente o calor tomou conta de mim.

Abri um sorriso.

— Nossos pais estão lá — argumentei, lamentando aquele detalhe.

Na última semana, mal tínhamos conseguido ficar juntos. Minha mãe não tirava os olhos de cima de mim. Estava sempre falando comigo ou querendo a minha companhia. Por sua vez, o William havia pedido para o Nick ajudá-lo no escritório em várias oportunidades. De alguma maneira, parecia que tinham combinado.

O Nicholas resmungou nos meus lábios.

— Tenho que arrumar um lugar meu e me mudar — comentou, me deixando paralisada.

"O quê?"

— Espera, o que você disse? — perguntei, me afastando.

Ele me observou atentamente.

— Estou pensando nisso há algumas semanas... Agora que estamos juntos, acho que é uma boa ideia. Já sou bem grandinho, e com o que eu ganho no escritório de advocacia eu consigo um lugar bem decente... Assim não teríamos que nos preocupar com nossos pais — ele disse, tentando decifrar o meu rosto.

Tecnicamente, o certo seria que o Nicholas se mudasse. Essa história de morar com o namorado e com os pais na mesma casa era muito estranha e incômoda. Mas só de pensar em não encontrá-lo todas as manhãs ou antes de dormir, ou saber que ele não estaria por perto, no mesmo corredor, me fez sentir amargurada e com medo. Eu me sentia mais segura com ele no quarto da frente, ainda mais com as recentes ameaças do Ronnie...

— Não quero que você se mude — declarei sem pensar, mas com sinceridade.

Ele me observou com atenção.

— Você quer que a gente continue se escondendo o tempo inteiro, sem poder nem encostar um no outro? — indagou, erguendo a mão e traçando círculos nas minhas costas. — Você sabe que eu já contei para o meu pai. Ele não me impediria de sair de casa, e assim poderíamos ficar juntos todo o tempo que quiséssemos... A gente poderia deixar essa história de "irmãos" para trás se não dormíssemos em quartos situados um ao lado do outro... Até a sua mãe aceitaria, sem a desconfiança de que estamos nos pegando a alguns metros do quarto dela...

Eu me aproximei, interrompendo-o.

— Eu sei, mas não agora... Não se muda ainda, não quero que você vá embora — repeti, sabendo que havia em minha voz um tom de desespero.

Ele olhou para mim por alguns segundos, com a testa franzida.

— O que está acontecendo com você, Noah? — perguntou, olhando de novo para mim, como se soubesse que eu estava escondendo algo.

Meneei a cabeça e forcei um sorriso.

— Nada, nada... Estou bem, simplesmente gosto de vê-lo em casa, só isso — respondi, dizendo uma meia verdade.

Ele me apertou contra si e deu um beijo rápido no topo da minha cabeça.

— Eu também gosto, mas não se preocupe. Vamos conversar sobre isso — concluiu, se separando de mim e pegando na minha mão. — É melhor a gente entrar, está muito frio.

Assenti e, juntos, entramos na casa. Como todas as festas a que tínhamos ido, essa também estava lotada. Havia suaves luzes coloridas e as pessoas dançavam e bebiam com alegria naquele ambiente tenuamente iluminado. Logo encontramos a Jenna e o Lion. O Nick não soltava a minha mão e me arrastou para a cozinha, onde era possível respirar com mais calma. Vários rapazes jogavam bolas de pingue-pongue em copos de cerveja, e logo o Lion e o Nick se juntaram a eles.

A Jenna parecia feliz por estarmos todos juntos, e pela primeira vez em muito tempo eu me senti integrada de verdade. Eu conhecia quase todos os presentes e, embora algumas pessoas olhassem para mim de cara feia por conta do que acontecera nos rachas, a maioria parecia ter me aceitado muito bem.

A noite foi muito legal. Eu não bebi muito, já tinha parado de fazer aquilo, e com o Nick eu me sentia tranquila e segura. Também atribuía minha tranquilidade ao fato de não ter recebido mais nenhuma carta. A última tinha chegado havia mais de uma semana. No entanto, meu humor piorou um pouco quando fui olhar a hora e percebi que tinha perdido o celular.

Merda.

Vasculhei a bolsa e dei uma olhada na sala, onde tinha passado a maior parte do tempo. A Jenna tinha ido ao banheiro e o Nick estava entretido com o jogo das bolas de pingue-pongue.

O mais provável era que tivesse caído quando eu saí do carro. A última coisa que eu queria era perder o meu celular e ter que usar o pouco dinheiro que ganhava para comprar um novo.

Fui para a rua e dobrei a esquina para ir até o carro do Nick. Dava para ouvir a música que vinha da festa, mas ela foi ficando menos audível à medida que eu me afastava para chegar ao carro. Fazia muito frio, o céu estava nublado, e percebi que se aproximava o momento de presenciar a minha primeira chuva na cidade de Los Angeles. Eu já estava sentindo falta: embora gostasse mais do sol, havia crescido em um lugar onde a chuva e o frio eram parte do cotidiano.

Cheguei no carro e dei uma olhada no gramado ao redor, mas não achei nada. Estava a ponto de voltar para a festa, pedir a chave para o Nick e tentar encontrar o celular dentro do carro, mas então senti uma presença às costas.

Um medo irracional se apoderou do meu corpo. Era como se olhassem para mim fixamente. Eu me virei e me deparei com a penumbra da noite. Com a respiração acelerada e o coração batendo a mil por hora, comecei a fazer o caminho de volta. Então, alguém apareceu; alguém que estava escondido e que eu não tinha visto, até se colocar diante de mim.

Era o Ronnie.

— Para onde você vai com tanta pressa, linda? — perguntou, com um sorriso em seus lábios asquerosos.

Parei, preparada para gritar se fosse necessário, mas o medo tinha tomado conta de mim de uma maneira tão real e arrepiante que temi não conseguir emitir um único som.

— Não sei o que você quer, Ronnie, mas se chegar perto de mim eu vou gritar até ficar sem voz — adverti, sem conseguir evitar que o pânico impregnasse as minhas palavras.

— Tem alguém querendo vê-la, Noah... Você não vai ser mal-educada, não é? — ele disse, sorrindo. — Você recebeu as cartas dele, não recebeu? — indagou, dando um passo na minha direção.

Eu me virei e senti mãos me agarrando pelas costas, enquanto outras cobriam a minha boca e impediam que os gritos saíssem dos meus lábios.

— Se eu fosse você, eu me comportaria — Ronnie aconselhou, se aproximando enquanto os dois outros homens me seguravam com força, mantendo-me imobilizada. — O seu pai está esperando por você... e nós dois sabemos que ele não é um homem paciente — ele disse, sorrindo e fazendo um sinal para quem me segurava por trás.

Então, senti que me erguiam, enquanto tapavam a minha boca para que eu não gritasse.

Eu me debati e tentei fugir, mas era inútil. Eles me colocaram no banco de trás de um carro e enfiaram na minha boca um pano úmido, muito fedido, que prenderam em meus lábios com fita isolante. Então, veio à minha mente a imagem do meu pai, que uma vez esteve a ponto de me matar.

44

NICK

Já haviam se passado uns vinte minutos desde a última vez que eu tinha visto a Noah, e já estava com muita saudade. Passei os olhos pelo ambiente, mas não a encontrei em lugar nenhum.

— Jenna, você viu a Noah? — perguntei para a minha amiga, aproximando-me dela, que dançava e bebia alegremente. Parou e olhou para mim.

— Quando eu voltei do banheiro, ela não estava mais por aqui. A Sophie disse que ela tinha saído para procurar o celular — respondeu, olhando ao redor, também atrás da Noah.

Decidi sair para procurá-la. Ela devia estar morrendo de frio, mas não vi ninguém do lado de fora da casa. Procurei nas ruas laterais e no bosque que havia na parte de trás, mas não encontrei nenhum sinal dela. Entrei de novo e continuei a procurá-la, sentindo uma pressão muito desagradável no peito. Ela não estava em lugar nenhum. Olhei em todos os cômodos, um por um, enquanto ligava para o seu celular, mas nada... Ela tinha evaporado.

Desci correndo e me encontrei com a Jenna e com o Lion na entrada.

— Ela não está em lugar nenhum — a Jenna disse, olhando para mim preocupada.

Senti um medo terrível tomar conta de mim. Corri para a parte de trás da casa de novo. O Lion e a Jenna me seguiram.

Ao sair e chegar ao local onde tinha estacionado o carro, vi marcas no gramado. Segui as pegadas com o coração na mão e encontrei os sapatos dela, jogados de qualquer jeito. Meu medo ficou ainda mais intenso, quase me deixando paralisado.

— NOAH! — gritei, desesperado, olhando para todos os lados.

— NOAH! — a Jenna e o Lion também começaram a chamar por ela.

Sem resposta.

A ameaça do Ronnie voltou à minha mente. E se aquele filho da puta a tivesse sequestrado?

— Liga pra polícia — pedi para o Lion, assim que consegui me recuperar do ataque de pânico que me dominara.

O Lion olhou para mim surpreso, mas pegou o celular alguns segundos depois. Enquanto ele ligava, entramos de novo na casa. Fui direto para onde o DJ estava e o obriguei a parar a música. Todos vaiaram, mas não me importei.

— Alguém viu a Noah? — perguntei, subindo em uma cadeira e olhando para aquele mar de pessoas, torcendo para que ela estivesse por ali e me odiando por tê-la deixado sozinha.

Todo mundo começou a cochichar e a negar com a cabeça. Desci da cadeira e levei as mãos à cabeça... Que merda... Que merda...

— Nicholas, calma — a Jenna falou a meu lado.

— Você não entende! — gritei, sem me importar que estivessem ouvindo. — O Ronnie a tinha ameaçado, e agora ela sumiu.

Saí de novo para confirmar com meus próprios olhos que ela não estava perto do meu carro, com o seu vestido preto justo e suas bochechas coradas, olhando para mim como tinha feito naquela noite ao chegarmos àquela maldita festa.

Não havia ninguém lá fora.

— Nicholas, a polícia — Lion informou, me entregando o celular. — Querem falar com um familiar.

Peguei o celular e o levei ao ouvido.

— Minha namorada desapareceu. Vocês precisam vir até aqui — eu disse, sabendo que a minha voz soava péssima.

— Senhor, calma. O que está acontecendo? — falou a voz do outro lado da linha. A pessoa parecia calma, como se estivéssemos conversando sobre o clima, sem entender que a razão da minha vida havia desaparecido.

— O que está acontecendo é que a minha namorada desapareceu, é isso que está acontecendo! — gritei no celular.

— Senhor, calma, já mandamos uma viatura. Quando chegarem vão vasculhar a região, mas antes de tudo o senhor precisa me dizer exatamente onde a viu pela última vez...

Expliquei para o policial o que tinha acontecido, mas estava me sentindo em um pesadelo, como se nada daquilo fosse real.

Em pouco tempo a viatura chegou, o que logo espantou todos os convidados da festa. Mas não importava. Eu já sabia quem tinha sido o responsável pelo sumiço da Noah.

— Você é...? — o policial perguntou, depois de ouvir o meu testemunho. A situação era inacreditável. Eu precisava fazer alguma coisa, e rápido.

— Meu nome é Nicholas Leister — eu disse pela segunda vez naquela noite.

Todas aquelas perguntas pareciam uma idiotice para mim. Precisávamos, isso sim, ir atrás do Ronnie, onde quer que ele estivesse, e salvar a Noah.

— E você é o namorado dela, certo? — perguntou, olhando fixamente para mim. Assenti impaciente, enquanto outros dois policiais conversavam com o Lion e com a Jenna. — Noah Morgan... é menor de idade? — indagou, um segundo depois.

Merda... Não tinha pensado nisso...

— Ela tem dezessete anos... Olha, ela é minha irmã postiça. Nossos pais se casaram há alguns meses, e eu já disse que sei quem a sequestrou. Por favor, é possível que a estejam machucando enquanto ficamos aqui conversando.

O policial olhou para mim com cara feia.

— Para começar, não vou continuar falando com você porque você não é parente da menor. Peço que ligue agora mesmo para os pais ou responsáveis, para que eu informe o ocorrido... A lei diz que não podemos iniciar uma busca antes de se passarem vinte e quatro horas, porque...

— Você está me ouvindo!? — gritei, perdendo a compostura. — Ela foi sequestrada! Deixe de idiotices e faça alguma coisa!

Não percebi que tinha me exaltado demais com um policial até que ele me segurou e me empurrou contra o automóvel.

— Ou você se acalma ou serei obrigado a prendê-lo — advertiu, me apertando com força.

Reclamei com os dentes cerrados e ele me soltou.

— Agora, ligue para os pais dela. Ou eu mesmo vou ligar — adicionou, tentando me intimidar com a farda.

Dei-lhe as costas resmungando, enquanto pegava o celular e fazia a ligação, que foi atendida depois de quatro toques.

— Pai... Você tem que vir pra cá. Temos um problema.

Quatro horas depois, estávamos na minha casa. Ninguém tinha notícias da Noah e o lugar parecia um formigueiro. Havia policiais por todos os lados, e estavam instalando aparelhos para grampear ligações, caso tentassem entrar em contato com a família. William Leister era um homem importante, e a primeira hipótese levantada foi de sequestro da enteada por dinheiro. Eu já tinha contado das ameaças do Ronnie umas duzentas vezes, para uns dez policiais diferentes, mas eu não sabia, assim como mais ninguém, das cartas com ameaças que foram encontradas em uma gaveta no quarto da Noah. Quando entendi que ela tinha sido levada pelo pai, perdi as estribeiras.

Eu estava destruído, não acreditava que aquilo estava acontecendo. A Raffaella precisou tomar um calmante quando soube do ocorrido, e agora estava em outro cômodo com uma amiga, que tentava tranquilizá-la. Meu pai não parava de fazer ligações e de falar com os policiais e os agentes especializados em casos de sequestro. Eu estava fumando um cigarro atrás do outro enquanto centenas de imagens desastrosas passavam pela minha cabeça. O Lion também estava por lá junto com a Jenna e os pais dela, que agora estavam lá dentro fazendo sabe-se lá o quê. Já passava das cinco da manhã e não havia nenhuma notícia dela.

— Se acontecer alguma coisa com ela, eu não vou me perdoar — admiti, sentindo uma pressão no peito que dificultava a minha respiração. — Tudo é por minha culpa... Que merda, por que ela não me contou?!

— Nicholas, a Noah decidiu esconder essas ameaças por algum motivo... Eu já sou amiga dela há um mês e nem sabia que o pai dela estava na cadeia, muito menos que ela tinha sofrido maus-tratos.

— Se ele encostar um dedo nela... — eu disse, sabendo que a minha voz saíra fragmentada...

Não podia continuar sem fazer nada. Era tão desesperador que tive vontade de socar a parede até que a minha vida voltasse a ser como na semana anterior... Eu estava feliz pela primeira vez em muitos anos, e tudo por causa daquela garota incrível e maravilhosa que, por alguma razão inexplicável, tinha gostado de mim... Eu ficava com o estômago embrulhado só de imaginar o Ronnie fazendo alguma coisa com ela. Eu sabia que ele estava envolvido, colocaria a mão no fogo por isso.

Então, o telefone da casa tocou. Todos os presentes ficaram agitados e eu corri para o escritório do meu pai. Fizemos silêncio e ele atendeu, após um sinal dos policiais. O aparelho estava no viva-voz, por isso consegui ouvir toda a conversa.

— Leister — meu pai anunciou ao atender.

— Senhor Leister… É uma honra falar com o senhor — disse uma voz que não era nada familiar para mim. O tom era grave e a pessoa parecia alegre, como se estivesse se divertindo com a situação. — O homem responsável por levar a minha mulher e a minha filha para o outro lado do mundo, para que eu não pudesse encontrá-las. Você é muito inteligente, senhor, sim, claro que é… É por isso que tem um império, e é por esse mesmo motivo que a minha querida mulher se interessou por você.

Olhei à minha esquerda e vi a Raffaella cobrindo a boca com a mão, contendo as lágrimas e negando com a cabeça.

— Onde está a Noah? — meu pai perguntou com a voz tensa.

— Vamos chegar a essa parte, mas o paradeiro da minha filha não é problema seu, senhor Leister. Quero saber quanto dinheiro você é capaz de pagar por alguém que na verdade nem é da sua família.

O olhar do meu pai se encontrou com o meu.

— Eu pago o que você quiser, filho da puta, mas não encoste nem um dedo nela.

Eram as palavras que eu teria dito, e fiquei grato por aquilo.

— Um milhão de dólares, em notas velhas e dispostas em duas mochilas, que você vai me entregar pessoalmente, às duas da tarde — o pai da Noah exigiu. — Se não fizer isso, já pode imaginar o que vai acontecer. E é para vir sozinho, senhor Leister… Isso não é só um conselho.

— Eu quero falar com ela — meu pai disse, e fiquei tenso. — Quero saber se ela está bem.

— Claro, senhor Leister.

Um momento depois, ouvi a voz da Noah.

— Nicholas… — foi a única palavra que ela disse.

Parecia assustada, e dei um passo à frente quando a ouvi do outro lado da linha…

Então, a ligação caiu.

45

NOAH

Acordei enjoada e com uma dor de cabeça muito forte. Olhando ao redor, só consegui distinguir uma luz tênue e avermelhada, que iluminava o cômodo em que tinham me deixado. Só havia uma cama, na qual eu estava deitada, e uma cadeira velha em um canto. O cheiro era horroroso, parecia de xixi de rato. Uma música de balada, vinda do lado de fora, me impedia de ouvir qualquer coisa além da minha respiração acelerada e das batidas enlouquecidas do meu coração.

Ao entender o que tinha acontecido, identifiquei o pânico tomando conta de mim. Um zumbido familiar começou a ressoar nos meus ouvidos, e juro que podia sentir o sangue sendo bombeado rapidamente por todo o meu corpo, tentando seguir o ritmo do meu coração. Estava com um sabor amargo na boca e fiquei com vontade de beber um copo de água gelada. Não sei com o que me drogaram, mas fiquei completamente fora de mim. Eu me levantei na cama, e então ouvi o ranger de correntes. Uma das minhas mãos estava presa à parede com um cadeado. Tentei me soltar usando a outra mão, mas foi em vão. Fazendo um esforço para me acalmar, comecei a pensar em como poderia sair dali. Não tinha encontrado o meu celular, então não poderia me comunicar com ninguém. Porém o que mais me assustava era que o meu pai pudesse estar por trás de tudo aquilo.

Mas não era possível. O meu pai estava na cadeia. E, mesmo que tivesse saído, era ridículo pensar que a primeira coisa que ele faria seria vir atrás de mim para me sequestrar, como tinha acontecido. Comecei a me desesperar. Sacudi o cadeado repetidamente, fazendo barulho e odiando as lágrimas que embaçaram minha vista por alguns instantes. Como pude ter sido tão idiota? Por que não levei aquelas ameaças mais a sério? Por que não falei sobre elas com o Nicholas?

Nick.

Devia estar maluco naquele momento, e certamente se culpando pela situação. Eu daria tudo para voltar no tempo e ter permanecido ao lado dele. Eu não devia ter saído sozinha.

Quando enfrentamos situações extremas, pensamos nas coisas que gostaríamos de ter dito para as pessoas que amamos, ou sobre como fomos idiotas por nos preocupar com besteiras quando a vida pode ser tão perigosa. Eu tinha sido sequestrada, e isso, sim, era algo preocupante.

Então, ouvi alguém abrindo a porta. A pessoa que apareceu me deu calafrios de cima a baixo: Ronnie.

— Você está acordada… Ótimo — ele disse, entrando e fechando a porta atrás de si.

A pouca luz que havia no cômodo me deixou ver claramente os seus olhos escuros e caídos, e a cabeça raspada na máquina zero. Também consegui ver uma tatuagem nova que ele tinha feito perto do olho direito: uma serpente, tão ameaçadora quanto a sua própria aparência amedrontadora e perigosa.

Ele avançou com cuidado e sentou-se a meu lado na cama. Tentei me afastar o máximo possível no pouco espaço que eu tinha.

— Tenho que dizer que me deixa doido vê-la nessa cama, amarrada, ao meu dispor — ele falou, analisando o meu corpo com olhos maliciosos. Tinha sido uma péssima decisão usar aquele vestido justo, mas não podia fazer muito mais além de tentar controlar a minha respiração e o medo que me deixava paralisada na cama. — Não sei se já percebeu, mas o seu corpo é espetacular — comentou, colocando a mão no meu tornozelo despido.

Tentei afastá-lo, mas ele me segurou com força contra o colchão. Meu Deus, aquele cara podia fazer o que quisesse comigo!

— Sabe… Quando a desafiei naquele dia dos rachas, não imaginava que pudesse ser filha de um grande piloto da Nascar… E, claro, fiquei muito irritado quando você me venceu… Acho que as suas palavras foram, exatamente, que eu deveria aprender a correr e que eu era um imbecil.

A mão dele começou a subir lentamente pela minha perna.

— Não encosta em mim — ordenei, sem conseguir me desvencilhar. Queria que aquilo tudo fosse apenas um pesadelo. Queria acordar nos braços do Nick.

— O imbecil vai dar o troco, linda — anunciou, subindo ainda mais a mão e chegando à minha coxa. Eu me debati, mas ele subiu em cima de mim e começou a me pressionar com o quadril. Lágrimas escorreram pelas

minhas bochechas enquanto eu tentava encontrar a minha voz para gritar.
— Tenho certeza de que o seu namoradinho não vai nem querer olhar para você de novo depois que eu acabar com você... Você vai ficar tão suja que nem eu vou querer de novo...

— SOCORRO! — gritei desesperada, me debatendo e tentando tirar o Ronnie de cima de mim.

Ele deu risada enquanto me segurava contra o colchão com uma das mãos e tirava o cinto com a outra.

— Ninguém vai escutar, sua tonta... Ou, pelo menos, ninguém que se importe — ele disse. Depois, se inclinou para passar a sua língua nojenta nos meus seios.

Virei a cabeça com desespero.

— NÃO ENCOSTA EM MIM! — gritei, aterrorizada.

Com uma das mãos, segurou o meu pescoço contra a cama; com a outra, começou a levantar o meu vestido.

— NÃO! — berrei, me esgoelando. — ME SOLTA!

O aperto no meu pescoço ficou mais forte, o que me sufocava.

— Vou fazer de tudo com você e você vai ficar quietinha — sussurrou, aproximando o rosto do meu.

A mão dele se afrouxou um pouco, mas o suficiente para que eu conseguisse gritar de novo.

— ME TIRA DAQUI!

Então, a porta se abriu. A luz avermelhada e oscilante do lado de fora iluminou o cômodo e a pessoa que apareceu me deixou mais impactada do que o fato de eu estar prestes a ser estuprada: era o meu pai. Irreconhecível, assustador. Fiquei quieta, olhando fixamente para ele, tão assustada que nem sequer consegui continuar gritando para que alguém talvez me ouvisse do lado de fora.

— Já é o suficiente, dá o fora daqui — falou a voz que me deixava paralisada quando eu era criança, a voz que tinha ameaçado a minha mãe milhares de vezes, a voz que me perseguia nos meus sonhos... A única voz que eu ouvi na noite em que ele quase me matou, a mesma que me fez pular pela janela...

O Ronnie reclamou com os dentes cerrados, mas, antes de sair, levantou a mão e me deu um tapa no rosto de repente. Foi tão rápido e doloroso que nem pude antecipar aquele movimento.

— Agora, sim, é o suficiente — esclareceu, de frente para o meu pai.

MINHA CULPA

Em seguida, saiu do cômodo.

Meu pai não disse nada. Ficou olhando da porta, e me atrevi a olhar fixamente para ele. Estava diferente... O cabelo, que costumava ser da mesma cor do meu, agora estava branco e cortado muito curto. Os braços tinham o dobro do tamanho de antes e estavam cheios de tatuagens. Não sei o que ele tinha feito nos últimos anos, mas a sua aparência havia mudado completamente. Estava mais assustador que o Ronnie.

Meu pai entrou e fechou a porta. Pegou a cadeira que estava num canto e sentou-se à minha frente, apoiando os braços no encosto.

— Você cresceu bastante, Noah — ele disse, olhando fixamente nos meus olhos. — Você tem muitas características da sua mãe, o que é... simplesmente incrível.

Eu sabia que estava tremendo. A pressão no meu peito naquele momento só era comparável à que sentia perto dele quando era criança. Agora, seis anos depois, ela tinha voltado.

— Na noite em que me prenderam — ele disse, com os olhos fixos nos meus —, perdi absolutamente tudo... E foi tudo por sua culpa.

Meu pai virou o rosto e respirou fundo.

— Ainda não consigo entender como uma coitada de uma criança pôde fugir de mim. Nem a sua mãe era capaz de escapar quando eu descontava nela as minhas frustrações. Com você, sempre foi diferente. Você era a minha pequena, eu te amava, e prometi a mim mesmo que não a machucaria. Eu sabia que você não era como a sua mãe. Você lutaria para ser ouvida.

— O que é que você quer? — perguntei, tentando controlar os soluços que ameaçavam escapar da minha garganta.

Meu pai voltou a fixar os olhos nos meus.

— O que todas as pessoas do mundo querem acima de tudo, Noah — respondeu, com um sorriso horrível nos lábios. — Você tirou de mim tudo o que eu tinha... A sua mãe, a minha casa, a minha liberdade... Quero dinheiro. O mesmo dinheiro que agora sustenta a minha família. Achava que seria difícil encontrá-las, mas foi só jogar o nome daquele babaca na internet e os vi todos juntos, posando para as fotos como se fossem uma grande família feliz. Quando cheguei à região, não demorei para descobrir que o seu irmãozinho não se relaciona só com gente de bem. Eu estava seguindo vocês quando vi a briga que ele teve com o Ronnie do lado de fora de um bar. Só tive que explicar o meu plano pro moleque e ele se ofereceu para ajudar...

Não acreditava no que eu estava ouvindo. Meu pai estava maluco... A prisão o tinha deixado transtornado.

— Eu vou tirar tudo que eu puder daquele maldito que roubou a minha mulher. E não sei nem o que dizer daquele filho da puta que andou se esfregando em você na última semana.

Ele estava mesmo me seguindo... Achava que era coisa da minha imaginação, mas agora eu sabia que estava certa. Ele devia ter passado muito tempo planejando aquilo, e tinha me assustado com as cartas por saber que a lembrança me aterrorizava mais do que qualquer outra coisa.

Olhei para o rosto do homem que tinha ajudado a me trazer ao mundo, e nada mais. Eu o odiava, eu o odiava com todas as minhas forças... Se em algum momento eu havia sentido algum carinho por ele, esse amor desaparecera no instante em que ele encostou em mim.

— William Leister é um homem mil vezes melhor do que você. Você não vale nada... Você se acha superior porque bate em mulheres? Eu te odeio! E tenho certeza de que é tão idiota que com esse plano só vai conseguir voltar para a cadeia, que é onde você deveria passar o resto da sua vida miserável...

Falei sem nem parar para respirar. Não me importava o que ele faria comigo. E, de fato, ele me escutou, e pude ver no seu rosto os sucessivos sentimentos que foi experimentando até chegar à ira.

Ele se levantou ameaçadoramente e desferiu um soco no meu rosto. Perdi o fôlego por causa da dor inesperada. Nunca achei que aquele homem fosse encostar em mim de novo... Porém, mesmo depois de seis anos, mesmo após termos ido morar em outro país, ele conseguiu me encontrar e colocar as mãos em mim outra vez.

O segundo golpe chegou um pouco depois. Machucou meu lábio, e senti o sangue deslizando aos poucos pelo meu queixo.

— Não abra essa boca de novo — gritou.

Depois, deu meia-volta e saiu, me deixando com os nervos à flor da pele. As lágrimas começaram a cair.

Não sabia quanto tempo havia passado, mas estava semiadormecida por conta do cansaço físico e mental das últimas horas. Eles me sacudiram de repente e me acordaram. Senti colocarem um aparelho na minha orelha.

— Fala — meu pai mandou, em um tom furioso e irritado.

Eu daria tudo para estar com uma pessoa naquele momento. Tinha sonhado com ele, e o simples fato de saber que ele poderia estar me ouvindo me fez querer chorar até ficar sem forças. Eu precisava dele, queria que me salvasse, queria que aparecesse por aquela porta e me desse um abraço forte. Amava somente a ele e mais ninguém.

— Nicholas… — eu disse num sussurro abafado.

Um segundo depois, tiraram o aparelho da minha orelha e me deixaram sozinha.

46

NICK

Eu estava desesperado. Não aguentava mais aquela pressão. O medo que me queimava por dentro era tão intenso que me dava vontade de enfiar a mão no peito e arrancar o meu coração para que ele parasse de doer. Tínhamos de fazer alguma coisa, não podíamos deixar aquele filho da puta ficar com o dinheiro e correr o risco de ele não soltar a Noah... Estávamos deixando alguma coisa passar. Algum detalhe importante, e eu não sabia o quê. Faltava uma hora para o amanhecer, e eu não sabia se aguentaria tanto tempo sem sair para procurá-la eu mesmo pela cidade inteira. Minha casa estava cheia de gente, e ninguém parecia saber como proceder. Uns diziam para o meu pai ir sozinho entregar o dinheiro, enquanto os policiais queriam segui-lo de perto para manter a situação sob controle. Mas e se o babaca do pai da Noah percebesse e decidisse fazer alguma coisa com ela? Aquele homem estava mal da cabeça, tinha percorrido um país inteiro só para sequestrar a própria filha e exigir um resgate. Ele seria capaz de qualquer coisa.

Eu me levantei da cadeira do escritório do meu pai e fui para o andar de cima. Precisava estar perto de algo que a Noah tivesse tocado, sentir o cheiro das suas roupas, estar no quarto dela. Estava com tanto medo que daria a minha vida naquele instante só para saber se ela estava bem.

Ao entrar, encontrei a mãe dela por lá. Com os olhos inchados de tanto chorar, ela abraçava um dos moletons que eu tinha visto a Noah usar um milhão de vezes. Era dos Dodgers, e eu nem sabia por que diabos ela tinha aquilo, já que ela não era daqui. Mas a Noah era assim, diferente, perfeita, e eu a amava, que maldição. Se acontecesse alguma coisa com ela, não sabia se conseguiria continuar vivendo.

Raffaella ergueu o olhar e o fixou em mim. Estava de pé, perto da janela que dava para a rua. Quando me viu, os olhos dela pareceram se iluminar por um instante.

— Eu sei o que vocês andam escondendo — afirmou, sem emoção nenhuma. Eu fiquei paralisado, sem saber o que responder. — Não sei quais são os seus sentimentos por ela, Nicholas, mas a Noah é a minha vida. Ela sofreu muito e não merece passar por isso — ela disse, levando uma das mãos à boca para segurar o choro. Senti um nó no estômago. — Fazia muitos anos que eu não a via tão feliz como nos últimos dias. E agora... Eu só sei que você teve alguma coisa a ver com essa mudança, e sou muito grata por isso.

Neguei com a cabeça, sem saber o que responder. Eu me sentei aos pés da cama, levando as mãos à cabeça, desesperado. Não conseguia escutar aquelas palavras, não conseguia, tinha sido tudo minha culpa... Eu a tinha levado para os rachas, por minha culpa ela conheceu o Ronnie. Mas eu ainda não conseguia entender como o pai dela e aquele filho da puta se uniram no sequestro do amor da minha vida.

— Desde pequena, a Noah sempre foi uma menina muito madura. Ela viveu experiências pelas quais ninguém deveria passar, e isso a tornou desconfiada com as pessoas. Com você, ela parece outra pessoa...

Notei que as emoções começavam a tomar conta de mim. O medo, a tristeza, o desespero... Nunca me sentira tão mal em toda a minha vida. Senti meus olhos ficando marejados e não pude fazer outra coisa além de deixar as lágrimas escorrerem pelas minhas bochechas.

Então, a Raffaella me ajudou a levantar e me envolveu com os braços. Ela me deu um abraço bem forte e percebi que era um abraço de mãe. A Raffaella podia ter cometido erros no passado, mas adorava a filha e nunca a abandonaria. Pela primeira vez na minha vida eu senti que finalmente conseguiria ter uma família.

Ela me soltou, ainda colada no moletom da Noah, e deu um passo para trás.

Eu a procurei com o olhar e fiz uma promessa.

— Eu juro que não vou deixar acontecer nada com ela... Eu vou encontrá-la — disse, com toda a calma que consegui reunir.

Ela olhou para mim e assentiu, enquanto eu saía do quarto e entrava no meu.

"Onde você está, Noah?"

Comecei a andar pelo quarto, sem conseguir parar de pensar. Até que olhei para o carro em miniatura que a Noah tinha me dado de presente de aniversário. Peguei o carrinho com uma das mãos, prestando atenção no bilhete: "Desculpa pelo carro, de verdade. Algum dia você comprará um novo. Felicidades, Noah".

Comprar um novo... Tecnicamente, aquele carro ainda era meu, a documentação estava no meu nome e tudo o mais...

Quando me dei conta disso, fiquei quieto por alguns segundos, sem acreditar. Então, dei meia-volta e desci correndo para o escritório do meu pai. Ele estava sentado à mesa, falando com os policiais e o nosso chefe de segurança, o Steve.

Quando o vi, não pude evitar a emoção enorme que transbordava no meu peito. Se eu estivesse certo, descobriríamos onde a Noah estava.

— Pai — eu disse, entrando no cômodo.

Tanto ele quanto o Steve se viraram para mim. Pareciam cansados, já que passaram a noite inteira acordados, mas mantinham a mente bem alerta para qualquer novidade.

— O que foi? — meu pai perguntou.

— Acho que sei como podemos descobrir onde ela está, pai — respondi, rezando para não estar errado.

Os dois olharam para mim com atenção.

— Há mais ou menos um mês e meio, perdi o meu carro em uma aposta. A Ferrari preta, que eu comprei faz dois anos — contei.

Meu pai olhou para mim com a testa franzida.

— Você quer que eu me preocupe com as suas idiotices agora, Nicholas? — indagou, irritado.

Eu o ignorei.

— O carro ficou com o Ronnie — prossegui, olhando agora para o Steve. — A Ferrari tem um rastreador, que instalamos depois da compra... Se chegarmos até o carro...

Um silêncio se assomou sobre nós por alguns instantes.

— Chegamos até a Noah — Steve concluiu a frase, um pouco depois.

47

NOAH

Estava com o corpo doendo por ter ficado tantas horas deitada na mesma posição. Cheguei a cochilar, mas o nervoso não me deixava perder a consciência por mais de alguns minutos. Não sabia o que ia acontecer, mas precisava urgentemente sair dali. O barulho incessante de música de balada que eu ouvia ao fundo estava me esgotando. Isso sem falar daquele quartinho claustrofóbico que mal tinha iluminação.

A certo momento, um pouco de claridade começou a entrar no cômodo. Era proveniente da claraboia que havia em um canto. Eu estava começando a cogitar a possibilidade de nunca me encontrarem. Aqueles pensamentos trouxeram de volta o choro; o medo continuava presente em todo o meu corpo.

O Ronnie havia voltado. Ficou me observando aos pés da cama, sem encostar um dedo em mim, mas fazendo algo muito pior. Tinha decidido me torturar um pouco, e apagou a luz avermelhada que ficava do outro lado do cômodo. Com isso, fiquei no escuro por vários minutos, que foram os mais aterrorizantes de toda a minha vida. Saber que ele estava ali, aos meus pés e no escuro, podendo fazer o que quisesse comigo, era quase a mesma situação pela qual passara com o meu pai, mas pior, porque dessa vez eu não ia conseguir me defender, não tinha para onde fugir, estava acorrentada à parede, ele podia fazer qualquer coisa comigo. A sua risada ao ouvir os meus soluços e as minhas súplicas para que ele acendesse a luz ainda ecoava na minha cabeça.

Depois que ele saiu, tentei ficar mais calma, e até consegui por algum tempo. A música não parecia mais tão alta e houve um momento em que eu pude ouvir apenas a minha própria respiração acelerada. Então, de repente, ouvi uma movimentação no andar de cima. Era como se muitas pessoas estivessem correndo sobre a minha cabeça. Então, do lado de fora, elas começaram a gritar entre si, e se juntaram às suas vozes barulhos de tiros e mais gritos. Fiquei tensa, com o coração na mão, até que meu pai apareceu na porta com o rosto suado e uma expressão mais assustadora do que nunca.

Ele se aproximou de mim e me libertou das correntes com um movimento rápido. Quando vi o que ele estava segurando, tentei me afastar o máximo possível. Ele cravou o cano do revólver na lateral do meu corpo e fiquei paralisada.

— É melhor você ficar bem quietinha — advertiu, me machucando com a pressão da arma.

— Por favor... — supliquei entre soluços, compreendendo que aquele homem era capaz de qualquer coisa.

— Cala a boca! — ordenou, me empurrando até uma porta e, depois, por um corredor escuro.

Aquela ausência de luminosidade me deixou muito nervosa e o medo tomou conta de mim, dificultando até o simples ato de caminhar. Eu estava paralisada, simples assim; aquele homem endemoniado podia fazer o que quisesse comigo sem que eu conseguisse me defender.

Ele continuou me empurrando pelo corredor até chegarmos a outra porta. Ouvi vozes ao longe e, quando escutei alguém gritando "polícia!", minhas esperanças se renovaram. Meu Deus, tinham me encontrado!

A luz atingiu os meus olhos em cheio quando meu pai me empurrou por aquela porta e saímos, adentrando um estacionamento abandonado ao ar livre. Mas ele não esperava encontrar os vinte policiais que estavam lá, cercando o perímetro e apontando suas armas em nossa direção. Meu pai me puxou para si, apertando-me contra o seu peito, e fez ainda mais pressão com a arma, que agora estava apontada para a minha têmpora.

— Abaixe a arma! — gritaram por um megafone.

As lágrimas escorriam descontroladas pelo meu rosto e meus olhos buscavam por todos os lados a pessoa que poderia devolver o sentido para tudo aquilo.

— Se eu me der mal você vai comigo, pequena — meu pai falou ao meu ouvido.

Eu não disse nada. Não conseguia achar a minha própria voz, já que meus olhos tinham encontrado a razão da minha vida: o Nicholas estava lá, perto de uma viatura da polícia, e quando nossos olhares se cruzaram ele levou as mãos à cabeça, desesperado, e gritou o meu nome. Ao lado dele estavam a minha mãe e o William, e naquele momento percebi que queria estar com aquelas pessoas pelo resto da minha vida. Finalmente entendi que eles eram a minha família. Agora, depois de ter visto do que meu pai era capaz, havia desaparecido completamente de mim a pequena parte que se culpava por ele ter sido preso. Aquele homem não era o meu pai, nunca seria, e eu não precisava dele. Eu já tinha na minha vida um homem que me amava acima de todas as coisas e já era hora de retribuir aquele amor como ele merecia.

— Abaixe a arma e ponha as mãos na cabeça! — outro policial gritou, em alto e bom som.

— Por favor... me solta — pedi em um sussurro entrecortado.

Não queria morrer, não daquela maneira. Eu ainda tinha milhares de coisas para vivenciar.

Então, algo aconteceu. Foi tudo muito rápido. Meu pai respondeu que não me soltaria. A sua arma fez um clique agudo e ele a pressionou com mais força ainda contra a minha têmpora. Ele ia atirar, meu pai ia me matar e eu não poderia fazer nada. Um estouro me fez fechar os olhos com força, esperando pela dor... que não chegou.

Os braços fortes que me seguravam se soltaram e senti alguém caindo a meu lado. Olhei à minha direita e vi tudo vermelho... O sangue manchava o chão junto ao corpo inerte do homem que tinha me dado a vida.

A primeira coisa que eu fiz foi me virar e sair correndo.

Não sabia exatamente para onde ir. A minha mente estava em transe, totalmente em branco, e eu não pensava em absolutamente nada além de continuar correndo. Fiz isso até que meu corpo se chocou contra algo sólido. Dois braços me apertaram com força e imediatamente senti a familiaridade de um corpo conhecido, cujo cheiro reconfortante me acalmou.

— Meu Deus... — Nicholas exclamou perto do meu ouvido, me apertando contra o seu peito.

Com aquela mesma força ele me levantou do chão. Naquele momento eu percebi que estava a salvo. Não teria mais que me preocupar com a minha segurança se estivesse com um homem como o Nicholas, não precisaria tremer de medo ao ouvir a sua voz, nunca precisaria ter cuidado com o que ele fazia ou dizia: aquele homem me amava mais do que a própria vida e nunca seria agressivo comigo.

Ele me afastou para dar uma olhada no meu rosto e fiz uma careta de dor quando os seus dedos roçaram o meu lábio machucado.

— Noah... — ele disse o meu nome, olhando nos meus olhos.

Vi a dor naquele olhar, o alívio por me ver de novo sã e salva, mas também o ódio cego por perceber que tinham me machucado. Eu só precisava da proximidade dele, e não me importei com a dor quando os seus lábios se encontraram com os meus. Ele me apertou contra a sua boca, mas me afastou com cuidado quando emiti um leve gemido de dor.

— Vamos ter tempo para isso, amor — ele disse, segurando meu rosto com força. — Eu te amo tanto, Noah.

Senti tantas emoções ao ouvir aquelas palavras... As lágrimas voltaram, junto com uma tremedeira que se apoderou das minhas pernas, agora que a adrenalina percorrendo o meu corpo se estabilizava. Então, minha mãe chegou e me apertou contra si, me afastando momentaneamente do Nick. Eu a abracei com força, me sentindo em casa de novo, e pesarosa por ela ter voltado a sofrer tanto com toda aquela situação.

— Minha menina... — ela disse, chorando na minha bochecha. — Sinto muito, sinto muito... — ela repetia, com a respiração ofegante.

— Estou bem, mãe — garanti, sabendo que ela precisava ouvir aquilo.

O William também estava por lá, e nossos olhares se encontraram enquanto eu abraçava a minha mãe. Assenti emocionada ao ver que também havia lágrimas nos olhos dele. Ele se aproximou e nos envolveu com um abraço reconfortante.

Quando os abraços acabaram, olhei novamente para o meu pai, que agora era colocado em uma ambulância. Tinha levado um tiro no peito e ninguém sabia se ia sobreviver... Tirei esse pensamento da minha cabeça. Em seguida, vi a polícia retirando o Ronnie da casa, ileso e algemado. Naquele exato instante, enquanto eu tentava assimilar o que se passava diante dos meus olhos, o Nicholas segurou o meu rosto com doçura e me obrigou a olhar para ele.

— Olha para mim — pediu, com a voz mais suave que eu já tinha ouvido.

Percebi que ele estava com os olhos vermelhos e inchados. Tinha sofrido tanto quanto eu pela situação, e me dei conta de que precisava dele por perto para conseguir me recompor e juntar os cacos de tudo o que meu pai tinha estraçalhado.

— Está tudo bem, você já está comigo.

As palavras dele conseguiram finalmente me acalmar.

— Eu te amo — falei.

Então, uma sensação estranha tomou conta de mim. Não sei se era esgotamento ou uma resposta a tudo o que vivera nas últimas horas, mas de repente não tive mais forças para continuar. Eu me agarrei à camiseta dele quando as minhas pernas falharam e fechei os olhos, me deixando levar pela doce tranquilidade da inconsciência.

48

NICK

Quando descobrimos que, de fato, o carro continuava com o rastreamento ativo, foi apenas questão de tempo descobrir onde a Noah estava. Fiquei com medo de estar errado, já que o Ronnie poderia não ter levado o carro até o local do cativeiro, mas não deixei essa possibilidade me desanimar. Eu sabia que, nas últimas semanas, o Ronnie vinha usando o meu carro para cima e para baixo, e havia grande chance de eu estar certo e de a Noah ter sido levada para a balada de terceira categoria que o GPS havia indicado.

Meu pai estava falando com os policiais, que planejavam como agir quando chegássemos. O escritório do meu pai estava apinhado, e um grupo de policiais, junto com o Steve, examinava a planta da balada. O mais provável era que a Noah estivesse no porão, na parte oeste do edifício. Se conseguíssemos cercar o local, bloqueando todas as portas principais, o pai dela só poderia fugir pela saída de incêndio, que dava para a parte de trás. Lá, as viaturas ficariam esperando, e ele não teria escapatória se decidisse fugir... Se estivesse mesmo naquele lugar, o filho da puta ia voltar para a cadeia muito antes do que eu imaginava.

— Existe a possibilidade de ele decidir não sair e permanecer lá dentro — um policial cogitou, apontando para o cômodo em que a Noah provavelmente estava naquele instante.

— Aí vocês derrubam a merda da porta! — falei.

Queria sair para buscá-la imediatamente. Podiam estar fazendo qualquer coisa com ela e a gente continuava ali, conversando, enquanto ela podia estar machucada ou algo muito pior.

— Senhor Leister, sabemos o que estamos fazendo — o policial me lembrou com autoridade.

Estava irritado com a maneira como eles falavam comigo e como tomavam decisões sobre a vida da Noah, mas não havia nada que eu pudesse fazer.

Saí do escritório e fumei aquele que devia ser o ducentésimo cigarro das últimas horas. Na entrada, do lado de fora, aglomeravam-se pessoas de todos os tipos. Perto do chafariz havia pelo menos sete viaturas, e o perímetro da casa estava cercado por dezenas de agentes. A imprensa tinha ficado sabendo e já começava a se instalar diante do portão da casa. Senti náuseas.

— Ele pode matá-la, William! — ouvi alguém gritando lá dentro.

Entrei correndo e vi os policiais saindo do escritório do meu pai com pressa, seguindo para as viaturas. Observei com desespero e me aproximei de Raffaella, que estava chorando, mergulhada nos braços do meu pai.

— Ele não vai fazer nada, fica tranquila. Já sabemos onde ela está, Ella. Prometo que não vai acontecer nada — meu pai dizia, tentando acalmar a mulher.

— O que está acontecendo? Para onde eles vão? — perguntei.

— Conseguiram acessar as câmeras da balada e confirmaram que eles estão lá, Nicholas. Estão indo atrás dela.

Senti todo o meu corpo congelar de pânico.

— Eu não vou ficar parado aqui — declarei.

Em seguida, me virei e saí o mais rápido que eu pude. Então, uma mão forte me segurou pelo braço.

— Você não vai, Nicholas — meu pai afirmou, olhando fixamente nos meus olhos.

Que merda ele estava dizendo?

— Não vou ficar parado aqui! — gritei, me soltando com um puxão e descendo as escadas voando.

Os policiais já estavam saindo da casa para realizar a missão que poderia causar a morte da minha namorada.

— Raffaella! — escutei o meu pai gritando, atrás de mim.

Eu me virei por uns segundos e vi que a mãe da Noah estava correndo na minha direção.

— Me leva com você, Nicholas — ela pediu, sem conseguir controlar as lágrimas, mas com uma determinação ferrenha no rosto.

Olhei titubeando para o meu pai, que se aproximou da gente com o semblante tão frio e assustado quanto o meu.

— Não quero que mais ninguém dessa família se machuque... Entrem na casa! — ele berrou, pegando a Raffaella pelo cotovelo.

Eu sabia que ele estava tão assustado quanto nós. Nunca tinha acontecido algo assim com ele. Vi nos olhos do meu pai que ele estava aterrorizado com a situação. O jeito de ele olhar para a Raffaella era quase igual à maneira como eu olhava para a Noah, e eu teria reagido do mesmo modo se a minha namorada quisesse ir para o cenário de uma merda de um sequestro.

— Eu vou, você querendo ou não querendo, William Leister. Estamos falando da minha filha! — ela gritou, desesperada.

Finalmente, seus soluços haviam diminuído. Olhei para o meu pai.

— Eu vou também, pai, e não tente me impedir.

Ele olhou desesperado para os dois lados.

— Está bem, mas vamos com a polícia — cedeu, por fim.

Dez minutos depois, estávamos cruzando a cidade, seguidos por três carros da polícia. Ouvir as informações pelo rádio do veículo me deixava ainda mais nervoso. Alguns policiais já haviam chegado e cercavam o edifício.

Não demoramos muito para chegar também, e a viatura foi diretamente para a saída por onde a polícia esperava que o pai da Noah tentaria fugir. Os outros policiais ficaram posicionados perto da porta. O barulho lá de dentro chegava aos nossos ouvidos… E quando ouvi tiros, saí do carro.

O policial que estava com a gente me segurou pelo braço com força.

— Você fica aqui — ele disse, com autoridade.

Obedeci, olhando fixamente para a porta por onde a Noah sairia, bem ou ferida, ainda não sabia.

Não demorou muito. Dez minutos depois, e com todos os policiais tensos, a porta se abriu e a Noah e o pai dela apareceram, aparentemente surpresos por quem os esperava do lado de fora.

A Noah estava sangrando… Estava machucada.

Senti alguém me segurando. Não tinha nem percebido que havia tentado sair correndo na direção dela.

— NOAH! — gritei, com todas as minhas forças.

Os seus olhos chorosos e aterrorizados buscaram os meus. O pai dela a prendia com um dos braços; com o outro, segurava um revólver apontado diretamente para a cabeça da filha.

— Abaixe a arma! — um policial gritou ao megafone.

Levei as mãos à cabeça, desesperado. Aquele filho da puta estava dizendo alguma coisa para ela, e o terror nos olhos dela despertou em mim um instinto assassino que nunca senti na vida, pelo menos até aquele momento.

Eu queria acabar com ele, queria matá-lo com as minhas próprias mãos.

— Abaixe a arma arma e ponha as mãos na cabeça! — voltaram a gritar.

Tudo aconteceu muito rápido, embora os meus olhos tenham registrado como se ocorresse em câmera lenta.

O pai da Noah ergueu a arma, preparou o gatilho e a cravou na têmpora da filha. Ela fechou os olhos com força, e então o som de um disparo ressoou por todo o local.

O homem virou a cabeça para onde estávamos e percebi que ele estava olhando para a Raffaella, que começou a chorar desesperadamente. O sangue tingiu de vermelho a camiseta do pai da Noah, que caiu no chão, ferido. Noah olhou surpresa para o corpo do pai, ergueu o olhar para a minha direção e, inicialmente confusa... começou a correr.

Contorci-me bruscamente para me livrar do policial que estava me segurando e corri na direção dela. Só quando a senti nos meus braços voltei a respirar com tranquilidade, só quando senti o seu corpo perto do meu pude comprovar que estava vivo.

— Meu Deus... — exclamei, levantando-a do chão e a apertando contra mim.

Os seus soluços se intensificaram quando a abracei com força, querendo mantê-la junto a mim para protegê-la com a minha vida.

Eu a pus de volta no chão, desesperado para verificar cada milímetro do seu corpo. Envolvi o seu rosto com as duas mãos... Tinham batido nela, que merda!

Senti o meu corpo começar a tremer. Eu tinha deixado que a machucassem de novo. Havia prometido que não deixaria nada de ruim lhe acontecer, e agora via com os meus próprios olhos que tinha falhado.

— Noah... — eu disse, tentando controlar a minha voz.

Queria pedir desculpas, queria que ela me perdoasse por ter deixado aquilo acontecer. Acho que nunca, em toda a minha vida, eu tinha me sentido tão culpado por algo e tão terrivelmente consumido de dor, por ver a garota que eu amava com marcas no rosto.

As suas mãos subiram até o meu pescoço e ela se aproximou para juntar seus lábios aos meus. Queria beijá-la mais do que tudo no mundo, mas senti a sua dor quando nossas bocas se encontraram.

Eu a afastei cuidadosamente, mas com determinação.

— Vamos ter tempo para isso, amor — garanti, juntando as nossas testas e sentindo a sua dor como se fosse minha. — Eu te amo tanto, Noah.

Mais lágrimas se somaram à cachoeira que ela vertia, mas um sorriso apareceu no seu rosto antes que a Raffaella me afastasse para poder abraçar a filha. Olhei para as duas, para os seus braços desesperadamente entrelaçados. Meu pai olhou para mim por um segundo antes de fazer o mesmo, e percebi que, daquele momento em diante, nada parecido voltaria a acontecer. Vi no semblante do meu pai a promessa de que ninguém mais voltaria a encostar um dedo em alguém da nossa família, nunca mais.

Quando a Noah se afastou da mãe, a primeira coisa que fez foi olhar para o pai, que naquele instante era colocado em uma ambulância. Não consigo descrever o que vi no seu olhar naquele momento, mas distingui o medo voltando ao seu corpo quando o Ronnie apareceu algemado, conduzido por um policial.

— Olha pra mim — pedi, segurando o seu rosto.

Não queria que ela voltasse a sentir medo. Queria matar aquele babaca com as minhas próprias mãos, mas a última coisa de que a Noah precisava naquele momento era de mais violência.

— Está tudo bem, você já está comigo.

Então, as mãos dela deslizaram das minhas bochechas e caíram sobre os meus ombros. Notei o olhar dela perdendo o foco e se apagando um segundo depois.

— Noah? — eu disse. Eu a segurei quando ela se desmanchou nos meus braços. — Um médico! — gritei, ao ver que ela não estava reagindo.

Eu a ergui, com o medo crescendo dentro de mim. Será que tinha sido atingida? Será que havia alguma hemorragia interna?

— Acorda, Noah — pedi, abraçando-a com força até chegar a uma ambulância.

— Pode deixá-la comigo — o médico falou.

Ouvi as sirenes das viaturas da polícia soando e avistei a Raffaella, que se aproximava junto com o meu pai.

— O que ela tem? — perguntei.

O médico a retirou dos meus braços, acomodou-a em uma maca junto com outros socorristas e a puseram na ambulância.

— Vamos para o hospital... Você é a mãe dela? — perguntaram para a Raffaella, que assentiu, tremendo e entrando na ambulância.

— Eu também vou — anunciei, sem admitir nenhum tipo de réplica.
— Vou atrás de vocês com o carro — meu pai informou.

O trajeto de ambulância pareceu eterno. A Noah continuava inconsciente, mas, depois de uma avaliação rápida, o médico disse que ela não parecia ter nada de grave.

Eu me aproximei dela e passei uma das mãos nos seus cabelos, cuidadosamente.

— Desculpa, Noah, desculpa…

49

NOAH

Quando abri os olhos, me vi em uma cama de hospital. Minha cabeça e meu rosto doíam, mas me tranquilizei quando vi quem estava perto de mim.

— Finalmente você acordou! — Nicholas exclamou, beijando a minha mão, que estava entre as dele.

— O que aconteceu? — perguntei, sem me lembrar de como tinha chegado até ali.

— Você desmaiou — explicou, fixando seus olhos claros e preocupados nos meus. — Os médicos disseram que você estava psicologicamente esgotada. Eles lhe deram alguns remédios para você dormir... Você estava com a mente cansada.

Assenti, assimilando a situação. Lembrei-me de tudo que tinha acontecido: o sequestro, as agressões, tanto do meu pai quanto do Ronnie, o momento em que achei que meu pai ia atirar em mim, ele caído no chão e sangrando...

— O que aconteceu com ele? — perguntei, um momento depois.

O Nicholas soube na hora do que eu estava falando. Ele olhou para mim indeciso, mas finalmente contou.

— Ele não resistiu, Noah... A bala o atingiu no coração, ele já chegou sem vida no hospital.

Foi muito estranho. Parecia que algo não estava funcionando direito dentro de mim, já que não senti absolutamente nada... Talvez alívio, um alívio infinito que tirou aquela pressão do meu peito, uma pressão que eu sentia há mais de dez anos.

— Isso tudo acabou — o Nick declarou, se levantando da cadeira ao lado da cama e aproximando o rosto do meu. — Ninguém mais vai poder te machucar... Vou cuidar de você, Noah.

Senti meus olhos marejados.

— Não achava que as coisas terminariam assim... Nem que agora eu poderia agradecer ao destino por nossos pais terem se casado... Há dois meses, tudo que você representava me parecia um pesadelo, mas agora... — eu disse, ficando de joelhos na cama. Pus o rosto dele entre as minhas mãos, enquanto ele descia com cuidado as dele para a minha cintura. — Eu te amo, Nick... Te amo loucamente.

Os seus lábios beijaram os meus um momento depois, com delicadeza, mas com todo o amor que eu sabia que havia surgido entre nós. O tipo de amor que só acontece uma vez na vida, que toca o nosso coração e permanece conosco, um amor que comparamos com tudo, que procuramos, que até chegamos a odiar... Mas é esse amor o que nos deixa vivos, que nos dá sentido e que nos torna fundamentais para que o outro consiga viver... Era esse amor que eu tinha encontrado nele.

EPÍLOGO

NICK

Um mês depois

— Nem pense em abrir os olhos — eu falei animado, enquanto a levava para o local exato.

Estar com ela ali, finalmente, me causava tamanha alegria que eu não conseguia nem expressar com palavras. A mudança que ela tinha causado na minha vida exigia um novo começo para o nosso relacionamento também, mas era algo necessário e, a longo prazo, benéfico para que pudéssemos ficar juntos pelo tempo que queríamos.

— Eu odeio surpresas, você sabe disso — ela me lembrou, se mexendo inquieta.

Eu sorri em silêncio.

— Dessa surpresa você vai gostar — eu garanti, parando atrás dela. — Vamos lá... Pode abrir os olhos! — falei, tirando a venda que ela usava.

Ela olhou com surpresa para o que se revelou. Estávamos na nova cobertura que eu tinha comprado, justamente na entrada, de onde dava para ver o quarto, a cozinha e a sala. Não era muito grande, não mais do que o suficiente para que uma pessoa vivesse de maneira confortável, mas era um dos melhores apartamentos da cidade. Uma amiga da família o havia mobilhado de acordo com os meus gostos e a decoração tinha ficado incrível. Os tons de marrom e branco davam ao lugar um ar aconchegante e moderno.

Eu mandei construir uma lareira no meio da sala, na frente de um sofá cor de chocolate, para que ficássemos a sós vendo filmes e passando o tempo. A cozinha era pequena, mas possuía todos os equipamentos necessários, e havia uma pequena ilha, na qual duas pessoas podiam tomar o café da manhã confortavelmente. Havia tapetes pesados sobre o piso de madeira e uma janela grande com uma vista maravilhosa da cidade. Naquele exato momento, com a escuridão da noite, a vista parecia ainda mais linda, se é que era possível.

Olhei para a Noah, que estava boquiaberta.

— Bom... O que você achou?

Ela meneou a cabeça e as palavras só saíram alguns momentos depois.

— É seu? — perguntou, dando vários passos à frente e colocando uma das mãos sobre o encosto do sofá.

Quando ela se virou para mim, percebi que estava assustada ou preocupada, não sabia muito bem como descrever.

— Bom, sim. Eu vou morar nele, mas você vai passar grande parte do seu tempo aqui comigo. É por isso que eu comprei, para poder ficar com você sem nenhum impedimento — expliquei, me aproximando dela. Estava muito feliz por vê-la ali; agora, sim, o lugar tinha a cara de um lar.

Um segundo depois, um pequeno sorriso se desenhou no rosto dela.

— É incrível! — exclamou.

Porém ela estava escondendo alguma coisa, dava para ver nos seus olhos. Fiz carinho no seu cabelo, colocando-o atrás de suas orelhas, e envolvi o rosto dela entre as minhas mãos.

— O que foi? — indaguei, preocupado com aquela expressão.

Ela meneou a cabeça e finalmente deu um suspiro.

— Vou sentir falta de vê-lo todos os dias, é só isso — confessou, se aproximando e apoiando a cabeça no meu peito.

Que merda, eu também sentiria falta daquilo. Adorava acordar e tomar o café da manhã com ela, adorava vê-la despenteada e desarrumada, mas sempre pronta para me oferecer um sorriso. Sem falar na sensação boa de saber que ela estava a salvo, no quarto da frente... Isso tudo ia ficar para trás com a minha mudança, mas também sabia que isso era necessário. Morar com o meu pai e estar apaixonado por sua enteada, todos nós sob o mesmo teto, era uma loucura. Nunca nos sentíamos confortáveis para estar juntos e a sós. Agora, com a minha própria casa, a Noah poderia passar todo o tempo que quisesse comigo, sem nenhum tipo de supervisão paterna.

— Eu também, mas isso é necessário. Não aguento vê-la todos os dias e não poder fazer isto sempre que eu quero — disse, beijando aqueles lábios tão perfeitos. — Nem isto — continuei, aprofundando o beijo e entrelaçando as nossas línguas com toda a paixão que aquela garota despertava em mim. A resposta dela foi imediata, e o desejo tomou conta do meu corpo em meio segundo... Era esse o efeito que ela causava em mim: me deixava completamente doido. — Muito menos isto — eu a levantei pela cintura e a obriguei a abraçar o meu quadril com as suas lindas pernas.

Ela deu risada colada aos meus lábios.

— Muito menos isto — repetiu, puxando a minha camiseta e a passando pela minha cabeça.

Eu gemi ao sentir as suas mãos fazendo carinho nos meus ombros e no meu pescoço. Fomos ao meu novo quarto. Havia uma cama imensa e a vista dali também era espetacular. Coloquei-a suavemente sobre os travesseiros e comecei a abrir os pequenos botões da sua blusa branca.

— Acho que você me convenceu... Estou gostando desse lugar — declarou, suspirando por um segundo e me deixando beijar cada centímetro da sua pele.

— Eu sabia que você ia gostar — respondi, me aproximando da sua boca.

Naquele exato instante, entendi que aquela mulher ficaria do meu lado pelo resto da minha vida. Eu a amava mais do que tudo, e ela conseguiu me salvar do buraco negro que era a minha vida antes de conhecê-la. Demorou para a gente entender, mas, agora que estávamos juntos, trabalharíamos para levar o nosso relacionamento adiante. A nossa vida não tinha sido fácil, e por isso mesmo nos entendíamos perfeitamente. Em um momento crítico e difícil, no meio da tempestade, um tinha sido o salva-vidas do outro, e isso não é algo que se encontra facilmente.

Algumas horas mais tarde, enquanto ela dormia nos meus braços, lembrei de algo muito importante... As luzes estavam apagadas e não entrava nenhuma luminosidade pela janela... A Noah estava dormindo, com o seu lindo rosto relaxado e tranquilo, sem sinal de medo. Entendi, então, que eu também a tinha ajudado, também tinha representado uma mudança radical na vida dela... E isso havia sido exclusivamente minha culpa.

AGRADECIMENTOS

Se alguém me dissesse, há um ano, que hoje eu estaria redigindo os agradecimentos do meu próprio livro, eu simplesmente não acreditaria. Sonho com esse momento desde que eu tinha quinze anos, com o momento de poder dizer "eu consegui".

Em primeiro lugar, quero agradecer à Penguin Random House por confiar em mim. À minha editora, Rosa Samper, por quase me causar um infarto no dia em que entrou em contato comigo por e-mail. Você conversou comigo como se fôssemos amigas e me deu o melhor presente da minha vida. Nunca vou me esquecer daquela "PROPOSTA EDITORIAL" na minha caixa de entrada. Agradeço a você e a todos que ajudaram a transformar *Minha culpa* em algo espetacular.

À minha agente, Nuria, por ser a primeira a falar que o meu livro tinha potencial. Obrigada por me guiar e me ajudar em tudo o que preciso.

À minha mãe, por elogiar absolutamente tudo o que escrevo. Sempre digo que ela não é imparcial, mas suponho que ela esteja aqui para sempre fazer com que eu me sinta a melhor. Obrigada por ser a definição exata de uma mãe perfeita.

Ao meu pai, por se encher de orgulho e contar para absolutamente todo mundo que tem uma filha escritora. Obrigada por ser uma rocha que continua lutando, sem se render diante de qualquer adversidade. Você me mostrou que não há sonho impossível se eu trabalhar com empenho.

Às minhas irmãs, Flor, Belu e Ro: a gente briga, mas a gente se ama loucamente.

À minha prima, Bar, minha primeira leitora. Não conseguiria terminar essa história se não fosse por sua ajuda e entusiasmo.

Aos meus avós. Pitu, obrigada por me ajudar sempre que pedi conselhos. Abu, obrigada por estar sempre ao meu lado.

Às minhas amigas, Ana e Alba, e ao grupo que começa com Z. Obrigada por me fazerem rir tanto e pela nossa união, apesar de termos seguido caminhos diferentes. Cresci com vocês e vou sempre levá-las no meu coração.

Eva, Mir. O que dizer que vocês já não saibam? Nunca achei que encontraria duas almas gêmeas na faculdade. Obrigada por estarem do meu lado desde o início dessa aventura.

À minha Yellow Crocodile. Belén, obrigada por compartilhar comigo a paixão pela leitura. Desde o começo você acreditou nessa história e me apoiou incondicionalmente.

Anita, com você eu aprendi que sonhar é uma palavra importante. Você me mostrou que acreditar nos sonhos é o que nos faz ser quem somos. Vai ser sempre a minha companheira no caminho que começamos juntas naquela viagem para Los Angeles.

A todos que começaram comigo no Wattpad. Não teria conseguido nada disso se não fosse por vocês. Eu ficava lendo os comentários de vocês madrugada adentro. Nunca achei que receberia tanto amor. O que nós conseguimos juntos nos une. Queria conhecer todos vocês e abraçá-los pessoalmente.

E, por último, a você, que está lendo meu primeiro romance, meu sonho em forma de letras, tinta e papel. Espero que tenha gostado!